弄弄坪

周琼 著

四川人民出版社

图书在版编目（CIP）数据

弄弄坪/周琼著．-- 成都：四川人民出版社，
2021.10
ISBN 978-7-220-12450-1

Ⅰ．①弄… Ⅱ．①周… Ⅲ．①长篇小说—中国—当代
Ⅳ．① I247.5

中国版本图书馆 CIP 数据核字（2021）第 205481 号

NONG NONG PING

弄 弄 坪

周琼 著

出 品 人	黄立新
出版统筹	蔡林君
责任编辑	汤 梅
封面设计	李其飞　王婧娴
版式设计	戴雨虹
责任印制	周 奇

出版发行	四川人民出版社（成都槐树街 2 号）
网 址	http：//www.scpph.com
E-mail	scrmcbs@sina.com
新浪微博	@ 四川人民出版社
微信公众号	四川人民出版社
发行部业务电话	（028）86259624　86259453
防盗版举报电话	（028）86259624
照 排	四川胜翔数码印务设计有限公司
印 刷	四川五洲彩印有限责任公司
成品尺寸	170mm×240mm
印 张	24.75
字 数	305 千
版 次	2022 年 1 月第 1 版
印 次	2022 年 1 月第 1 次印刷
书 号	ISBN 978-7-220-12450-1
定 价	108.00 元

我在弄弄坪生活了 40 多年。

攀枝花的开发建设始于一座荒山弄弄坪，这座荒山孕育了一座城，它是这座城最炽热最亲切的土地。

从童年到少女时代，我们一家五口人住席棚。这里临近金沙江，因为地势不好，一排排的席棚并不多见，席棚大多散漫地分布在四周，远远看着像一朵朵蘑菇盛开在弄弄坪荒山坡上。

我承认，我对弄弄坪的感情是矛盾的。一方面，它置身于攀钢主厂区，工业环境噪声污染大，害得我们几乎不敢开窗，我和许多人一样急于逃离。另一方面，我内心却迷恋它依赖它，偶尔路过我都能找到一种难以言说的感情，我明白它在我心中有着不可取代的地位。

不知从什么时候开始，我就在想，如果我要为这座城写一部长篇小说，那么小说的名字就叫《弄弄坪》。

幸运的是，我是十九冶职工，参加了攀钢二期工程建设。后来，我在《攀枝花日报》《攀枝花晚报》当记者，采访了无数"攀一代"。其中就有高炉冶炼试验组的老人，看他们的 1965 年 9 月 10 日"冶金部承钢工作组"天安门合影，1979 年冶金部"攀枝花钒钛磁铁矿高炉冶炼试验"获得国家科技发明一等奖（集体）证书。听他们讲述50多年前在党中央和毛主席的关心下，在全国各行各业的大力支持下，他们克服种种困难，历时两年多，辗转承德、西昌、北京，进行了上千次的试验，打破了"呆矿"的断言，为攀枝花钢铁基地建设提供了技术路线和设计依据。并且，用铁的事实告诉世界，中国人是可以依靠自己的力量，攻克普通高炉冶炼高钛型钒钛磁铁矿这道世界冶金史难题……这令我很震撼，完全颠覆了我对攀枝花开发建设史的认知。

更为幸运的是，2019年6月，攀枝花市委、市政府成立"攀枝花钒钛磁铁矿高炉冶炼试验"工作抢救性挖掘寻访组，感谢市科协、阳光诗社的推荐，我有幸成为其中一员。通过前期的大量努力，在成都、重庆、沈阳、北京、马鞍山、鞍山、承德、南京、广州等地联系上了几十位老人，老人们既惊喜又兴奋，盼着尽快与我们相见。

在重庆大学采访周培土，已经聊了有一会儿，老人眼角泛起泪花，惊讶地连声问："你们真是攀枝花来的呀？你们真是来找我们的呀？你们真要把高炉冶炼试验的事写出来呀？"老人说："我心里激动啊，简直不敢相信会有这一天……"

马鞍山的裘然利老人失忆了，提起试验的事他叨念着："严格遵守保密纪律，干惊天动地事，做隐姓埋名人，我们没有辜负国家重托，我们完成了这项艰巨的国家任务。"

鞍山的刘宝信说："当年我是试验组响当当的高炉'四大工长'之一，高炉冶炼试验攻关就是为了建设攀枝花钢铁基地。高炉冶炼试验荣获国家科技发明一等奖，这个奖至今无人超越，千淘万漉虽辛苦，吹尽狂沙始到金，想想挺不容易的，可我们觉得这辈子都值了。"

成都的张顺兰老人说："领导找我谈话时表情很严肃地说，这是一项艰巨的国家保密任务，被挑选出来的人都是精兵强将。于是我当天就给女儿断奶，第二天就出发了。国家需要我去哪里，我就奔赴哪里！不问缘由，不问归期！我们试验组的女同志工作起来个个都是技术骨干。"

成都的许国顺老人说："正常情况一天做40个样品分析，高炉冶炼试验需要我一天做100个样品分析，那就想尽办法必须得做。毫不夸张地说，在试验组里每个岗位都是战场，我们都得像战士一样冲锋，去拼命。为了什么呢？为了自己的国家。"

重庆的谷源盛老人说："情况危急啊，大家都知道，千军万马在弄弄坪建设攀枝花钢铁基地。我们必须埋头苦干、攻克难关，试验期间我们与家人断绝了消息，家里的事都是小事，国家的事才是大事。"

重庆的徐楚韶老人说："科技报国没有终点。试验结束后大多数人经常到攀钢联合攻关，我研究攀枝花矿资源综合利用工作到70岁才退休。"

北京的吴启常老人自豪地感慨道："普通高炉冶炼钒钛磁铁矿，这是世界冶金史的一道百年难题，外国人说攀枝花矿是呆矿，炼不出铁。我们自力更生攻克了这道难题，我们炼出铁了，扬眉吐气啊！"

成都的畅广睿和周素仁是试验组一对比翼双飞的夫妻，他们说："我们并肩战斗全程参与试验，为国争光是我们最幸福的事情。"

攀枝花的麦际全老人说："在试验组第一次全体人员会议上，组长周传典说，一个人在几十年的工作生涯中做不了几件重要的事，但是如果我们能够顺利完成攀枝花钒钛磁铁矿高炉冶炼试验任务，做好这一件事，我们就可以死而无憾了！"

成都的辛书敬老人拿出一本一等奖证书，眼含热泪说："这是我们化学组余世财的，你们把这本证书带回攀枝花吧，算是给它找到了好去处。当年要求我们保守秘密，好多人已经把秘密一起带进坟墓了……"

沈阳东北大学的李桂新老人哽咽道："我们这帮老家伙已经走了不少人，

说实话将来真要把这段往事带进坟墓，终究心有不甘啊，走了也不瞑目……"

东北大学的赵庆杰老人哭泣着连声说："你们来晚了，来晚了，来晚了，李殷泰老师两个月前去世……当年试验为了要数据老师带着我们到炉身取样，这可是高炉操作禁区，有什么样的老师就有什么样的学生，我们没有一个是孬种，跟着老师拼命干……老师生前还惦记着攀枝花。如果老师看到你们来，该有多高兴啊，我要到老师坟前告诉老师，人们没有忘记我们……老师啊老师，你可以含笑九泉了……"

……

有种植物，一生向着太阳歌唱，这是向日葵。

在写前半部时，我满脑袋都是弄弄坪，要写"攀一代"建设者已经有点难了，那是一个不畏劳苦，只讲奉献的火红年代。但并不陌生，小说中有些细节来源于耳闻目睹。

最难的是写后半部高炉冶炼试验。我把老人们零星片段的回忆拼凑起来，努力还原那段尘封了半个多世纪的往事，写起来相当吃力。好比要啃一个坚硬的果子，我必须要鼓起勇气，要有足够的耐心。从决定了要写的时候起我便心情忐忑，我怕由于我的笨拙辜负了这个珍贵的题材，更怕辜负了那个时代的人和事。

攀枝花开发建设，一部气势磅礴的工业传奇；高炉冶炼试验，一部动人心魄的科技史诗。

高炉冶炼试验的成功，奠定了这座城的基石；弄弄坪出铁大会战，吹响了这座城前进的号角。

无论站在哪个角度，我都必须提起勇气，深怀敬意和感恩。与其说是我在写，倒不如说是某种力量在驱动着我。

希望老人们有生之年看到小说，会微笑。

希望我的文字能抵达那个并不久远而热血的时代。

阳台茉莉冒出了新芽。三月的攀枝花刚刚度过了56岁生日。不久我们将迎来党的百岁生日。

窗外阳光正好，心之所向，即为彼岸。

2021年3月8日　写于攀枝花

1

1965年初，一场从天而降的招工，让四川省崇庆县（今崇州市）三江镇沿河村农村青年周启明的命运发生了巨大改变，将他的生命轨迹引向千里之外。

这一天，周启明跟往常一样，正在生产队队部噼噼啪啪地打着算盘给社员们记工分，听见外面院坝传来一阵阵吵闹。紧接着就听见同村青年大声喊，周启明，快出来，有好事情哦，天大的好事情哦。听到喊声周启明放下算盘，好奇地从生产队队部走了出来。只见院坝来了几个穿着干部服装，一看就是吃"公家饭"的陌生人。他们带着介绍信，自称是特区工作组来这里招工，这个消息如一声惊雷，一下子就在村子里炸开了锅，村里的男女老少都前来凑热闹，好不欢腾！

大家围着那些人心里既兴奋又焦急，小心翼翼地问，真的是来招工的？农民也能进城当工人？天底下真的会有这种好事吗？

工作组的人回答："对，千真万确，我们就是来招工的，农民也能进城当工人，你们赶上这种好事了！"

村民们又急切地问，特区在哪里？离这儿远吗？

工作组的人笑了笑，又回答说："地点嘛，暂时保密，不过有点远，要坐几天汽车才能到。"

村民们更加兴奋了，进一步好奇而急切地询问，这座城市是什么样子？有高楼大马路汽车公园电影院吗？

工作组的人相互看了看，意味深长地笑了起来。一位领导模样的人看了看大家，两眼放光，豪情万丈地说："呃，这座城市嘛，很大，很大，高楼大马路汽车公园电影院样样都有，而且将来还要建设成为北京、上海那样的大城市。"

顿时有村民惊叫道，我的那个妈，这么大的城市啊！

几个青年心里涌上一股热流，干脆跳到板凳上，连声高叫，哎哟，天老爷啊，特区将来就是北京、上海那样的大城市啊！赶快来报名喽！

大家一听更加兴奋了，男男女女围着他们嚷着要报名。但工作组的人很慎重，把每个报名的青年从头到脚看来看去，先是把通过初选的人叫出来站在一旁，又反复看了看，这才让他们填表，看完了表之后，又从中选了几个留下。

好稀奇喔，你们是来招工，还是来挑女婿、选媳妇？一群农村人笑闹着问。

这是特区招工，一定要认真挑选。几个干部面带严肃，认真地重复说。

招工现场政审严格，凡是有地主家庭成分或者海外关系的青年男女，一律不要。

周启明注意到，那个领导模样的人，在看了他的报名表之后，满意地笑了，嘴上说道："周启明，这字写得真漂亮，高中生好，特区需要有文化的工人。我现在就决定，你这个工人我们要了。"

周启明心花怒放，随即心里忽然咯噔一下，担忧地问："我结婚了，还有孩子，你们要吗？"

这位领导又笑了说："我看见了，你表上已经填清楚了。不用担心，你先安心进城，表现好了以后可以把家属迁进城，一家人就在城里团圆了。"

听到这，一些村民迫不及待地问："你是说，当了工人连婆娘娃儿也可以迁进城？一家人都可以跳出农门进城当居民？"

领导一双深邃的眼睛，望着大家肯定地点点头，解释说："当然可以，没有成家的姑娘、小伙子，就在城里找个工人结婚成家。"

这下，村里更加沸腾了，人们奔走相告，青年男女更加兴奋了，跳起脚来踊跃报名。但是他们在惊喜之外都很好奇，为什么特区地点是保密的。

与身边的一群农村青年相比，周启明是有些出众的。他中等身材，皮肤白净，眉清目秀，有着一头天生浓密黑漆漆的鬈发，双眼皮下面有一双深邃明亮的眼睛，就像是一汪清泉，一身蓝布衣服干净整洁，脚上一双胶皮运动鞋。但他的身世也可怜，父母去世后，他在哥哥姐姐们的养育下，在老师的帮助下，竟然读完了高中。这在当时的乡村几乎是不可能的，但周启明做到了。

高中毕业的周启明在生产队当会计，但他的内心一直不平静，不甘心。在农村他也是一个让人羡慕有学问的知识青年。按照他的设想，先当民办教师，然后再一步步到镇里，总之他要往上走，他是不可能长期待在农村的，否则十几年的书就白读了。

可是由于种种原因，民办教师这个宝贵的名额被别人抢了。失去了这个改变命运的机会，周启明心灰意冷了好一阵子，也就是在这个时候，村干部要把女儿冉秀英嫁给他，村里长辈们也极力促成这桩婚事。洞房花烛夜也是人生一大喜，冉秀英模样还算周正，性格温和，她爱慕周启明已久。

但是，周启明毕竟是高中毕业生，而且还是心怀理想的高中毕业生。

因此，无数个夜晚，他彻夜难眠，他甚至觉得，这一切都是一团迷雾，他需要一盏明灯，照耀他冲破迷雾。也就是说，他并不屈服于眼下，他渴望改变命运，走出乡村。

现在，天大的喜事突然就降临了，命运终于就要发生改变。他明白，这是命运对自己的眷顾，确切地说，从今以后，他就要告别在农村当泥腿子的生活了。"老天啊，我该不会是在做梦吧。"一刹那间，心头涌上一股酸楚的滋味，他跑到河边坐在一块石头上，忍不住双泪长流。他经常来这里，他所有的心思都跟这块石头，以及眼前的河水倾诉过。他相信，它们能明白。

周启明要进城当工人，留下妻子冉秀英和女儿在农村，丈母娘自然乐开了花，反复叮嘱："启明啊，你进了城当工人，可不能变心忘了秀英母女啊。"

周启明信誓旦旦地保证："坚决不当陈世美，否则天打五雷轰。"

冉秀英内心不知是什么滋味，嫁给高中生周启明已经让她觉得脸上有光，甜蜜幸福，现在周启明要进城当工人，更让她内心无比激动。但是她又有些不安，怕他远走高飞了。现在有了周启明的保证，让她多少有些放心。更让她欣慰的是，在等待出发消息之前的那段时间，母亲天天晚上帮她带孩子，她和周启明无比恩爱，比新婚的时候还要恩爱。

周启明特意来到三江镇上，找到他的高中老师说明了情况。随即他们兴奋地铺开了一张大地图，趴在上面查找特区的位置。谁知找来找去也没有找到特区的影子，这对师生不免有些失望。

老师沉思了一会儿，镇定地说："启明，你放心去吧，从镇上到乡上都很重视招工，而且招工政审那么严格，这一切都说明了什么？说明了国家重视，说明了特区的重要性，前途光明远大着呢。"

周启明半信半疑，盯着地图越发懵懂，疑惑不已。

特区到底在哪儿？既然是一座城市，为什么在地图上没有标注？又为什么还要保密？

2

特区的确是保密的，而且这个地方根本就不存在，也不可能出现在地图上。这群农村青年怎会知道其中的奥秘呢！

1956年4月，毛泽东在中共中央政治局扩大会议上作《论十大关系》的报告。报告是以苏联的经验为借鉴，提出探索适合我国国情的社会主义建设道路的任务。阐述沿海工业与内地工业配置问题，提出利用沿海工业，发展内地工业，从根本上改变国家工业布局的构想，为攀枝花开发建设作了理论准备。

1964年5月，中共中央召开工作会议研究三线布局问题。毛泽东说，第一线是沿海，第二线是包钢、武钢、兰州，第三线是攀枝花，攀枝花钢铁厂还是要搞，不搞他总是不放心，打起仗来怎么办？我们的工业建设，要有纵深配置，把攀枝花钢铁厂建起来。

不久，国家计委、经委、中科院、地质部、冶金部、煤炭部、电力部、铁道部、林业部、交通部等几百人会集成都，"攀枝花调查工作组"正式成立，分成12个专业小组开始沿线实地考察。他们沿着成都至昆明公路南行，先在安宁河两岸，后至川滇交界的金沙江畔，白天分组踏勘煤、铁、石灰石等矿产及水利、林业资源，探寻水运、陆运通道，特别是要预选几处可以容下相当规模的钢铁联合企业的厂址，以备比较研究选定。晚上在钢铁厂厂址选定的会议上，大家集中讨论辩论非常激烈，有人主张建厂弄弄坪，有人主张建厂乐山，有人主张建厂西昌，随后将争论意见上报党中央批准。

1964年8月，中共中央召开工作会议研究三线布局问题，根据靠山、隐蔽、分散、节地的原则，最终选定把攀钢的厂址放在弄弄坪。毛泽东说，攀枝花是战略问题，不是钢铁厂问题。

会议上，毛泽东指定周恩来主管攀枝花钢铁基地建设工作。彭德怀出任总部设在成都的西南三线建设委员会副主任。会后，有关部门立即开始研究开发利用攀枝花、西昌地区丰富的钒钛磁铁矿资源，建设一个大型钢铁联合企业和修通成昆铁路的问题。

很快，毛泽东对攀枝花钢铁基地建设做出了一系列重要指示：

"为了战备，要建设攀枝花钢铁基地。"

"攀枝花不是有铁矿吗，为什么不建设钢铁厂？"

"不建设攀枝花钢铁厂，打起仗来怎么办？"

"不建好攀枝花，我睡不好觉。"

"建设攀枝花，要有紧迫感，这是和帝国主义争时间的问题。"

"你们老是不动手建设攀枝花，我要骑着毛驴下西昌。"

"没有资金吗？把我的稿费都拿出来！"

"攀枝花建设要快，但不要潦草。"

20世纪50年代，我国建设钢铁厂都是采用苏联模式，按"三大一人（大平地、大铁路、大厂区、人字形）"的总图布置进行设计。按照国际惯例，建设一座年产150万吨的钢铁厂，至少需要5平方公里的平地。

攀枝花钢铁基地选址弄弄坪。

但是问题来了。弄弄坪地处金沙江畔，只有2.5平方公里，且山坡高80米，三面被金沙江水环绕，金沙江在弄弄坪左边转了一个小弯，又在弄弄坪右边转了一个小弯，形成了一个半圆形。这里山峦重叠，沟壑纵横，光秃秃的很难找到一棵树木，遍地杂草，还有裸露着的山岩，在早晨的阳光下闪着赤褐色的光。

再说简单直白点，弄弄坪就是一座荒山！

弄弄坪，明显不具备钢铁基地建设条件。如何把它削成平地？还要把厂房和附属设施都放在这里，这怎么可能啊？这该会有多么艰难啊！

国家下了决心，就是要迎难而上突破旧框框，开拓中国人自己在山区设计和建设钢铁厂的新路子，设计人员面临着空前严峻的考验。来自全国一百多个科研、设计、施工、设备制造单位，以及冶金工业部、铁道部的数千名专业人员齐聚弄弄坪，深入现场反复勘测。

这一群人像雷达侦察兵，吃住在荒山上又苦又累，苦思妙想找灵感，大胆提出了台阶式设计方案。

上千人就有上千个脑袋，也可以做出上千套方案。红脸争执吵闹不休，那就举手表决，采取淘汰制，经过现场反复勘测，从中优选出几十套方案，然后又做了50多个总图布置方案，设计出通过大规模爆破，将山坡平整成4个大台阶、23个小台阶的台阶平地，将钢铁厂的各项生产设施布置在里面。这就是"象牙微雕"式立体大型企业的布局。

几十年后，弄弄坪设计被世界誉为"象牙微雕"的设计，1981年被评为国家优秀工程设计金奖，成为攀枝花开发建设史上的一个奇迹。

自1964年9月起，全国各地的建设队伍陆续进入攀枝花。

1965年3月4日，毛泽东看了有关人员所呈报的攀枝花特区筹备及工作打算的书面汇报，批示"此件很好"。这就是著名的"三四"批示，攀枝花开发建设自此全面推开。（3月4日也成了攀枝花建市纪念日）

国家做出"三线建设"的重大决策，成立攀枝花特区政府，建设攀枝花钢铁基地。为了保密，攀枝花对外叫渡口市。

一个伟大而又关键的抉择，奠定了一个新兴城市的前途和命运。

随着党中央、毛泽东一声令下，第一批成千上万的建设大军带着帐篷昼夜兼程，奔赴他们的同一个目的地渡口市。

一切都是从零开始。亿万年来一直沉睡着的金沙江大峡谷沸腾起来了。

这里连最基本的生活条件都不具备，建设者们打响的第一个战役就是"三通一住"，通水、通电、通路和住房，基于战备要求建设采取"先生产、后生活"方针，首先确保生产，生活设施先用临时建筑，他们在江边、山沟建干打垒、工棚、帐篷、席棚子居住。

攀枝花钢铁基地建设保密要求十分严格，参加建设的单位、部门统统用××信箱代替，基地规划组是一号信箱，冶金组是二号信箱，化工组是三号信箱，煤炭组是四号信箱，铁道组是五号信箱，电力组是六号信箱……1965年是攀枝花钢铁基地建设史上工作最困难、任务最繁重的一年，也是为大规模建设打基础的一年。

在党中央、毛泽东的特别关心下，渡口市建设一路都是绿灯，所需的建设资金和建设材料，由国家直拨，生活物资由四川和云南负责供应。在铁路不通、公路差、运距长的情况下，进行大规模建设非常困难。1965年

7月，交通部直属第一汽车运输公司在北京成立，国家计委从北京、辽宁、安徽、河南、山东抽调近5000人，各类汽车1550辆，组成五大车队，担负从成都、昆明两线运输生产、生活物资到渡口市。

这是一场特殊的战斗，在交通闭塞地区搞建设，运输是个大问题，既无铁路又无航空，两山夹一沟，大沟连小沟，司机们用"一壶清水捧干粮，风餐露宿心欢畅，通宵送走明月，黎明迎来朝阳，夏天经受酷暑，秋冬傲视寒霜"的精神，在1970年成昆铁路通车之前，著名的五大车队上千辆汽车，南来北往，日夜兼程奔驰在川滇线公路上，依靠公路运输先后运输来了200多万吨物资，其中还有几十万吨超长超高超重的大型设备。

在特定的历史条件下，创造了依靠汽车运输建设大型钢铁基地的奇迹。这条运输线被誉为"开得动，连得上，拖不垮，打不烂的钢铁运输线"。在世界各国工业发展史上，凡是大工业钢铁基地的建设，一般都是在具有铁路和航运，能够通过大量运输的条件下才能完成。

依靠汽车运输建设攀枝花钢铁基地，这是攀枝花开发建设史上的一个奇迹。

3

那年夏天，来了几辆解放牌卡车，把周启明和一帮人拉走了，沿途又在周边几个县不停地接人。车子直接开到成都人民北路万福桥，这里是特区驻成都办事处。20多辆解放牌卡车，在一阵敲锣打鼓的欢送下，浩浩荡荡出发了。

解放牌卡车摇摇晃晃开了五天五夜之后，越开越慢，不停地在泥巴路上颠簸，甚至好些地方根本就没有路，让人感觉汽车一会儿很愤怒，一会儿又在赌气，但就是不肯停下来，汽车一个劲拼命地往前开。众人都有些迷糊了，有些女同志还晕车呕吐。四周都是高山，连绵不断的高山。这群生长在成都平原周边的农村人，哪里见到过这么高的山呀，迷迷糊糊中猛然一抬头，感觉那一座座高山都快连到天上去了。

汽车在山脚下泥巴路上，叮叮咣咣，像头大口喘气的老牛，艰难前行。

走着走着，沿途不断有队伍涌来，似乎都是朝着同一方向而去。有的坐解放牌卡车，卡车四周缠着红绸布，车头挂着巨幅毛主席像。还有的队伍走在崎岖的山路上，扛着背包，背着水壶，走在最前面的人怀里捧着巨幅毛主席像，队伍前后满是扛红旗的人，男男女女，长长的队伍，像一股巨流，不断翻腾，蜿蜒着前行。

沿途的土墙上，白石灰写着大字"支援三线建设，到毛主席最关心的地方去""毛主席的战士最听党的话，哪里艰苦哪里安家""团结起来加速渡口建设准备打仗""备战备荒为人民，好人好马上三线""建设三线，红在渡口，专在渡口，誓做革命渡口人"。

众人更加迷糊了：这里是毛主席最关心的地方？要准备打仗了？我们这是要上战场了？不是说进城到特区吗？三线建设、渡口跟特区有什么关系？众人还在胡乱猜测，汽车突然使出吃奶的力气，怒吼着费了半天劲，好不容易爬上了山，又七拐八拐的，盘旋着来到了山上一块斜坡，猛然停下，从驾驶室跳下来一个人，朝车上众人大声喊道："到了，到了。快下车，这里就是弄弄坪。"

弄弄坪！弄弄坪？

可怜这一群人下了车，彻底被眼前的景象给惊呆了，举目眺望，山连着山，尽是一座又一座荒凉的光秃秃的山。低头看去，塈挨着塈，一片又一片的杂草丛生，乱石头里几乎就找不到一块稍微平整的土地。四周隐隐约约都是忙碌的人群，分不清楚到底是工人还是农民。虽然到处是热火朝天的场面，但感觉环境非常压抑，让绝望滋生。

"不是说进大城市当工人吗，怎么把我们带到这荒山上来了，到底是怎么一回事啊？"

"上当了，上当了，你们该不会是骗子哟……"

"啥子弄弄坪哟，平个鬼哟，这个山坡连人都站不稳当……"

一时间，众人不知所措地傻站着，惊讶万分，甚至是有点恐惧和失望，你看看我，我望望你。

不一会儿，只见那个从驾驶室跳下来的人，已经带着另一个穿着干部制服的人走过来，他们边走边说着什么，彼此握握手，那个人说了句，人就交给你了。随后转身跳上了车，丢下众人，汽车又怒吼着开走了。

穿干部制服的人手里握着一把镰刀，指着地上的一堆铁锹、钢钎、锄头、镰刀，对众人说道："都别像根电线杆立在那里一动不动，都别傻站着了，把行李集中丢在地上，去拿工具，我们的第一件任务就是割草搭席棚子。快！快！快！赶紧干活吧！"

"什么？割草盖房子？我们是进城来当工人的，难道要我们当农民？还要住茅草棚？"

众人还是一头雾水，站着没动，望了望说话的人。

说话的人瞪着眼，一脸焦急，用手抹了一把脸上的汗水，狠狠地甩在地上。望了望众人，他略想了想，挥了挥手里的镰刀，不耐烦地说："什么工人农民的，到了这里都是毛主席的战士，都得听党的话，哪里艰苦哪里安家。这样吧，你们这车来的人，推举一个临时负责人。"

几个沿河村的人愣了愣，连忙把周启明往前一推说，就他吧。

那个人看了看周启明，点了点头说："好。你们大家也看到了吧，眼前荒无人烟，别说吃饭、睡觉了，这地方连喝水都困难。我再强调一下，我们的头号任务就是动手割草搭席棚子，否则大伙就只能睡在荒山坡露天里了。抓紧了，赶紧干活吧！"

说完，这个人又朝周启明点了点头，握着手里的镰刀，弯着腰矮下身子，熟练地割草，割了这片，又向那片杂草深处摸过去割。他像长了一双魔手一样，势如破竹地割了好多草。那动作，就像是一个农民在收割庄稼，沉着从容。

他是工人吗？看样子应该还是个干部。

这哪像个工人，更不像干部，这就是一副农民相。人群中有人小声嘀咕。

咱们不都是农民吗，不，咱们现在是工人。周启明恶狠狠地瞪了大伙一眼，捡起一把镰刀割草。

众人都不敢吱声了，带着满肚子的疑惑，他们眼前的荒山上有草棚、席棚，也有帐篷，铺铺相连，拥挤不堪，还有无数的帐篷搭在山窝窝。好在人多，七手八脚忙碌了大半天，先是在荒山坡上找块相对平整的地面，砍干净周围的杂草，填平地面再搭帐篷。相对平整的地面实在有限，因此帐篷搭得不理想、不集中，东一团，西一团，散漫地分布在四周，男女分开，大的可以住二三十人，小的住五六人，有木板床和桌子就已经算好的了，上面铺满了干草，这就是床了。有的只能睡在几根棍子上，有的干脆睡在杂草铺着的地上。在席棚上用刀子划个大口子，支个棍子就算有窗户了。

这下，总算是有地方住了。

远远看去，这些草棚、席棚和帐篷，在荒山野岭之间顺山而上，像一朵朵蘑菇，又像天上的一块块云彩，又像是大树被风吹落的一堆堆枯落叶，七零八落地掉在了这原本寂静的荒山上。太阳升起来，荒山上泛起了淡黄色的光晕，还有干草的味道。

一旁，有用杂草搭的厕所，男女厕所中间隔着一层薄席，这边上厕所，那边就听到清晰的响声，闻到臭味。胆小的女同志不敢单独上厕所，就找女伴在外面站岗。

此前，经国家建委批准，冶金部十九冶已经从一冶分出来独立了，十九冶离开武汉来到特区参加三线建设。1964年底，十九冶机关的十多名工作人员挑着行李步行来到弄弄坪。

1966年6月1日，冶金工业部第十九冶金建设公司（简称中国十九冶、十九冶）正式宣布成立，以冶金指挥部体制统辖勘察、设计、施工、生产，对外称"第二指挥部"或"二号信箱"。十九冶所辖的单位有：重庆钢铁设计院渡口设计队（代号2-1）、长沙黑色冶金矿山设计院（代号2-2）、鞍山焦耐设计院渡口设计队（代号2-3）、西南冶金建筑研究所（代号2-4）、渡口市地震台（代号2-5）、三公司（代号2-6）、第二井巷公司（代号2-7）、昆明勘察公司渡口勘察队（代号2-16）、西南给排水设计院渡口设计队、国家建委土石方五公司、014部队、02部队、851部队、渡口水文站等单位，职工总数达到5万余人，是当时中国最大的冶建兵团，有"不穿军装的野战军"之称，十九冶的首要任务就是弄弄坪钢铁基地主厂建设。

此后，十九冶二公司、四公司、五公司、机动公司、特种公司等先遣队伍陆续开进弄弄坪。周启明这群人分配到了十九冶二公司。这时，周启明才恍然大悟，原来如此，难怪啊，自己和老师在地图上找不到特区。那一晚，大家都听到了对方在草席上不停地翻身，但谁也不吭声，只是睁着眼，凝视着漆黑的夜晚。

周启明不时在心里一遍遍地默念：弄弄坪，这里将是我人生一个崭新的起点。

4

弄弄坪山沟很深，山沟里头到处都在搭帐篷，风一吹沙尘铺天盖地的，人们成天都是灰头土脸的。这里的水是相当金贵的，要从江边挑上来，一桶桶都是混浊的江水，满足大家喝水都困难，哪还有水洗脸。专门负责做饭的人，他们找来三四块石头架在一起，上面支口大锅，用脸盆、水桶从金沙江里打来夹着黄泥巴的江水，水烧开了锅底留下层层泥，只好一天三顿吃咸菜吃干粮。有的四川人从老家带来一点腊肉舍不得吃，挂在屋里每天闻闻香味，天气炎热很快就长出蛆虫来。

紧接着，不断有建设者队伍扛着红旗，浩浩荡荡地涌入弄弄坪，他们从祖国的四面八方背起行囊，远离故土，纷纷落脚于此。大量的队伍陆续赶来，根本来不及搭帐篷，因此便有不少人露宿荒野。一些来自东北、上海的女同志常常望着家乡方向那块天，眼泪唰的就掉下来了。

这阵子的日子是枯燥无味的，白天大家在一起说说笑笑地忙碌，很快就把时间打发了。可是到了晚上，找不到事情干就开始胡思乱想，越想越鬼火冲，毛焦火辣的。

大家开玩笑说，草棚、席棚和帐篷，特区就是一座"三棚城"，每天上班必备草帽、水壶和手电筒"三件宝"。

什么城市啊，没有房屋，没有街道，没有公路，没有树木，没有水，没有电，哪里有一点点城市的模样，甚至连农村都不如。

果然不断听到流言，有人逃跑了，有的女职工哭了好几天，闹着要回家。那些从城市招来的男女职工情绪更大，到底还是从农村招来的职工要老实些，比较听话，有意见也不敢公开说出来。

"哄鬼哟，上当了，被骗了，哪有啥子高楼大马路汽车公园电影院嘛，这哪里是城市嘛，连一点城市的鬼影子都没看到。"

"就是，就是，根本就不是城市，满山火箭草，尘土飞扬，分明就是一个穷山沟，穷山坡，绕着一条江。"

"啥子特区，啥子渡口市，纯粹就是骗人的！"

"你们晓得不，还有更吓人的，我可听说了，这里还有麻风病，还有狼，还有土匪……"

"啥子哟，还有麻风病，还有狼，还有土匪，啊呀……我的妈呀……"

"老天爷啊！这是啥子鬼地方哟，还不如回家当农民，好歹还有几间大瓦房。"

"就是，就是，干脆我们悄悄地跑了算球……"

"哎哎哎，大家都小声点啊……"

一天半夜，周启明听到几个老乡悄悄商量跑不跑，怎么跑。有人推了推周启明，周启明假意翻身继续睡。

恰巧这时，一阵阵狂风吹来，险些把席棚吹翻，惹得众人立即爆发出一阵阵惊呼，然后是充满愤怒、不满的吼声。

周启明颤抖了一下，赶紧爬起来，四处看看，指挥大家盯死四个角的木桩，用大石头把席棚四周牢牢压住，又叫人爬上去用杂草绑着木棍，再捡些石头，死死压在席子上面。折腾了好一会儿，众人这才重新躺下，但刚躺下一会儿，只听外面狂风呼呼地吹，众人又都爬起来，你望望我，我看看你，都不作声。周启明镇定下来，慷慨激昂地对大家说："你们知道不，凡是能到这里来的人，都是从全国各地严格挑选来的，出身可靠，政治清白，我们不说是百里挑一嘛，也可以说是中榜了。能来这里，全村父老乡亲都为我们高兴，好多人想来还来不了。如果跑回去了怎么面对他们？再说了，你们也看到了，这种地方怎么跑，往哪里跑？"

"怎么不能跑呀，其他单位就有人跑了。"有个老乡抬头说道。

"就是嘛，宁愿回家当农民，也不想在这吃苦受罪。"又有老乡小声说道。

"你们晓得不，现在跑了就是逃兵。如果是在战场上，逃兵当场就被枪毙了！"周启明掷地有声，斩钉截铁说出这句狠话。

黑暗中，又有几个人小声说，就是，就是，四周好高的山，还有好多穿军装的人都背着枪。哼，说不定山头上就架起了机关枪，遇见逃兵就打。

听了这一席话，众人都不敢吱声。

待大家情绪平稳后，周启明便温和地说："你们想想，来的路上你们也看到标语了，支援三线建设，这里是毛主席最关心的地方。说大点，国家重视特区建设，我们是不是该响应国家号召。说小点，农村人能当上工人，多不容易啊，这就是改变我们命运的机会。眼下苦点累点算什么，在农村不是照样又苦又累吗？既然来都来了，那就不要胡思乱想了。好人好马上三线，好人怎么能当逃兵呢？踏踏实实留下来，好好建设钢铁基地，以后就在这里安家落户。不会超过20年，特区肯定会建设成为大城市。"

这些话，多少给大家带来了一些安慰，但大家更多的是对周启明的话表示怀疑。

很快，来自全国各地的建设大军陆续到来，由几万人增加到十万多人。弄弄坪，连块平地都难找到的弹丸之地，一下子涌进这么多人，没有房子，就住露天；没有床，就睡大地。没有生活与生产用水，人们就从金沙江一直排到山顶，完全靠人力，一桶一桶地将水搬运到山上。

周启明有个老乡是十九冶五公司的职工，和同事们在西昌四一〇厂等待任务，接到命令赶赴弄弄坪。从西昌到渡口市需要一天时间，要从西昌到德昌，经会理、永仁，再经平地、仁和到弄弄坪。汽车在群山峻岭中爬行，一路上因遭遇暴雨、塌方等，走走停停，走了三天才到。

他们深夜赶到弄弄坪，因为没有帐篷住，就在露天睡觉。

弄弄坪还没有通电，夜晚一片漆黑，狼群在四周嗥叫。人们点起火堆，围在一起说笑、逗乐、唱歌，唱什么的都有。

最吸引人的是河南人唱豫剧，唱腔铿锵有力，富有激情奔放的阳刚之气："辕门外那三声炮如同雷震，天波府里走出来我保国臣，头戴金冠压双鬓，当年的铁甲我又披上了身，帅字旗飘如云，斗大的穆字震乾坤……"赢得众人一片叫好。

不到半年，十九冶二公司就因为一场荒山席棚子婚礼在弄弄坪名声大振。新郎新娘都是大学毕业生，男的叫袁家良，毕业于重庆大学，女的叫吴雪梅，毕业于四川大学。刚毕业的学生要求没有家庭牵绊，而且只有家庭成分好、符合三线建设人员标准的，才能分配到三线来工作。共同生活、工作、学习，成就了那个时期特有的爱情。相同的经历让他们很快就相识相恋了，从谈情说爱到结成革命伴侣，往往是为了更好地工作。

他们的爱情宣言是：我们来自五湖四海，为了共同的革命目标走到一起！

有意思的是，单位领导居然特批一块僻静的地方，单独搭建了两间席棚让新婚的他们居住，这在当时算是豪华住所了。

本来，袁家良和吴雪梅想的是，结婚后可能还是分开住男女席棚。现在却独自拥有属于他们的席棚，真是意外的惊喜。新婚之夜，席棚内并不算黑，透过木棍支起的一块席子窗户看天空，月亮躲进了云里，星星密密匝匝，明亮清晰，簇拥在一起，非常甜蜜。袁家良坐在吴雪梅身边，他吻了一下她，随后他们甜蜜地躺在了又干又脆的草席上，他完全覆盖在她身上，他亲吻着她，她闭上眼睛激动地喘气，浑身颤抖，浑身灼热，仿佛心就快要跳出来了。他和她都愈加慌乱了，他甚至是满头大汗，又急又慌不得要领，而她仍然不知所措。随后他紧紧抱住她，如同梦呓般低声呻吟，她使劲闭上眼紧紧地抱住了他……

到了夜晚，大家免不了唧唧咕咕，总有不少人眼馋，不时朝着那处豪华席棚张望，内心已经翻江倒海了。有的干脆趴在窗口，努力支起耳朵想听见点什么动静。

有的人打趣地说，累了一天了，快睡觉，都别出声，免得惊动了新郎新娘的好事。

也有人说，我都快累散架了，往草席上一躺就能睡着，任凭什么山呼海啸都吵不醒。

还有人说，喊你们不要听了，你们横竖不听招呼，明天活路还有啷个多，快点睡喽……

有年龄大些的人也说，就是嘛，你们那些个娃娃，耳朵巴掌大，横竖不听话，睡了睡了。

有的人听了一夜，也没听见什么。第二天早早起来了，偷偷瞅新郎新娘，满心羡慕。

没有电，机器无法开动，必须尽快解决电的问题。从云南运来了一台3000瓦的柴油发电机，电力工人们肩扛机器运上山架好，总算通电了。

按说已经到了冬天，可是每天抬头就是阳光，而且热得一塌糊涂。开始大家还高兴冬天暖和，看来根本不用穿毛衣就可以过冬了，不用担心没衣服穿了。但是，不到中午太阳就烤得整片荒山发烫，那些杂草更是无处可藏，就在太阳下曝晒着，感觉要冒烟了。只要有人从它们身边走过，它们就毫不客气，朝人们张牙舞爪地扑过来。

有人说，这是火箭草。

弄弄坪最不缺的就是火箭草。火箭草天生就喜欢跟人亲密接触，最喜欢的就是袭击人，只要从它们身边走过，它们立刻就扑到人身上，疯狂往人衣服里钻，又尖又细的刺扎人皮肤，让人又痒又疼。

周启明每天的任务还是搭帐篷，他抹了一下脸上冬天的汗水，埋头飞快地干活。谁也没想到，看起来斯斯文文的周启明居然是把搭帐篷的好手，他三下五除二，用几何比例搭帐篷，规划好杂草和木头的尺寸，引得周围人都来学习。二公司领导夸奖周启明是"搭帐篷高手"。

必须加快割草搭帐篷，他们又接到了搭帐篷的任务，因为马上又有一支队伍要来了。这支队伍由华东、东北多所大中专院校的上百名毕业生组成，他们从武汉坐火车到贵阳，从贵阳坐火车到昆明，从昆明坐汽车再出发，路况一天比一天差，一路都是黄土路、弹石路，大家身上、头上都是黄土，虽然没有人抱怨叫苦，但这群学生极少说话，歌声、笑声更是没有了。

几天几夜后，汽车到达渡口吊桥，车子停下，有人指挥，人员全部下车步行过桥。

为了解决过江问题，渡口市建设指挥部修建了简易的临时人行吊桥，吊桥横跨金沙江，全长180米，宽不到3米，桥体可载8吨汽车通行，这也是金沙江上的第一座吊桥，还有护桥部队把守。

等人员过桥后，汽车才缓缓开上吊桥。一群人看得目瞪口呆，惊叹驾驶员胆子大技术好，如果换个胆小技术差的，就不敢开上吊桥了。

听到大家的夸奖，驾驶员微微一笑，自豪地告诉大家："我当兵八年就在部队开车，技术早就练出来了。"

这批人多数是第一次看到吊桥，第一次进入大峡谷，非常好奇，无不感慨祖国幅员之辽阔，山河之壮美。过桥之后，又沿江北行驶了一个多小时才到弄弄坪。

有人掐指一算，从武汉到渡口，路上走了12天，来了就立即投入战斗。

战晴天，抢阴天，刮风下雨当好天，加快建设大三线。各个建设队伍都是这样干的，道路不通，就翻山越岭；缺少工具，就肩挑背扛。施工材料依靠人力运进施工路段，一根巨型木材或者重型设备，需要几十人甚至上百人，一步一挪抬到目的地，一群群铁道兵战士正在打眼放炮，赶着为即将兴建的厂区铺架铁轨。伴随着机器声隆隆，炮声阵阵，喇叭声扬扬，弄弄坪建设工地上一片沸腾。

这里的天气像是骑了一匹快马，跑得迫不及待，四季不分明，只有夏天和冬天。不，确切地说，连冬天也没有，刚摸着点冬天的尾巴，夏天就迫不及待跑来了。

1965年春，国家计委授权冶金部下达《攀枝花钢铁联合企业设计任务书》（攀钢主体设计），由重庆黑色冶金设计院、长沙黑色金属矿山设计院、鞍山焦化耐火材料研究设计院共同承担设计任务。

来到了渡口市之后，重庆黑色冶金设计院改名为重庆钢铁设计院渡口队。他们一来就被安排住在仁和的木板楼，据说这是当地一户地主家的小院，上面两层住人，下面是猪圈。每天早上，一群人背着水壶，挎着帆布包，戴着草帽，脚穿布鞋，提着棍子分头出发。沿着杂草丛生的小路，来到南山脚下，坐小船渡金沙江，到江对岸的弄弄坪。

这群知识分子编了顺口溜：一怕麻风二怕狼，三怕土匪放冷枪，四怕木船渡金沙江，五怕地震摇垮房。其实，这也是渡口市建设者们共同担忧的"五怕"。这是有道理的，这里确实有麻风病人，也有人见过狼，但没见过土匪，他们每天出门都要提根棍子，做两手准备，打狼或者打土匪。如果地震来了，草棚、席棚和帐篷轻轻一摇就垮了。

金沙江风急浪高，漩涡多，暗礁多，水流湍急。在没有公路桥梁的情况下，行人和物资过金沙江，只有靠小船过渡的办法解决，当时有雅砻江渡口、摩梭河渡口、大渡口渡口等八九个渡口。

时不时就会从江两岸传出消息来，有人掉进江里再也没有回来。

不久，设计院渡口队就从仁和搬到了弄弄坪，30多人的住所和办公场所急需搭建席棚。搭帐篷高手周启明被安排去帮十九冶辖区单位重庆钢铁设计院渡口设计队搭帐篷，他带着几个人走了半个多小时山路，远远就看到有一块绿地，周围种满了芭蕉树，门口立着一块木板，上面写着巨大的漂亮毛笔字"芭蕉苑"。这就是设计院渡口队所在地，也就是后来的攀钢轨梁厂。几天的工夫，芭蕉苑内就布满了十几个席棚。

他们每天分组行动，有的搞设计、描图、晒图，有的和周启明他们一起砍柴盖住房，有的开荒种田，有的做饭，还动手做马扎（小板凳）。席棚外杂草丛生，卫生环境差，蚊虫到处飞，伸手就能抓住一两只。为防蚊子攻击，他们有的钻进蚊帐里，有的穿上雨衣、套鞋全副武装，闷热的天气用不了半小时就大汗淋漓。中午和晚餐吃大锅饭，人们围在设计室，一盆白饭几盆素菜，说说笑笑吃饭甚是热闹。暂时没有了每天坐木船渡金沙江的恐惧，也没看见麻风病人、狼和土匪，这群人心情愉快起来，其中有些个爱干净的人还闹出了笑话。因为临时供水设施经常出问题，有时几天没水，即使有水也特别混浊。爱干净的人一有水就洗衣服，结果白色衣服没洗几次，就变成灰黄色了。大家就取笑说，活该，看你还臭美不，这下惨了吧，不用进染房，衣服就染色了。

一来二去，没有人穿浅色衣服，都穿深色衣服，白衬衫就只好压箱底。

渡口队的队长叫谭忠凡，是重庆人，毕业于重庆大学冶金系，他的妻子和孩子都在重庆。谭忠凡长得高大白净，有着一双明亮的大眼睛。周启明和谭队长很快就熟悉了，休息时便一起坐在大石头上喝水。

这群知识分子乐观向上，芭蕉苑时常响起歌声：革命人永远是年轻，他好比大松树冬夏常青，他不怕风吹雨打，他不怕天寒地冻，他不摇也不动，永远挺立在山顶。

周启明四下看看，小声问道："谭队长，来到这里，你们有没有人逃跑？"

谭忠凡摇摇头，爽朗地笑了笑，豪情万丈地说："我们都是积极报名来支援三线建设的，有的人推迟了婚期，有的女同志把孩子丢给了单位幼儿园。你看那些才毕业的大学生，那些个女同志都能吃苦。我们承担了攀钢一期工程的主要设计任务，不久的将来这里就是攀枝花钢铁基地的核心区域，攀钢的主厂房都在这里，我们要在这里建厂房建高炉出铁。"

让毛主席睡好觉，建高炉出铁。

这是弄弄坪人尽皆知的最高任务。周启明已经不止一次私下听到人们悄悄议论：弄弄坪建高炉出铁，简直是天方夜谭。但谁也不敢公开胡言乱语。

每到夜晚，别人都累得倒头就睡，周启明却睡不着，他来到一个高处眺望。夜幕下，周围的荒山显得异常空旷诡异，真不知道什么时候才能建设好钢铁基地。他仰头注视着天上的星星，它们若有若无，依稀闪耀，令人怜悯。

与此同时，成昆铁路正在加紧施工。成昆铁路与攀枝花、六盘水是20世纪60年代中期西南大三线的"三位一体"重点工程。中央成立了西南铁路建设指挥部，集结30余万军民开展了成昆铁路建设大会战。这是一条英雄的铁路，打通了连接川滇两省的钢铁大动脉。成昆铁路平均每公里大约有两名筑路者牺牲。（成昆铁路和阿波罗登月、第一颗人造卫星并称20世纪三大奇迹，开创了18项中国铁路之最、13项世界铁路之最。）

攀枝花境内米易湾丘车站到金沙江三堆子路段线路地形尤其复杂，山川相连，是成昆沿线隧道十分密集的地区之一，桥梁涵洞亦多，许多地段桥隧相连，出洞过桥，过桥进洞，地势险峻，堪称"地下铁道"。铁道兵第五师四万多名官兵调防到渡口市修建该段铁路，由于施工危险大，官兵们风餐露宿，日夜奋战，许多官兵牺牲在成昆铁路上。

5

1964年，随着各路建设大军从四面八方涌入攀枝花钢铁基地，现场指挥出现困难，临时领导小组感到力不从心。

1965年2月，经国家批准同意攀枝花成立特区人民委员会，仿效大庆形式，实行政企合一。受冶金部和四川省双重领导。同时成立攀枝花特区党委和工地指挥部，任命冶金部副部长许志为特区党委书记兼工地指挥部总指挥。

许志，辽宁沈阳人，毕业于同济大学德文科及机械工程系，历任延安军工局科长、炼铁厂工程师、兵工厂厂长、晋察冀军区军工部生产处处长、华北人民政府企业部工程处处长、北平军事管制委员会企业处处长等职；新中国成立后，历任冶金部司长、部长助理、副部长。

1965年9月23日，毛泽东请67岁的彭德怀到中南海谈话，让彭德怀出任西南三线建委副主任。这年11月28日，彭德怀从北京去成都，他身穿黑色的军呢大衣，端坐在一节车厢内，内心激情澎湃。一到任地，彭德怀立即找人听汇报，马不停蹄地工作。

1966年3月的一天，夕阳西下、暮色四合，在金沙江北岸，彭德怀乘坐一辆苏式吉姆车，准备跨过金沙江上的吊桥，赶往攀枝花特区工地指挥部。

此刻，总指挥许志带着一群人，早已站在金沙江南岸山坡上等候多时。

许志从望远镜里看到，一辆辆车正停在江对岸吊桥前面排队，彭德怀的汽车也在其中。许志本来想给桥头的护桥部队打个电话，让彭德怀的车先开过来，但转念一想，以彭德怀的脾气，他不能打这个电话。

见过面，彭德怀没有急着去指挥部，他和众人站在山坡上，用望远镜看着对面已经破土动工正一片热火朝天的弄弄坪，又看看汹涌澎湃的金沙江，滚滚波涛如同万头猛狮呼啸而过。江面上，无数小船载着建设者，从南岸划向北岸的工地。等待渡江的人群，举着红旗，背着行囊，排成了长长的队伍。

随后，一行人便赶往指挥部所地在13栋。

彭德怀问："13栋，这是什么番号？难道是你这个兵工厂厂长设计的？"

许志笑道："这哪里是什么番号，这是我们指挥部的招待所。"

彭德怀也笑了，高声说，到了这里呀，就感觉像是到了前线一样。

13栋，在一座光秃秃的山坡上，与江对面的弄弄坪隔江相望。这是一座用泥土砌墙的二层土楼，在它的四周都是特区党委和总指挥部办公用的干打垒房子，顺次排列着数过去，这座"豪华"的二层楼正是第13栋，因此也就叫作13栋，成了特区党委和总指挥部专门接待中央领导同志的地方。

为了应对未来不可预测的战争，经国务院批准，1966年在攀枝花建一座地下战备电厂。对这座电厂的要求是依山、靠水、隐蔽，并将这项工程交给了国家建委土石方公司。新建的地下电厂叫503电厂，又名503地下战备电厂，是我国唯一一个地下战备火力发电厂，位于格里坪镇新庄村，因此也叫新庄电厂。这里面朝金沙江，背靠重峦叠嶂的群山，不走进来，根本无法察觉这里隐藏的电厂。

503电厂的建设也是一场攻坚战，国家建委土石方公司调动了全国的精兵强将，会集在这片荒凉的崇山中，开山放炮、挖石凿洞，从大山的肚子里挖出几十万立方米土石，再将那些需要整整一节车厢才能装下的大型设备化整为零，拆散后分装在卡车上，通过公路翻山越岭运进来后，再在这里一个部位一个部位地安装回去。相当于在大山的"心脏"里完成了举国罕见的地下电厂工程。

有一天，彭德怀在一行人的陪同下来到503电厂，十分仔细地察看了厂里的设备和生产环境，了解设计和施工中遇到的问题。他对大家说："毛主席批示过，三线建设需要依山傍水扎大营，这个地下电厂的建设从地形和战略意义上，是完全符合毛主席指示的，因此要加快建设步伐。"

从电厂出来后，一行人来到山坡上。彭德怀朝四周望了望，指着两边的山峰，风趣地对大家说："要是真的发生了战争，在这两个山头上派一个排的兵力，各架一挺机关枪，一夫当关万夫莫开，任何敌人都休想进来！"

大家一听，都被逗笑了。

彭德怀又说："搞建设也同打仗一样，大家一定要按照毛主席的指示，三线建设要快，但不要潦草，尽快把钢铁基地建设起来，我们自己生产钢铁造枪、造炮、造飞机、造军舰，到了那个时候什么样的敌人我们都不怕了。"

每天回到招待所，彭德怀都要找许志详细了解情况，并在笔记本上记录建设中遇到的困难、急待解决的问题，以便回到成都西南三线建委之后，一个一个地解决。在彭德怀亲临三线建设现场期间，每到之处，建设者们战天斗地的拼搏精神，令身经百战、屡立战功的元帅为之动容，为之感慨。

一天深夜，彭德怀满怀激情地在自己的笔记本上，为攀枝花赋诗一首：

天帐地床意志强，渡口无限好风光。

江水滔滔流不息，大山重重尽宝藏。

悬崖险绝通铁道，巍山恶水齐变样。

党给人民力无穷，众志成城心向党。

离开攀枝花时，彭德怀语重心长地叮嘱许志，党中央强调"一定要抢在战争到来之前"把攀钢建设起来。

许志紧紧握住彭德怀的手，说："彭老总，您这次来，对我们的工作起了很大的推动作用，有什么情况我立即向您汇报。"

在此期间，中共中央时任总书记兼国务院副总理邓小平受党中央、国务院委托，亲临西南大三线现场。邓小平登上攀枝花兰尖铁矿高兴地说："要说在攀枝花搞钢铁，这里真是得天独厚啊。这个钢铁厂的选址，我看很好嘛。以后，让国务院各部委的领导们都来这里看一看。"

随后，国家领导人彭真、贺龙、郭沫若等先后视察了攀枝花。

早在1964年6月，冶金部就批准成立四〇公司（攀枝花钢铁公司前身）筹备处，以西昌钢铁公司为基础。冶金部与中共四川省委决定，改西昌钢铁公司留守处为四〇公司筹备处，由鞍钢承担攀钢的组织筹建、生产准备等工作。很快，"鞍钢支援三线建设工作组"分期分批调配人员到渡口市，不久攀钢从冶金部分出独立，定名为东风钢铁公司，直到1970年改名为攀枝花钢铁厂。

在不到一年时间里，鞍钢支援攀钢7000余名干部、技术人员和熟练工人。这里面就有鞍钢技术骨干与管理人才王邦国，他先后担任筹建之中的攀钢焦化厂负责人、炼铁厂和攀钢公司领导。

一个星期六，弄弄坪一处荒山放火烧野草，王邦国的小儿子和几个孩子都被烧伤了，他的妻子去救孩子，也被烧伤了。忙得天昏地暗的王邦国跑到医院时，他的妻子已经清醒了，小儿子还在昏睡。看到王邦国那失魂落魄的样子，妻子艰难地轻轻一笑，安慰他说："你不要害怕，我和儿子都死不了。"王邦国小心翼翼地拉住妻子缠满了绷带的手，刚强的他侧过头去，硬是把眼泪憋了回去。第二天，王邦国又早早来到施工现场，两眼通红的他埋头工作。大家忍不住劝说："老王，你暂时放下工作，去医院照顾他们几天吧。"

王邦国紧锁着眉头说："不是我心肠狠啊，大家都在硬挺着呕心沥血干工作，我怎么能走呢？他们娘儿俩有医生护士呢，我放心。"

1966年，指挥部在弄弄坪召开万人誓师大会，提出主要任务是"主攻两厂（发电厂和水泥厂），拿下两矿（煤矿和铁矿）"。

走路凭两腿，运货靠肩头。到处是一片繁忙，无论干部还是职工，全体出动一齐上，攀钢的生产准备是在边进人、边施工中展开，有的设备长30多米，重几十吨，甚至上百吨，在巴掌宽的路上，全靠人们用绳子绑着设备，上万人挑着一根根扁担，一步步推着、扯着走。抬大件设备上山时，有专门的人负责指挥，指挥的人有时叫喊：一二三，一二三，一二三，加油干咯，嘿啾嘿啾，胸怀全球挑重担咯，嘿啾嘿啾，敢叫机器飞过山咯，嘿啾嘿啾。就这样，人们硬是靠人力把设备运送到指定位置。

弄弄坪脚下就是金沙江，为了把金沙江水引上五六百米高的工地，工人们在酷暑光膀子抬着管子、电机和水泵上山，一天就抬断了200多根扁担。在弄弄坪的众多建设队伍中，十九冶是主力部队，队伍人数最多，是当之无愧的老大哥，他们日夜奋战，削平了一个个山包，填平了一道道沟壑，经过三年多的努力，终于拉开了建设攀钢一号高炉的战幕，为攀枝花的初期开发建设立下了不可磨灭的功勋。

周启明所在的单位是十九冶二公司，二公司在弄弄坪山脚下，临近金沙江边，这一片地区有个好听的名字钢花村。

钢花村也住着攀钢职工家属。与十九冶人相比，他们的席棚搭建千奇百怪，令人叹为观止，平顶、尖顶、斜顶，毛毡顶、席棚顶、铁板顶，从房子的样式一眼就能看出主人是从哪里来的建设者。平顶四合院式的是从北方来的，斜坡吊脚楼式的是上海来的，都是凭着自己的喜好自行设计，各式各样的土房变戏法般地在金沙江畔的山坡上冒出来。考虑到气候干燥棚顶的遮阳材料易燃，如果遇到火灾人可以往外跑，那贵重物品怎么办啊，总不能随时带在身上吧。于是有人想出了好办法，干脆在家里挖个秘密地洞，把一些贵重物品放在地洞里，即使遇到火灾，贵重物品也可以完好无损保存。

实际上，这个时候火灾是经常发生的，有抽烟的人粗心大意，烟头把席棚、牛毛毡棚、茅草棚点燃了，还有就是天气炎热干燥导致荒山自燃。

于是，弄弄坪成片成片的席棚、牛毛毡棚、茅草棚里，几乎家家都挖了个秘密地洞，放置私人贵重物品。

越来越多的建设队伍，分布在渡口市的弄弄坪、瓜子坪、枣子坪等江北片区，要方便联系就得靠电话了。这项紧迫而艰巨的任务，交给了十九冶电装公司，而整个江北片区只是烂泥田、东风一带有一个电信四分局，用的是最老式的磁石式电话交换机，而且只有50门，远不能适应江北片区生产建设活动的需要。冶金指挥部决定在烂泥田建立总机室，购置一部供电式200门交换机，从线路设计到总机安装调试均由电装公司外线队通信工段负责。他们每天一顶草帽，一个水壶，再加两个馒头作午餐，从河门口运电杆子到烂泥田，沿路架线立杆子，整整苦干了三个月完成了任务，开通了总机，为冶金指挥部所属20多个单位和各部门通信联络提供了方便。

可以说，在最初艰苦卓绝的建设中，十九冶人冲在了最前线。这支队伍是最能吃苦耐劳的队伍，也是最能打硬仗的队伍。他们从早到晚都没有闲着，整天忙着抓工作、抓开会、抓学习，气氛很热烈。

有一天，二公司骨干周启明接到通知，十九冶组织各二级单位骨干人员前去密地大桥施工现场参观学习。他们一行人吃过早饭，戴着草帽，背着军用水壶，先是在弄弄坪大花地一个山坡上集合，清点人数整理队伍。打头的高高举着一面红旗，一个干部模样的人吹着口哨带领大家出发了。他们沿着高低曲折的山坡，顺着金沙江朝密地方向走去。新婚的袁家良和吴雪梅也在其中，有人开玩笑说，让新郎抓紧新娘子的手，当心山坡路滑掉进金沙江里。吴雪梅羞红了脸，袁家良笑笑紧紧地抓住了她的手。

走了一会儿，带队干部说要抄小路，这样就能提前赶到，并提醒大家注意安全。有人便小声嘀咕说，什么小路大路，这荒山坡根本就没有路。又有人笑着接过话说，同志啊，我们使劲走，用力踩一踩就有路了。还有人高声喊道，男同志照顾一下女同志，小心滚下山坡，掉进江里。大家走得步步惊心，队伍中时不时有女同志惊叫。

一路走来，总算是有惊无险赶到了密地大桥施工现场，呈现在眼前的情景跟弄弄坪一样热火朝天。

　　负责密地大桥建设的主要是交通部四局五处桥梁工程处，单位所在地在密地桥北荒山坡上，住房上面是油毛毡，四周是席子，天气炎热，阵阵热浪涌来，席棚内酷暑难耐，年轻人干脆将席棚四周划开几个大口子，用棍子支撑着当窗透风。

　　看到这里，周启明心里高兴了。他想，回去以后再划几个大口子，免得大家喊热得睡不着了，等来年冬天再把席子补上。在大家眼里，周启明不仅是骨干，而且他脑子灵活，善于做思想工作，尤其是在生活细节方面想得周到，在职工中有点威信。

　　忠不忠，看行动，一颗红心，修大桥。

　　这是挂在密地大桥施工现场的标语。大桥施工靠的是人海战术，上千人聚集在金沙江两岸，展开了一场建设大桥的大会战。由于队伍成员来自四面八方，互不相识，除军代表身着军装有明显的标志以外，其他人就分不清谁是干部、谁是工人，大家同吃、同住、同劳动。军代表将队伍按单位进行部队编制，实行军事化管理，人员按连、排、班分配，分别住在金沙江两岸荒山上的席棚里，过江全靠小木船。江两岸同时施工，两边联络靠吹哨子、打手势、舞小旗。军代表专门负责教大家打旗语。打铃起床、吃饭、熄灯睡觉。但许多时候都例外，遇到抢工期两岸几百人推着小车来回跑，人员三班倒，工地上照样热火朝天。经常是深夜大家回到席棚里，没有水喝，就忍着；没有水洗，就穿着一身脏衣服在床上打个盹，第二天清晨又直奔施工现场。除了上班，许多时候要开会、学习，下了班，听到喊声，一群年轻人抱起篮球就跑，打扑克牌、下象棋、唱歌，样样都来。

　　接待周启明他们的技术员叫刘任彪，是江西人，从江西交通学校路桥专业毕业，分配到交通部四局五处桥梁工程处，到成都报到，一周后赶往渡口。21岁的刘任彪和同学张春根、汪福生、张玲兰、李甫英等人是坐解放牌卡车来的，来了就修建密地大桥。

周启明说："我们在弄弄坪有几万人大会战，就是过江不方便，等你们多修几座桥就方便了。"

刘任彪自豪地说："我们的任务就是为钢铁基地修路修桥，让这里天堑变通途。"

就在1969年5月，密地大桥建成通车前夕，党中央派慰问团前来举行慰问演出。施工队伍在金沙江北岸搭起一个露天大舞台，现场彩旗招展，围了上千人观看演出。密地大桥横跨金沙江，连接渡金公路与密兰公路，是攀密矿区通往渡口市区的咽喉。这座桥当时的主要任务就是输送尾矿，是当时全国跨度最大的钢桁拱桥。（1978年11月，我国发行"公路拱桥"特种邮票，1套5枚，其中就有密地大桥）

密地大桥背后就是攀枝花矿山公司（简称攀矿）。攀矿北起大黑山山麓，在金沙江和雅砻江交汇的夹角地带，是攀枝花的钢铁原料基地，也是亚洲最大的钒钛原料基地。1965年冶金部批准《攀枝花铁矿采矿和选矿初步设计》，同意建设朱家包包、兰家火山、尖包包三个露天采场。攀矿建设的第一仗就是打通兰家火山隧道，施工人员克服路、水、电不通等困难，施工所需设备、材料都是人抬肩扛、绳拉手推送到施工现场。山西人陈良玉1965年毕业于江西冶金学院选矿专业，他和五百多名地质、选矿、采矿、冶炼专业的大中专毕业生一起分配到冶金部四〇公司，然后到鞍钢实习，等待命令参加三线建设。随后，一群人浩浩荡荡来到渡口市。

正当攀枝花钢铁基地建设热火朝天地进行时，一场浩劫席卷了全国。1967年初，基地建设指挥部的领导成员纷纷被拉下马，总指挥许志更是首当其冲，批判、游斗、专政，肉体摧残，精神折磨，害得他左眼完全失明。在周总理的关怀下，他在上海华东医院住院治疗，随后回到北京。一天晚上，周总理把许志叫去，对他说：中央已同意成立渡口市革命委员会，实现统一领导，抓紧恢复和加强生产指挥系统，限期全面复工，发动群众，全力以赴，确保1970年"七一"前出铁，向党的生日献礼。

"七一"前出铁，向党的生日献礼。这是给渡口市下达的紧急战斗命令，那些因"文革"武斗几乎陷入瘫痪的建设继而陆续复工，这就把全市的生产建设引向了新的高潮。

矿山先行，紧接着就是煤炭供应。在荒凉而高高的宝鼎山上，又一场渡口市建设的重头戏"夺煤保铁、保钢"正在上演。这里是沸腾的矿山，没有夜晚。

矿山这群人来自吉林辽源、辽宁本溪、北票矿务局、山西太原等地。上千人、上万人成建制迁来，到成都下了火车，坐上大板车就拉往渡口市，路是越走越荒凉，而且越走越危险，可以说是心一直悬着，几天几夜后被拉到四号信箱煤炭指挥部所在地摩梭河，也就是后来闻名渡口市的矿务局。按照重庆煤矿设计院提交的《宝鼎山矿区总体设计方案》，拟定在宝鼎片区摩梭河、太平场、宝鼎山、灰家所、营盘山等地建设矿井，矿区运输用空中索道、重型和轻便铁道。

宝鼎山上的花木兰割草班，由12个姑娘组成，年龄最大的20岁，最小的16岁。她们豪迈地宣布，把宝鼎山矿区盖房用的草全部包下来。于是这群姑娘带上干粮和水上山割草，晚上回到住地腰酸背痛，有的低声哭泣。年龄大的说：我们想念自己的母亲，想想祖国这个伟大的母亲，想想怎样使她富强，想想怎样为她做贡献。

花木兰割草班割草一年多，保证了矿区7000多平方米的房顶用草，被矿区评为"英雄集体"。

有一个从黑龙江哈尔滨调来的党员，是一名技术科长，见到宝鼎山荒野一片，吓哭了，晚上躺在地上一夜没睡觉，没两天就偷跑回家了。

煤炭指挥部知道后，立即召开大会通报此事，号召党员干部，真心为国家的富强，为人民的幸福，为共产主义事业吃苦在前，冲锋在前。

没过几天，又发生了一件影响极坏的事。山西几百名职工住在荒山上的席棚里，本来情绪就不好，再加上和他们一起工作的还有一群四川人，其中一位负责管理他们的干部也是四川人。山西职工认为四川干部偏袒四川职工，而四川职工则认为山西人是"老倔驴"，太难打交道了。

有一天，在搭席棚的时候，山西职工认为他们人多，而分给他们的席子却太少，不由分说就到四川职工那边去拿席子。不料四川职工早就有怨气了，觉得山西人太不讲理，不仅抢占了好地盘搭席棚，而且还处处挑衅，于是就不让他们拿席子，双方争吵起来，一下子就聚集了几百人，已经到了剑拔弩张的地步。

"瓜兮兮，神戳戳，宝塞塞，装疯迷窍，牙尖十八怪！"一群四川职工提着铁锹，一口气甩出方言。

"什么嘛十八屎？你说谁怪，屎迷触眼！看你的屎事哇！"山西职工也不甘示弱，怒吼道。

"就看你们屎事！你们挨屎！你们用麻雀蘸酱油，要屙屎有草纸，不要扯老子的席子！"

"你们才挨屎！你们当谁的老子！"

一气之下，山西几百名职工集体到煤炭指挥部上访，围着指挥部领导和军代表，提出要求回山西去。煤炭指挥部紧急召开党委会议，安排人员出面调查了解，平息事态，有部分山西职工调回山西，领导也由四川人换成了东北人。

周启明在跑后勤供应到过矿务局，看到荒凉的山上，跟弄弄坪一样到处都是席棚。他认识了从辽宁北票矿务局来的工程师池敏，出发前池敏的妻子已怀孕，在火车站泪流满面、依依不舍。

"从那么遥远的地方来，你们夫妻何时才能见一面啊，等你回去恐怕孩子都会满地跑了。"周启明说。

"要想回去一趟是很困难。但是，能到祖国最需要的地方来支援三线建设，这是我的荣耀。"池敏豪情万丈地说。他的神情，让周启明一下想到了谭队长的模样。

"你看那个人"，池敏指着一位戴眼镜的中年知识分子说，"他叫罗振声，是从辽宁本溪矿务局来的。他家有海外关系，政审没通过。但三线急迫需要地质专业人才，最终用了六名干部名额，换来他一个。他有四个儿女，一家六口人分在五个地方，他在这里，妻子和小女儿在本溪，三个儿女寄住在江苏、南京、上海。还有吉林辽源来的李兴华、辽宁北票矿务局来的卢贵福都是告别了妻儿来的。"

"弄弄坪有狼不？我们小宝鼎、大宝鼎、太平、沿江、花山，几个矿区都有狼。"池敏问。

"弄弄坪也有狼，但是光听说有狼，还没有见过。领导大会小会都说了，如果狼来了，就用石头打、用棍子打，弄弄坪每天晚上四处烧火堆，可能把狼吓走了。"周启明说。

池敏站起来，扶了扶眼镜，潇洒地说："我们已经有电了，有电了狼就被吓跑了。"

周启明笑了笑说："电力职工'打伞发电'了不起，听说席棚新华书店开始营业了。"

这时，不远处传来歌声：

沸腾的矿山没有夜晚

只有太阳和太阳交接班

沸腾的矿山没有夜晚

只有星星和星星亲切交谈

我就是太阳

我就是星星

把这份光这份热

撒向人间

……

歌声飘荡在荒凉的宝鼎山上，在黑暗幽深的矿井，蕴藏着生与死的考验，但这群煤矿工人从未畏惧。"精诚掘进三千尺，求出乌金万人薪。君问薪火何处来，且看工人满面尘。"这是煤矿工人的真实写照，在他们的努力下小宝鼎煤矿扩建开工，沿江煤矿建成投产，确保了渡口市建设顺利进行。

无论是在弄弄坪施工的十九冶、攀钢，还是密地大桥、矿山、矿务局等众多建设队伍中，工人、干部都是翻山越岭步行到施工现场，干劲十足，尽管又苦又累，大家毫无怨言，不计较报酬多少、不分职位高低、不讲分内分外，不分前方后方，一心扑在工作上。星期天也不会休息，都会到一线去参加劳动。实在是累了困了，拿个草垫子往地上一铺，倒下就睡，醒来继续干活。有的班组上完班没回去，回去也是住席棚通铺，跟在工地没多大区别呀，明天又接着干。大家管这个叫连班加滚班，反正也已经习惯了，没什么其他想法，就知道每天吃饭、睡觉、工作。

丝毫没有夸张，20世纪60年代渡口市的干部和工人就是这个形象。这也成为周启明终生难忘的情景。

夜晚，周启明站在弄弄坪的荒山上，漆黑的夜晚、深邃的天空让他心里格外宁静，这里是陌生的，但却是那么的温暖。睡在干草搭的席棚里，想着自己的工人身份，看着身边成千上万的人，一起工作，一股突如其来的温暖，涌遍全身。

6

　　如前所述，先到渡口市的各路建设者无一例外都经历了种种艰苦，渡口医院也不例外。

　　1965年，第一批从沈阳、上海等地挑选来的40多名医生护士来到渡口。医生刘晓东的老家在河北乐亭县，他1962年毕业于中国医科大学医疗系，并留校在其第一附属医院（在沈阳）当外科医生。1965年，27岁的他告别新婚三天的妻子，怀着把青春"献祖国、献三线"的激情支援三线建设，来了就在大田工地医院。

　　大田工地医院设在仁和街一个地主家的茶园，这是一栋两层砖木结构的小楼，楼上住医护人员，楼下是诊室和药房，医院条件很差，医疗设施非常简陋。自己挑水吃，水是混浊的，一人发一块明矾，放进混浊的水里，一会儿水就变得清澈了。这群人都是从大城市来的，现实犹如一盆冷水从头浇到脚，一些上海小护士当时就哭了，也有的很快就调回去了。但更多的人则留了下来，迈开了建设渡口医院的步伐。

在露天手术台上做手术是常事。手术室没有无影灯，年轻的知识分子们砍竹子，破竹条围成锅盖似的圈，周围挂上六个上百瓦的灯，光线足够。夏天就苦了，站一会儿身上就不停出汗，衣服打湿紧紧地贴在身上。楼上有人走动，一楼顶棚就会掉灰尘下来，他们在一楼手术台上空顶棚钉上一层塑料布，尽量避免灰尘落入患者身体，之后开始手术。

没有节假日，没有八小时工作制，只有白班和夜班，还要出诊。下了班主要是学习、开会和搞活动。工作、生活紧张又很充实，打扑克牌拱猪，下象棋，医院有把秦琴，刘晓东会弹。夜晚，他坐在一楼弹琴，一群医护人员、患者围着听。在艰苦的环境中，在悠扬的琴声中，一群上海小护士逐渐成熟起来，不再爱哭鼻子，像快乐的小燕子，穿梭在医院。同事之间就像兄弟姐妹一样，就连住院的患者也像是大家庭成员，医患关系单纯而亲密。

接着，四川省医疗队、天津医疗队、辽宁医疗队、重庆医疗队也相继在攀枝花建立了工地医院，由此开创了攀枝花的医疗卫生事业。

很快，十九冶全部人马投入了弄弄坪主厂开工建设。弄弄坪的荒山坡像块巨大的田地，各路建设大军像勤劳的农民在耕耘，又像是一支即将发起总攻的队伍，吹着冲锋号浩浩荡荡会聚到这里，投入一场热火朝天的战斗。真的是在战斗，渡口气候干燥炎热，雨水稀少，即使是冬天，仍然热得只能穿单衣。到了夏天，弄弄坪的各路建设大军多数人会流鼻血，便秘的现象更为严重。

医疗队担负着全市的巡回医疗，弄弄坪成为他们的重点巡回医疗点。弄弄坪山坡上便经常有穿白大褂的医护人员出现。

这时渡口市没有一块大规模的蔬菜种植田，建设者们以吃干粉条、干海带、咸菜、干菜为主，很难吃到新鲜蔬菜，蔬菜要到成都、昆明等地去拉，长途运输到达之后，三分之一烂了不能吃，剩下的新鲜度和品质均差。

必须要让大家吃上新鲜蔬菜。这成了渡口市又一个迫在眉睫的问题。

四川省农科院的江碧琴是贵阳人，毕业于西南农学院园艺专业。苏联的园艺师米丘林提出无性杂交理论，比如苹果和黄瓜嫁接，解决黄瓜不甜的问题，他培育出300多种新型果树，受到苏联政府的表扬。江碧琴的理想是，将来一定要成为米丘林那样的人。

江碧琴和女儿在成都，丈夫在杭州。为了一家三口团圆，丈夫准备把她调到杭州，并且已经在杭州给她联系好了工作单位。丈夫在信中说，等她来了杭州，努力工作，就会成为米丘林那样的人。江碧琴满心欢喜地盼望着带女儿赶去杭州。

突然有一天，四川省农科院领导找江碧琴谈话，说组织决定派她到一个地方去，那个地方是特区，是毛主席最关心的地方，是国家重要的战略基地。如果特区建设不好，毛主席就睡不好觉。别人报名想去，但组织上政审通不过，她各方面条件都优秀，政审也通过了，那里需要她这样的专业人才。并让她赶紧收拾一下东西，准备出发。

江碧琴一听顿时就懵了，不知道该如何回答。回到办公室她镇定下来，脑海里不停地问，什么特区，从来没有听说过呀，它在哪里？她急切地在地图上找特区，找了半天也没有找到，心里总是忐忑不安，觉得挺神秘的，既然是毛主席最关心的地方，可为什么地图上又没有呢？

江碧琴给丈夫发电报：不来杭州，支援特区建设，女儿在成都由单位幼儿园代管。

丈夫回电报：积极响应党的号召，服从组织分配，我支持你。

为了解决吃蔬菜的问题，1968年渡口市在仁和区规划了一片地种植蔬菜，这就是渡口市最早建成的蔬菜基地。

很快，江碧琴来到了渡口市，她又惊又喜，惊的是万万没有想到渡口市竟然如此荒凉，喜的是有了这块蔬菜基地，自己可以施展抱负实现理想了。

蔬菜基地由中国农科所及四川省农科院引入1万多个蔬菜品种试种，用"南泥湾精神"栽培蔬菜，江碧琴和同事们不仅要头顶烈日，脚踏荒山，引种筛选，还要翻山越岭到乡村宣传、动员，推广各种蔬菜栽培技术，手把手将种菜技术传授给农民，鼓励农民种菜。

有次渡河，河水漫过江碧琴的腰间，她差点被水冲走，一起渡河的老乡使劲把她拽上来，大家都笑她捡回一条命。不久，他们开始引种栽培天津黄瓜、北京莲白、上海白菜、重庆黄瓜等，还有番茄、青椒、四季豆、豇豆、冬瓜、茄子、苦瓜、南瓜等。但是困难也来了，许多蔬菜品种不适合在渡口市的气候、土壤环境下生长，再加上缺水、缺化肥，引种蔬菜长势不好，纷纷出现掉花、掉果。书本上学的知识，拿到这里根本不适用，大家急得吃不下睡不着。为了尽快让这些蔬菜适合本地气候、土壤，他们经常一整天守在地里，反复研究、试验，摸索出了熟化土壤、引进耐热蔬菜品种，并寻找不同蔬菜种类的品种最佳播种期和栽培技术。通过试验总结出适合蔬菜生长的规律，从引进的众多品种中，筛选出适合在渡口市生长的蔬菜品种。

兴奋之余，江碧琴给丈夫发电报：我们吃上了自己种的新鲜蔬菜。

后来，丈夫多次提出让她调到杭州，而且接收单位都已经联系好了。可是眼下这种情况，江碧琴思忖着，一来单位肯定不会放她走，二来她也舍不得半途而废丢下蔬菜基地。真是左右为难啊，想来想去，她狠狠心给丈夫发电报说，这里确实需要她，而且单位也不会放她走。

谁说女子不如男，在蔬菜基地，江碧琴是出了名的拼命女技术员，从白天到黑夜痴迷在菜地里，负责基地蔬菜生产技术的指导和实施，观察各种蔬菜的生长规律及特点，解决蔬菜种植中遇到的困难，向附近的村民传授蔬菜种植基础知识和实用技术。

夜晚，江碧琴打着手电筒走在蔬菜基地小路上，深蓝的天空中已经布满了星星，小小的光芒汇聚成流动的星河，星光清冷又温柔。每一颗星星的造型都是那么独特，那么美。她真想飞入云霄，飞入星星的世界，看看大自然是如何把它们打造得如此美丽动人的。

但她更思念远在成都的女儿，远在杭州的丈夫，她是那么想念他们，恨不能飞到他们身边，亲密依偎。可这也只能是梦想而已。偶有凉风吹来，风像是轻柔的纱，缓缓地抚摸着她。她加快了脚步，向通往宿舍的路走去，赶回去调好闹钟，睡一会儿，再去观察苗子。

7

冉秀英从周启明的信上知道，周启明到了千里之外一个叫渡口的城市，她最重要的事就是等待他的信。

村里有人开玩笑，秀英，你要当心哦，他进城当工人吃皇粮了，还看得起你这个农村妇女不？

冉秀英急忙分辩，不会，不会，启明信上说了，备战备荒为人民，好人好马上三线。能到渡口市工作的都是好人，他们的口号是不想爹，不想妈，不出铁，不回家，全体职工学习"八闯将、六金花"。

啥子八闯将、六金花，又不是上战场打仗？有村民好奇地问。

哎哟，上啥子战场哟，八闯将就是八个男职工，六金花就是六个女职工，他们是渡口市表彰的先进职工。冉秀英笑着说。

渡口市的建设是从零开始的，哪来的"八闯将、六金花"？ 1966年2

月，渡口市建设指挥部表彰命名"红莲花""知难而上的红姑娘""三过硬的红姑娘""优秀服务员""红色话务员""傣族铁姑娘"为"六金花"；"穿山虎""社会主义铁牛""铁人""快速掘进工""运输尖兵""炉窑铁兵""革新能手""设计标兵"为"八闯将"。

渡口市号召男学"八闯将"，女学"六金花"，以临战姿态投入渡口市建设，确保高炉出铁。

说说"革新能手"刘永泰。他从重庆一路风尘刚到西昌，就听到我国第一颗原子弹爆炸的消息。当他豪情满怀来到渡口市时，呈现在眼前的自然是一片荒凉，确切地说，这里放眼一望，满目荒凉。

刘永泰完全没有想到会是这样的情景，他们班组接到第一个任务就是架设渡口到灰老桥的电力线路。

班长刘永泰睁大眼睛，问领导：灰老桥在哪里？

领导看了刘永泰一眼，又用眼睛扫了扫站在一旁等候的职工，低头想了想，大手一挥说："没有地形图，没有施工图，灰老桥大致在渡口的东南方向，那里的灰老沟是煤炭宝地，要在那里建设煤矿。"

刘永泰一听就傻眼了，焦急地说，啥也没有，这种情况怎么干活啊？

哪知领导挥挥手，果断地说："快去吧，考验你们的时候到了，煤矿很急，一定要把电送过去，时间不等人啊，你们自己想办法干吧。"

说完，领导转身大步流星走了，生怕刘永泰再问什么。

刘永泰像电杆似的，立在那里，愣了好久。

没办法，看来只有壮着胆子干吧。刘永泰带着一班12个人，背上仪器，带上干粮，向着东南方向步行出发，他们身旁是奔腾的金沙江，它江面宽、水流急、暗礁多，汹涌澎湃气势磅礴，像一条巨龙，在崇山峻岭间桀骜穿行。一群人在没有地形图、没有施工图的情况下，依靠木船来回渡江，选择路线反复测量架线。第一次放过江索道时，渡船冲了几次都没到岸就退了回来，大家都在思索怎么横渡金沙江，却听说有施工单位的人掉进江中，被江水卷走了，再也没有回来。一种恐惧的情绪笼罩着大家，有人不敢上渡船了。

班长，你敢上我们就上，要死咱们死在一起！几位青年职工赌气地对刘永泰说。

刘永泰没有说话，他的眼睛布满了血丝，紧紧地盯着大家，二话不说，低下头脱下鞋，挽起裤脚跳上了渡船，坚定地站在渡船上。大家纷纷跟着跳上船，跟险浪和暗礁冲撞了几个来回，才冲到对岸。大家惊魂未定，个个都成了"水人"，站在岸边望着金沙江。

愣了一会儿，大家跳起脚来，兴奋地大喊，我们没死，一个都没死，我们胜利过江了。

这还不算是难的，困难的是运输电杆上山。一根根电杆要运上高几十米的山坡，有的还要渡船过江，没有运输设备怎么办，大家都望着刘永泰。

刘永泰沉思了一会儿，学着领导的模样大手一挥说："再大的困难也不怕，有的是办法，听我一声吼，电杆抬上山！"

于是，班长带着大家走上荒山坡，一班人分成两批，前面的人扯着绳子往山坡上死拉活拽，后面的人使劲往山坡上推，从山脚把电杆运输到山腰或者山顶，有的地方还需要人工扛电杆，硬是把一根根电杆运上了山坡。

到了晚上，几个青年工人说："班长，今天我们扛了十几里的电杆，你看看，肩膀都瘀血了，真没想到这里条件这么苦。"

刘永泰恶狠狠地瞪了他们一眼说："正是因为这里苦，才需要我们来建设。"

但是问题又来了，一天才能运输两根电杆，速度太慢了。煤矿等着送电啊，领导哑着嗓子，催命似的朝刘永泰发火。刘永泰更是着急上火，嘴上起了几个水泡，晚上睡不着，他干脆就不睡了，坐在江边冥思苦想，前面已经有电力职工"打伞发电"了，同样是电力职工，为什么别人行，我们就不行呢？第二天，刘永泰想到了索道运输，这个办法他也只是听说过，没有实际操作过。大家犹豫不决，刘永泰横下一条心：干革命就是要敢闯，闯出一条路，我们就能多快好省完成任务。

有人说，既然班长发话了，那就试试吧。

刘永泰紧绷着脸，盯着大家看了又看，说，人员分成两批，就在江两岸拉索道，空中运输电杆。开始行动！

刘永泰指挥大家在江两岸弄好索道，吹口哨，舞红旗，一根电杆过江了，大家兴奋极了，又蹦又跳。一天下来可以运输七根电杆过江。后来刘永泰又想到了绕绳自动脱钩的办法，用木船和制动木配合过江放线，大家说他总是有许多古怪的想法，甚至有人说他是异想天开。但就是这样一个人，成了"革新能手"，成为渡口市建设的一位闯将。

说说"社会主义铁牛"唐黑山。他是筑路大军的一员，11班班长，他接到的任务是建设石华公路，这条公路不仅是"三通"重要战役，还关系到后来的弄弄坪大会战，建设指挥部下达了命令，要求工期提前两个月。唐黑山接到的具体任务是修建从荷花池到清香坪这段公路，这也是石华公路中最艰巨的一段。

大伙快干，快干，抢时间，比速度，先把房子盖起来，咱们就有地方住了。

唐黑山领着一群人来到施工现场的一角，他指挥大家赶紧动手搭帐篷，很快就解决了住的问题。

很快，唐黑山又犯难了，没有空压机、凿岩机、推土机，这可怎么修路？这是要玩命啊？

一群人顿时都傻眼了，头一回遇到这种事，只能站在那里眼巴巴望着唐黑山，都等着他拿主意。

"你们一个个看我干什么，我又不是孙猴子，哪里会变戏法啊！"

说完，唐黑山独自坐在一块石头上抽烟。不一会儿，他站起来，在周围来来回回边看边琢磨。

"咱们班长一定能想到办法。"大伙边干活边笑着说。

唐黑山的确是想到办法了，脚下就是金沙江，唐黑山率先在腰间绑了一条绳，猴子般灵巧地在悬崖峭壁找好位置，单人冲钎，然后在山腰上打出踏脚的脚窝，再带大家打炮洞。每个炮洞要打十四五米深，打到七八米时，四周温度高达四十多度，令人窒息，然后装炸药，点燃放炮，轰隆巨响，山石滚入金沙江中，溅起浪花冲天。

一天中午收工后，大家匆忙吃饭就地休息，唐黑山警惕地四处检查，突然发现刚才放炮后的一块岩石上，一块大石头有垮落的迹象，待会儿大家还要在这里干活，如果石头掉下来后果将不堪设想。他立即在身上拴上保险绳，带上炸药，飞攀上去，选好位置准备安放炸药，才猛然发现炸药是散碎的，无法塞在石头下面，怎么办？他急中生智，毅然扯下一条裤腿，用来装好炸药，将石头炸飞。

突然传来的爆炸声，使得大家惊慌失措地奔跑着，可是谁也不知道该往哪里躲。爆炸声停了以后，大家吓得脸都白了，四处张望，只见唐黑山走过来，朝大家挥挥手，笑了笑说："一块石头差点掉下来，我把它炸飞了。"

几个胆小的职工说："班长啊，今天要不是你，我们几个的小命肯定完蛋了。"

唐黑山一挺胸说："别怕，有我在，你们小命就在。"

唐黑山工作起来像个铁牛，每天把自己吊在半空中坚持打眼放炮。有一天他突然晕倒了，大家背着他上医院，医生一检查，立刻说住院。

不一会儿，唐黑山醒过来，一听说要让他住院，他当时就"毛了"，"啥！住院？你这是让我拖施工后腿呀，我不住院，就是死也要死在工地。"

医生耐心地解释说："你病情严重确实需要住院，可不能拿生命开玩笑，为什么非要急着回工地？"

唐黑山把眼睛一瞪，大声武气地说："为什么，为了让毛主席睡好觉，为了早日建成大三线。"

国家从北京、辽宁、安徽、河南、山东抽调人员，组成著名的五大车队运输渡口市建设所需物资。"红莲花"张玉莲就是其中一人，她是五大车队唯一的一名女驾驶员。

张玉莲是辽宁丹东人，好人好马上三线，能被抽调那种幸福感和自豪感，只有自己才能体会。她是从贵州开着大货车进渡口市的，根据运输需要，她一个人开着车往返在渡口和云南之间。山路行车依山傍崖，沟深路窄坡陡弯多路险，除要求车况良好外，驾驶员必须掌握一定的驾驶技巧，才能保证行车安全，张玉莲凭着过硬的驾驶技术完成了一次次运输任务。

"知难而上的红姑娘"是17岁从云南砖厂来的女职工杨桂花，她是唱着歌来的：毛主席的战士最听党的话，哪里需要到哪里去……来了就傻眼了，不见厂房不见机器，而且连住房都没有，要她们先挖山盖房住，吃的是干菜、喝的是河沟里混浊的水，几乎集体拉肚子，好多人都哭了。一群女职工眼睛哭得又红又肿，哭喊着要回家。杨桂花成为这群哭哭啼啼姑娘的班长，她带着大家边盖住房边建设砖窑，领导说了弄弄坪几万建设大军急需用砖。晚上杨桂花抱抱这个，哄哄那个，鼓励大家在大熔炉里锻炼成长，这个班22名姑娘，平均年龄不到20岁，硬是在杨桂花的领导下，完成了一项又一项光荣的任务。

八闯将、六金花，他们把自己写进了这座城市的历史。但是，对于上万建设队伍人员来说，他们也只是少数榜上有名的代表，更多的建设者都是默默无闻的。

周启明在信中提出，让冉秀英把女儿的名字改成周遥远。周启明很少回来探亲，难得回来几天也是匆匆忙忙又走了。得知冉秀英又怀孕了，周启明在信上说，无论是男孩还是女孩，都叫周沿河。

周遥远和周沿河的名字连起来的意思是，周启明在遥远的渡口思念家乡沿河村。

冉秀英生下一个男孩，周启明来信说，他还是不能回家探亲。冉秀英抱着儿子，嘴里轻轻念叨着，沿河啊沿河，你爸爸要忙工作，要忙大事，不晓得啥子时候才能回来看你哟。

村里小姐妹开玩笑说，秀英，你给他生了个大胖儿子，他都不回来。他该不会撒谎骗你吧？

冉秀英坚定地说，不会。你们不相信就到村里问问，启明他们几个沿河村一起出去的人，都没有回来探亲。

小姐妹半信半疑，又说，秀英，要不你就带着娃娃去看他。

冉秀英轻轻摇摇头，叹口气说，他们那里不通火车，汽车都要坐几天。

周启明的确没有撒谎。

这个时候，渡口市上上下下都在忙一件大事：确保1970年7月高炉出铁。这是党中央、毛泽东主席最关心的事，所有建设重心都围绕着高炉出铁而展开。这也是渡口市建设的关键时期，十九冶上万人的建设大军会集弄弄坪，参加攀钢主体工程建设会战，大兵团、多兵种、立体交叉夺铁会战拉开战幕。还有十四冶、一冶、建工、交通、电力、林业、铁五师、851部队、02部队等十多个系统三万多人参加会战，攀钢烧结厂、攀钢焦化厂、攀钢炼铁厂、攀钢氧气厂、攀钢动力厂、弄弄坪厂区公路和铁路等工程同时进入施工决战。

到了1969年底，攀钢的主厂区除了焦化厂的主体土建工程，烧结厂的主厂房吊装和原料系统基本完成，其他工程还处于初期施工阶段。令人瞩目的一号高炉系统的建筑安装还没完成，几万人日夜奋战在弄弄坪，由冶金指挥部统一安排施工计划和调遣力量，打破行业、专业界限，把一号高炉系统的主体、辅助工程包干到单位，全面开工，按照焦化、高炉、烧结、氧气站、电区等展开施工。领导干部把指挥部搬到弄弄坪现场，商业部门把货物送到施工现场，职工家属把茶水送到现场，食堂将锅灶设在现场。

此时此刻的弄弄坪，就是一个战场，施工分秒不停，机器轰鸣，焊光闪射，场面壮观。

生活虽然艰苦，人们却激情高昂地喊出了"不想爹和妈，不想娃和家，不出铁不回家"的雄壮口号。

但是，怎么可能不想爹妈，不想娃和家呢？家在哪儿？远在数千里之外，家实在是太遥远，太遥远，回家的路实在是太漫长，太漫长……要先坐车到西昌，再从西昌一路转车到成都，全程都是崇山峻岭中的险路，还需翻越终年积雪的泥巴山，光到成都就要折腾一周，然后才可能真正坐得上回家的火车。

可以说，来到这里的人，就没有打算要回家，因为根本就回不了家，回家只是一种幻想和奢望。

8

这里还有一个小插曲。攀钢三厂进入土建施工阶段，有些生产设备没有按期到达。情况紧急，十九冶从下属二级单位挑了人员组织成一支队伍，到全国各地设备生产厂家催交设备，落实交付时间。周启明也在其中。

但是"文化大革命"正如火如荼地开展，派性斗争异常激烈，很多厂家几乎处于半瘫痪半停产状态，设备生产情况根本保证不了需要。怎么办，他们想了想分成几个小组，准备分头到各厂家去催货。

当晚，大家聚在旅馆里开会商量作战方案，一个个埋头叫苦，有的抽闷烟，谁也不吱声。好一会儿，周启明站起来说想到了一个办法，可以试一试，也许有用。

大家急忙问是什么办法。

周启明说："这样好不好，咱们每到一个厂里，就大声背毛主席语录给对方听，强调攀枝花钢铁基地建设是毛主席最关心的，建设不好攀枝花钢铁基地，毛主席就睡不着觉。然后再请求人家安排生产，让我们早点把设备拉回去。"

"好啊！好啊！"大家一听全都兴奋地跳起来。

没想到这招相当管用，厂家答应马上加班加点生产设备。设备有了，但是运输又是个大麻烦。

自武汉发生了轰动全国的"七二〇事件"①之后，有些地方不断发生抢夺国家粮食、现金、物资，冲击仓库和拆毁机器设备，乃至出现冲击军事机关、抢夺武器弹药等流血惨案。特别是成都、西昌、昆明等地动荡不安，造反派沿途设关布卡，抢货劫车。

十万火急。这么多设备，这么远的路，如何才能安全回到渡口市，大家心里都捏了一把汗。商量来商量去，众人又把目光投向周启明。

高中生，快想个办法吧。大家急切地望着周启明。

周启明苦笑了一下，说出了自己的想法，去新华书店借毛主席的巨幅画像，把画像挂在车上，扎上红绸布。再写上毛主席指示的巨大标语：为了战备，要建设攀枝花钢铁基地。不建好攀枝花，我睡不好觉。

这样一来，算是没有人敢抢了。但是，周启明还是不放心，买了好些馒头、咸菜、饼干，沿路到旅馆或单位食堂打开水，满满地装进随身携带的几个军用水壶里，他们一个小组四五个人，多数时间吃住在车上，军大衣往身上一裹，警惕地盯着周围，一路上提心吊胆，可谓惊心动魄，这才把设备运输回来。

位于弄弄坪西北区，就是攀钢炼铁厂一号高炉，高炉由重庆黑色冶金设计院设计。

在一号高炉现场，干劲冲天的十九冶人把运送混凝土的汽车源源不断

---

① "七二〇事件"又称武汉事件，是1967年7月20日，武汉发生的一派群众组织质问和批判中央文革成员王力等人的事件。

地开上山，仅仅八个小时就运送了八九百立方混凝土，完成了一号高炉庞大的基础浇灌。一号高炉炉壳的制作原定由武汉锅炉厂完成，后因铁路未修通，路途遥远，十九冶金属结构厂主动请缨承担了这一艰巨的任务。当时厂内设备极其简陋，仅有一台被淘汰的辊床，完全不能满足要求。他们一方面自行设计，一方面采取土洋结合的方法，车间狭小就在露天摆开战场。把钢板分段压出高炉炉壳，炉壳要刨出焊接"坡口"，没有创边机，工人们硬是用铲子一点点铲切，再用砂轮打磨光。当焊接好的高炉炉壳一层层送往一号高炉工地时，群情激昂，个个欢呼雀跃，金属结构厂还受到十九冶指挥部的嘉奖和表彰。这个时候焦炉拦焦车出现问题，十九冶机电公司职工连续奋战了七天七夜，排除故障解决了问题。

在高炉出铁前期，问题一个接一个。它好像一直躲在暗中看戏，又仿佛故意为难大家似的，时不时从阴暗的角落里跳出来，看着人们焦头烂额。

眼下，一号高炉四十吨塔吊安装是重头戏。这项艰巨的任务由十九冶职工陶宝祥负责指挥。陶宝祥是山东烟台人，八级起重工，1966年跟随十九冶建设大军来三线，大家喜欢叫他"陶八级"。当天，他吹着口哨，擎着指挥旗，现场指挥塔吊一节节上升。突然，吊装时安装出了故障，庞大的塔尖悬在半空，上不去也下不来，上千人的施工现场一旦发生意外，后果不堪设想。

大家的神经绷得紧紧的，无数双眼睛盯着陶宝祥，陶宝祥没有慌乱，他和吊车司机一起找出了原因，原来是载重量过大压弯了塔式吊的大抱子。在他的建议下和指挥下，采用松钩吊杆的办法完成了塔吊安装。

大家称赞陶宝祥，陶八级，一钩准，胆大艺高。

陶宝祥嘿嘿一笑，"中国人有句老话，笨人有笨办法"。

陶宝祥一生的辉煌历史从弄弄坪开始，在攀钢一期工程中，他参与了几乎所有重大的关键性吊装任务，是现场吊装总指挥。大家心里明白，总指挥听起来光鲜，其实是一块烫手的山芋。高炉上有几千吨重的钢结构，每一个构件，都有几十吨重，吊装之前，都要经过反复计算，制定吊装方案。吊装构件要求不偏不倚地对准上下接口，才能落位进行焊接。陶宝祥他们对着一大摞图纸资料，详细计算下降管的重量，依照它在空中的位置求出重心，根据构件的角度计算出钢绳栓的位置。最后，为了万无一失，他们还根据自己设计的吊装方案，做了一次模拟试验。苦干加巧干，他们将炉壳、框架、斜桥等上千吨钢铁构件，通过巨人般的塔式起重机，一件件升起，准确无误地安装上去。

有一天陶宝祥病倒在工地，被职工们送进医院，等病情稍微好点，他又跑回工地参加高炉炉顶框架组装，累得差点又晕倒。大家都劝他别干了，赶紧回医院。

陶宝祥说，铁人王进喜用鲜血和生命换来了一口口油井，自己总不能像个泥人，动一动就晕倒。

重庆钢铁设计院负责炼钢厂箱形吊车梁的设计，箱形吊车梁又长又高又宽，重达60吨，在当时是国内最大的箱形梁。重庆钢铁设计院认为，十九冶金属结构厂技术力量薄弱难以完成任务，准备把这项工程委托外单位干。得知消息后结构厂的职工急了，大家纷纷写请战书，再三恳请任务，保证保质保量完成任务。重庆钢铁设计院被感动了，这才同意把任务交给结构厂。

然而，结构厂在制作、翻面、装车、运输上都遇到了难以想象的困难。厂里组织成立了领导、技术员和工人三结合攻关小组，大家献计献策，设计制作出两个转胎卡住箱形梁的两端，两个转胎支撑在两个自由转动的轮座上。钢丝绳固定在箱形梁上，施焊时焊机轰鸣，焊花飞溅，吊车提升钢丝绳，箱形梁连着转胎便在轮座上转动，就像婴儿的摇篮一样，可以转到任意需要装焊的位置。

可是，箱形梁内部焊缝的施工条件极差，空间狭窄，几位女焊工毫不畏惧，钻进箱形梁内进行施焊，梁内气温高达四十多摄氏度，又加之空气流通不好，当场就有一位女焊工昏倒。大家一看这可不行，又采取紧急措施搬来鼓风机排烟，然后女焊工一个个轮班钻进去施焊，焊完赶紧出来，当女焊工钻出来时，一张张脸都变成了包公脸。

这些女焊工中有个人叫许琴，她父母都是结构厂的普通工人，他们年年都是先进工作者，在单位非常受人尊重。许琴是十九冶招工进厂的，考虑到她父母对单位的贡献，厂领导问许琴想学点什么，许琴说想学电焊，这个回答让领导有点吃惊，电焊这种又累又苦的活儿，很多男人都不愿意干，小姑娘怎么做得了？厂领导认为，小姑娘想法单纯，过不了几天等她叫苦了，再换个轻松点的工种。厂里给许琴派了技术好的师傅，师傅告诉她要想当一名合格的焊工，靠的是扎实的基本功。许琴早来晚走虚心请教，仔细观察用心揣摩，左手执面罩右手握焊枪反复练习。可她毕竟是新手，难免手忙脚乱被烟尘呛得头晕眼花，更难受的是皮肤的灼伤，一到夏季，被焊渣烫伤来不及愈合的伤口经汗水一泡，疼痛难忍。但令人佩服的是许琴并没有叫苦，更没有提出过换工种。

在结构厂电焊这个被认为是"男人的行当"中，女焊工极少，但许琴凭借自己的倔强和拼劲，成为合格的焊工，让男同事刮目相看。大家以为她是风风火火性格的人，工作间隙她放下焊枪摘下眼罩，说话声音很轻，行动慢条斯理，和工作时判若两人。有一次，一名年轻工人因为操作不当，机械温度急剧升高发出警报，许琴赶紧把所有工人都疏散到车间外，并且冒着高温切断电源，阻止了一场事故的发生，受到厂里通报表扬。在攀钢炼铁厂高炉检修，许琴身背安全带，戴着口罩，左手执面罩右手握焊枪爬上高层去焊接，有的焊件入口孔洞仅够一人爬入，猫着腰艰难地进行焊接，空气中弥漫着焊接烟尘，在密闭的空间不易散去，让人不适，很快身上的汗水就将厚厚的工作服浸湿。有的地方还需要躺在被晒得滚烫的钢铁平台上焊接，那种滋味让女焊工与男焊工相比，更加的艰辛与不易。

女孩子谁不爱美，几个工程焊下来，许琴的脸上手上有好几处电焊留下的伤痕。有人以为，过不了多久，许琴就撑不住，就凭她父母在厂里的资格，她换工种是容易的事。许琴说，干我们这一行，受点伤是难免的，小时候我就想，长大了要像父母一样，做优秀的工人。有女伴问，难道不担心男朋友会嫌弃她脸上手上的伤痕？她立刻涨红了脸，低头想了想，然后轻声说："他要是嫌弃就不配做我的男朋友，经历那么多艰辛，吃了那么多苦，好不容易学到了这门技术，我是不会放弃的。"

实际上，在弄弄坪大会战这个"男人的行当"中，不仅有响亮的"六金花"，而且还有许多像许琴这样默默无闻的女职工。她们就像百花园里不知名的花儿，静静开放，衬托出百花园更加芬芳，她们更加值得敬佩。

经过结构厂工人不分白天黑夜连轴转，在攻克一道道难关后，箱形吊车梁终于焊接成功。好不容易把箱形梁装上了车，运输又成了大问题，怎么把这个大家伙运输到弄弄坪厂区？

想来想去，想到一个办法，调来两台推土机做牵引车，把装有箱形梁的拖车前后用钢丝绳紧紧拴牢。上山时，前面的推土机拉着拖车往山上爬，遇到下坡，后面的推土机拖住拖车，以防它下滑冲到山下去。大家提心吊胆，派人前后看着、跟着、指挥着车辆，拖车载着箱形梁一步一步往前挪，最后终于把箱形梁安全运抵工地，得到了十九冶指挥部和重庆钢铁设计院的好评。这样一来，结构厂出彩了，攀钢一期工程六万多吨钢结构都交给他们制作，他们按时完成了任务，并且件件符合质量要求。

9

如火如荼的攀枝花钢铁厂建设施工任务那么重要，周启明当然不能回家探亲。就在出铁前夕，高炉设备不断出状况，生产困难重重，有人甚至完全丧失了信心。

一时间，就有流言在弄弄坪悄悄传出：如果高炉能出铁水，我就把铁水全喝了。

实际上，从来到弄弄坪的第一天起，各种各样的流言从来就没有间断过。几个老乡也找到周启明，凑在一起悄悄议论，等着看好戏，看铁水能不能出来，看谁敢喝铁水。周启明沉思了一下，微微一笑说："听得我耳朵都起茧子了，这世上有的人天生就爱胡说八道，还偏偏就有人愿意相信。什么是流言，流言就是没有根据的话，早晚不攻自破。"

1970年初，攀钢一号高炉安装进入最后的攻坚阶段，攀钢的领导干部、技术人员和一线工人全天实行三班倒工作制，人歇机器不停，吃在工地，睡在工地。生产设备毛病不断，险情也不断。由于高炉烘得不太好，送风后各风口渣口都往外流水。两天后，送风刚刚正常，蒸汽炉又出故障，造成鼓风机被迫停风。所有的干部、技术人员和工人都围在高炉边，没日没夜拼命干，挨个问题去解决。

这年春节不可能请假回家过年，于是许多人都向着北方磕几个响头，就算是给家里的老人拜年了。

十九冶人就像钉子，钉在弄弄坪施工现场。到处都有十九冶人，哪里的工程遇到困难，总是十九冶人冲在最前面。

万事俱备，只欠东风。眼看出铁的日子越来越近了，果然又欠东风了，炉前用的黄沙还没有。开始指挥部就派人去昆明寻找黄沙，但是带回来的沙样质量不符合要求，大家都十分着急。有人说，这里是个宝地，要煤有煤，要矿有矿，不相信找不到合适的一把沙。于是，大家四处寻找，终于有一天几位炉前工在烂泥田的山坡上找到了黄沙。取样化验后，沙质完全符合要求。

大家都乐了，七嘴八舌地说："谁说弄弄坪是荒山，弄弄坪就是块宝地，真是要啥有啥！所以啊，党中央、毛主席才派我们到这里来建设钢铁基地。"

时间有属于它自己的节奏，从来不会以任何人的意志为转移，它不快不慢按时走着，但弄弄坪建设者们的心情是万分焦急的。

跟周启明乘同一辆车来的人中，还有几个未满18岁的懵懂青年，其中有位青年叫余忠林。他们第一次出远门，一路所见所闻都觉得新鲜，在车上蹦蹦跳跳、叽叽喳喳，就像小鸟飞出了樊笼，说不出的高兴。出发前，领导在动员大会上的讲话，时刻在他们心中激荡。

领导说，你们是去支援三线建设，三线建设是一个规模很大的保密工程，这是毛主席最关心的地方；三线建设搞不好，毛主席就睡不好觉，这是党和国家交给你们既艰巨又光荣的革命任务。

这群青年对即将面对的新生活充满美好的期待，做了很多遐想。当来到杂草丛生四周看不到人烟的弄弄坪时，这群青年更加懵懂了，一切都跟着年长的人一起动手干。他们住进了席棚子，男女住处中间隔断也是一张席子，哪个屋里有一点动静，都能听得一清二楚，夜间男的那边不时就会有呼噜呼噜的鼾声，女的这边也不时地会有梦话、哭声和笑声。刚开始很不习惯，日子久了也就习惯了。生活虽然苦涩艰辛，但是大家互相关心、互相帮助，一切都是甜蜜温暖的。

余忠林长得高大结实，粗眉大眼，一脸纯朴憨厚，一笑就露出两排整齐洁白的牙齿。不久，余忠林调到了二公司保卫科。保卫科隔壁是播音站，播音员一口标准的普通话，让余忠林十分羡慕。每到播音时间余忠林便竖起耳朵听，生怕漏掉一个字。晚上躺在床上他还在回味，翻来覆去睡不着，折腾了好一会儿才进入梦乡，梦见自己微笑着端坐在播音室，对着讲话稿用标准的普通话播音，众人站在电线杆下，抬头望着大喇叭听他播音。

这真是一个美梦啊，真舍不得醒，真想就在梦里。

第二天，余忠林想了想，决定悄悄跟播音员学习普通话，他找借口要来了播音员念过的讲话稿，找个没人的地方，对着讲话稿模仿播音员，一个字一个字，字正腔圆地念着。没过几天，余忠林跟人说话时，偶尔就听他从嘴里蹦出一句句"川普"，把大家唬得一愣一愣的，又忍不住觉得好笑。

有年去上海出差，余忠林买了块上海牌男士手表，这可是属于奢侈品，那时候人人都想攒钱买一块上海牌手表。有一块上海牌手表可不得了，别人看他的眼神里都是羡慕。这在单位引起了不小的轰动，余忠林戴手表的时候唯恐别人不知道，总是不经意地撸起袖子，露出手表。

据说余忠林晚上睡觉也戴着手表，上厕所就取下来，可能是担心厕所臭味熏到手表。还有人说，除了手表他还买了奶糖，他自己不吃也不给别人吃，又担心被别人发现偷吃，就把奶糖藏在被子里。

20世纪70年代，上海货以品质款式享誉全国，上海货就是品牌。上海的服装、手表、自行车、缝纫机、麦乳精、奶糖、的确良布、丝袜、白球鞋，都是时尚生活的标志。

令余忠林万万没有想到的是，居然有人来找他借手表，戴回老家探亲炫耀，还有的小伙子谈恋爱也来借手表戴一戴。余忠林自然是舍不得借的，大家认为他抠门，不够意思。也就因为这样，余忠林谈了几个女朋友都吹了，每谈一个女朋友总是有人在背后说他坏话。据说，有次他和女朋友从二公司钢花村坐五路公交车到渡口桥，车费五分钱，他只买了自己的车票，气得女朋友当天就跟他吹了。这下，余忠林小气抠门的故事更被夸大了，传得有鼻子有眼的。

事后，余忠林解释说，他其实是想省下车费，买电影票请女朋友看电影，可女朋友根本不听他解释。

按理说，依照余忠林的条件找女朋友也不难，但是他一直没有找到女朋友，比他小的男青年职工有谈对象的有结婚的，只有他还单着。有人逗他，问什么时候找对象，他也不生气，只是憨厚一笑。

到了攀钢炼铁厂一号高炉施工紧张的时刻，二公司后勤机关干部全都要上工地，保卫科也不例外，到了现场不分工人干部，全部下到各个班组参与施工。只要看到高大憨厚的余忠林来工地，就有人招手高喊，小余来我们班。余忠林是农村长大的孩子，干活老实勤快肯卖力，别人吃饭休息了，他还在傻乎乎地干活。

食堂炊事员心疼余忠林，他每次都会举着汤勺敲着铁桶喊，小余快来吃饭喽。等余忠林大步走过来，炊事员马上舀出一碗清水让他洗洗手。不仅如此，炊事员给余忠林盛的饭菜比别人的都多，还叮嘱他吃完再来添，那模样好似父亲对儿子。

炊事员笑眯眯地看着吃饭的余忠林，边看边说："小余呀，你这个半节子娃娃，真是不要命，干起活来就像一头牛似的，猜不透你的心思。"

没人知道余忠林的心思，其实他的心思也简单。

余忠林想的是，能从农村进城当工人，已经很美了，而且公司还把他从一线调到了保卫科，令好多青年职工羡慕不已。这可是他做梦都不敢想的事情啊。再说了，那些年龄大的老同志老领导照样到工地干活，他一个青年人怎么能落后？他应该更加勤快。他就是要好好表现，用行动证明公司领导没有看错人，他余忠林就是好样的，他还要争取当先进戴大红花呢。

再来说说成昆铁路渡口支线的修建。渡口支线筑于沿金沙江山谷之中，跨越雅砻江、弄弄沟、巴关河等江河沟渠，有隧道、大小桥梁等。渡口支线运输量大，车流分向成都、昆明、格里坪三个方向，是控制成昆线南北走向的重要环节，接轨因素较多，接线较为复杂。比如青龙山隧道是成昆铁路与渡口支线的地下接轨处，它的设计就别具一格，采用青龙山隧道连接牛坪子（成都方向）及三堆子（昆明方向）两个联轨站，渡口支线则从两站引出两线均穿过青龙山，合并通过雅砻江大桥联轨站。这样，成都至昆明、成都至格里坪和昆明至格里坪三线分别以三座隧道穿过青龙山，形成地下三角区，被称作"三龙戏珠"，巧妙而合理地解决了三个车流方向，适应了运输的需要。

与渡口支线相连接的除了攀钢、攀矿、水泥、洗煤、石灰石矿等工矿企业的重要运输线，还有成昆铁路承担的货运任务，很大部分是通过这条支线发送和到达的。此外，还有倮果站通往攀矿的物资处专用线，密地站通往攀矿公司的牵出线，渡口站通往市物资局仓库专用线，格里坪站通往市肉联厂专用线，格里坪站通往金沙江木材加工厂专用线。

渡口支线有个弄弄坪车站，也叫攀钢103站，它主要办理列车到发、通过、会让、旅客乘降和货运整车到发业务，并办理攀钢专用铁路103站接发小运转列车作业。这个站是攀钢生产原料到达和产品外销发出的装卸车站，也担负十九冶的货物运输任务。

弄弄坪车站由十九冶承担建设任务，大量的土建工程交给了二公司、四公司、五公司。高炉投产初期铁路边修建边运输，许多设施不具备，甚至连排水设施也没有。因此经常发生塌方，影响交通运输。有一天，弄弄坪车站发生大面积滑坡，导致铁路全部中断。渡口市运输指挥部立即组织十九冶干部职工投入抢险战斗，他们日夜奋战苦干大干，食堂将饭菜送到现场，许多干部职工几乎都是吃完饭丢下碗就开始干活，提前10个多小时疏通了线路，保证了运输。

渡口市没有春夏秋冬四季，只有雨季和旱季，从每年的9月到第二年5月为旱季，气候炎热，滴雨不见，人们就像在蒸笼里劳动。而雨季则经常大雨瓢泼，山洪咆哮，工地随时有塌坡的危险。

7月中旬，普降暴雨，山洪暴发。

此时十九冶二公司等土建单位正在加紧弄弄坪火车站施工。一天傍晚，工地十分闷热，晴朗的天空，突然间乌云密布，狂风过后，紧接着暴雨倾盆而下。不到一个小时，降雨达几十毫米，由于来势过猛，排泄不及，工地霎时汇集成洪，遍地横流，威胁着整个施工现场的安全。很快，弄弄坪火车站因暴雨发生滑坡，几条铁路全部下陷，运输中断，十九冶等土建单位紧急投入抗洪抢险。二公司施工区域范围内主要是土建工程，经历狂风暴雨的现场一片狼藉，人们都忙着抢救。余忠林根本顾不上找雨衣披上，就冲进了暴雨中装沙袋，挥舞着双手疯了似的干活。突然旁边脚手架上一块跳板被狂风刮下来，朝余忠林的脑袋削过去，仿佛一只巨大的魔鬼之手，稍一用力就把他碾碎了。余忠林他随即倒在地上，血水混杂着雨水不停地流，顷刻间就染红了一片。

就像是鱼离了岸游入了大海，余忠林再也不会回来了。

事后，人们在单身宿舍收拾东西时，从余忠林家里的来信中知道，他每花一分钱都要精打细算，把省下来的钱寄回老家，父亲等着钱看病吃药，家里就靠母亲一人下地干活，他还有一个守寡的姐姐需要接济，两个妹妹还在上学。枕头下面有一堆他给家里汇款的存单，有用单位信笺纸包着的那块上海牌手表。

当然，还有来不及寄回老家的上海奶糖。

看到这些，众人纷纷落泪了，同宿舍的几个小伙子更是号啕大哭。

那个因为五分钱车费就跟余忠林提出分手的女朋友，更是哭得伤心欲绝，她把一件心爱的毛衣送到保卫科，托他们带回去送给余忠林的妹妹。她前脚刚走，后脚又有一位双眼通红的姑娘来到保卫科，众人一看就愣住了，这位姑娘不是别人，正是食堂炊事员的女儿，原来这姑娘早就悄悄喜欢上了余忠林，只是不好意思张口，又担心余忠林看不上她。看到余忠林谈了一个又一个女朋友，然后又一个个分手，她心里可高兴了，但也十分着急，终于忍不住把心思告诉了父亲。

父亲听了开心地说，小余这孩子多好啊，我也喜欢。好事多磨，等他跟那些女的彻底吹灯了，咱们就可以进攻了。

现在余忠林走了，姑娘在家哭了好几场。得知保卫科要去余忠林老家，于是便买了些东西送来。这样一来，令众人唏嘘不已。

是呀，这样的青年怎么可能没人爱慕，又怎么可能不值得爱慕呢？

余忠林的死，让周启明难过了好长时间。他眼前总是浮现出他们同乘一辆车到来时的情景，他甚至产生了幻想，余忠林依然活蹦乱跳地出现在他面前。

夜里躺在床上，周启明对自己说，那就是个噩梦，明天醒来，到了工地，就能看到小余了。

周启明知道，余忠林之所以买手表，是爱美，是想让别人看得起他，是为了好找女朋友，更是为了方便掌握时间，这样他上班才能总是抢在别人前面赶到。

那段日子，周启明时常呆坐在席棚外面一块大石头上，默默流泪，喃喃自语："小余啊，你这个半节子娃娃……真是让人心痛啊……"

听保卫科干事邓德贵等人回来讲，余忠林一家人老实巴交，没有提什么要求，他父母双手颤抖着接过了那些汇款存单，那块上海牌手表，那包上海奶糖。至于两位姑娘送的东西，老两口接过来双手捧着，热泪在布满皱纹的老脸上纵横流淌着，他们颤抖着嘴唇，却半天说不出一句话来。

随后，话题落到了一个接班名额上，保卫科负责人诚恳地说，根据相关政策规定，将来有一个妹妹到了符合工作的年龄，可以来单位接班，进城当工人，户口从农村迁到城里。

话音刚一落，余忠林的两个妹妹抹了抹眼泪，咬住嘴唇，倔强地用力瞪着眼前的来人，表示坚决不到渡口市接班，渡口市无情地夺走了哥哥的生命，她们憎恨那个地方，绝不稀罕进城当工人。

老两口只管捧着一堆东西流泪，神情麻木。

有一天晚上，周启明捧着几捆布料和一些东西来到保卫科值班室，让他们把这些东西寄到余忠林家。邓德贵接过东西默默地点点头，周启明喃喃自语，我们是一车来的，多好的小伙子呀……

10

攀钢一号高炉是中国十九冶成立以来建设的第一座高炉，也是新中国成立后完全由我国自行设计的高炉，它采用了当时国内外行之有效的先进经验和国内研究实验的成果及一些先进设备，是十九冶人在极其艰苦的自然环境中，在十分困难的政治氛围里用青春、热血、汗水和智慧浇铸的一座丰碑。

按照要求1970年"七一"前要出铁，向党的生日献礼，一号高炉要求出铁的时间就在眼前，时间紧、任务重，紧张急促写在了弄弄坪所有参战人员的脸上。在那个特殊时期，总指挥部、各分指挥部和"支左"部队全力以赴，兢兢业业，无论干部、工人，还是工程师、技术员，人们不讲条件、不计报酬、没有加班费，全力苦干。

到1970年4月上旬，炼铁系统全部工程已告完成，接着就开始了按工厂、车间进行调整、试车、投产工作。从6月中旬起，各车间按计划向炼铁厂提供焦炭、烧结矿及石灰石等炼铁原料，高炉于6月26日点火，6月28日起开始顺利出铁。所有的辛苦和牺牲都没有白费，终于确保了攀钢一号高炉按期出铁，炽热耀眼的铁水从出铁口喷涌而出，如万马奔腾，欢快地跳跃着流出了铁沟，又乖乖听话地流向铁水罐车内，一辆辆罐车满载着红彤彤的铁水。夜晚的弄弄坪灯火辉煌，映红了半边天，公路两边的山头上，解放军战士全副武装，地上还架起了机关枪。人们在现场欢呼雀跃，多么激动人心的时刻啊，欢笑伴着泪水，人们又跳又唱，高兴得不得了。

1970年7月2日，渡口市组织上万军民在弄弄坪集会，人群坐在黄土地上，铁道兵两支军乐队分列两边，轮流演奏革命歌曲，庆祝攀钢出铁、成昆铁路通车。

是的，成昆铁路通车了，很多建设者都哭了，因为这是一条他们真正可以回家的路。成昆铁路攀枝花火车站，对于他们来说，它不仅仅只是一座车站，而更是一个可以通往家的起点。甚至在很多人心目中，攀枝花火车站就是他们的家。

2014年，攀枝花有两位画家创作了一幅大型油画《弄弄坪大会战》，将钢铁基地开发建设那场声势浩大的大会战呈现在画布之上。

画家都是有理想主义精神和浪漫个性气质的人。而真实的情况是，攀钢一号高炉出铁后，由于铁路线是边建设边运输，设施设备不齐全，甚至连排水设施都没有，经常发生塌方影响运输，有次还发生了大面积滑坡，导致铁路运输全部中断。指挥部命令十九冶和攀钢投入抢险战斗，干部职工冲到现场日夜奋战，这才疏通了铁路运输线路。

一号高炉按期出铁，标志着攀钢一期工程的正式投产，标志着渡口市建设大幕开启。

为给高炉准备充足的"粮食"，铁矿建设成了当务之急。1970年下半年，矿山建设的主力转向朱家包包铁矿。覆盖于朱家包包主矿体之上的是狮子山，狮子山要剥掉120米才能见矿。有人曾做过计算，把这些剥离下来的废石砌成高宽各一米的墙，可以绕地球一圈。

当时的会战指挥部决定对狮子山进行大爆破作业。这是我国矿山建设史上最大的一次爆破壮举。

党中央、国务院都直接关心这项工作，全国共有36个科研单位、上万人参加实施爆破。铁道兵有三个团的部分兵力参战，他们以饱满的政治热情，大无畏的英勇精神和"天塌下来我敢顶，地陷下去我们填，立下愚公移山志，炸平铁矿狮子山"的英雄气概，在工地上日夜奋战，轮番作业。从设计、施工到起爆历时6个月，是国内首次采用"分层秒差"起爆方法进行的爆破。没有经验可循，一切只能依靠试验、取样估测的结果。

1971年5月12日，周恩来总理亲自批准狮子山爆破方案。5月21日一声令下，顿时雷霆乍起，惊天动地，震撼群山，爆破震起的尘烟犹如原子弹爆炸后的蘑菇云，遮蔽了半个天空，产生的爆破地震相当于4.2级自然地震。硝烟散尽后，巍峨的狮子山随着巨响山体破碎被夷为平地。兰尖铁矿和朱家包包矿的开采，以及选矿厂的投产，满足了攀钢高炉出铁的需要。

11

周遥远命运的轨迹在她八岁那年被改变。

狮子山大爆破之后，周启明带着妻子和儿女迁家来到渡口市。临出发上车前，周启明的姐姐和姐夫也来了，他们看着一副干部模样穿戴的弟弟，心里欢喜极了，但一想到不知何时再见难免心酸，不由得眼圈红了。冉秀英和一群娘家人哭成了泪人，有种生离死别的感觉。

他们一家四口没有坐火车，而是和其他同时迁家来的人，坐上了单位派来的解放牌卡车，车上挤满了人和物品。一路颠簸着来到渡口市，冉秀英听到接车的人大声念名字，地名有弄弄坪、枣子坪、大花地、高峰、荷花池。

放眼一望，住宅区简陋荒凉，一排排的席棚，很少有砖房。起初冉秀英以为，像农村一样，席棚用来堆放农具，或者养家禽。一旁的周启明看出了她的心思，漫不经心地说，席棚有的是办公室，有的是单身汉住，有的是一家人住。家属们能住上席棚就不错了，有的家属还分开住哩。

看到冉秀英复杂的表情，周启明安慰她，先住席棚，以后再盖砖房、盖楼房住，困难是暂时的，渡口市要建设成上海、北京那样的大城市。

八岁的周遥远本来该在十九冶二公司小学上二年级，却要从一年级开始上，因为她一口地道的四川话，根本听不懂老师讲的普通话。这倒不是学校故意为难，二公司小学的老师几乎都是北方人，讲着一口普通话，他们很难听懂四川话，自然也不会说四川话。就连仅有的两三位四川籍老师也在努力对着拼音咿咿呀呀学说普通话。

周遥远哭闹着不想上学，抗拒当留级生，只有学习不好的学生才留级。她使劲哭，带动了邻居一些留级的孩子都跟着哭，大人们笑着哄劝说，学校统一要求学说普通话，灯光球场放映的坝坝电影里的人也说普通话。渐渐地几个孩子也哭累了，也的确不能再哭了，吵着几排席棚的人不得安宁。

这可不是胡说八道。1971年，周启明一家四口就住在一间席棚，二公司的职工家属住的都是席棚。席棚根据地势搭建，一排席棚有的住五六户人家，有的可以住十多户人家，每排席棚门前都挖了细细浅浅的排水沟，上面安了自来水管，再简易地支起几块木板，放上盆子淘米洗菜洗衣服。

一排排席棚前后左右、高高低低铺展开来，成为十九冶二公司家属们的住宅区。有的一家大人小孩挤一张床，也有讲究的在中间拉块布，或者挂张席子，算是把大人和孩子隔开睡了。这个时候生活条件相对周启明刚来时好多了，有食堂打饭吃，有澡堂洗澡，有锅炉房打开水。家属们喜欢到开水房打开水烫菜，回家用辣椒油拌拌，做成凉菜吃，特别简单方便。

人们积极响应毛主席的号召，自己动手丰衣足食，心灵手巧自制出了简易的蜂窝煤和蜂窝煤炉，圆滚滚，黑乎乎，成片的蜂窝煤列成阵势。

尽管邻里来自四面八方，操着不同口音，有些话很生僻，甚至听不懂，但大家彼此很热情，还相互学习分享，借煤球、借火。四川农村人不会用蜂窝煤炉生火做饭，北方人有这方面的优势，一些四川妇女就用夹钳到邻居家，夹一个烧得通红的煤球，放在煤炉子的最底下，然后慢慢将一个个煤球放到上面，炉火就热气腾腾地燃烧起来。

遇到下雨，不管是谁家的人，都来帮忙抢着搬东西躲雨。小孩子们喜欢守着煤炉子，烤红薯、土豆、玉米、馒头。而煤炉子上则坐着水壶，随时有热水，走过路过的熟人陌生人，都可以顺手倒水喝。每到做饭时间，可以说家家户户的蜂窝煤炉都在燃烧。吃饭没有桌子怎么办？把席子棉被一掀，摆上饭菜碗筷，一张床板就成了饭桌。

二公司只有一两栋三层红砖楼，那是机关办公楼。

从农村到城市，他们的命运发生了改变。周启明说，成千上万的人来到渡口市，渡口市改变了无数人的命运。环境最能改变人，他们和大家一样，逐渐习惯了从农村到城市的生活。家属们还在房前屋后种菜、养鸡、养鸭、养兔子，改善生活。

无论白天还是黑夜，从攀钢主厂区来来往往弄弄坪火车站的一列列火车，发出的轰鸣声音就在耳边，尤其是半夜时分，那声音传来，仿佛火车是从房顶碾过……

席棚里的上海人、武汉人、东北人都能听懂四川话。但他们坚持不说四川话，而是保留着家乡口音。渐渐地，天南地北的人，吃着吃着口味就统一了，一律吃川菜，学做泡菜，做萝卜干，做干咸菜。有一年上海人田保军回家探亲，居然吃不惯上海菜了，他自己都觉得奇怪。

十九冶二公司小学校的办公室和教室四周是木板，屋顶是草席，老师办公室、教室、操场全是泥土地。学校厕所也是席棚搭建的，因为无法隔音，男女厕所分别搭建在操场一左一右，丑陋难看，臭气熏天。

二公司小学的学生来自天南地北，操着不同的口音，像一群叽叽喳喳的鸟儿叫。老师们耐心地教他们说普通话。

二公司政工干部江苏人鲁英才，是个戴眼镜的中年人，喜欢吹口琴，还喜欢画素描。不上班的时候，他带上一群孩子到山上玩耍，要么吹口琴，要么画画。席棚的房前屋后，红心果树、芭蕉树特别多，还有红的、黄的美人蕉，以及高大的攀枝花树、凤凰树。每到开花的时候，花朵就开在几排席棚周围，远远望去好像是从席棚里长出来似的。

鲁英才喜欢画这些，他给这些画起名叫《席棚花开》，更多的画叫《弄弄坪》。

席棚的孩子们都喜欢围着鲁英才转，正是在他的启蒙下，周遥远的同学许佳佳喜欢上了美术，后来考上了四川美术学院。还有李建军，居然偷了家里的钱，又偷邻居的塑料凉鞋、牙膏皮去卖，被父母发现打了一顿，问他为什么偷钱偷东西，他哭闹着说，凑钱买口琴，要跟鲁叔叔学吹口琴。

李建军是席棚的孩子王，安静的时候也老实，更多时候他是淘气的。听大人们说以前渡口市有狼，于是李建军就敢爬上树，"嗷呜嗷呜"学狼叫，或者"汪汪"学狗叫，也不知道他是从哪里学来的。再或者他就带着一群孩子跑到附近山上玩打仗，那样子神气活现的。他还对着女孩子吹口哨，只要看到梁小菊远远走过来，他就使劲吹口哨，或者趁她专心走路，突然冲出来扯一把她两条黑黑的辫子，然后飞快跑了。气得梁小菊回家告状，李建军不知挨了父母多少打。有一次两家人还大吵一架，梁小菊家是湖南人，李建军家是吉林人，双方用标准的乡音站在席棚门口吵，两家的大人小孩齐上阵，你一句我一句，湖南脏话吉林脏话满天飞，两家的妈妈挽起袖子，跳起脚来对骂，倒像是演滑稽剧。

开始大家有的看热闹，有的帮忙劝说，谁知这一劝他们反而骂得更凶了，眼看就要动手打起来，大家赶忙上前拉架。每吵一架两家大人几天不说话，见面跟仇人似的。但李建军学习好，一点也不影响他在这群孩子心目中的地位。梁小菊的弟弟梁小强简直就是李建军的跟屁虫，尽管两家吵过架，但这并不影响孩子的友谊，他们照样在一起玩耍。后来，鲁英才要调回江苏，走前他把口琴送给了李建军。周遥远和李建军、彩霞是同学，梁小菊比他们低一年级，但席棚的孩子不讲究这些，不管你上几年级，大大小小都混在一起玩。

彩霞的大姐是不会跟大家一起玩的，她爱学习，成天捧着书本看，后来考上了四川省渡口卫生学校（攀枝花卫生学校），毕业后分配到了十九冶医院工作。

彩霞的老家在辽宁沈阳。周遥远的同学中还有北京人、上海人、吉林人、黑龙江人、湖南人、云南人、天津人、河南人、河北人、山西人、安徽人等等。

周遥远好奇地问，为什么有这么多来自不同地方的人，他们为什么不在老家大城市，而要到这里来？

周启明自豪地回答："为了响应党中央和毛主席的号召，为了让毛主席睡好觉，为了高炉出铁，渡口市的建设者从全国各地来支援三线建设，我们要在这里建设攀枝花钢铁基地。"

周遥远又说，彩霞的老家在辽宁沈阳。

周启明告诉女儿："沈阳是辽宁省省会，是座特大城市。东北三省包括辽宁省、吉林省、黑龙江省，那里以平原和山地为主，山环水绕沃野千里，白山黑水、林海雪原、北大仓就是用来形容东北三省的。我们的理想就是把渡口市建设成为一座大城市。"

支援三线，建设攀枝花钢铁基地，改变了多少人的命运，其中自然包括孩子们。他们别无选择，只能跟着父母，被历史浩浩荡荡的洪流裹挟着滚滚向前。这里也是改写他们命运的起点，对他们的生活、人生和命运产生了重大的影响。许多三线建设者的后代成了终身伴侣，成了同事，也成了一生的好朋友。周遥远班上的四川女孩田玉玲嫁给了上海籍同学陶然，后来陶然调回上海工作，她也随丈夫去了梦寐以求的上海。吉林籍男同学夏劲松娶了云南女同学毕晓洁，退休以后他们回云南养老。还有梁小强成长为十九冶一名年轻有为的技术骨干。

听彩霞美滋滋地讲过，沈阳大城市，有高楼、马路、大街、汽车、广场、路灯、电影院、人民商场、百货大楼、书店、医院、公园，热闹繁华，有漂亮的衣服，有好多好吃的好玩的。

农村孩子周遥远还是无法想象，什么是大城市，大城市应该是什么模样的。从农村来的路上，刚上车一会儿她就晕车了，被冉秀英抱在怀里一直迷迷糊糊的，偶尔望望车外，越走越偏僻，越走越荒凉。

到了弄弄坪，这里更加偏僻荒凉，她不相信父亲的话，她在心里无数次的怀疑，这个破地方还不如农村，怎么可能建设成大城市！父亲跟老家算命的刘瞎子一样，说的都是骗人的鬼话。

让冉秀英觉得难堪和害怕的是上厕所。厕所就搭在离席棚30多米远的地方，一张席子隔着男女厕所，声音响动听得一清二楚，而且女厕所内一排几个坑，谁也不避谁。尴尬的是，时常会在进出厕所时，跟男邻居打照面。很快，冉秀英就掌握了避免难堪，以及确保安全的上厕所的方法。她先是在外面观察，等男女厕所都没有人了再上，或者让孩子站在外面放哨，或者听到脚步声，三下五除二迅速解决问题，飞快提起裤子跑出来。

还让人难为情的是去澡堂洗澡，男女澡堂就在隔壁，人人都端着一个盆，进去后一间间大澡堂热气腾腾，不仅要当众脱光衣服，而且还要当众洗澡。冉秀英和一群农村妇女面面相觑，总不能穿着衣服洗吧，只好咬牙脱光洗澡。洗完澡穿好衣服出来，脸上还羞得红红的。

晚上，冉秀英和周启明说起这事，周启明嘿嘿一笑，压低声音说，孩子都生几个了，还拿自己当大姑娘。有啥不好意思的，再说了，人家大姑娘不也在澡堂里洗吗？

每隔一段时间，十九冶电影放映队就要在各个二级单位的灯光球场放映露天电影。几乎每个公司每周都能看一次电影。

二公司灯光球场每周要放一次坝坝电影，这是职工家属们的欢乐时光，全家人早早吃了饭集体出动去看。当然了，那些在工地上加班的职工就看不成了。正因为是家家出动，难免有些安全漏洞，外号叫"赵神仙"的职工家，在厨房门口的鸡笼里养了两只鸡，打算过年吃。没承想看一场电影两只鸡就被人偷了。

平时赵神仙就爱装神弄鬼的，有人打趣说，那么会算，怎么就没算准今晚看电影家里会丢鸡。

赵神仙的老婆气得跳起脚，骂遍了几排席棚。怀疑这个又怀疑那个，可是没有证据，所以只好乱骂一通，骂人的话尖酸刻薄。骂了几天，难听的话翻来覆去骂了几遍。席棚的人实在听不下去了，就说，毕竟大家都住席棚，低头不见抬头见，知道你家养鸡不容易，谁会忍心偷呀，说不定是外来人偷的。听人一劝，赵神仙的老婆找到台阶下了，果然就不再骂了，她突然不好意思起来，讪讪地说："也是啊，远亲不如近邻，咱们住席棚这么久了，谁会下手偷鸡。"

不过，这倒提醒了大家，看电影时锁好门。消息传到公司，公司通知保卫科加强了夜间巡逻。还特意强调，放映坝坝电影的时候，保卫科必须派人在家属区巡逻。电影看来看去，大家就总结出了一些规律，还编了顺口溜：罗马尼亚电影又搂又抱，朝鲜电影又哭又笑，阿尔巴尼亚电影莫名其妙，越南电影真枪真炮，中国电影新闻简报。那时看电影，可是一件大事，人山人海，许多人要翻山越岭，赶几里路。夕阳西下，放映员就已经挂好了银幕，大家争着将板凳放到靠近放映机的位置。放映员在调焦的时候，或者换片子的时候，一些人将手对着电影投射灯直挥，然后投射到银幕上，很得意。碰到放映员要从其他单位放完影片后再来放，那大家更是伸长脖子像长颈鹿。有的人到银幕背后从反面看，没办法，正面人太多。朝鲜影片《卖花姑娘》放了一遍又一遍，看得人眼圈发红。

如果影片里偶尔有搂搂抱抱的镜头，或者美女穿泳装的镜头，那绝对是亮点，男青年眼睛瞪得像铜铃，恨不得镜头立刻静止，好大饱眼福。

12

自1970年攀钢一号高炉出铁后，十九冶的队伍已经在弄弄坪遍地开花，他们后来还建成了二号、三号高炉，以及攀钢其他厂矿的建设。十九冶以东风烂泥田片区为家属区基地，逐步建设了十九冶医院、学校和东风商场等。

在同来的职工中，周启明入了党，又提干了，在二公司行政科分管后勤，他不仅能写一手漂亮的字，还能打算盘左右开弓手脑眼并用，噼噼啪啪一阵响，结果便出来了。他经常出差去矿务局、小攀枝花、大田、仁和、盐边、米易、华坪、会理、永仁等地，采购煤、菜、鸡蛋、大米回单位，再供应给单位职工，有时他还坐着公交车往返市区采购货物。

1971年的渡口市成立了公共汽车公司，已经有公交车了，但线路和车辆并不多。汽车公司员工是一群天津人，司机和售票员都讲着一口天津话，以至于几十年后汽车公司附近的公路被市政府命名为天津路。

二公司职工食堂的食品供应票是行政科制作的，食品供应票又细分为饭票、菜票，还有肉票、包子票、饺子票、麻花票等，平常的票是白纸做的，上面盖着单位的公章，注明内部使用，从几分到几角都有。逢年过节的票就是红红绿绿的纸。职工到行政科去买票，凭票到食堂打饭。遇到公司发放福利，职工就不用买票，直接到行政科报所在厂子车间班组和自己的名字就行。无论你家是几口人统一发一张票，每户凭票到食堂领东西，有新鲜蔬菜、水果、豆腐，也有肉、包子、饺子、麻花等，还有冰冻扒皮鱼、带鱼，深受职工家属们喜爱。

扒皮鱼也叫耗儿鱼，一条鱼没有巴掌大。据说，这是国家特供给渡口市的，渡口市又特供一部分给十九冶。往往这个时候，周启明是快乐而忙碌的，接到领鱼的电话，他要做好鱼票，盖上单位公章。不等他下班回家，席棚里的人就已经收到消息了，等他下班回家，大家就笑着问他什么时候领鱼。他愉快地回答："明天一大早我就带车去，你们中午就可以去食堂领鱼了，保证当天家家都有鱼吃了。"

第二天，周启明带着车喜气洋洋去把扒皮鱼拉回来，然后发票给职工，职工凭票去食堂领鱼。家属们高高兴兴，像叽叽喳喳的鸟儿，有的拿着洗脸盆，有的端着锅，有的带着几个孩子，孩子一人拿一个大碗，他们在食堂窗口排着长队领鱼。

每领一次鱼，就如同过一回年那般开心。在那个物质极度匮乏的年代，就是如此。

二公司职工食堂仓库管理员朱志刚，家里有五个孩子，老婆没有工作，经常捡煤球，捡破烂。别人家发一张票勉强够吃，可他家人多嘴多，平常他私底下就爱偷摸夹带些东西回家，知道的人也是睁只眼闭只眼。也有人跑到单位告状，但又拿不到证据。在吃过几次美味扒皮鱼之后，看到老婆孩子开心的吃相，灿烂的笑容，他就动了歪心思。又赶上一次公司发鱼，他就偷偷藏了些扒皮鱼在库房里，想等到晚上再神不知鬼不觉，悄悄拿回家。反正天黑了又没有路灯，一路都是黑灯瞎火的，谁会看见？他想得到是挺美，心里乐开了花。

谁知，那段时间偏巧遇到攀钢炼铁厂工地加班，职工要三班倒，晚上机关干部们也要去工地加班，这就需要大家在工地吃晚餐。周启明从工地赶回来，通知食堂开火做饭，并且守在食堂等饭菜做好后，让朱志刚跟着送饭到工地。一来二去折腾了几天，扒皮鱼早就解冻化冰了，大家都在问朱志刚库房是什么臭味。朱志刚实在忍不住了，等到一天晚上，他假意说肚子疼，周启明便没让他跟着去工地。等大家都走了，他磨磨蹭蹭挨到夜深人静，这才像做贼似的把鱼拿回家。看到又有鱼吃，老婆孩子自然欢天喜地。

哪知吃了鱼，一家人都头晕恶心拉肚子，不得不往二公司医疗队跑。医疗队一看，没办法了，马上打电话让公司派车，将他们送到烂泥田十九冶职工医院。经医生诊断是食物中毒，还好有惊无险，一家人经过治疗都没事了。

食物中毒，这还了得！

这里是毛主席最关心的地方，大会小会都讲了，以阶级斗争为纲，目前国际国内形势严峻，难道是美帝国主义派狗特务来搞破坏？还是有台湾特务混进三线建设工地来了？

大家都急着忙攀钢炼铁厂工地上的事，保卫科也抽不出人来，公司派周启明调查了解这件事。大家都知道周启明是个性格和善的人，于是，朱志刚便哆哆嗦嗦一五一十把事情的原委和盘托出。

朱志刚唯唯诺诺低下头，掰着手指头羞愧万分，说，我大概藏了二十多条鱼，我把鱼偷回家了……鱼臭了……

这下，周启明目瞪口呆，忍不住发大火了。他跺着脚，痛心地说："朱志刚啊朱志刚，你这不是偷东西这么简单，这已经构成了盗窃罪，这是现行反革命罪，是要入狱坐牢的。朱志刚啊朱志刚，你咋这么糊涂哟！"

朱志刚老婆吓得倒在地上哭起来了，几个孩子也跟着哭。哭得周启明心烦意乱，他的怒火渐渐平息了。望着这一家人，他的心里说不出是什么滋味，心也一下就软了。

周启明知道，如果将实情汇报给公司领导，保卫科肯定会把朱志刚抓走，朱志刚肯定要去坐牢。那这一家人可就惨了，这个家就毁了，几个孩子又咋办？

这下轮到周启明痛苦了，仿佛犯盗窃罪，犯现行反革命罪的人不是朱志刚而是他。他之所以痛苦，是因为他看到了人性的善良一面，也看到了丑陋的一面。朱志刚之所以会这样做不是为了自己，他在食堂还愁没有吃的，他是为了老婆和几个孩子。

好在现在只有周启明知道这件事，只要朱志刚一家人没事就好。于是，周启明一股热血冲上心头，他决定隐瞒下这事不汇报，只说是朱志刚家里困难，老婆孩子捡了些烂菜叶子又没有煮熟，一家人吃坏了肚子。于是，周启明写了大字报贴在食堂门口，提醒大家不要捡烂菜叶子，不要吃腐烂的食物。这更让人们同情朱志刚一家人。

从医院回到家的当天晚上，夜深人静时，朱志刚压低声音，对老婆和几个孩子说："千万不能出去说是吃了鱼中毒的，我们全家人要记住周启明，要一辈子记住他，感谢他，是他救了我们全家。"

事后，令朱志刚没有想到的是，周启明借用老乡的关系，把朱志刚调到了十九冶四公司，而且还把朱志刚老婆安排到五七连解决了工作，他们一家人也从钢花村搬到了四公司家属区大花地。周启明知道，虽然事情是掩盖过去了，但是朱志刚仍然背着沉重的包袱，原本身为食堂管理员的朱志刚走路从来都是昂首挺胸的，从医院回来后他走路都低着头，尽量绕着大家走，一家人在邻居面前也是低眉顺眼的。周启明想，只有换个环境才能让他们忘掉这些，重新找回做人的尊严。

二公司图书室也归行政科分管，这里有几间屋子的书，白天夜晚都是免费开放的。还有大量的纯文学期刊《收获》《当代》《十月》《人民文学》，它们是代表纯文学最高水平的文学期刊，发表了路遥、阿城、贾平凹、迟子建、陈染、苏童、余华、格非、王安忆、史铁生、韩少功、莫言、刘索拉等作家的小说，他们如群星般闪耀在中国文坛，这是中国文学的黄金时代。二公司一群文学中青年爱好者一到晚上就坐在图书室，看到关门才肯走。

周启明借了几期刊物回家，他对女儿说："想当初呀，我想看书可困难了，晚上没有电，后来'打伞发电'，再后来又有席棚新华书店，可里面的书不多，文学类书籍稀少。"

周遥远听了觉得稀奇，不懂为什么要打伞发电，担心席棚里的新华书店会不会被大火烧了。

周启明感叹道："那都是以前的事，以后慢慢告诉你。你看看这些文学期刊，许多作家都在这些期刊上发表小说，许多文学青年还通过它们圆了作家梦。你作文写得好，多看看这些作家的大作，说不定你将来也可以成为作家呀。"

周遥远吃惊地问："作家，多么了不起的人啊，我怎么可能，我可不敢想。"

周启明平静地说:"世上的书如汪洋大海,一本书、一篇小说,就是一个世界。多读书喜欢读书是好习惯,能让你接触到不同的世界,不同的人生,无形中就获得了许多知识,这些知识会让你受益终生。当年我的老师就拿北宋著名文学家黄庭坚的话'一日不读书,则语言无味,面目可憎'鼓励我多读书。人活着就要有梦想,你这个年龄正是怀揣梦想的时候,梦想是人前进的方向,它也是一种动力,会激励着你大胆向前。"

周遥远问父亲的梦想是什么,周启明心里涌上一股热浪,激动地点点头,沉默良久,他说:"让党中央放心,让毛主席睡好觉,把渡口市建设成为一座大城市。"

周启明说到做到,他从图书室借回许多书让周遥远看,还跟她探讨不同作家的小说风格,鼓励她大量阅读,学习写作。从小就性格安静的周遥远渐渐养成了阅读的习惯,而且,这些高水平的文学作品确实令她爱不释手,让她看到一个个万花筒般的新世界,同时也在她心里埋下了作家梦想的种子。

13

建设一座新城市，人们可以创造许多奇迹，许多不可能都变成了可能。探亲一般是妻子带着孩子去探丈夫，而丈夫带孩子来探妻子就是"反探亲"。这种"反探亲"现象在渡口市是常事。

一些还没有迁家来的职工也住进了席棚。二公司生产科技术员袁家良和吴雪梅夫妻也住席棚，他们就是当年轰动一时的弄弄坪荒山豪华席棚夫妻。吴雪梅回老家生了女儿，并且把女儿留在了老家。他们夫妻难得回家探亲，只能在心里美美地猜测，女儿长成什么模样了，长高了没有，如果见面是否认得爸爸妈妈。

有一年春节，老乡带着他们的女儿从重庆来渡口市，吴雪梅一把抱住女儿，小女孩吓得哇哇哭使劲挣脱。

吴雪梅流着泪，颤抖着说："不哭，别怕，我是妈妈！我是妈妈！我是妈妈！"

小女孩用手推她，用脚踢她，哭喊着："你不是妈妈，你不是妈妈，你是大坏蛋。"

没住几天，孩子就流鼻血、便秘，这可把袁家良两口子吓坏了，孩子的奶奶觉得渡口市生活条件实在太差了，坚持让他们赶快把孩子送回重庆。

后来，大家才知道袁家良的母亲在重庆市当干部，她想把儿子和媳妇调回重庆，调令都发到二公司来了。可袁家良两口子都不同意，他们的女儿就一直留在重庆，而他们一直在二公司工作到退休才回重庆。

二公司生产科技术员赵晓峰和妻子是大学同学，妻子和儿子在成都。为了照顾大学生，赵晓峰分到了两间席棚，他告诉邻居们，如果顺利的话妻子会调来，一家三口就团圆了。袁家良和吴雪梅也送来一些生活用品。周启明特意来到加工厂，请木匠师傅给孩子打造一张小木床，木匠师傅在厂里找些边角余料，拉开架式叮叮咚咚忙了一会儿就做好了。

当周启明将小床送到席棚时，赵晓峰乐得连嘴都合不上了，一个劲点头说："这家伙老带劲了，太好了，感谢！"

不久，赵晓峰的妻子和孩子从成都来探亲。为了让妻子和孩子吃点好的，赵晓峰学着席棚家属们的模样，凌晨起来就去荷花池肉店排队买猪肉。好在这个时候二公司已经有了豆腐房，可以供应大家吃豆腐，不过要是去晚了豆腐就卖完了，毕竟豆腐房小，职工家属多，豆腐供不应求。赵晓峰便一路小跑着，先是买回来了猪肉，再去豆腐房排队买豆腐。

人们发现，赵晓峰成天乐呵呵的，走路都是连蹦带跳的，还哼着小曲。可是他的妻子几乎板着脸孔进进出出，她尤其无法忍受那个简陋肮脏的厕所，宁愿带着孩子走十多分钟路，去机关办公楼上水冲的厕所。

一天晚上，赵晓峰和妻子在屋里大吵。

"晓峰，凭你的条件和能力，在成都哪个单位不欢迎你呀？"

"我不是没有想过，但是这里的情况你也看到了，一切才刚刚开始。再说了，组织上把我选派到这里来，我怎么能撂挑子走人呢？"

"你算了吧。我可听说了，攀钢出铁后，已经有人想办法找关系调走了。"

"嗯，调走的毕竟是极少数人嘛，大多数人都没有走。铁是出来了，可我们的任务还没有完成，我们要在这里建设一座城市，一座新城市。"

"一座新城市？"

"是呀，从无到有，就靠我们亲手来建设。"

"这穷山沟，荒山坡，有啥好的？"

"就是因为不好，才更加需要我们呀，只要你愿意可以调来，和孩子一起来吧，这里特别需要人才。"

"我劝你不要做白日梦了，我是不会到这种鬼地方来的，更不会让孩子来这里吃苦受罪。"

"小声点，别让人听见了。你胡说什么，你敢说这里是鬼地方，这里可是毛主席最关心的地方。"

"全中国都是毛主席最关心的地方。可我只有你一个丈夫，孩子只有你一个爸爸。难道我和孩子你就不管了？你就忍心……"

"我……等忙过了这阵子，我就回成都探亲……"

"你想好了，你真的不调回成都？"

"我想好了，不调。"

终于，他的妻子忍不住呜呜哭了起来，孩子也在旁边哭。孩子哭累了，睡着了。

过了好一会儿，妻子冷冷地说："我这回彻底想通了，要么你调回成都，要么我们就离婚。"

赵晓峰试探着低声哀求："别激动嘛，你再考虑考虑……"

妻子语气坚定地说:"我已经考虑好了,我们只能尊重彼此的选择。我带孩子回成都。"

又是一阵沉默,难挨的沉默。

赵晓峰突然大吼一声:"离就离,谁怕谁!我已经忍你很久了,忍无可忍了!"

临走前,赵晓峰抱着儿子久久不撒手。随后,他和妻子相互拥抱,并流下了复杂的泪水,然后彼此又哭又笑为对方擦泪水。冷战持续了近两年,赵晓峰回去离婚。从成都回来后,他像换了个人,学会了抽烟喝酒,原本活泼的人,变得沉默了。

一天晚上,赵晓峰先是找了邻居喝酒,大家陪他喝酒劝他想开点。后来他自己又喝还闹腾起来,先是捶胸顿足破口大骂,一会儿又痛哭流涕,然后疯疯癫癫,从裤裆里掏出硬邦邦的那玩意儿,捏着它跑来跑去,挨个往人家门前的煤球上、花盆里撒尿,嘴里叫喊着"一、二、三,发射!"邻居们目瞪口呆,女人们惊叫着跑回屋,男人们拼命把他往屋里拉。

赵晓峰怒吼道:"这是我自己的东西,我掏出来放放风,撒撒尿,给花盆施施肥,怎么啦?"

一天傍晚,袁家良和吴雪梅端着饭碗来找赵晓峰,敲了敲门没有人答应,轻轻一推门就开了,屋里没有人,他们又等了好一会儿,还是不见人,这下便有些慌神了。武汉人王树才、上海人田保军、四川人赵志才,还有保卫科干事邓德贵等人闻讯连忙来找周启明,周启明带上火把,众人拿着木棍,急忙在江边、山上四处寻找,边找边大喊赵晓峰的名字。

呜呜……呜呜……呜呜……

猛然,背后传来动物叫声,听上去特别像狼群叫唤,众人瞬间慌神了,惊出了一身冷汗。哎呀妈呀,我的老天爷啊,来了几年了,只听说过有狼，但从来没见过啊，难道今晚要被狼群围攻了吗？

周启明高举火把使劲摇晃着，大声喊道："狼害怕火光，大家不要惊慌，不要害怕，赶紧向我靠拢！"

袁家良一把将吴雪梅拉入怀里，紧紧护住。邓德贵、田保军、赵志才拿着木棍当枪使。

有人惊慌失措地叫，王树才，王树才呢，王树才不见了。

大家四下看看，果然没有王树才的踪影，人人脸上露出惊恐的神色。

偏偏这时，又传来了叫声，呜呜……呜呜……呜呜……狼叫声回荡在弄弄坪山谷，令人毛骨悚然。

田保军颤抖着说："王树才……让狼叼走了……"

赵志才带着哭腔喊道："他刚才还走在我后头的嘛……王树才，你个龟儿子，你个斑马滴……"

邓德贵使劲握了握手里的棍子，咬了咬牙，故作镇定地说，先别嚎了，都拿紧棍子，脚下的石头也是武器，准备战斗！

周启明不安地望了望四周，声音低沉沉地说，保持警惕，不要慌乱，大家不要跑散了！

突然，从旁边一人多高的乱石和杂草丛中，跳出一个人来，正是王树才，他手舞足蹈，哈哈哈大笑："是我在叫，是我在叫。渡口市的人都应该是个强人撒，个斑马滴，看把你们吓得，一副熊样，搞么事啊？"

众人惊魂未定，四处看看，又气又恨。周启明长长地松了一口气，瞪了他一眼，带着大家继续四处寻找。

田保军抹了抹额头上的汗珠，愤怒地朝着王树才跺跺脚："呸呸呸，侬个港都！侬脑系哇特拉！"

王树才委屈地为自己申辩道："黑灯瞎火的，谁知道他躲在哪里了，我想的是听到狼叫，他自己就垮了回家了撒。"

赵志才朝王树才挥舞着木棍，嘴里嘟囔道，鸡冠儿吃多了，吃饱了撑的。

王树才边往后躲边挥舞着双手："嘴里说道，拐子（哥哥），你想搞么事啊，你几棍子把我敲晕了，你背我回客（去）吗？"

终于，大家在弄弄坪山坡上，攀钢铁路旁边的杂草丛中，找到了赵晓峰。他正呆坐在一块石头上，双手抱头。一时间，众人这才松了口气，但都不吱声了。赵晓峰也不说话，四周不时有攀钢专用运输火车来回穿梭在黑暗之中。

周启明拍了拍赵晓峰的肩膀，轻声说，走吧，回去吧。

赵晓峰慢慢站起来，点点头。众人一起朝二公司那片席棚走去。

几天后，赵晓峰把席棚清理好，把钥匙交到行政科还给了周启明。赵晓峰说，把房子留给别的夫妻住吧，我孤家寡人一个住着挺浪费，我搬到单身宿舍去。

不久，陆续有新来的人住进席棚，其中就有温江来的李珍珍，还有四川之外其他省市的人，聚来的家属越来越多。没过多久，冉秀英和家属们都安排进了五七连队工作，因为五七连队妇女众多，就有东北人私底下管她们叫"老娘们连队""家属娘们连"。

当周遥远、周沿河在二公司小学读书时，冉秀英在十九冶医院生下了一个女儿，周启明很高兴给小女儿罗列了几个名字，周三江、周渡口、周钢花、周弄坪。冉秀英一听就火了，翻白眼瞪着他说："亏你还是个高中生，一个女孩子家家的叫这些名字好听吗？再说了席棚里几个大肚子，还不知道怀的是男是女呢，就已经开始叫上渡口、钢花、荷花、攀枝的了。"

周启明自己也笑了，低头想了想说："那就叫周晓渡吧，等他们长大了，一起建设渡口市，把渡口市建设成大城市。"

在大家看来，周启明是幸运的，当了干部，家也迁来了，行政科管后勤很吃香，至少家里吃的不愁。他应该是席棚里没啥烦恼的人。可眼下就没人知道，压在他心里的烦恼是房子。解决职工家属住房只有三个字：等、靠、要，等国家建房，靠组织分房，要单位给房。单位分房依据的是工龄、职称，以及是否是双职工等综合评分，想分房要论资排辈。所有人都期盼着单位分房能尽快轮上自己，只要有一点风吹草动，送礼的、递条子的，甚至拿菜刀威胁的……行政科的门槛都被踩破了。要命的是领导定好了分房的事，最终是周启明负责分房发钥匙，大家就把矛头对准了他。

特别是住席棚的人，谁不想住砖房，甚至住楼房啊，一到晚上都聚在周启明家门外，个个提着小马扎，端着水杯，往他家门口一坐，搞得像开会似的，都眼巴巴地看着他。还有的家属送一碗泡菜、干咸菜、豆腐乳、红油豆瓣，或者一把面条，更高级的还有烟、水果罐头、奶糖。邻居们的这些举动折磨着周启明，能挡回去的东西他尽量挡回去，实在挡不了的东西就收下，反正找机会让冉秀英再还回去就是了。周启明一再解释分房的规定和程序，但大家左耳朵进右耳朵出，依旧把希望寄托在他身上。

有一天上午，周启明把写好的分房大字报贴在食堂门口，他并没急着离开，似乎还在欣赏自己漂亮的毛笔字，或者检查是否有地方写错了。突然，住在席棚加工厂一个外号叫马猴的电焊工一把扯下大字报，撕得粉碎，恨恨地瞪着周启明，嘴里骂着脏话。

围观的有人劝，有人笑，有人骂，就等着看好戏。周启明脸涨得通红，他一句话也没有说，弯腰捡起被撕烂的大字报走了。

冉秀英不干了，立刻拉下脸、跳起脚跑到公司经理办公室，扮演起一哭二闹三上吊的泼妇，没想到冉秀英戏演得有点过了，震动了机关小三楼办公室，机关干部们大吃一惊，着实没有想到周启明这样斯文、性格温和的人，找了个这么"厉害"的老婆。

当然，分房大字报还得让周启明重新写，只不过在分房抬头重点强调了几句话：分房是公司经理办公会议集体讨论确定的，如果职工有不同意见，请直接找公司经理办反映。行政科没有分房权力，只负责公布分房结果。

14

　　渡口市开发建设的脚步，可以说是一路狂奔，每支建设队伍的工作状态都是热火朝天，唯恐落后。他们就像一粒粒种子，散落在这座萌芽城市的各个角落；他们又像辛勤忙碌的蚂蚁，轰轰烈烈地投入渡口市建设。

　　到了这个时候，渡口市的大多数职工家属还是住在席棚里，不可避免地存在安全隐患。1974年1月29日，攀钢炼铁厂荷花池住宿区发生了一场火灾，导致三百多间席棚被烧，上千人受灾，其中就包括炼铁厂工程师何学东。何学东是辽宁沈阳人，毕业于东北工学院（现东北大学）钢铁冶金系炼铁专门化专业研究生，分配到鞍山钢铁公司钢铁研究所。得知单位要调人去支援攀钢，他主动提出申请到攀钢工作。

　　身为研究生的何学东可是研究所的宝贝，单位领导舍不得放他走，但他多次郑重其事地向领导提出申请。

　　领导耐住性子问："这是为什么，你究竟在想什么？"

　　何学东还是那句话，"到祖国最需要的地方去！我的专业是炼铁，攀枝花钢铁基地建设需要炼铁专业人员，那里的高炉需要我去。这就是我工作的方向。"

曾经去过渡口市出差的同事悄悄告诉何学东："渡口市的生活环境和工作条件极为艰苦，人们住的是席棚，走的全是山路，根本没有一点城市的模样，你还是再好好考虑考虑吧，那么苦的条件，你爱人和孩子怎么办？"

何学东笑了笑说："条件艰苦，那就更需要我去建设了。"

1969年2月的一天，何学东一个人从鞍山来到弄弄坪。第二年，他爱人带着两个儿子迁家到了渡口市，一家四口住在荷花池的一间席棚里。

那天席棚着火时，爱人在攀钢上班，何学东倒班正好在家休息，他赶忙带着两个孩子飞快冲出来。他和孩子们跑到公路上，到处都是惊慌失措的人群，席棚已经成为一片火海，他捡起土块画了个圈，告诉孩子们"站在圈里，千万不要出来"，然后跑回屋去抢书，可惜那么多的书已化为灰烬。事后，当人们清理到他家时，还以为这里曾经是个图书室。

一个前途光明的研究生，放弃大城市安稳的工作、生活，来到这里，一家四口住一间席棚，临近春节家却被烧了。

领导担心何学东会想办法调走，这也是有可能的，毕竟条件实在是太苦了，艰苦程度超乎想象，已经有几例前车之鉴了。

甚至有同事问何学东，来到这里后悔了吧，什么时候调走呀？

何学东微微一笑，坦诚地说："不后悔。我依然坚定地认为，这里是祖国最需要的地方，如果不能干专业上的事，那书就白读了，对不起国家，也对不起自己。"

火灾事故教训惨痛。渡口市向全市发出通知，要求各单位加强管理，严防席棚火灾，同时也加快了砖房、楼房修建步伐。二公司离荷花池最近，周启明带人清理了几十间席棚，安置从荷花池来的职工家属临时居住。

15

渐渐地，二公司少数职工家属搬进了砖房，有的还住上了楼房。

周遥远班上有同学家住了楼房，她觉得这些同学说话走路都显露出骄傲，可她家还住席棚。席棚陆陆续续有人搬走，隔壁也就空出了几间席棚。

冉秀英在五七连队学到了不少知识，她很有水平地安慰女儿，不急不急，毛主席说了，攀枝花建设要快，但不要潦草。

家乡三江镇沿河村是山清水秀的，美得像幅画。自从来到渡口市，周遥远就是不快乐的，刚来完全不适应，不喜欢这里的天气，特别热，还流鼻血，她特别想念家乡。她像一只失声的鸟儿，突然停止了歌唱，整天都极其沉闷。可她有什么办法，一个几岁的女孩别无选择，像团无足轻重的云，被父母带着飘浮。离开时她去学校跟老师和同学们告别，几个小伙伴都哭了，拉着她的手不放，班主任肖老师是周启明的高中同学，曾经悄悄喜欢过周启明。肖老师抱着周遥远默默流泪，久久才说，进城当居民改变命运，好好学习将来考大学。然而进城后周遥远不仅当了留级生，而且一家人还住进了席棚。

周遥远是讨厌住席棚的。就算是在农村，他们住的也是青砖大瓦房，现在住这么丑陋破旧的席棚，如果要让家乡的小伙伴们知道了，那该有多丢人啊。每每想到这里，她心里十分难过，住席棚强烈伤害了她的自尊心。

农村妇女冉秀英是个爱干净的人，很快就接受了去公司澡堂洗澡。吃过晚饭，她就兴高采烈地带着周遥远去澡堂，她说澡堂水热水大，洗得干净又舒服。

在冉秀英看来快乐的事，却让周遥远感觉到一种模糊的恐惧。害羞的她被冉秀英死拉活拽拖到洗澡堂，她要么磨磨蹭蹭半天没有脱完衣服，要么是满脸通红，猛然用双手捂住了脸胡乱洗洗然后就要跑。很长时间了，她只要一进澡堂就会莫名其妙地紧张，随着身上衣服一件件地脱掉，随即她的脸颊蓦地红了起来，满脸火辣辣的，全身发麻，强烈的羞耻感占据了心田，她觉得女孩子最珍贵的一切已经当众丧失。她极端痛恨这样的洗澡堂。

尤其是已经进入了少女时代，丑陋破旧的席棚破坏了周遥远青春期美丽的梦想，就连换衣服她都要躲在床上拉上蚊帐，或者跑到厨房去换，这样可以避开人。因为她实在是害怕，薄薄的席子会把她的身体暴露给隔壁的邻居。还有，在她初潮来临时，她慌乱地把粗糙的草纸铺在床上，折叠成几个细长条，做这一切她是极其伤心委屈而羞愧的，可怜的她眼里噙着泪。

更令周遥远恐惧不安的是，她总觉得席棚长满了眼睛，看见她正在做的事，洞悉了她少女羞涩的身体秘密。

更让周遥远感到恶心和难以忍受的是，席棚耗子多且精明，每家每户都有水池水管，从水池流废水到排水沟这段距离，成了耗子们欢乐的天堂。它们在这里自由进出大胆觅食，堂而皇之顺着洞口窜进水池，再从水池飞跃着跳下来，就在居民家里大摇大摆玩耍，啃吃东西。

周启明外出采购从农村带回来一只猫，自从有了猫捉老鼠，给大家带来很多快乐。没过多久猫又丢了。猫丢了才知道耗子多，李建军的父亲站在席棚前，走来走去大骂偷猫的人。有人鄙视地瞄了他一眼悄悄说，他这是猫哭耗子假慈悲。

大家怀疑是李建军的父亲把猫弄去吃了，因为他不喜欢猫，讨厌猫叫。每次他都恶狠狠边踢猫边骂道，滚犊子，叫什么叫，叫春啊。

很长一段时间，席棚里一些大人兴奋地玩起了捉耗子，他们分工作战，有的负责在屋内堵水池口，看见耗子跑进去立刻堵住排水沟洞口，耗子既没有人聪明，更不明白人们制订的战术方案，依然兴高采烈肆无忌惮地玩它们的游戏。没想到这下惨了，凡是胆敢钻进洞的耗子，没有一只逃脱的。耗子被堵住后，大家从水池往里浇灌开水，不一会儿就把耗子烫死了，用棍子轻轻一捅，死耗子就滚了出来。还有的用鼠夹，于是席棚子便不时发出耗子"吱吱"的哀号惨叫声，这既是游戏又能吃上肉，无论有多想吃肉，无论耗子肉炖得有多香，还是有人坚决不吃。尤其是上海人，既不参与游戏，也没有一个肯吃耗子肉的。

武汉人王树才最乐于这种游戏，而且吃得最香。他很是看不惯不吃耗子肉的人，于是他用学来的四川方言夹杂着武汉方言，不屑一顾摇头晃脑地说，个斑马滴，叫花子还嫌馊稀饭。

上海人田保军直朝王树才翻白眼，嘴里嘟嘟囔囔："侬个小赤佬！侬脑子瓦特啦！侬个港都！"

周遥远无法理解的是，在那个年代想吃肉会让人发疯，没有肉票，没有钱，猫肉耗子肉也是肉啊。但她是死活都不肯吃的，她觉得恶心极了，晚上睡觉都会做噩梦。

李建军很是看不惯大人们的做法，他恶狠狠地瞪着他们，一边朝他们翻白眼，一边从嘴里咬牙切齿吐出一句，你们比老鼠还恶心。

席棚背后的山坡上，是密集的攀钢主厂区，以及密集的火车铁路运输线，时时都能听到火车轰隆隆的声音，大人们一次次地告诫孩子们，不准到铁路上玩，不准下金沙江游泳，不准进炼铁厂，但还是有孩子淘气贪玩。二公司小学魏老师有个长得像朵花似的独生女儿，在一个炎热的夏天，放学后和几个小伙伴一起去金沙江游泳，一个巨浪瞬间将她卷走了。还有席棚加工厂袁师傅的小儿子，在铁路上捉蜻蜓，被奔驰而来的火车碾死了。袁师傅一家哭了几个晚上，他老婆气疯了，把头发剪短，成了男人模样，两个姐姐和一个哥哥都哭成了泪人。

一个个孩子的生命消失了，像风中吹走的一朵朵蒲公英，轻灵地随风飘走，不留一丝痕迹，留给家人的只有无尽的伤悲。

魏老师实在难以承受这种痛苦的折磨，不久就精神失常了。她丈夫是二公司工程科一名施工技术员，渡口市没有条件医治魏老师的病，鉴于这种特殊情况，单位批准他们回了上海。走的时候，人们发现很久没有出门的魏老师，已经被折磨得目光呆滞，整个人瘦了一大圈。这还是往日那个光彩照人、说着一口流利的软软糯糯上海话的魏老师吗，简直令人心酸。学校的一些女老师纷纷哭了，拥抱着和麻木呆滞的魏老师告别。

魏老师他们回到上海后，她丈夫很快就从上海寄了20多本小人书到二公司，小人书分配了几本到席棚，席棚的孩子们一下子就喜欢上了小人书。小人书又叫连环画，是20世纪70年代生人童年时代刻骨铭心的记忆，

《三国演义》《水浒》《西游记》《岳飞传》《杨家将》这类书很多都是系列的。绘制小人书的作者水平很高，画面丰富精彩，还有一种小人书是电影剧照。不久，渡口市也有小人书了，一本小人书的售价从几分钱到几角钱不等，那时候绝对是笔很大的开支，于是小人书的阅读主要靠传阅，从这家借到那家，再从那家转回这家，常常是孩子们星期天打发时间的好东西，得到了一本新的小人书，找到一个安静的地方，搬一个小凳子，很快就沉浸在小人书里的故事情节中去了，孩子们的好多知识都是来源于小人书。

男孩子们还喜欢玩一种游戏"吹大将"，把小人书上的大将剪下来，放在地上，双方摆开阵势排列成"楚河汉界"，趴在地上对着自己的大将猛吹，大将就会骑着马挥舞着大刀朝对方砍杀过去。周沿河和一群男孩吹得用力，玩得开心，周晓渡负责帮哥哥拿大将。梁小菊的弟弟梁小强是玩这个的高手，经常赢得好多大将。

政府提倡优生，限制生育，二公司计生办免费向职工家属发放避孕套，一个小纸盒里装着几个，实在没有玩的了，孩子们就拿避孕套当气球吹着玩。在李建军的指挥下，一群男孩人人拿着避孕套，涨红了脸使劲吹，吵吵闹闹比谁把避孕套吹得更大更长，还拿着在席棚四周到处跑。梁小强吹得最起劲，小脸涨得绯红，经常把避孕套给吹破了，传出"叭叭叭"的响声，引来孩子们哄笑，惹来家长一顿打骂。

16

没过多久，席棚又住满了人，有的职工家属孩子多，于是又动手在屋外搭建小席棚，这样大人和孩子就可以分开住。很快，人们又开始动手打家具，一些手艺好的职工业余时间就帮人做家具。

二公司四队木工班班长高福才，住进了赵晓峰腾出的房子。高班长的老婆和孩子在农村，自从住进了席棚，高班长就喜滋滋地等着老婆带孩子来。1975年4月10日一大早，高班长上班前，就跟邻居们打招呼，信上说了老婆带着孩子今天就到，他要加班请大家帮忙照顾。当天晚上高班长下班回到席棚，没有看到老婆和孩子，怀疑自己是不是记错日期了。

正在猜测，保卫科干事邓德贵等人急匆匆地来了，却带来了噩耗：市公交公司一辆峨眉牌大型客车，从金江火车站载客开往大渡口，在密地尾矿坝发生翻车，车子坠入金沙江，车上30多人死亡，30多人受伤，高班长的老婆和孩子都死了。

"你们看清楚了吗？是不是弄错了？不是还有伤员在医院抢救吗？你们再去医院找找看，说不定……"大家愕然，几个妇女颤声问道。

"不会错，从她身上翻出来了老高的信，还有一家三口的照片。"说完，保卫科干事将信和照片交到高班长手中。那天晚上，几排席棚的人都听到高班长的号哭声，周启明和几个大男人坐在他家门前无声抽烟，夜半才离开。

相当长段时间，痛失妻儿的高班长都控制不住自己的悲痛，他显得焦躁不安，谁也无法理解他内心的痛苦，他只能压抑着这份痛苦，硬着头皮上班。下了班，他常常一个人恍恍惚惚坐在门前，失神地望着那棵攀枝花树发呆。他坐在那里久久地望，似乎在想心事，又似乎在看着人。每当有女人牵着孩子路过，他就出神地望着，尤其是他看女人的眼神，弄得对方很是尴尬。

不久，高班长就把目光集中到了一个女人身上，这个女人是钢筋班模样小巧的李珍珍，她一个人带着孩子在渡口，绝口不提丈夫。这在几乎没有秘密可言的席棚，显得有些神秘。

人们发现高班长看李珍珍的眼神很有内容，同样李珍珍回报高班长的眼神也是很有内容的。李珍珍白白净净的皮肤，秀秀气气的五官，说话声音温柔，动不动就爱脸红。只要一到李珍珍家来，高班长的脸上就有了笑容，很快就从席棚传出大人孩子的欢笑。只要高班长一来，李珍珍的脸上就会泛起红晕，眼光很是温柔。

有一次李珍珍的孩子病了，高班长二话不说，抱起孩子直奔二公司医疗队，带孩子看病拿药打针，细心照顾，一直忙到晚上，孩子已经在高班长背上睡着了。起初高班长走得大步流星，李珍珍打着手电筒，深一脚浅一脚，温柔地走在高班长身旁。很快高班长就有意放慢了脚步，不时侧脸看看她，四目相对，又慌忙躲开。

高班长不知道，他的所作所为折磨着李珍珍，她内心开始焦躁不安，思绪像团乱麻。

大家说，高班长是把对老婆孩子的感情，转移到了李珍珍母子身上。尽管李珍珍感受到了人们异样的眼光，然而高班长的出现，她的心还是快乐的。谁能体谅一个女人带着孩子的艰辛与渴望，她相信，他体谅到了，不管他出于什么样目的。她明白，她需要他的帮助，许多时候她甚至盼望着他出现在身边，在她和孩子有需要的时候搭把手。他不仅解决了她和孩子生活上的一些困难，而且也给予了她心灵的抚慰，她痛恨自己什么时候变得这么不要脸，而且如此自私和贪心。转念一想，她又为自己开脱，觉得这是生活环境所迫，毕竟境遇可以改变一个人。思来想去，她决定用自己的方式回报他。想到这里，她羞红了脸，露出了舒心的笑容。

终于在一个晚上，他们的关系发生了实质性的变化。

高班长把一筐煤送到李珍珍家柴房，仔细堆放好，又拿起斧头稀里哗啦劈了一堆柴。她默默地看着他做这些事，她的眼神里充满了柔情。他耐心又仔细地做好这些，然后洗了洗手，就准备离开。突然她从背后抱住了他，她把自己整个身体紧紧地贴在他身上，这一切来得极其突然，他可以说是感到有点恐惧，他愣住了，身上和脸上都热乎乎的，随即就明白了是怎么回事，他反身紧紧抱住了她。这时候他们彼此感觉到双方的身体都有了强烈的反应，随后他们在慌乱中发生了关系。

席棚能藏得住什么秘密呀，根本就藏不住，但大家嘴上并没有说什么。高班长可不是一般的人，虽然他文化不高，可是他善于动脑筋，肯钻研木工技术，还能提出一些合理化建议，被誉为"十九冶二公司的鲁班"，几乎年年都是要戴大红花的先进工作者。人们对高班长还是敬重的。

只有王树才摆头晃脑，说："噢，老子晓得了。当心呀，有鬼，真的有鬼。"

有一天半夜，几排席棚响起急促的脚步声，二公司保卫科带着民兵，打着手电筒，手持木棒、绳子前来捉奸，吵得席棚周围鸡叫鸭叫狗叫。带头人是李珍珍的温江老乡保卫科干事邓德贵。考虑到高班长人高马大不好对付，他们事先制定了方案，一队人马兵分四路，一群人绕到房后守在窗外，以防高班长跳窗逃跑。一群人堵在房子左边，一群人堵在房子右边，防止高班长划破席子从邻居家逃跑，这种可能也是会发生的，李珍珍家住在中间，无论是从左还是从右划破席子，在邻居的帮助下，都可以顺利跑出来。另一群人来到李珍珍家使劲拍门。

很快，哨声四起，四路人马快速会集，押着衣衫不整的高班长和李珍珍走了。可怜孩子被吓得大哭，邻居把孩子带回家哄。

随后，高班长搬到单身楼去住了，李珍珍家又恢复了往常的冷清，煤炉子常常几天不生火，母子都到食堂打饭吃。遇到加班，她就把孩子托给邻居照顾。

一天，李珍珍家门上被人挂了只脏兮兮的破鞋，上海人田保军一把扯下破鞋扔得老远，他大声骂道："哪个小赤佬干的！侬脑子瓦特啦！侬个港督！我打死你个小赤佬！"

"搞么事！个斑马滴！信了你的邪！让老子看见是谁干滴，一巴掌呼过克滴！"王树才也看见了，他双手叉腰，瞪着眼大声武气，对着空气怒骂。

有一天孩子缠着李珍珍问，高叔叔为啥不来了。李珍珍不吭声，孩子就哭闹着要找高叔叔，李珍珍不耐烦了，伸手就是啪啪几下打孩子。孩子边哭边反抗："我不是李破鞋的儿子，我不是李破鞋的儿子，我不是李破鞋的儿子！"李珍珍呆住了，涨红了脸，怔怔地看着儿子。冉秀英、田大姐等人拉过孩子说，小李，你心情再不好，也不能打孩子呀。李珍珍默不吭声，紧咬着嘴唇，眼神悠悠地飘荡。

不久，一个高大帅气的男人来找李珍珍，一见面就抱起孩子叫，儿子，快叫爸爸。李珍珍不动声色，冷冷地看着他，那男人也冷漠地扫了李珍珍一眼，很有风度地跟邻居们打招呼，给孩子们发糖果。当晚，李珍珍抱着被子住进了厨房，能工巧匠高班长早就把厨房改造成了又一间住房。

第二天，那男人提着包走了。原来，李珍珍在来渡口之前就已经离婚了，这次前夫是来看儿子的。

消息传出，高班长再次杀回席棚，他大大方方地说，他要追求李珍珍，娶她做老婆。听到他的话，她心里涌上一股热浪，激动地点点头，此时此刻，她正需要听到这些话。

冉秀英悄悄对周启明说，这回高班长和李珍珍的事情应该能成了，看大家还有什么话说。

周启明说："唉，都是可怜人，他们两个就应该在一起共患难，组成新的家庭，我们都应该祝福他们。"

邓德贵怎么也没有想到，原本想给老乡帮忙，没想到事情弄成这样，心里挺郁闷。保卫科的人安慰他："别愁眉苦脸，你不也成全了一对鸳鸯吗？"

17

　　为了解决职工住房后顾之忧，渡口市也在积极加快建立砖瓦厂，并逐步开始用砖瓦修建住房。二公司的施工队伍在几排席棚之外盖楼房，木工班、钢筋班、混凝土班、电工班等众多工种混杂施工。吃饭由二公司食堂炊事员统一提着几个大桶送到工地。吃饭时候大家聚在一起，南腔北调地聊天。混凝土班的赵志才最爱拿钢筋班的班长王树才开玩笑。王树才两口子是武汉人，他们还没有孩子，他们晚上总在席棚里窸窸窣窣干事，粗着嗓门对话。

　　说实话，童年的周遥远很讨厌赵志才、王树才，他们说话大声武气，还喜欢占小便宜，经常到周遥远家蹭饭吃。一家人周末才能吃一顿肉，冉秀英早早赶到荷花池国营肉店排队买槽头肉，晚了就买不到了，再买把韭菜或者蒜苗，回来炒回锅肉吃，本来就是肉少菜多，还被他们不请自来不客气地大口大口地吃了。

尤其是王树才最令人讨厌,闻到肉香就跑来了,或者揭开别人家门前煤炉上的锅盖,边闻边说:"有没有人咯,今天吃滴么事?个斑马滴,炖么事好香好香呀,蛮扎实,等会儿我带酒来,打平伙,咱们喝几口。"

有一次,王树才的老婆回武汉探亲,王树才嫌食堂的菜不合口,他到食堂只打饭,不打菜,然后端着一碗饭,硬是腆着脸轮流在邻居家蹭吃喝。席棚的女人们背后议论,这个武汉人,真是的,相当差火!

在几排席棚中,二公司医疗队护士上海人林晓梅尤为出众。二公司灯光球场上放过坝坝电影王丹凤主演的《护士日记》,大家说,林晓梅和王丹凤一样美。林晓梅喜欢在厨房门口的水池边洗衣服边唱"小燕子,穿花衣,年年春天来这里。我问燕子你为啥来?燕子说,这里的春天最美丽"。

林晓梅毕业后分配在上海一家企业职工医院,她是主动报名要来支援三线建设的,当时单位还舍不得放,她连写了几封决心书,还给领导扣上不支持三线建设的大帽子,领导才同意放她走。但也有认识她的上海人说,林晓梅是年轻冲动,对自己的婚姻不满意,经常被单位的同事嘲笑,她想远离上海,这才和丈夫一起报名来支援三线建设。

冉秀英知道,周启明背里地给林晓梅、李珍珍送过豆腐票、肉票,有次发票到食堂领麻花、包子,周启明单独拣了两盆,叫周遥远给林阿姨、李阿姨送去。冉秀英警告他贪污,要去单位揭发。周启明讪讪地红了脸反驳,那是用职工回老家探亲多余的票领的。随后林晓梅、李珍珍上门道谢,周启明脸上笑开了花,冉秀英顿时觉得心里酸溜溜的,但还是勉强笑了笑,说了几句客套话。

林晓梅爱美会打扮,从上海带来的衣服裙子也多。她家的煤炉子几乎从不熄火,她用水壶在煤炉上烧水,把衣服铺在桌上,衣服上面放着湿毛巾，等水烧开后她提着水壶压在衣服上小心翼翼来回烫。她还把铁丝放在煤炉子烧烫用来缠头发，然后她的头发就卷了。在整个二公司家属区都没有一台缝纫机的情况下，林晓梅凭借手工把旧的衣服、裙子剪下来，或者把围巾拿来缝在裙子面上，三下五除二拼成一条新裙子。热心的林晓梅还帮邻居大人孩子改衣服，凡是经她拆了剪了的补丁，又成了一件半新的衣服和裤子。剩下的旧布块，林晓梅让高班长用木棍扎成拖把，送给大家用来拖地。

席棚一些年龄大的女孩子，带着年龄小的女孩子，收集邻居们旧的碗、洗脸盆，用来种太阳花。渡口市天气炎热，太阳花很好活，它的叶子是翠绿色的，阳光射来，它们就向着太阳争先恐后张开一张张笑脸，有单瓣的，也有双瓣的，有红的黄的粉的白的，一阵风吹来，摇曳的花瓣好看极了。

太阳花是灿烂的花朵，只向着太阳开放，阴天雨天都不会开花。它们不仅美丽，还给孩子们增添了很多乐趣，而且给单调的席棚增添了许多色彩。

还有娇艳的指甲花，开花的时候缀满了红的、白的花朵，活像一只只蝴蝶在翩翩起舞。更为神奇的是，摘一些花瓣碾碎，放上一点盐，然后一起敷在手指甲上，用布包起来，用线紧紧绑住，第二天解开，手指甲就染成红红的了，洗不掉，可以管几天。大概到了十月吧，枝上就已经挂满了一个个鼓鼓的东西，这就是指甲花的果子，里面有一粒粒的种子，用手轻轻一捏果子就炸开了，收集起来，明年春天再种，它依然会生根发芽开花。

孩子们还喜欢种牵牛花，用铁丝或者木棍搭个架子，看着它们天天成长着，沿着高处努力争着抢着向上攀爬，唯恐自己落后于别人似的。慢慢地牵牛花开放了，那可爱的模样，像喇叭，像雨伞，像吊钟，还像铃铛。

紫的蓝的白的花，在微风中摇摇晃晃，像是在吹奏着欢快的乐曲。

周启明总是积极找细铁丝、木棍帮忙搭架子，他深情地对周遥远说："牵牛花执着的攀登精神，就是我们弄弄坪建设者的精神，条件再苦再难都不灰心丧气，向最高目标出发，要努力把渡口市建设成一座大城市。"

爱美的林晓梅就鼓励孩子们种指甲花，然后她便摘来染指甲，红红的指甲使她心情美丽，人也更加漂亮。

席棚很少有人去买成衣，拿上布票扯上布，涤纶、灯芯绒是选择最多的衣料。"的确良"是很高级而少见的衣料，比普通的棉布要贵几倍。在清一色粗布衣服的年代，"的确良"如一股清风闯进人们的生活，代表着时髦和前卫。印花颜色鲜亮的"的确良"，让沉浸在灰暗色系席棚的人顿时眼前一亮。

林晓梅是席棚第一个穿"的确良"的女人，几乎引起了席棚的轰动。那天她穿了条淡黄色碎花花"的确良"连衣裙，腰上束着同样布料做的腰带，随着她一步步走着，裙角左右摇摆起来。林晓梅说布料是在东风商场买的，裙子是她在大渡口找人做的。在大家的注视下，她端着洗脸盆往澡堂走，盆里面放着毛巾、梳子、肥皂、香皂、洗头膏、护发素，还有换洗衣服，满脸春风，摇摇摆摆走过几排席棚，吸引了男女老少的眼光，她就像一道美丽的风景穿梭过几排席棚。

一到空闲时间，席棚的女人们都喜欢围着林晓梅转，就在她家厨房门口，大家都不愿意进她家的门，不想看到她丈夫那张黑沉沉的脸。其实她丈夫并不黑，只是冷冰冰的一张脸上阴云密布，心事重重。他是电工班工人，经常把眉头拧成一团，他想让单位推荐他上工农兵七二一大学，但一直没上成。他觉得是自己没有后台，他又不是通天的人物。他还开始胡思乱想了，他认定是别人嫉妒他有个漂亮的老婆。

后来他一心想考电大，下班后不爱出门，请高班长帮忙把厨房改造成住房，晚上他就在那里看书睡觉。考了几年都没考上，在冬天的一个晚上，他把自己吊死在二公司机关办公楼的厕所里，办公楼厕所里有铁管可以吊绳子，席棚厕所里只有细木条不能上吊。

他死后留下林晓梅和两个孩子。这就给了电工班班长张清泉机会，他一直暗恋林晓梅。令他始料未及的是，林晓梅转眼就被电工班江苏人余永怀给看上了，没想到他也喜欢林晓梅。

余永怀直截了当地对林晓梅说，我喜欢你，也喜欢你的孩子。林晓梅吃了一惊，一时说不出话。余永怀在电工班公开干脆地对张清泉说，你就不要打林晓梅的主意了。结果，两人打了一架，动用了电工工具，然后都带着血进了医疗队。

电工班属于加工厂的一个小车间，小车间主任肖大柱是云南人，性子又急，张口闭口就是那句："你整哪样？你整哪样？"他不仅把两人大骂了一顿，还当着他们的面，大骂林晓梅就是《孙悟空三打白骨精》里面的白骨精。

林晓梅是白骨精。

这句话在二公司很快就传开了。

一天下班后，林晓梅主动找上门，把肖大柱堵在楼下，指着他的鼻子尖声尖气地问："你是孙悟空吗，你有火眼金睛吗，你哪只眼睛认出我是白骨精了？一个小干部，欺负我们孤儿寡母，你真有本事啊。今天你不把话说清楚，我就不走了！"说完，她便梨花带雨地哭起来。

下班时间立刻引来众人围观议论，看着一个平日里知书达理楚楚动人的温柔女人，转眼变成了一个泼妇，大家都心疼，也感慨人生的变幻无常。唉，林护士也不容易，找个男人依靠也是对的，自由恋爱不犯法，人家怎么就成了白骨精呢？难道谈恋爱就是白骨精，谁不谈恋爱啊，不谈恋爱怎么结婚啊？这个云南人管得太宽了。

肖大柱有些狼狈，双手叉腰两眼一瞪："你整哪样？你整哪样？"

林晓梅突然舞着双手扑上来大叫："整哪样，就整你！"肖大柱吓得连忙躲闪。

最终，余永怀调到了电装公司。张清泉如愿娶了林晓梅，他们在二公司食堂办了婚礼。喜宴上电工班的人端着酒杯，轮流让肖大柱喝酒，肖大柱正郁闷就想躲，大家起哄："你整哪样？你整哪样？快喝起哟！"

18

席棚最讲究最看重的就是老乡情。大家都是天南地北来渡口市的，只要一听说是老乡那关系顿时就亲近了，就连周末吃一次槽头肉，或者难得吃一次海带炖排骨，都要叫上老乡到家里来共享。

席棚流行单身汉到老乡家吃喝玩耍，有时一户人家要来十几个单身汉，弄得很热闹。

二公司洗澡堂烧锅炉的徐师傅住在后面几排席棚，他老婆带着一儿一女从四川广元来探亲就不走了，一家四口生活得美滋滋的。他们家是席棚第一个买缝纫机的，老婆姓乔，是个低眉顺眼的女人，她有一双巧手会做衣服，修改缝补衣服更是不在话下，大家叫她乔裁缝。电工张秀长和他们是老乡，张秀长大龄单身，面皮白净，说话斯文，电工技术好，久而久之大家反而不叫他真名了，直呼他张秀才。

张秀才很羡慕徐师傅一家四口的生活，在他看来乔裁缝是个会过日子的女人，把家操持得井井有条，家里的东西摆放整齐，泥巴地打扫得干干净净，孩子收拾得也干净。单位发的东西他一个人吃不了，经常送给徐师傅家。下了班张秀才在食堂买些饭菜就到徐师傅家打平伙，他喜欢逗两个孩子玩耍，更喜欢这种一家人美滋滋的氛围。当然徐师傅家的电工活，张秀才全包了，张秀才的旧衣服由乔裁缝免费缝补。

张秀才把徐师傅家也当成了自己的家，徐师傅一家和张秀才关系处得也好。住席棚的人没有说闲话。徐师傅是个老实善良的人，工作积极肯干，年年都被评为先进人物，得奖状戴大红花。

一天中午，从洗澡堂方向传出剧烈震动，锅炉房发生爆炸事故造成徐师傅当场死亡。

可怜乔裁缝顿时觉得天旋地转，眼前一片漆黑，醒来后抱着两个孩子哭得死去活来，一连几天水米不进，好在邻居们帮忙照顾两个孩子吃喝。从出事到处理徐师傅的后事，张秀才一直两眼红红，成天不说一句话。他目光呆呆的，一会儿注视着两个孩子，一会儿注视着乔裁缝，看见乔裁缝被折磨成那个样子，他难过极了。他有许多话想说，但此时又说不出口，他只是自觉担当起了他们的守护神，打开水、买饭菜、做家务活。他下了班就快步赶来，沉闷而默默地忙碌着。

乔裁缝说："你以后别来了，为了孩子，我会好起来的。"

张秀才一脸闷闷不乐，半天没搭话，依然忙碌着做家务活。

过了一会儿，乔裁缝又低低催促："你放心走吧，赶快走吧。"

等把孩子哄睡着后，张秀才坐在桌旁，十分安静，一言不发，像一个摆在桌子上的物件。

对于农村妇女乔裁缝来说，来到渡口市一家人团圆，生活是另一番滋味，丈夫就是她的太阳。

可是现在，命运无情地把她的太阳夺走了。她有种锥心的疼痛，那种锥心刺骨的疼，挥不去。她的心里始终是空荡荡的，空得无边无际。没有丈夫的日子，如同没星光照耀的夜晚，无人能体会她悲伤的心境。等孩子们睡着以后，她冷静下来一想，当初自己带着孩子来渡口，尽管一家人住在席棚里，但她依然感觉到了生活的美好。没想到生活中有许多意想不到的苦难，偏巧在这个时候让她来承受，这些痛苦是她不能承受的。但她得憋回所有快流出来的泪水，只有在夜深人静的时候偷偷流泪。

徐师傅走了，她的世界一下子碎得七零八落。她想，死原来这么容易，早上才出门，一个活生生的人，就这么没了。现在她一个人就是孩子的爹妈，她必须撑起这个家。当着别人的面她要忘掉痛苦，仿佛她就是那种没心没肺的女人。相比自己的苦难，她更在乎的是孩子。那天大雨滂沱，儿子在家中床上抱着肚子翻滚着喊肚子痛，她安顿好女儿，一个人抱着儿子披上雨衣冲出门，她的眼泪就像空中的大雨一样怎么也流不尽，狼狈地赶到二公司医疗队，等孩子看病、打完针，又抱着孩子冲进雨中赶回家。她害怕孩子生病时自己的孤独无助，还有孩子眼巴巴渴望父爱的眼神，苦难中的女人更渴望男人有力的臂膀。

很快，暮色四合，天渐渐暗下来，席棚的夜晚几乎也是暗色的，几盏稀疏昏暗的灯光，照得席棚在夜色中若隐若现，间或传来几声大人孩子的嬉戏声。乔裁缝知道，这是别人一家人的美好时光。她低头有气无力地做着针线活，两个孩子耷拉着脑袋，正打瞌睡呢，这还不到八点呢他们就想睡了。乔裁缝叹了口气，胡乱给他们洗洗，安抚他们上床睡觉。看到孩子睡觉的模样，她突然想到，是不是没有了父亲的陪伴，孩子心里感觉到恐惧，所以就想躲进被子里。然后，她又回到缝纫机旁静静地坐着呆呆出神，偶尔眼珠转一转，终究还是不知道要将目光停留在哪里才妥当。于是，她实在忍不住了，便抽抽搭搭细细碎碎地哭泣起来。

当初从农村出来，村里一些媳妇还羡慕她命好，嫁了个老实巴交的好男人，又要带着她和孩子到城里去享福。没想到，这好日子才过了多久啊，老天啊，你怎么这样对我呀，我到底是哪里做错了，还是上辈子造了什么孽啊，你要这样惩罚我？

偏偏还有一些下流的东西，半夜跑到她家窗外，学狼叫，学猫叫，或者敲她家的木板窗户。她朝着窗外大喊一声，龟儿子的，挨千刀的，进来啊，老娘磨好剪刀等你，一剪刀捅死你！

大家猜测，过段时间乔裁缝会带着孩子回老家，这是自然的，因为她在这里没有依靠。如果徐师傅的孩子年满16岁，是可以接父亲班的，可问题是孩子年龄小。但是乔裁缝丝毫就没有要离开的意思，看样子她是铁了心要在这里生活下去。为了照顾他们的生活，二公司安排乔裁缝到五七连工作。哪知低眉顺眼的乔裁缝拒绝到五七连上班，她说自己有缝纫机有手艺。她想的是，上班要受时间管束，她就在家里做缝纫，孩子放学回来随时都能吃上热饭热菜。

和乔裁缝一样痛苦的还有张秀才。张秀才怎么也没想到，徐师傅一家原本平静的生活，遭遇了突如其来的变故，让他陷入了巨大的苦恼之中。当他深一脚浅一脚走回单身宿舍时，脑海里全是徐师傅惨死的模样，还有乔裁缝和两个孩子可怜的模样，这些画面总是浮现在眼前，让他感觉内心像被针扎了一下，刺刺地痛。他觉得自己应该为他们做点什么。他心底里猛然升起一股热血，像烈火燃烧，使他勇往直前，奋不顾身。

终于，张秀才和乔裁缝的事在席棚传得沸沸扬扬。席棚开始有人忍不住说三道四了，尽管乔裁缝几乎足不出户，但她还是感受到了这些。闲言碎语在席棚像灰尘四面起飞，她才提醒自己赶快振作起来。

有人说，张秀才到底还是憋不住火了，干柴烈火一对。也有人说，看不出来啊，乔裁缝平日里的低眉善目完全是假装的，骨子里就是一个臭不要脸的女人，张秀才的斯文模样也是假装的。还有人恶语说，说不定他们早就暗中有一腿了，只怪老实巴交的徐师傅没有看出名堂来，或者假装没看见，睁一只眼闭一只眼罢了。

几个妇女在席棚几棵攀枝花树下，边晒衣服，边叽叽喳喳，嘀嘀咕咕。远远看见周启明走来，便朝周启明努努嘴不吱声了。回到家，周启明问冉秀英，那几个娘儿们在说什么。冉秀英回答说："她们能说什么，还不是谈论张秀才和乔裁缝的事，我可提醒你，以后少给乔裁缝送那些票，免得惹闲话。"周启明瞪着眼，生气地说，这些个家属娘儿们，看把她们闲的，成天就知道多嘴多舌的，那些票是给孩子们的。

冉秀英笑了笑说："我知道你是心疼那两个孩子，乔裁缝孤儿寡母也怪可怜的。"

周启明扬扬眉说："我就奇了怪了，高班长和李珍珍大家也就默认了，为什么眼里就容不下张秀才和乔裁缝呢？为什么就不能盼着人家好呢？"

冉秀英扑哧一下笑了，说："虽说同样是二婚嫂，但李珍珍是职工，人家高班长也是结过婚的人。张秀才可是光棍大龄青年，乔裁缝是农村妇女。"

周启明感叹道："农村妇女怎么了，她们不也是才进城几天吗。噢，原来她们是妒忌人家乔裁缝找了个大小伙子呀，吃不到葡萄说葡萄酸。"

奇怪的是，二公司保卫科这回倒是哑火了，并没有前来"捉奸"。相当长一段时间，乔裁缝是足不出户的，就连洗澡都不去洗澡堂了，只打发孩子自己去洗，她晚上趁天黑在厨房烧水洗，张秀才跟往常一样采买东西上门。

简陋陈旧的席棚顿时被张秀才和乔裁缝的桃色新闻染得色彩斑斓、灿烂生动起来。人们走过路过乔裁缝家门口就会用眼神交流，然后神秘兮兮地窃笑。他们成了席棚最大的谈资，那些目光如同一把利剑，笔直地刺向他们，让他们感觉到那是无边无际的黑暗，即将吞没了他们。

十分头疼的自然是二公司领导，想到徐师傅生前的种种，公司出大力安抚孤儿寡母，原本指望着事情消停后，乔裁缝能带着孩子们回老家去。如果孩子愿意长大以后就来接班当工人，招工名额公司给他保留着。可是乔裁缝不走，也不去五七连，公司实在不好意思为难，但又不能不管，毕竟张秀才和乔裁缝的事在全公司造成了恶劣影响。张秀才在单位受到了严厉批评，技术再好也不涨级，不加工资，反而降了级降了工资。人们经常发现，张秀才坐在乔裁缝家后面山坡的石头上，沉默地呆坐着，他的心里涌动着一种酸楚的感觉。老天啊，你为什么要这样？原本多好的一家四口人，你为什么要活生生地拆散他们？一切似乎都在瞬间被改写，这就是命运吗？他突然有了一种深深的茫然和困惑。他已经被现实晃得头昏眼花了，他主动提出调走，尽管他电工技术好，二公司领导还是痛快地答应了，就像赶瘟神一样。没过多久，乔裁缝带着孩子也走了，据说是搬到荷花池和张秀才一起去住了。

说来也怪，张秀才和乔裁缝就这样消失在大家的视线里，茶余饭后大家也不再议论了。

荷花池，名字好听，但是并没有水池，更没有一朵荷花，倒是有一大片席棚。站在弄弄坪高处的山坡上，远远望去，这片席棚倒像是盛开在荒山上奇怪的荷花。

这片席棚住的攀钢职工来自不同地方，言语不同、习俗各异，街坊邻里谨言慎行，犹恐造成他人不便。日子久了，彼此熟悉了，南方人觉着北方人豪爽，北方人喜欢南方人的机灵，渐渐地倒融洽热闹了许多。这里还是攀钢单身宿舍密集区，乔裁缝的缝纫生意极好，而且她还收单身职工的衣服和被子洗，这样一来能多挣点钱。

其实还有一个更大的理由，那里住的都是攀钢三班倒的职工，没有人认识他们，也就不知道他们之间的关系，还以为他们就是一家四口，这让他们感觉舒服多了，毕竟周围没有了异样的目光。

但有一点要在这里说明一下，十九冶二公司领导经过研究决定，两个孩子免费在十九冶二公司小学上学。不仅如此，单位行政科还买了书包、铅笔、钢笔、毛笔、橡皮擦、文具盒等东西送到学校，由班主任发放供两个孩子免费使用，一直到他们小学毕业。

19

虽说席棚最讲究最看重的就是老乡情，但也有的老乡关系非常僵，而且还闹出了大事情。

木工班的唐三和水电队的郑洪才是绵阳老乡，就为了在厨房接水管牵电线的事，他们吵了架不说话不来往，两家女人都在五七连队上班，但见面互不理睬。两家孩子才不管这些大人们的肚皮官司，照样喜欢在一起玩耍。唐三的妻子龙孃孃的母亲去世多年，父亲单身一人在农村。她把父亲接来照顾孩子，给一家人买菜做饭。

龙大爷身强力壮人也勤快，他知道大家上班忙，他找外孙要了笔和本子，上门问这家问那家买什么菜，花了多少钱，他一一记下来买了送上门。谁家有事需要搭把手，喊一声龙大爷，他就跑去帮忙。但就是有一点不好，龙大爷酒瘾大，喝高兴了又哭又闹还骂人，席棚谁也不跟他喝酒，他就在家里跟唐三喝，喝高兴了他们就开始划拳，哥俩好哇！三桃园呀！

四喜四喜！五魁手呀！六六顺啊！于是大家便偷笑，岳父跟女婿成了哥俩。龙嬢嬢劝过多少回也不管用，席棚的人私下给龙大爷起了个外号龙酒疯子。其实唐三也喜欢喝点酒，特别是上班干活累了，回家叫龙嬢嬢炒几个菜，他喝点酒解解乏。

面对岳父，唐三有些嫌弃，更多的是苦闷，但转念一想，岳父独居久了精神恐怕是有些问题的，想想也可怜，只要岳父少喝点酒，少耍些酒疯还是不错的，至少大人孩子回家有热饭吃，家务事也不用操心。因此他尽量回家不喝酒，不招惹岳父。

但是，令唐三没有想到的是，岳父有段时间很少喝酒了，可他又闹出了新花样。他居然跟郑洪才的岳母王婆婆走得很近。王婆婆也是丧偶寡居来渡口带外孙的，隔着几排席棚的他们认识了，听说都是绵阳老乡这下更亲近了。一来二去，两位老人竟然对对方产生了一些想法，学着城里人谈起了恋爱。他们谈恋爱的方式很朴实，他送她几个皮蛋，她送他几碗泡菜，或者相互送些干花生、干蚕豆，或者再送几个家里鸡鸭下的蛋。

还是唐三首先看出了问题，他不分青红皂白，跟岳父吵起来，开始岳父还遮遮掩掩不肯承认，没想到唐三以为抓到把柄了，越骂越来劲越骂难听，岳父也气愤了，跳起脚来破口大骂，骂声传出几排席棚。

郑洪才自然听到骂声了，他又不好骂岳母，他对着老婆就是一顿吼，还在屋子里掀桌子砸板凳，王嬢嬢又羞又气跟郑洪才吵起来。谁也没有发现王婆婆是好久出门的，等到天黑他们发现人不见了，才慌了神四处寻找。

可是到哪里去找呢，又到哪里才能找得到呢？

情急之下，有人出主意说，去问问龙酒疯子，一群人急急忙忙来到唐三家。

这个时候唐家的战争还在继续，很明显的是唐三眼看就要败下阵来了，他似乎吵累了，坐在门口右边一个小马扎上，黑黑的脸上挂着怒火。龙孃孃坐在门口左边一个小马扎上默默抹眼泪，孩子在屋里写作业。

龙大爷就有意思了，他边洗着一家人的衣服，边扯起嗓子，嘴里不干不净数落女婿："唐三，我女儿是朵花，可惜她却被猪油蒙了心，嫁给了你这个不要脸的黑东西。唐三，你个狗日的，你倒好哦，回到家衣来伸手饭来张口。唐三，你个龟儿子的，你是饱汉不知饿汉饥，还说饿汉没力气。"

龙大爷越骂越来劲，越骂越激动，越骂越愤怒。

"龟儿子，你又不是老子的儿子，你能给老子养老送终吗。啥子一个女婿半个儿哟，你哄老子，就你这副狗德行，哪一点像是半个儿子，老子想找个婆娘，这是白菜熬豆腐，谁也不沾谁的油水，有啥子不对的？老子不该找吗，老子犯王法了吗，老子就要找，老子偏要找。"

看到众人来到，听说王婆婆不见了，龙大爷立刻住嘴，丢下手里的衣服，脸涨得通红，拍着胸脯说："我晓得，走，去江边找。"

众人一听江边更慌神了，王孃孃当即脚都软了哭天喊地。龙大爷笑着摆手制止说："没得事，没得事，我们在江边种了菜，搭了个棚子，她肯定在那里。"

原来王婆婆看到女儿女婿吵闹，很是羞愧，低着头流着眼泪悄悄出了门，顺着小路七拐八拐来到金沙江边，那里有块菜地是龙大爷和王婆婆开垦出来的，种了好些菜，而且龙大爷还在旁边搭了个棚子。人们上班的上班，上学的上学，这里安静隐蔽，龙大爷王婆婆就来到这里种菜约会，看着菜地听着江水，享受属于他们的甜蜜时光。

如果不是这次吵架王婆婆负气来到这里，而龙大爷又心急火燎自告奋勇带大家来这里找王婆婆，人们也不会发现他们约会的秘密地点。

当然，大家一眼就看出了江边棚子里的端倪，自然也就明白了一切。

龙嬢嬢和王嬢嬢涨红了脸一言不发，两个女婿黑着脸，咬着牙，瞪着眼喷着怒火，握着铁拳，恨不得将老人一脚踹进金沙江。有趣的是龙大爷王婆婆极其镇定，慢悠悠地跟着众人一前一后走着，一副大义凛然的模样，龙大爷还不时看看王婆婆，用眼神安慰她。遇到不好走的路，他还伸手拉她一把，她也不拒绝顺从地朝他伸出手，完全就是一副谈恋爱中人的模样。

这下热闹了，龙大爷王婆婆的事彻底传开了，有的支持，有的偷笑。龙嬢嬢王嬢嬢苦于不知如何是好，更不知如何开口劝老人。倒是两个女婿脾气火爆，一刻也不能忍了。

郑洪才提把铁锹上门叫阵："姓唐的，日你先人板板，你家龙酒疯子竟然敢拐骗我老丈母娘。唐三你个龟儿子的，滚出来！"

唐三正心烦意乱躲在厨房抽闷烟，听见骂声，他顺手操起木棍冲出来，朝着郑洪才大喊大骂："姓郑的，龟儿子，日你先人板板，老的少的都不要脸，管好你家老母鸡。"

众人早就冲上来了，使劲把他们拉开劝回家。令人奇怪的是，龙大爷没有了往常的威风，他像个做错事的孩子，躲在屋里一声不吭，任由他们吵闹对骂。几天后王嬢嬢送王婆婆回老家了，龙大爷还是不吵不闹，沉寂了一段时间，他又开始喝闷酒了，他也不跟唐三喝酒了。等他们上班上学走了，他一个人抓几把花生米，就独自喝上了。晚上抱着酒瓶子，跑到席棚后面的山坡上喝酒，有几次都是唐三带上几个徒弟把他架回家。龙大爷的床底下藏了一堆酒瓶子。终于在一个早上，唐三和龙嬢嬢叫他起来吃早饭，龙大爷一动不动躺在床上，可怜他不知什么时候断了气。

这是席棚唯一的一对黄昏恋，就这样结束了，唐家和郑家彻底成了仇敌，王婆婆再也没有来过渡口市。大家感叹了相当长一段时间，丧偶的老人想要再次寻找个伴，没想到黄昏恋成了黄昏散。

20

　　1974年，渡口市发生了一件比较轰动的事情：渡口医院的医生正在巡回医疗，他们被紧急拉回渡口医院抢救病人，这群病人正是渡口医院医生们的孩子，十多个孩子大的十三四岁，小的四岁，父母都去巡回医疗了，还有的留在医院上班，剩下几排平房里的孩子。于是大的带着小的，一群孩子去摘油桐树上的果果吃，在当时荒山遍布的渡口市油桐树比较多。这群孩子吃了桐子果导致急性中毒，经他们的父母抢救后平安无事。

　　周遥远家那排席棚有个响当当的人物吴元富，他是二公司四队架工班班长，在十九冶民用住宅工程、攀钢焦化、攀钢热轧厂房等施工建设中，作为架工班班长的他吃苦耐劳加班加点毫无怨言，工作中严把安全和质量关，从未出过安全和质量事故，被大家称为"老黄牛"。他年年都是标兵、先进个人、优秀党员等荣誉的获得者，拿回家许多奖状、大红花，还有好多条毛巾。吴元富的妻子王孃孃自然是满脸红光，她觉得这是莫大的荣耀，是全家人的骄傲。她先用糨糊糊住几层纸，干了以后就成了块纸板。她把奖状和大红花摆放好，用针线把奖状和大红花边缘缝在纸板上。然后再用胶布把纸板粘在席子上，又担心粘不牢固，干脆就用缝被子的大针，狠狠地使劲把纸板和席子缝到一块。嘀，她家的一面墙就成了标兵吴元富的光荣墙。

这面墙成了这个简陋家庭唯一光艳夺目的色彩，引来邻居们观看，并且流露出羡慕的眼神。

王树才没少在背后议论吴元富，他咕噜咕噜地说一些怪言怪语，苕头日脑，蛮扎实，当先进挣了不少浮子（毛巾），一家人洗澡都有浮子用了。

写作文时，周遥远经常写邻居吴元富。每次看到吴叔叔戴着安全帽，穿着打了补丁的工作服，大踏步走过席棚，赶往工地时，周遥远就觉得吴叔叔真辛苦。但是，周遥远不明白，不服气，几排席棚的大人，周围的叔叔阿姨们，哪个不是辛苦地干工作，他们常常早出晚归，吃饭都是单位食堂送到工地，可为什么吴叔叔年年都是先进？

周启明总是说，渡口市千千万万的建设者，不可能人人都是先进。绿叶配红花，我们甘愿做绿叶，做螺丝钉，让吴叔叔当红花。

周遥远想，大人们常说要努力工作，多为国家做贡献，要做国家的螺丝钉。可是他们心里到底是怎么想的，住在席棚里，为一家人的衣食发愁，他们真的愿意去当这个螺丝钉吗？

1978年，改革开放仿佛一夜春风吹遍中华大地。十九冶、攀钢等一批大型企业如沐春风，发展迅猛。那时，人人都为进入这样的大国企感到骄傲。一批批农村青年成为轮换工，他们喜气洋洋来到城里接班当工人。

吴元富退休后大女儿接了班，二女儿技校毕业分到二公司加工厂，吴元富把徒弟田志强介绍给二女儿，二女儿嫌田志强是轮换工不同意。

吴元富开导女儿说，轮换工怎么了？十九冶、攀钢那么多轮换工呢，轮换工已经成为企业主力军了。小田人不错勤快肯干爱学习能吃苦，他们那批轮换工就属他进步快，已经提副班长了，将来肯定有出息。

从二公司小学毕业后，周遥远到了十九冶四中上初中。上初二时跟周遥远要好的女同学李志红，她父母在十九冶机动公司工作，后来要调回上海。临走时，她送给周遥远钢笔和笔记本，还有女孩子喜欢玩的橡皮筋、沙包，还把漂亮的红纱巾送给了周遥远。李志红骄傲地说："我妈妈说了，上海才是真正的大城市，上海是全中国最漂亮的城市。上海商店里都有卖纱巾的，还有好多漂亮的衣服、连衣裙、高跟皮鞋，就像电影里女主角穿的那样漂亮。"

"大城市上海到底有多漂亮？"周遥远又问。

周启明一双深邃的眼睛，明亮有力的眼神，信心满满地告诉她说："渡口市将来也要建设成上海那样的大城市。"

周遥远疑惑地看着父亲，固执地追问："这些话你已经说过好多遍了，到底是什么时候啊？"

周启明心乱如麻，听到女儿的问话，他再次愣住了，惊讶地看了看女儿，一时不知如何回答。

冉秀英学着苏联电影《列宁在1918》中的一句话："面包会有的，牛奶会有的，一切都会有的。"

21

　　一天上午课间操时，周遥远发现学校有些异样，一群师生围在操场黑板前议论纷纷。黑板上写着调回上海的老师名单，以及重新调整的任课老师名单。十九冶四中就只有两位老师是上海人，一位是教数学的孔老师，还有教英语的曾老师。周遥远数学功课差，她有点怕孔老师。孔老师跟他的姓名很匹配，他长得孔武有力，据说从小就练过功夫。而曾老师则是斯斯文文的上海女性，跟林晓梅一样爱美会打扮。

　　孔老师是这样认为的，他和曾老师都是上海人，又是同一所大学毕业的，并且一起写了决心书来支援三线建设，而且又恰好同时分配在了十九冶四中，这难道不是天注定的缘分，因此他满怀憧憬。尽管在送行的车站，曾老师的父母并没有多看他一眼，而且也没有托付他照顾曾老师，可是孔老师却自觉担负起了照顾曾老师的责任，也没问问曾老师是否愿意接受，俨然成了她的守护神。

曾老师的父母都是知识分子，孔老师的父母是工人。来三线建设之前，曾老师有意在父母面前提过孔老师，在车站她又向父母介绍了孔老师，但父母只是象征性客气地点点头，没有一句话。曾老师暂时不想考虑情感上的事，她把更多的精力放在教学上。

实际上，孔老师和曾老师并没有提出回上海的申请，他们安安心心在十九冶四中教书，两位上海老师的言谈和衣着在学校算是标杆人物。孔老师戴着茶色的蛤蟆镜，穿喇叭裤，他还有件南斯拉夫电影《瓦尔特保卫萨拉热窝》里的瓦尔特服。曾老师也穿喇叭裤，她还有双半高跟皮鞋，有年放暑假曾老师从上海回来还烫了头发，穿着一条漂亮的的确良连衣裙，显得更加美丽。

大家都觉得他们很般配，应该成为一对恋人。孔老师也热切地盼望着，可曾老师并没有明确表态。

直到从成都来的杨雪容老师出现了，教化学的杨老师喜欢上了孔老师。就像一小块石子投入了平静的湖面，于是湖面泛起阵阵波澜。但杨老师可不是一颗不起眼的小石子，为了追孔老师她是花费了心思的。

开始他们三个人是朋友，都住在学校单身宿舍，经常一起买菜做饭，或者外出玩耍。渐渐地就有问题了，先是孔老师向曾老师表白被泼了冷水，而当杨老师大胆向孔老师表白时，曾老师却生气了。有次孔老师过生日，原本计划好三个人一起过的，买菜在宿舍做好吃的，然后再逛公园，去大渡口电影院看场电影。但杨老师拒绝让曾老师参加，提出要单独和孔老师出去约会。还有一次孔老师生病了，杨老师就主动照顾孔老师，帮孔老师代课，帮孔老师给学生批改作业，还帮孔老师洗衣服，帮孔老师去食堂买饭。不仅如此，杨老师知道曾老师几点下课回到宿舍，她便刚好就在孔老师宿舍。孔老师虚弱地靠着床，杨老师坐在床边，一手端水杯，一手拿药，满面春风，温声细语喂孔老师吃药。这一幕刚好被前来的曾老师看见，曾老师愣住了，气得脸都白了，差点就把手里的书和墨水瓶朝杨老师砸过去，可能是怕砸到孔老师吧，也有可能是不想在孔老师面前展示自己粗鲁的行为。

其实，孔老师只是肚子痛的小病而已，杨老师却小题大做，并且以孔老师女朋友的身份自居。这下曾老师彻底被激怒了。她愤怒极了，咬了咬牙，终于还是忍不住，朝杨老师甩了句英语，转身气愤地走了。孔老师脸一阵红，一阵白，不知所措地看着两个女人。

听到曾老师甩的那句英语，杨老师不干了，丢下孔老师起身冲出来，她不甘示弱以牙还牙，也朝曾老师挑衅地甩了句英语。战火在这一刻爆发了，曾老师快步回到宿舍放下手里的东西，带着怒火冲了出来，于是两个女老师没有了往日的风度，她们站在宿舍门口双手叉腰，大吵大闹起来。很快就惊动了学校保卫科，这下就坐实了复杂的三角恋关系，在学校造成了不好的影响。

校长分别让三个人写了检查，重点批评了孔老师，批评他感情不专一，脚踏两条船，乱搞男女关系。

校长还加重了语气批评孔老师说，他就像一株风中的墙头草，两边摇晃。他这是追求资产阶级腐朽堕落的生活方式，犯了很严重的错误。

孔老师万分沮丧，气得脸都白了，瞪着眼睛望着校长，说不出一句话，然后他就病情加重了，病歪歪地给学生上课。

曾老师和杨老师简直成了仇人，不说一句话，都朝对方翻白眼。

杨老师虽然也写了检查，但她认为自己很冤枉。她还傲慢地说，自己并没有插足他们的感情，因为孔老师和曾老师不是恋人关系，他们三个人都是单身,有权利追求幸福,她不介意和曾老师公平竞争。三位年轻老师,三种性格,三个角色,三种颜色,在校园活色生香,绝大多数师生是喜欢他们的,很期待他们之间故事的结局。周遥遥在心里想,以后要按照孔老师的标准去找男朋友,她甚至希望周沿河长大后,会和曾老师这样的人谈恋爱。

但是,三位老师弄得校长极为心烦,私下琢磨怎么办,好在这时候掀起了十九冶的上海人回家风潮,于是校长找到十九冶教育处领导游说。这位处领导是成都人,对上海人是有些偏见的,尤其是上海来的女教师。他认为上海女人娇气,一腔热血要来支援三线建设,但是来了又受不了苦,装腔作势,还惹了许多麻烦。于是他便大笔一挥同意放曾老师走。消息传回学校,杨老师拍手称快,笑容满面,孔老师不干了,找到校长吵闹,他说既然学校要赶上海人走,十九冶四中就只有他和曾老师是上海人,那就一起赶走吧,回上海路途遥远他们好彼此照顾。看来并没有三角恋,孔老师是喜欢曾老师的。也有可能他是故意亲近杨老师,目的是刺激曾老师,引起曾老师的愤怒,这也是爱情的小伎俩吧。所以校长说他脚踏两条船真是冤枉他了。

这下,曾老师被孔老师感动了,她当即心领神会,表示不回上海,她又写了决心书表示要和孔老师一起扎根三线。气得校长无语,孔老师干脆装病不上课。奇怪的是曾老师也病了,住进了十九冶医院,她的肠胃反反复复出了问题,住了半个多月院,人消瘦了一大圈,医生诊断为水土不服。大家纷纷猜测来了那么久,为什么偏偏在这个时候就水土不服了,看来上海女性到底还是娇气。于是,孔老师和曾老师双双调回上海。事后有人透露,那个处长正是杨老师家亲戚。然而杨老师并没有因此离开,后来她和十九冶机关一名干部结婚了,她一直在十九冶四中教书,退休后她才回到成都。

杨老师说，她是组织上精心挑选来支援三线建设的，这是她的荣耀，她要对得起组织的信任，她要用行动证明自己是来支援三线建设的。

多年后，十九冶人谈论起这次上海人回上海的事，还弄不清楚事情是怎么引起的，这股风是从哪里刮来的。周遥远想到了徐志摩的诗《我不知道风是在哪一个方向吹》，她更不知道孔老师和曾老师是否真的恋爱结婚了。毕竟上海是那么的遥远，遥不可及。而父亲却梦想着渡口市能建设成为上海那样的城市。

回去的毕竟是少数，更多的一代又一代上海人留在这里。对他们来说，他乡早已是故乡，而真正的故乡仿佛成了陌生遥远的他乡。

几十年后，周遥远通过查阅相关资料了解到，20世纪60年代，上海不仅在大三线建设中支援了全国，还在安徽、浙江等地积极开辟"小三线"以作为自己的大后方。当时全国支援各地三线建设的有上千万人，而上海市就去了150多万人，还不包括随后陆续前往的家属。

22

很快，周启明又迎来一段幸福时光。

1983年9月22日至27日，中国共产党渡口市第三次代表大会在市政府炳草岗招待所举行。周启明作为一名党代表有幸参加会议。时任渡口市委书记王邦国作了《奋发图强，勇于改革，为全面开创渡口市社会主义现代化建设新局面而奋斗》的报告，提出把渡口建设成为具有亚热带风光和地方特色的文明、整洁、优美的现代化城市，成为祖国钢铁、钒钛和能源生产的重要基地。

中共渡口市三届一次全委会选举王邦国为书记，刘志明、于胜利等七人为常委。

刘志明当年在二公司当经理，"文革"时造反派把刘志明押到灯光球场，让他戴着尖尖的高帽子，光着脚，跪在舞台边上挨批斗，随后又把刘志明押回到行政科仓库毒打。半夜周启明悄悄打开仓库门，给刘志明送来吃的喝的，还有医用棉签和红药水。还有一次周启明外出采购物资，听说造反派要把刘志明押到大渡口参加万人批判大会，他赶紧把刘志明藏在汽车上用布盖好，借口出去拉物资躲了几天。"文革"结束后刘志明调到市里工作，他想调周启明去市里工作，可周启明觉得自己没啥水平，担心干不好工作。有一次刘志明、于胜利等人在工地检查，正赶上周启明送饭到烧结厂工地，刘志明看到老部下很高兴地问，小周，你送的饭有多的吗？周启明赶紧点头说有多的。

刘志明笑了，愉快地对于胜利说："老于，干脆咱们就在这里解决吃饭问题。"

于胜利乐呵呵地说："咱们在这里吃，攀钢那边这顿饭可就节省喽。"

从十九冶四中毕业后，周遥远考上了十九冶一中，他们家已经搬进了平砖房。她要从钢花村坐五路公交车在渡口大桥北下车，转上七路公交车在东风烂泥田下车。烂泥田到高峰那一片，是十九冶的大本营，机关和下属十多个二级单位、学校、医院、十九冶大工棚电影院，以及后来的十九冶游泳池、舞厅都在那里。

后来，听说可以从二公司往上走，从攀钢主厂区穿过，到大花地坐七路公交车到东风，她就跟一群二公司上高中的职工子女改道而行，途中遇到火车，胆小的等火车过了再走，胆大淘气的居然敢翻过火车，甚至钻过火车。二公司职工肖桂才的儿子，上高二时就因为钻火车，被火车轧断了一条腿。

说真话，每次穿过攀钢主厂区，周遥远就想到，这就是父亲他们修建的弄弄坪攀钢主厂区。这里有十多个类似流水线的生产单位交织在一团，它们之间的运输要靠铁路线，或者空中的皮带，以及密密麻麻大大小小的管道，看到一个个如此的庞然大物，听见它们发出的巨大声响，以及机器热火朝天的运转；看到春夏秋冬一律穿着笨重工作服，进进出出厂区车间的男男女女，周遥远就感觉心惊肉跳，她用手捂着耳朵，加快脚步逃跑似的窜出厂区。

周遥远实在不喜欢这些钢铁，以及它们发出的巨大噪音，可是她却在作文《我的父亲》中写道：父亲把我们从农村接到城市，我们生活的城市叫渡口市，将来要建设成一座现代化的钢铁城市，还可以建设成更大的城市。

按理说，周遥远家也是可以住楼房的，可是，周启明说了，正因为他是党员干部，要吃苦在前，享受在后，还有那么多人住平房，他咋好意思去住楼房。

赵志才教周晓渡和几个孩子唱：周启明假积极，头上戴个西瓜皮，西瓜皮掉了，假积极笑了。

冉秀英为周启明辩解，她又搬出那句话："毛主席说了，攀枝花建设要快，但不要潦草。我们不要急着住楼房。"

在周遥远上高中的时候，冉秀英就没有种菜了。这不是冉秀英懒，一来是没地方种菜了，二来荷花池和机动的国营菜市场都有蔬菜供应。不仅如此，渡口市还在西区格里坪建起了市肉联厂，这是当时攀西最大的冷库，可以冷藏猪肉，还能生产罐头、加工香肠。火车专线运输从内江、资阳、广元、自贡调来的肉。市肉联厂要供应全市人民吃肉，遍布全市的食品站、门市让肉联厂极尽辉煌，成了渡口市的香饽饽，号称"国营一把刀"。肉联厂职工福利待遇好，家属区周围修建了食堂、澡堂、花园、文体楼、葡萄园、职工之家、幼儿园、篮球场、灯光球场，在"统购统销"的年代，他们就是白领。

还有煤气公司的职工也很牛。最初的渡口市是"蜂窝煤"的年代，家家户户的蜂窝煤炉都在燃烧，从席棚到平房再到楼房，从早到晚，大量的烟尘，肆无忌惮地弥漫在天空，形成那个年代城市特定的景象。后来成立了煤气公司，弄弄坪金沙江南岸炳草岗有部分居民用上了煤气。说来好笑，因为从来没有用过，有的高兴，有的担心，把煤气当成"炸弹"不敢用，煤气公司的人挨家挨户上门通气，教如何使用煤气，如何点火，讲解安全事项。还要负责上门抄表、查漏气。为了方便上门为居民服务，煤气公司为职工家庭安装了电话，配备了摩托车。当时，社会流行一句顺口溜：骑摩托的，不是公安干警和保卫科，就是邮电局、供电局、煤气公司职工。

　　1984年，渡口市下了一场雪。应该说，一场大雪突然袭击了渡口市，这太稀罕了。可以说，快二十年了，人们根本没有见过下雪。因此，这场雪不亚于一场全城的狂欢，兴奋和快乐随着降雪覆盖了整座城，比过新年还热闹喜庆，人们兴高采烈地欢迎这场雪的到来。

　　渡口市的建设者来自全国各地，他们不仅带来了青春热血和理想，也带来了各自家乡的传统文化，最有名气的当数矿务局大宝顶的舞龙，还有攀矿的舞狮。在一次春节大拜年活动中，十九冶邀请他们来到十九冶大工棚电影院露天坝子里表演。首先上场的是大宝顶舞龙队，队员都是矿上职工，他们身穿艳丽的服装，举着一条黄龙、一条蓝龙在阳光的沐浴下金光闪闪，气势不凡，昂首挺胸，仿佛就要迫不及待地腾飞。配着快节奏的锣鼓，队员们有条不紊地配合着，快速地奔跑，敏捷地穿梭，手臂有力地挥舞着。一条红色火龙吐焰，一条蓝色水龙戏水，时而蜿蜒翻腾飞跃，时而翩翩起舞，相互交缠，有分有合。游龙戏水、翻江倒海、潜海冲天、龙盘柱、飞跃龙门、金龙起舞、巨龙腾飞等动作连贯起来左耸右伏，九曲十回，将两条龙舞得活灵活现，场面十分壮观。眼前仿佛就是一片云海，两条龙时隐时现穿梭其中。

据说，舞龙队成立于20世纪70年代，矿上职工李文张、何文化、周兴同、焦华友等人都是重庆奉节人，他们从小在家乡看着舞龙长大，不仅会舞龙，而且还会扎龙。业余时间，他们自发组织起来扎龙，先把竹子砍回来后，破成竹篾，用竹篾按照龙头、龙身、龙尾的骨架编织成竹架子。整条龙需要上百条竹篾，数千个交叉点。要消耗大量人力和时间。编好龙架后，下一步工作是给龙头、龙尾贴纱纸。每条炮龙都要贴几遍纱纸，防止在舞龙时被炸开，每条炮龙要贴数百张纱纸。粘好纱纸后，接下来的工作就是给龙上色，还要把龙眼睛、耳朵、舌头、龙角等部位安装好。最后，把龙头、龙身、龙尾以及覆盖在龙身的部件组接起来，一条龙就做好了。

没有人知道龙真正的面貌，但是每个人心中都有属于自己的龙。

逢年过节，在矿务局灯光球场上，舞龙队四十多人抬着手工扎的龙，有模有样地表演，吸引众多职工群众观看。队龙最高潮的时候，一场表演上四条龙，上百名队员舞，轰动一时，成为矿上一个招牌节目。凡是遇到矿上重大活动，工会都要组织他们舞一舞，不但展示了舞龙队员技艺和大宝顶人的龙马精神，而且丰富了职工群众的文化生活。

而攀矿的舞狮队带领人则是来自广西的一对温姓父子。他们是攀矿三公司职工，他们家门口的灯光球场正好成了他们舞狮表演的地方。他们的狮队在雄壮富有震撼感的锣鼓声中，以"初生牛犊不畏虎"的气势闪亮登场，在两张桌子上来回表演高难度动作，时而跳跃，时而调皮，以上肩、上头、夹腰、探青、采青、吞青、吐青等一系列动作展现狮王雄风。舞动中主要表现狮子喜、怒、哀、乐、动、静、惊、疑等八种神态，动作千姿百态，栩栩如生，时而威风凛凛、怒视邪恶，时而谦恭有礼，憨厚善良，逗人喜爱。重头戏是最后部分的"采青"，这项目任务由狮子来完成。商家都会尽量把"青"挂得高一点，狮子想要采摘，就得使出浑身解数。狮子一般是由两个人组合起来的，一前一后，想要往高处的时候，前面的那个人就要站在后面的人身上，叠罗汉那样拼上去。既要站在上面，又要托着重达二三十斤的狮头在上面表演，真的很考功夫。整个采青过程，要持续五到六分钟。采青完毕，整个活动才结束。

还有攀钢枣子坪的秧歌队，有跑旱船、踩高跷、猪八戒背媳妇、唐僧、孙悟空、沙僧、大头娃娃等造型，妙趣横生。秧歌队伴着锣、鼓、镲、唢呐奏出的热烈欢快、充满谐趣的曲调扭动着轻快上路。最逗的还是秧歌队中几个年轻的小伙子扮成老头子和老太婆，老头子手持笤帚或烟袋，老太婆有的是徒手，有的也持一根长长的烟袋杆或棒槌。他们左扭扭、右晃晃，扭摆很强烈，身段极为灵活，动作也很夸张。

还有跑旱船的，真个儿如同在水上漂，扮成手持船桨的老汉在前面像醉翁一样扭来舞去，船里那水灵灵的大姑娘忸怩作态。大伙正看得入了神的当儿，忽地从秧歌队的后面冲出一个头戴小黑帽，身穿大青布衫，脸上还点着一颗如黄豆大的黑痣，手持一根棒槌的"刁老太婆"，面部表情气势汹汹，三蹿两跳来到旱船跟前，开始与老汉周旋，"棒""桨"相撞，似撕似打，似挑似逗，似舞似扭，把大伙乐得前仰后合。

十九冶人的穿戴在整个渡口市显得前卫时尚，十九冶一中的师生，大部分是十九冶家属和子弟，十九冶人去外地施工的机会多，尤其是去深圳的多，他们带回来五颜六色的太空服，还有牛仔裤、喇叭裤、太阳镜、蝙蝠衫、电子表项链、录音机和迪斯科。每到晚上，二公司灯光球场一片明亮，人们里外三层围成圆圈，中间是从深圳回来的一群年轻职工，他们身穿牛仔裤、喇叭裤、蝙蝠衫，晚上也戴着太阳镜，地上摆着录音机，发出震耳的歌声，他们边唱边狂跳迪斯科，"吉米吉米，来吧来吧……阿里，阿里巴巴，阿里巴巴是个快乐的青年……"洪亮的声音直冲云霄。

最出风头的是二公司车队驾驶员金志才，从深圳施工回来的他留着长头发，戴着太阳镜，穿着喇叭裤，更显得身材干瘦。在他的带领下，二公司灯光球场成了躁动的迪斯科狂欢现场。

23

　　十九冶在上海成立了分公司，上万人成建制划归上海宝钢总厂，从各二级单位抽调干部去上海。组织找周启明谈话，要调他去上海负责后勤工作，一向听从组织安排的周启明这回坚决不去。

　　二公司副经理是精瘦的东北人陈志，他朝周启明发了火，你一个党员干部带头不服从组织分配，这工作还咋开展？那可是大上海，大城市啊，有多少人想去都去不了啊。

　　大上海怎么啦，大上海老子也不想去。

　　周启明在心里暗骂，他和陈志是有过节的，那些年他带车拉煤、拉菜回来，从没往陈志家里送过煤和菜。有次单位拆旧房，周启明把一块门板扛回家做厨房门，陈志得知后跑到席棚来，指着周启明大声教训，说他党员干部觉悟低，占公家便宜。周启明当即涨红了脸，质问道："我管分房子，我一家人最后搬出席棚，我怎么就觉悟低了，我怎么就占公家便宜了？"说完气呼呼把门板扛回了单位。

消息传到五七连队，有人告诉冉秀英，陈志的老婆是工会的谭姐，陈志在外逞强，在家是妻管严。吃过晚饭，周启明和几个男人在路灯下下象棋，声音大得像吵架，棋子在棋盘上磕得咣咣响。冉秀英从坛子里摸出二十个皮蛋，又找出从老家带来的一坛豆瓣酱，还有半袋干花生，一个人悄悄出了门，直奔二公司机关附近的几排平砖房，来到了陈志家。

冉秀英放下东西，开门见山地说："渡口市离我们老家近，他舍不得离开渡口市，他这辈子就想窝在渡口市，建设渡口市。你让他去上海，我们娘儿母子几个咋办？"

说完，冉秀英掏出一块手帕，便开始不停地抹眼泪。这时，谭姐用眼神示意了一下陈志。

陈志一筹莫展，他正琢磨着怎么办，看到妻子的眼神，他突然想起当年冉秀英跑到公司机关小三楼，一哭二闹三上吊的泼妇形象，一时间他也无语了。谭姐一边安慰冉秀英，一边盯着陈志说："老陈，你们当领导的就是粗心，管后勤的副科长老江，他可是上海人，老婆孩子都在上海，老江成天愁眉苦脸就想着怎么调回上海，眼下这么好的机会为什么不调他回去？"

随后，谭姐说，他们已经爱上了川味，炒菜放豆瓣酱真是太香了。

谭姐收下了十个皮蛋，一坛豆瓣酱，半袋干花生。剩下的十个皮蛋，她让冉秀英带回家。

事后，大家都说周启明傻，好奇地问他为什么白白错过了去大上海的机会。

赵志才不解地问："老乡，你咋回事哟，你不是一直心心念念大上海吗，为啥子不去呢？你这个人才怪哟！"

周启明不紧不慢，平静地说："大上海又怎么样啊，那是人家的大上海，又不是我的。我心心念念的大上海就在这，我相信渡口市以后也会建设成上海那样的大城市。"

赵志才撇了撇嘴说："哎哟，你咋个还把鸡毛当令箭哟，就连我这个大老粗都明白，这个荒山沟，休想建成大上海！"

周启明轻蔑地看了他一眼，沉默了良久。

十九冶一中有些学生也跟着父母去了上海，但周遥远并不关心这些，这时的高中生正在流行看三毛、琼瑶的书，东风书店、大渡口书店只要一有三毛、琼瑶的书，很快就会被读者抢光。整个十九冶一中的高中生都在传看，一本新书像"击鼓传花"，分不清是从哪个班传来的，很快就被翻烂了，还有同学甚至买漂亮的绒面笔记本来抄书。

周遥远特别喜欢琼瑶的小说《彩霞满天》，她还把书借给了彩霞看，彩霞得意地说，她出生时正好是太阳快落山的时候，满天的彩霞鲜艳夺目，于是作为退伍军人的父亲望着天空浪漫地抒情，给她起名叫彩霞。

彩霞的父亲还常说，希望女儿的人生是满天的彩霞。

彩霞长相一般，但她美在皮肤白净，个子偏高，身材清瘦，一张细长的脸上挂着小巧的五官，她高兴的时候，喜欢扬扬眉毛。

还有一本琼瑶的《窗外》也深受大家喜爱。坐在周遥远后面的杨玲性格有些古怪沉默，自从看了《窗外》以后，就更喜欢望着窗外发呆。杨玲学习成绩不错，她母亲是十九冶机关总机室话务员，他父亲在东北。

有一年，杨玲父亲来探亲。杨玲半夜偷听到父亲怒吼着骂母亲："你是木头啊，你是死人啊，你是死鱼啊，你怎么动都不动一下啊？"任凭父亲怎么骂，母亲都一声不吭，父亲越骂越来劲，母亲还是沉默就像是一块石头，没有任何动静。杨玲不明白父亲为什么要这样骂母亲，母亲又为什么要这么冷冷地应对。杨玲甚至不希望父亲来探亲。可她更不明白，为什么母亲和蒋叔叔在一起时却那么快乐。蒋叔叔是江苏人，是电装公司一位副总工程师，他身材高大，头发浓密。

一个冬天的夜晚，蒋叔叔把生病打完针的杨玲，从十九冶医院背出来，一直背到他们住的高峰。路上母亲打着手电筒，不时为蒋叔叔擦汗，他们走走停停不时深深地看对方一眼，有说有笑感觉就是一家人，这种温馨的画面是少有的，伏在蒋叔叔背上的杨玲甚至幻想着，背自己的人不是蒋叔叔，而是父亲。那晚，蒋叔叔没有回家。

接下来的日子，蒋叔叔的妻子有意在杨玲家楼下晃荡，专门等杨玲母亲下班回家，显然有某种示威的意思。终于她们在楼下大吵一架，破口大骂。

那女人骂杨玲母亲："你不要脸，你偷人。邻居们啊，大家快来看啊，这个女人就是不要脸的破鞋啊。"

杨玲母亲气得浑身颤抖，脸涨得通红，高扬着头，一副大义凛然的样子，不知羞耻地回骂："我就是要偷人，而且专门偷你的男人，怎么样？你有本事你也去偷啊，连自己的男人都守不住，你还好意思跑出来闹。"

两个女人抱在一起怒吼着互扯头发，惊动了保卫科的人。

那一夜，杨玲彻底失眠了。

母亲的行为，让杨玲背负着沉重的枷锁，也让她痛恨母亲。没错！杨玲对父亲隐瞒了这一切。在她的潜意识里，她对父亲有多内疚，就对母亲和蒋叔叔有多愤恨。母亲的所作所为，也让她为之不齿。她觉得，即使父母没有爱情，也应该光明正大去离婚。而不是用偷情的方式来让两个家庭受害。所以，她能够想象那个女人是多么的痛苦，那是一个妻子再正常不过的思维了。

后来，杨玲母亲就被调到了深圳十九冶分公司。走前，杨玲送给周遥远一个绒面笔记本，扉页上是她手抄的一首诗，普希金的《假如生活欺骗了你》：假如生活欺骗了你，不要悲伤，不要心急，忧郁的日子里需要镇静，相信吧，快乐的日子将会来临……

然而，快乐的日子并没有来临。周遥远的成绩不理想，父亲力劝她考十九冶技校的大专班，大专班专门招收十九冶子女，毕业后分配到十九冶工作。父亲温和又耐心地说："我做梦都想你考上大学，希望你以后成为作家。但是，我们要学会量体裁衣，我找你们班主任贾老师问过了，以你的成绩是考不上大学的，而考大专班是没问题的，两年毕业后就分配工作。这也是好事，以后工作之余你多看看书，还是有希望成为作家的。你看人家彩霞，初中毕业考十九冶技校，毕业就分配到了十九冶机动公司工作。"

24

说到底，高班长并没有如愿以偿，他没有娶李珍珍做老婆。李珍珍最终也没有成为高班长的新娘。

攀钢一期工程有个重大的任务，那就是建设四号高炉。由于炼焦、烧结两项工程与四号高炉建设紧密联系，因此这三个项目是一个系统工程。四号高炉采用外燃式热风炉，计算机控制系统，双出铁场设置除尘装置等，无料钟炉顶装料设备是引进国外先进技术，国内自行设计制造的。攀钢成立了建设领导小组，抽调了几百名精兵强将，制订了计划、合同、预算、财务、设备、材料、引进、工程、设计等专业管理制度，形成了小事不过夜、大事不过三天、要事不过周的高效率工作作风。

十九冶对这三个项目系统工程施工任务实行总承包。对十九冶来说，又是一场从上到下的大战役。二公司参与了四号烧结机施工建设任务，为满足四号高炉无料钟炉顶的需要，新建了这个烧结整粒系统。

本来呢，席棚的人们都盼着，尽快吃上高班长和李珍珍的喜糖。席棚的妇女已经开始为他们准备了，林晓梅又是织围巾，又是钩花的，比对她自己和张清泉的喜事还上心。高班长心里早就美上了天，他见人就眉开眼笑，乐得连嘴都合不上了，笑呵呵地对大家说："你们都别急哈，等忙过了这阵子，我们就在二公司食堂风风光光办婚礼。"

1985年夏天，在烧结工地上，高班长带着木工班搭架子，为了赶进度抢工期，他们已经连续加班好久了。突然上面一个钢管卡扣松了，几块钢板掉下来撞飞了高班长的安全帽，重重砸在他头上，他身上绑着安全带，被翘起来的钢管吊在十多米高的空中，血从头上流下来，地上洇开了一摊血，人们在地面惊叫。

李珍珍就在工地上绑钢筋。当天早上上班时他们还约好，这个周末到渡口桥自由市场买海带炖排骨，还要到渡口商场买毛线。李珍珍娇嗔地说："你牛高马大，织件毛衣都那么费线多花钱，人家林晓梅给张清泉的毛衣都织好了。可你的呢，还差两只袖子的线。"

高班长得意地笑了，坏坏地看了她一眼说："可不是吗，我比张清泉壮多了，我也不像王树才个斑马滴，差火。每次拔河比赛，他们班都输给我们班了。唉，渡口天气这么热，我这身板根本穿不上毛衣吧。"

李珍珍说："白天是穿不上，这段时间工地那么忙，你们经常晚上加班，在工地高空上干活，四面透风还是冷呀。"

高班长心头一暖，紧紧抓住她的手，情不自禁在她左右脸上飞快地亲了几口。

"讨厌，讨厌，让别人看见了。"李珍珍娇羞地慌忙躲闪。

"怕什么，谁爱看就让他看，让他看着眼馋去吧。咱们早晚都是两口子，我要让你成为我的新娘。"高班长边说边笑，脸都笑烂了。

听到高班长这么一说，李珍珍白净的脸庞上泛起浅浅的红晕。她的内心似有一阵微风轻拂。

高班长的血越流越多，他似乎听到了自己血管里面血流哗哗的声音，像条欢快的河流在流淌，他的视线渐渐模糊了，但他清晰地看到了远远跑来的李珍珍，也听到了李珍珍爆发出撕心裂肺的哭喊声，他艰难地张张嘴朝李珍珍笑了，他用尽全身力气在心里对她说道："哦，你来了，你就是我的天使，天使不该流泪。"

"你就是我的天使，天使不该流泪。"

这句话，是高班长从二公司灯光球场坝坝电影里学来的台词，他早就想对李珍珍说了，可他觉得自己明明就是一个大老粗，这句话真是不好意思说出口。

周启明、邓德贵等一大群人把高班长放下来，抬上车，有人早已从工地现场值班室抓来了棉大衣，人们在高班长身下铺上几件棉大衣，又在他身上盖上几件棉大衣。看到血人似的昏迷的高班长，李珍珍顿时就疯狂了，哭喊着要跟上去，被众人死死拉住。汽车也疯狂了，拼了命似的开往十九冶医院。在去医院的路上，高班长就去世了。

十九冶二公司的鲁班，就这样走了，他消失得无影无踪，仿佛只是一场电影的一个片断。

那几天，席棚的大人们脸上都没有笑容。林晓梅、冉秀英做好饭菜端到李珍珍家，李珍珍呆坐着半天不动碗筷，她儿子倒也听话低头吃饭。一到晚上，赵志才、王树才坐在席棚门口，赵志才沉默不语不时抹抹眼泪，王树才嘴里语无伦次地叨念道："老高啊老高，你搞么事撒，喜酒都没有请我们喝，大家都等着喝你们的喜酒，你就走了，你个斑马滴……太不够意思了撒……"

人们也没有听到李珍珍的哭声，但她几乎成了哑巴，进进出出低头不说一句话，倒是她儿子嚷着要找高叔叔，惹得大人们直抹眼泪。

高班长走后的夜晚，不知道什么时候，李珍珍才在锥心的痛苦中迷迷糊糊昏睡。

除了保卫科的人，很少有人知道早些年邓德贵的老婆在老家得病死了。在高班长死后，邓德贵第一个跑去找李珍珍。他说，高班长是好人，现在他走了，我来照顾老乡。弄得大家目瞪口呆，难怪当年邓德贵那么积极带人捉奸，原来是早就看上李珍珍了，被高班长捷足先登，当然要公报私仇带人捉奸。

大家想，高班长前脚刚走，邓德贵后脚就来这一招。这下，看李珍珍怎么对付邓德贵。

更让大家万分吃惊的是，李珍珍没有对邓德贵破口大骂，而是听了邓德贵的话后沉思良久，原本就想着等高班长娶自己，带着孩子和他一起美美地过日子，可是……面对眼前的邓德贵，李珍珍竟然平心静气地答应了。活到这时她已经明白，并不是人想要的东西就能得到，就权当那只是一个梦吧，还是珍惜眼前能得到的吧。

不过，李珍珍提出了一个条件，要邓德贵等她一年。

邓德贵愕然，不解地问："为什么要等一年啊，你这个时候不正需要我来照顾你和孩子吗？我们早点去行政科登记结婚，等下一栋新楼房建好，我们就可以住楼房了，你不是早就盼着住楼房吗？"

李珍珍内心酸涩，轻轻地看了他一眼，一字一句地说："等我在厨房睡一年，我想再陪陪老高。"

邓德贵愣了一下，鼻子一酸，点点头。

这个夏天，仿佛沾染了毒液的夏天，从此便在李珍珍心里种下了一根毒刺，并且长在了肉里，时不时会触碰到，让她感觉到疼痛。但李珍珍和邓德贵心里都十分清楚，这根毒刺终究是无法拔掉的，会伴随他们此生。既然如此，那就让它隐秘地生长着吧。

25

自1970年出铁之后，渡口市就掀开了神秘的面纱，呈现在世人眼前。但通信还是保密的，单位、部门还是统统用××信箱代替，也只有渡口市的人明白××信箱指的是哪个单位或者部门。

随着城市建设前进的步伐，一些人的思想问题、不良工作作风也逐渐暴露出来，在群众中造成了极坏的影响。

1980年，渡口市发生了一起震惊全国的大案：28岁的攀枝花冶金矿山公司下属单位三井巷工程公司女会计青素琼贪污国家基本建设拨款26万余元。

一座小城市发生这样的大案，影响力不亚于狮子山大爆破。

渡口市的群众称其为"全国贪污单打冠军"。渡口市委对案件的侦破工作作了指示，市检察院成立专案组，在5天10次庭审期间，渡口市中级人民法院组织全市各单位领导干部、政工干部、财会人员及群众代表万余人次参加旁听。《人民日报》等媒体均作了报道。

是啊，从最初的最高政治任务确保出铁，到逐渐转入城市的基础设施建设，人们有了许多理性的渴望和追求。就拿十九冶来说吧，大多数职工还没有迁家进城，家属的"农转非"就是个问题，他们盼望着"跳农门"啊。

有一天，四队混凝土班的职工钱大棍，喝了酒歪歪倒倒，拉着三个孩子来到十九冶二公司机关办公楼前，手里举着一个瓶子摇晃着说："你们都听好了，不给我老婆办农转非，老子和娃娃就喝农药，死给你们看！"

邓德贵带着保卫科的一群人守在现场，有人堵住办公楼楼梯，防止钱大棍他们冲上去，有的紧紧看住他们以防止他们喝农药。

十九冶二公司机关办公楼前很快就聚集了一大群职工家属，有看热闹的，有跟钱大棍一样等着农转非的。钱大棍在混凝土班算是一个吃苦耐劳的人，干起活来二话不说。眼下为了老婆办农转非的事，他像个无赖似的闹着脾气，大家也不难理解他的所作所为。二公司有领导给自家亲戚办了农转非的消息早就传得沸沸扬扬，十九冶其他二级单位还有领导在"招、转、调"中大搞不正之风，将当工人的子女随意调动、转正、改为干部，有的单位还有人上吊闹出了人命。

当时，不仅仅是十九冶，而且还有攀钢、攀矿、攀煤，以及众多市政府直属企事业单位的"招、转、调"，普遍存在不正之风。

1984年，渡口市纪委发出《认真搞好党风党纪调查的通知》，并牵头组成三百多人的调查组，由市委副书记于胜利带队，在全市开展党风党纪调查，分别深入到市级领导机关和大企业进行重点调查。

于胜利，山东菏泽人，是"西北南下工作团"的南下干部。从1949年开始，大批北方干部自愿报名，经组织批准把优秀的干部挑选出来，直接受贺龙、李井泉等领导同志指挥，浩浩荡荡地南下进入巴蜀大地。一年的南下征程，走过了不知多少坎坷的泥泞道路，爬过多少崇山峻岭，跨过多少大江小川。不少同志忍受着双脚磨起泡还坚持走路的痛苦，承受着蚊虫叮咬和水土不服带来的各种疾病的折磨，经受了长途行军所引起的极度劳累的困扰，甚至冒着被敌机和匪特袭击流血牺牲的危险。他们把四川当作第二故乡，把自己像种子一样在此落地生根、开花结果，为四川的解放建设和改革发展做出了不可磨灭的贡献。

现在，渡口市的这支调查组就由于胜利带队。于胜利将调查组化整为零，分片区深入基层，几个问题突出的大单位则由他亲自带队组成调查组，各大单位也抽调人员参与调查组，周启明也被抽调进了大单位调查组。

在结合群众来信和初步走访摸底调查之后，很快就有许多问题浮出了水面。调查组整理出来的情况材料有：一位市委副书记的侄女违规招干；一位副市长通过不正当途径和手段为子女和亲属多要住房；市教育局一位副局长、东区区委副书记将当工人的子女随意调动、转正、改为干部；某企业领导在建房分房中大搞歪风邪气；建工指挥部机关补发"活工资"；攀钢耐火材料厂卫生所子弟小学的几百名学生接种卡介苗医疗事故；十九冶领导干部弄虚作假违反政策将亲属"农转非"，还私分招工指标，将不符合招工条件的亲戚招为工人还转成了干部；攀钢一位矿长用钢材指标换得招工指标，将妻子由大集体工人转成了全民所有制职工；渡口市汽车运输装卸公司大修厂发生特大爆炸案；市冷冻厂几吨猪脚腐烂变质；市供销社干果公司盲目购进干海椒造成大量积压……令调查组所有人员大为震惊。

一时间，来说情的、托关系的都有，社会上还流传"经济要搞活，党纪要放松"的说法。调查组不少干部感到有舆论压力，不敢大胆工作，情绪有些不稳定。

于胜利把这一切都看在眼里。他多次在会议上强调，查处违纪案件决不手软，无论你是谁！

调查组在省纪委和市委的支持下，顶住"说情风"、冲破"关系网"，经过艰苦细致的工作写出专题报告，重点查处以权谋私和严重官僚主义的典型案件，广大群众拍手称快。中纪委和省委、省纪委对于市纪委和全市纪检工作，特别是积极协助党委进行党性党风党纪教育、推动全党抓党风，给予了肯定和表扬。《四川日报》一版以《中共渡口市委坚决支持纪委工作》为题，同时发表了评论员文章《敢抓敢管是狠刹歪风的关键》。《人民日报》也作了报道，同时发表评论员文章《敢抓敢管，狠刹歪风》。

在此期间，中纪委、省纪委党风检查组也来渡口市检查，一致认为，渡口市的党风有明显好转，全党抓党风的局面已初步形成。在省纪委统一组织全省各市地州党风交叉检查的评比结果中，渡口市名列第一，推动了全市整党整风逐步深入，为攀钢建设保驾护航。

熟悉于胜利的人都知道，工作中他严于律己，积极进取。特别是于胜利的果敢作风在这方面展现得淋漓尽致，带领调查组顶住了不少"说情风"，冲破了不少"关系网"。大家敬佩地感叹，真不愧是南下干部，政治觉悟高，革命意志坚定！

攀钢一期工程始建于1965年，建设艰苦卓绝，1970年出铁，1971年出钢，1974年出钢材，其中十九冶承担了主力作战施工任务，主要完成了矿山采选工程、炼铁系统工程、炼钢系统工程和轧钢工程等重大施工项目。一期建设结束了我国西部没有大型钢铁企业的历史，改变了中国钢铁的工业布局。

1987年1月，经国务院批准，渡口市更名为攀枝花市。

早在1940年，地质学家常隆庆陆续发现了51处矿点，并在开发计划中提出：若在俣果下游15里之三堆子建设钢铁厂，矿石取于攀枝花……渡口市更名为攀枝花，把"攀枝花"这个美丽的名字，定格在西部开发史上，顺理成章，众望所归，与历史吻合，与城市的气质更加匹配。

这一年，单位派周启明到市委党校学习。学习归来后，周启明被提拔为二公司副总经理，分管后勤工作。

在周启明党校班上，许多同学都是攀枝花各条战线上的第一批建设者，大多是出类拔萃的人才。有前面提到过的谭队长，有蔬菜基地女技术员江碧琴，有渡口医院医生刘晓东，有修建密地大桥的刘任彪，有"夺煤三保"四名大学生罗振声、李兴华、卢贵福、池敏，有狮子山万吨大爆破大会战的工程师老罗。还有1966年从重庆歌舞团来攀枝花的汪英杰，他们一行人组建了"战鼓文工团"，庆祝高炉出铁时，从"战鼓文工团"挑选了部分演员安排在出铁纪念活动接待组。接待组用第一炉铁水做了七块重一斤多，形状像巧克力，上面刻着"攀枝花"三个字的样品，纪念高炉出铁。汪英杰近水楼台先得月，便得到了一块。从席棚、干打垒到楼房，多次搬家，他一直舍不得丢掉这块"攀枝花"铁。直到2004年，攀枝花中国三线建设博物馆征集三线建设实物，他才恋恋不舍地把这块铁捐赠给了博物馆。如今，这块铁就平静地摆放在博物馆。

说一口天津话的公交车司机廖建设，1971年他的父亲在天津市公共汽车公司报名支援三线建设，留下妻子和四个儿子。他父亲一行32人从天津来到渡口，成为渡口的第一批公交人。他们来了就写信回天津：这里是毛主席最关心的地方，我们要积极响应党的号召，一颗红心跟党走。当年，渡口市公共汽车公司成立，廖建设的父亲风风火火回到天津，把全家人从天津经过北京、成都，辗转了三天四夜来到渡口市。一家人来了就住进席棚，一排又一排的席棚住着北京人、上海人、河南人、河北人、四川人，各种口音夹杂在一起，南腔北调像唱戏。公司有300多名职工，八条线路五十辆运营车，按部队编成几个连队，职务有班长、排长、连长、指导员。

廖建设说，当年从天津出发，亲人们来送行，火车站里人人泪流满面，哭声一片，有种生离死别的感觉。父亲临终前安排后事：不回天津，攀枝花就是家了。我走了以后，你们就站在渡口大桥上，把我的骨灰撒到金沙江。

像廖建设父亲这样的人，还有市自来水厂总工程师老康，市肉联厂赖德华，渡口建筑工程学校的老任，攀枝花公园的老魏，煤气公司的老蒋。

江碧琴有几次机会调去杭州，但她一直都没有走。于是，她的丈夫便从杭州调来渡口，一家人这才团圆。

可以说，一座城的建设，改变了他们的命运，这也是他们光荣的使命。一座城的光荣与梦想，属于每一位平凡的建设者。

26

早在1978年，国家计委就批准了《攀枝花钢铁二期工程设计任务书》，攀钢二期扩建高炉、焦炉、烧结，新建1450毫米冷轧、1450毫米热轧等项目。随着一期工程的完成，攀钢二期工程的建设又被提上了日程。攀钢二期工程被列为国家"七五""八五"计划重点建设项目，它的建设将结束我国西部不能生产板材的历史。

国务院原副总理方毅先后九次到攀枝花，出席攀枝花资源综合利用科研工作会议，对二期工程的建设作了一系列重要指示。二期工程不仅直接关系到攀钢的前途和未来，而且对于发展西南地区的国民经济，改变我国钢铁工业的布局有着十分重要的影响。因此，它是有着深远意义的一项重大工程。

莎士比亚的《哈姆雷特》有句著名台词：生存还是毁灭，是一个问题。

对攀钢来说，二期工程建设就是一个问题。国家实行的是利润包干制，攀钢经济刚刚好转，大家过上了锅里有油顿顿有肉的小日子。但是从全国钢铁行业整体来看，宝钢后来居上，被誉为"共和国钢铁工业长子"的鞍钢当仁不让，武钢、包钢奋起直追，攀钢的钢产量一降再降，由于技术人才等软硬指标没有跃进式的提升，攀钢实际上是处于同比下滑的状态，而且没有止降。上二期工程要冒巨大风险，不上二期工程可以安安稳稳过一段小日子。但是，要清楚地看到，不上二期工程，国家综合开发攀西资源战略就只能是"规划蓝图"；不上二期工程，攀钢势必会从行业的"全国十大"中除名，攀钢的经济效益就根本不可能有大幅上升。国际国内行业间的残酷竞争，根本不会让攀钢的小日子维持多久。

攀钢集团公司总经理章忠玉，留给人的深刻印象是坚忍执着、有魄力有胆识，是个浑身散发着昂扬斗志的人。他决定横下一条心，率领十万攀钢人在改革发展的大潮中放手一搏。那么问题又来了，二期工程建设的巨额资金怎么办？借，攀钢要向国际银团借钱，这也是国内第一家向国际银团借款的钢铁企业。

1987年5月28日，这是一个写入中国改革开放历史的日子。攀钢二期工程建设向国际银团贷款2.1亿美元协议签字仪式，在北京人民大会堂举行。中国第一家国有大型工业企业向外国财团巨额贷款、负债经营的全权代表章忠玉，在贷款协议上郑重地留下了自己的名字。攀钢成为中国冶金行业中第一家既有内债又有外债的企业。

1992年，攀钢二期工程投资最大的项目——冷轧工程破土动工。

与之前战役相比，二期工程量大、难度大，要在三年内完成1220冷轧板厂、冷轧铁路联络线、电厂、转炉提钒、上万立方米制氧机等，冷轧技术装备比热轧、连铸更高，涉内厂家六十多个，涉外厂家十多个，国内外协作关系复杂，矛盾更为突出。但也面临有利条件，经济体制改革深入进行，为二期工程创造了良好的投资环境。国家计委、冶金部、中国人民建设银行，四川省委、省政府，攀枝花市委、市政府高度重视大力支持，有一期工程建设储备的大量施工队伍投入二期工程建设。

攀钢二期工程上马前，章忠玉拍着十九冶副总经理黄家富的肩膀说："一瓶卤水，一瓶五粮液，我该喝哪瓶，就看你们十九冶的了，攀钢二期就拜托十九冶了。攀钢二期晚一天投产，攀钢就要每天多付出几十万元啊。"

黄家富没有犹豫，对章忠玉笑着说："有我们十九冶人在，你就享受五粮液吧！"

自从踏上弄弄坪这片荒山坡，十九冶就把建设攀钢当成义不容辞的责任。在不到2.5平方公里的弄弄坪建成了攀钢一期工程，这是我国冶金建设史上一个伟大创举，这是"象牙微雕"的绝世之作，十九冶与攀钢在比肩奋战中建立了深厚的友谊。

如前所述，二期工程是在一期工程的基础上扩建，而原有厂区狭小，地上地下管线密集，新辟场地山高、沟深、坡陡、地质条件复杂，为克服这些困难，重庆钢铁设计研究院将总平面分成几个大台阶，利用地形采取架空、交叉、地下通廊等方式布置胶带机、铁路、公路，较好地解决了山区建厂总图布置及运输的难题。这样一来，势必就增加了施工的难度，这样的工程任务自然还是交给十九冶。十九冶担任主体施工单位，攀枝花矿山公司、铁道部十五工程局等单位承担了部分项目施工任务。

显然，对攀钢和十九冶来说，二期工程就是继一期工程之后的又一个战场。因为一期工程建成后，厂区已经十分拥挤，二期工程还要见缝插针往里挤，建设困难比一期还要大得多。

十九冶提出的口号是，一定要想攀钢所想，急攀钢所急，为开拓市场进一步树立十九冶施工队伍的美好形象。

由于二期工程地质复杂，大部分建筑物需要做深基或桩基，土石方量和混凝土工程量远远大于平地建厂。为了抢时间，二期工程打破了基建程序，往往是边勘察、边设计、边施工，加上引进和移植新技术较多，给材料和设备供应以及整个施工带来极大困难，对十九冶人来说是极大的考验。十九冶把二期工程当成头等大事来抓，制定了学宝钢、建二期、创全优、上水平的质量方针，动员干部职工继续发扬艰苦创业的优良传统，有力地推进了攀钢二期工程建设的进程。

从规模上看，攀钢二期工程建设相当于新建一座百万吨级的钢铁联合企业，它的主体项目，除了冷轧厂，几乎全部要嵌入弄弄坪。

冷轧厂选址在施家坪和李家湾荒山乱石坡上，中间隔着一条金沙江，与弄弄坪隔江相对。

周启明极其兴奋地对周遥远说："你真是赶上好时候了，我们建设了一期，现在又要建设二期了，十九冶的大部队人马全部上，你们青年人可以在施工中大显身手。"

周遥远已经从十九冶技校毕业，分配到十九冶二公司技术科成为一名技术员。为了给攀钢二期工程建设煤化车间和精苯车间，十九冶二公司从钢花村整体搬迁，办公楼搬到大花地，家属区四处分散安置到机动公司、三公司、四公司、高峰、建材、大花地、工安、机装、电装，周遥远家搬到十九冶建材公司。

原本一家人想的是这下可好了，没有火车行驶声晚上能睡个好觉了。哪知道住在大花地却几乎不敢开窗了。站在六楼阳台上居高临下，远远望去依稀只知道钢花村的位置，根本就看不到钢花村，当然也就听不到火车行驶的声音了。眼前呈现的是十几根大烟囱，它们朝着天空分别冒出黑、白、黄色的烟，住在大花地的十九冶和攀钢职工家属们管它们叫黑龙、白龙、黄龙。几条龙冒烟还算是好的了，糟糕的是遇到休风或检修，那些机器会像神经错乱，或者吃错了药的怪物般，从白天到黑夜发出剧烈痛楚的嘶吼声，这时整个大花地片区的居民们可就遭殃了。

没办法呀，攀钢主厂区就在弄弄坪心脏，而作为主力部队的十九冶和攀钢家属区就在附近团团围住这颗心脏。

每天早上，十九冶的职工从高峰、三公司、机装、电装、工安、建材下来的几十辆通勤车，一辆接一辆满载着职工经过大花地，往弄弄坪和冷轧山上的工地跑。通勤车是大板车，除了驾驶室，车身四周用齐腰的木板围住，中间拦腰一截铁棍，人在大板车上只能站着，四周的人可以抓住木板，中间的人可以抓住铁棍，剩下的只能人挨人站着了。年轻职工们都喜欢坐这种摇摇晃晃的大板车上下班，私下说有利于身体接触，车在路上颠簸，人与人在车上碰来撞去，容易产生感情。

大板车除了用来接送十九冶职工上下班，还用来拉一些建筑施工材料。翻斗车就只能用来装搅拌好的混凝土，在搅拌站搅拌好混凝土后，就直接倒进翻斗车里，翻斗车再拉着混凝土，开到工地上"哗啦"倒出来，由施工人员用铁锹把混凝土铲起，倒进绑好的钢筋，在织好的模板里浇铸。土建公司俗称这是打灰，遇到大型打灰，二公司几乎全队人马都要上，搅拌站、车队、施工现场、食堂人员分三班倒。

翻斗车的驾驶室跟通勤车一样，只有车身是铁的，再加上长年累月装混凝土，显得更厚重坚硬。

十九冶各个二级单位的保卫科就在现场驻勤，他们身着制服，拿着电棍，腰后老别着一副手铐，开着挎斗三轮摩托车四处巡逻。这种摩托车主要是警用，很有现代感，时髦洋气，周遥远觉得机装公司保卫科的一名干事很眼熟。十九冶所承担的施工任务从来都是十几个二级单位交叉会战，他们在五氧化二钒、1450热轧施工现场见过，后来又在冷轧主轧线、镀锌线见过，他们真正交流是在冷轧3号镀锌线施工现场的协调会上。那天开完会后，周遥远急着跳下几米深的桩基基础里去，查看测量给出的标高。一名干事不知从哪里冒出来，等周遥远查看好记录之后，他伸出又长又粗的手，一把将她从坑里拉上来，可能是他用力过猛，她差点没站稳要倒在他怀里，他及时冷漠地推开她。

他眼神冷峻地看了她一眼，用老师教育学生的口吻说："你这个女同志下工地怎么缺乏安全常识呀，你难道不知道从那边搭的跳板下到基坑里吗？你就为了少走几步路而冒险吗？"

他叫方书诚，是参加十九冶招工考到机装公司的。后来机装公司招干，他又考到了保卫科。在施工现场见面次数多了，他看周遥远的眼神就有些不一样了，而想到他对自己的教育，周遥远偶尔会用挑衅的目光迎着他，他也向她投去一个意味深长的笑容。在一次朋友聚会上，他们又见面了。他穿着皮夹克，显得特别精神，潇洒时尚，那个派头有点像是电影明星。聚会之后他主动提出要送周遥远回家。没走几步他就拉住她的手说："咱们也算是老相识了，挺有缘分的，我猜你还没有男朋友，我也还没有女朋友，咱们谈恋爱吧。有部电影叫《巴士奇遇结良缘》，咱们就叫工地奇遇结良缘。"不久，他们结婚生子，日子过得平平淡淡。

冷轧施工现场，白班加夜班成了常事。最忙的时候，各单位的机关后勤都得全部扑到工地上。结婚后，周遥远就搬到机装公司家属区去住了。周沿河也从十九冶中专毕业分配到了十九冶工安公司。周启明、方书诚和周遥远、周沿河经常在工地遇见，吃饭的时候聚在一起吃，旁边总会出现一个羞涩的姑娘，那是周沿河的中专同学郑丽丽，她和周沿河正在谈恋爱。

冷轧工地上，像他们这样的现象很多，父子母女、兄弟姐妹、夫妻，十九冶一代代人相聚在工地上，他们是建设攀钢的主力军。

周启明看看方书诚和周遥远，又看看周沿河和郑丽丽，说，你们完全想象不到当年我们在弄弄坪是如何的艰辛，你们都是十九冶人的后代，一定要好好工作，不能给老一代十九冶人丢脸。

郑丽丽家有四姐妹，是工安公司家属区有名的"四朵花"。她的大姐从攀枝花卫校毕业后，分配到十九冶医院外科当护士。二姐从十九冶技校毕业分配到十九冶金属结构厂铆焊车间，师傅和她年龄相当，年年是先进，他性格温和，脾气也好，一跟漂亮姑娘说话就脸红，师傅每天手把手耐心地教，脏活累活重活师傅抢着干，二姐很快就喜欢上了师傅。车间年轻人常起哄。进厂不到两年，他们就结婚了。三姐从攀枝花师范学校毕业，在十九冶二中当老师。

有一天，郑丽丽约周沿河晚上在建材花园见面，在花园里一棵茂密的三角梅树下，她红肿着双眼小声说，她大姐在十九冶医院宿舍自杀了。

周沿河愣了一下，吃惊地问："啊，好好的，怎么自杀了，为什么呀？"

过了好一会儿，郑丽丽才断断续续地说："大姐喜欢上了外科主任，他们偷偷好了三年。主任说他和妻子没有孩子，等时机成熟就和妻子提出离婚。不知怎么被外科主任的妻子发现了，跑到医院大吵大闹。医院找了外科主任谈话，他一口咬定，是大姐勾引的他，他一时糊涂犯了错，表示要痛改前非。后来，主任的妻子主动找到医院，说他们夫妻和好了，她原谅了丈夫，请求医院不要处分她丈夫。她又找到我大姐大骂一顿，还把大姐的手表扯下来摔坏了。医院让我大姐回家休息一段时间再安排工作，没想到大姐在医院宿舍给自己注射药物自杀了。"

"大姐性格内向，有什么事都放在自己心里，她肯定是被那个主任给骗了。听二姐说，大姐还怀过他的孩子，他发誓要离婚娶大姐。没想到……事情会是这个结局，我妈气病了，跟我爸吵着要回长春。我爸说，等干完二期就回，我也跟着他们走。"郑丽丽边说边流泪。

周沿河紧紧抱住郑丽丽安慰："亲爱的，你不要走。等我们结了婚，这里就是家了。"

单纯的周沿河是这样想的，当初父母把他们带到这里，他们也和父母一样要在这里扎根。这是他们几代人的命运。

有一天，在攀钢炼铁厂二号高炉附近施工现场，远远来了一群人，戴着崭新的红色安全帽，一看就是十九冶和攀钢领导带着市领导来视察，其中就有刘志明和于胜利。不久，周启明便被提拔当上了十九冶副总经理。赵志才说老周自从市委党校学习回来后，老周这个干部就不是一般的干部了，老周有刘志明，还有南下干部于书记撑腰，他当然可以成为火箭干部。王树才说，个斑马滴，蛮扎实！太能翻了！这下真是翻大了！老周好样的不差火！

27

与攀钢一期工程建设一样，攀钢二期工程建设让许多十九冶人的生命在这里闪光，他们的名字在弄弄坪成为传奇。

二期工程要在弄弄坪建造一个西南最大的攀钢12万 m^3 曼型焦炉煤气柜，是国内压力最高的稀油密封干式大型煤气柜。这项工程让十九冶领导吃不下睡不着，此前国内只有宝钢建过这种柜，但引进的是日本的技术与设备，并在日本人的指导下进行设计制作与安装。而眼下，却需要十九冶自己设计安装，大家都在犯愁，十九冶工安公司总工程师张宁远站了出来，表示凭着过硬的技术和胆识，他要拿下这项工程。

张总啊，这项工程干好了还行，干不好就是废铁一堆，身败名裂啊！一些人纷纷劝张宁远。

那怎么办，总得有人干啊。不能让人小瞧了咱们十九冶。张宁远苦笑着说。

在工安公司，张宁远可是名气大，性格独特的人。在他的办公室桌子上摆放了厚厚一堆书。平时，除了去工地，张宁远就是待在这间办公室，一头埋进书堆，一边看书，一边对照图纸，全部身心都投在工作上。

接下这项工程，张宁远的心情很激动，但也有担忧。没想到，十九冶副总经理周启明过来了，当时人称周启明为后勤管家。张宁远心里一下子豁亮了，高兴得几乎跳了起来，忘了以往的老成持重，大声武气地说："有你老兄在，我的底气更足了！"

周启明笑了，笑得明朗自然，显得憨厚老实。他收拢笑脸严肃地说："我是来助威喝彩的，保证你的项目所需，你提出要求我照办，斤两不差。如有任何差错与闪失，不用你挥泪斩马谡，我自行下台。"

说完，两个人紧紧地握手，摇晃了很久很久。

张宁远大学毕业参加工作就在十九冶，他长期从事技术工作，虚心好学，刻苦钻研，节假日经常不休息，坚持在施工现场解决技术难题，并且敢于承担风险。眼下的煤气柜工程是十九冶从来没有施工过的，这可是一个技术难度很大的工程项目。无数个不眠之夜，他阅读了大量相关理论书籍，和同事们一起从上千个难题中理出了七个最大难题，组织科技攻关付诸施工实践。有时一项构件多次试验都不行，大家手心都捏把汗，张宁远没有灰心，他守在现场一遍遍试验。

周启明毫不含糊，以大局为先，以服务为重，全力做好后勤保障。有天晚上，有一个大件的安装出了问题，反复调试了几十次，周启明在现场守着张宁远他们吃了晚饭，收拾好东西正准备上车离开，无意中听到几位工人在嘀咕，还不知道要弄到啥时候，今晚可能要睡工地了。听到这里，周启明心里一紧，他远远看见，张宁远和几位工程师、技术员正围在一起讨论。于是他连忙赶回去吩咐十九冶机关食堂准备工地加餐，又到库房找了十几床棉被。等他凌晨开着车将东西送到工地时，张宁远他们一群人果然还在忙碌。看到周启明这个时候送东西来，张宁远很是惊讶，一时竟愣住了，心里涌上一股热浪，他快步上前，激动地一把握住周启明的手，疲惫地笑了笑。

"老周啊，你真是太细心了。我是太粗心了，没想到会干到这个时候，唉，今晚只能睡工地了。"

周启明拍了拍他的肩膀说："应该的，应该的，你们埋头工作实在是太辛苦了。"

东风不与周郎便。这项艰巨的工程，从设计到安装，十九冶人走得步步惊心，攀钢的人多次到现场，背后都觉得这着险棋十九冶人不好下。就连十九冶人都为张宁远捏把汗。一天在工地吃过午饭，张宁远独自坐在木板上抽烟，眉头紧锁。周启明走过去，不知道如何安慰，就在他身边坐下，嘿嘿一笑。

张宁远苦涩地笑了，一双眼睛瞪得老大，脸上的忧愁一掠而过。

张宁远说："大家都担心，到底什么时候能顺利啊？"

周启明不禁倒吸了一口冷气，问："老张，你后悔了？"

张宁远反问："老周，当年条件那么苦，你到这里来，后悔不？"

这一句问话，刺痛内心，周启明心里涌上一股热浪，激动地摇摇头，不后悔。

张宁远一言不发。

一阵沉默，张宁远站起身，拍了拍屁股上的灰尘，留下的话铿锵落地："后悔也没有用，必须要拿下这个庞然大物。"

经过半年多的试验和制作安装，十九冶制定出了解决安装质量的控制、柱子接头焊接的反应变形和柜顶浮升法固定、活塞脱离的方案，终于把一座高100米，容积12万立方米的巨大曼型煤气柜安装在二期施工现场，煤气柜投入运行后效果良好。这件事震动了弄弄坪，震动了攀钢和十九冶，张宁远荣获十九冶科技进步奖，被评为冶金部劳模。他还写了有关12万立方米煤气柜的论文，提高了十九冶的知名度。

有一天下午，周启明下了班还没有走出机关大楼，就听到门口值班室几部电话铃声大作，他站在院子里朝楼上望了望，有人冲他大喊，老周等着，马上去工地！随后他们一群人来到攀钢四号高炉热电鼓风机站施工现场，原来鼓风机站开挖发现滑坡险情，偏巧又下起了一场大雨，一群人冒雨察看了现场。周启明一看这阵势便在工地指挥部给机关食堂打电话，通知他们做饭送到四号高炉工地，一群人忙碌了好一会儿之后，这才开始匆忙吃饭。冶金部、铁道部、攀钢的防治滑坡专家都来了，连夜召开紧急会议，协调解决滑坡位置上方一百多户职工家属迁移安置的问题，由重庆设计院和十九冶建研所共同提出治理方案。周启明听到有人说，要完成30多万立方米的滑体治理，还不能影响到主体工程施工。他暗想，情况危急，这又是一场恶仗啊。

转眼到了第二年秋天的一个深夜，四号高炉即将投产，十九冶领导们轮流吃住在现场。周启明可是天天守在现场协调保障大家的吃喝供应。这天晚上，周启明和一位主管生产技术的副总正在现场巡查，这位副总正是张宁远。他们遇到了一件惊心动魄的事，正在运行的新鼓风机突然停车，轴承烧坏了，转轴移位了，叶片严重磨损变形。

张宁远眉头紧皱，面色凝重，朝周启明看了一眼，急促地说，老周啊，高炉已烘炉，不能停下来，立即抢修鼓风机。

周启明赶紧回身朝指挥部大步走去，很快在张宁远的组织下一群人召开了紧急会议，马上修通老鼓风机站和新鼓风机站之间的联络管道，将老鼓风机站剩余的风力给四号高炉送风。

秋已深，夜已凉，秋深夜凉凉。

他们在现场忙碌着，额头上、手心里都是汗，折腾到黎明鼓风机正常运行了，大家这才如释重负，放下了一颗悬着的心。

28

　　攀钢二期工程施工时是十九冶效益最好的时期，十九冶拥有《十九冶报》、电视台、歌舞团、电影院、俱乐部、舞厅，职工业余文化生活丰富多彩。就在这个时候，突然刮起一阵流行风跳达体舞。达体舞曲融彝族传统音乐和现代音乐为一体，悠扬流畅，优美动听，飘逸潇洒，其舞蹈程式简练明快，热情奔放，深沉优美。迎着这股流行风，十九冶在全公司组织开展达体舞比赛，所有参赛队员比赛服装由十九冶工会统一购买。接到通知，十九冶从机关到下属几十个二级单位都很兴奋，干部职工踊跃参赛。二级单位一把手亲自抓，达体舞参赛队员由一男一女组成一对，在本单位自行组织淘汰赛，选出前三对选手，参加十九冶组织的复赛、总决赛。方书诚也被挑选去参加达体舞比赛，和他搭档的是机装公司工会一位漂亮姑娘。

　　除了达体舞，20世纪90年代的十九冶人还流行跳交谊舞。每到晚上，十九冶各二级单位的灯光球场上，聚集着职工家属们，工会干部打开音响，大家就开始跳达体舞。上半场跳达体舞，会的站在中间潇洒地跳，不会的就在边上跳。那场面简直比看电影还热闹。下半场就跳交谊舞，人人都在跳快三步、四步，慢三、快四，跳得满场飞。空气在颤抖，仿佛天空在燃烧，这个年代的日子真是畅快淋漓。基本上每个二级单位工会都组建了自己的乐队，专门为大家跳交谊舞伴奏，唱流行歌曲《潇洒走一回》《何日君再来》《酒醉的探戈》《昨夜星辰》《月朦胧，鸟朦胧》《一帘幽梦》，灯光球场成了舞蹈的海洋，这应该是中国舞蹈发展最快速的阶段。

但是没过多久，十九冶就下文件取消了达体舞比赛。原因是影响了职工家庭安定团结，各单位选拔的队员都是帅哥美女，天天在一起手牵手跳来跳去的，竟然跳出感情导致了婚外恋，据说已经有几对夫妻在闹离婚了，还有的家属跑到工会大吵大闹。真的是好心办了坏事，于是只得赶紧叫停，各单位立即解散参赛队伍。

29

　　雅砻江，流经攀西大裂谷境内的干流，全长1368公里，天然落差达到3180米，水能蕴藏量3340万千瓦。多年前，就因为其水能资源富集和优越的开发条件而被中外专家一致认为是"流金淌银"的地方。然而，千百年来，这条大江中挟裹的"金银"却随着奔涌而出的江水毫无遮拦地白白流走。而守着这笔财富的四川乃至整个西南地区，因缺电束缚发展脚步的状况却愈演愈烈。二滩水电站工程正是在此形势下上马，并因此成为中国水电开发史上的一座里程碑。

　　1987年，二滩水电站前期准备项目桐子林至方家沟公路的开建，拉开了二滩水电站准备工作的序幕。十九冶派出多支施工队伍参战，上千人吃住在工地，居然清一色地搭建起了席棚，设有女工班、男工班席棚房，广播早、中、晚播放歌曲，最初也是三块石头架口锅做饭。

　　身为十九冶副总经理的周启明经常往工地跑，他感叹仿佛回到了当年的弄弄坪，看到在施工现场不停穿梭的青年职工，他的眼前浮现出余忠林的身影。考虑到工地上年轻职工多，周启明特意购买了几台黑白电视，晚上大家围着看电视，当时特别流行港台片《射雕英雄传》《霍元甲》《陈真》《万水千山总是情》《上海滩》。

到了1991年，二滩水电站主体工程开工。这下更热闹，工地沸腾了，各种机械设备、物资源源不断运来，成百上千的中外专家、技术员来了，这里成了物资的海洋，成了人的海洋。随着机器的轰鸣，在工地建设红火之时，一座座宿营地也在建设。有金龙沟营地、三滩营地、纳尔河营地，最引人瞩目的还是二滩欧方营地，这是按照欧洲人生活习俗修建的，花草树木掩映着的一幢幢别墅鳞次栉比，俱乐部、游泳池、餐厅、酒吧、网球场、篮球场……设施豪华气派，带着浓郁的欧洲风情，住着不同国籍、肤色、语言，不同传统、文化、习俗的人。工地上，活跃着四十多个国家的"多国部队"，他们所集中居住的二滩欧方营地也被称为"小联合国"。这也使当时的攀枝花成为川内甚至国内"老外"最多的城市之一。

二滩水电站是我国第一个全面实行国际竞争招标和业主负责制，并按国际合同管理进行建设的水电工程。从大坝的高度、地下厂房的规模、导流洞的长度等方面来看，二滩水电站是当时举世罕见的巨型工程，其多项技术指标居于世界前列。可以说，二滩水电站的修建，标志着我国水电工程建设达到了一个新的高度，这是20世纪竣工的中国最大的水电站，这也是攀枝花建设史的又一个奇迹。

这个时候，周遥远的丈夫随单位在二滩施工住席棚，他说施工忙便极少回家。有次周遥远下班回二公司父母家，听到了一个大新闻。她的初中同学夏家一对姐妹，跑到二滩打工，姐妹俩认识了两位德国工程师，他们居然谈起了恋爱。休假时，姐妹俩带着他们风风光光来到公司见家长，这让人瞠目结舌。夏家姐妹虽然只是初中毕业，但她们生得漂亮，像两朵花，而且勤劳吃苦。爱情的力量太强大了，就在人们对她们议论纷纷的时候，她们已经能用流利的德语和男朋友交流了，原来她们私下学习德语，男朋友就是最好的老师，后来他们结婚去了德国。几年后她们回来探亲，还带着同样漂亮的混血宝宝。这让他们在二公司家属区成了新闻人物。其实在当时攀枝花有许多姑娘到二滩打工，结识了外国人并且远嫁他乡。无论幸福与否都是她们的选择，这也成为攀枝花一段特殊的历史。如今，二滩的欧方营地是那么的荒凉，只有依稀可见的洋式别墅，还有那些花草树木仿佛在诉说那些往事。

梁小菊的弟弟梁小强毕业于攀枝花建筑工程学校工民建专业，作为十九冶的子弟，他知道在攀钢一期和二期工地，还有二滩水电站，十九冶人艰苦卓绝的工作作风和拼搏精神，以及十九冶人众多的施工杰作。现实的感染是强烈的，这也让他看到了奋斗的方向。他告诉同宿舍的同学钱晓林，他主动要求分配到十九冶。

钱晓林惊得目瞪口呆，想了好一会儿才说，等攀钢二期工程一结束，十九冶恐怕很难在攀枝花接到大的工程项目。

梁小强平静地说，当年，父母带着他和姐姐从湖南来到这里，他们一家人就和十九冶共命运，无数十九冶人的事迹深深地影响了他，他要学习老一辈爱岗敬业、勇于担当、乐于吃苦、甘于奉献的精神，他愿意沿着父亲的路走下去，成为一名光荣的十九冶工人，做一个有价值、有理想、有抱负的青年，为企业的发展奉献无悔的青春。

钱晓林担忧地说："如果没有大工程项目，十九冶肯定面临困难，到时候又怎么办，你想过这些问题没有？"

梁小强轻松一笑，说这是必然的，十九冶在攀枝花的黄金时代即将结束，一旦面对严峻的建筑市场，无法准确预计"寒冬期"会有多长，会有多冷，这是最能考验十九冶的时候，更需要大家施展才华、实现个人价值，他是心怀感恩想去十九冶的。

这个时候，大街小巷的店铺里传出一首《春天的故事》，这首歌正在中国大地上唱得响亮。毕业后梁小强分配到了十九冶建材公司，面对已经退休的满头白发的父亲，梁小强豪情万丈地说："你们上代人就是奔着三线建设来的，你们没有完成的使命，我们这代人来完成。放心吧，我绝不给十九冶人丢脸。"

这时攀西还是十九冶人的大本营，十九冶人一手巩固攀西建设市场，一手出外找活开辟新市场。梁小强参加了成渝高速公路施工，在施工过程中小试牛刀。他们从成渝高速公路荣昌段，干到渝黔高速公路，这段地形复杂，施工条件异常艰苦，是整个工程中的一块硬骨头，要打通隧道涵洞、跨过大山、填平深沟、铺架桥梁，任务的艰巨程度可想而知。其中老母洞大桥就是施工的拦路虎，老母洞大桥有72片梁，每片梁重达26吨，预制和吊装都十分困难，大桥在河道上施工，随时会受到河水暴涨的威胁，挖孔桩下面全是岩石和水，材料运输许多时候还需要靠人扛。还有几万多挖方量的狮子山石质坚硬，挖了近一个月，大部分机械设备都坏掉了，十九冶人克服重重困难，高标准完成施工任务，赢得多方称赞。《重庆日报》还以《迎难而上再创佳绩》一文报道了十九冶人奋战渝黔路合同段的事迹。

有一次父亲打电话问情况，梁小强在电话里轻描淡写讲了一些施工的事。

父亲笑着说："以前我们在弄弄坪就是这样干活的，肩膀上不知道扛了多少东西，衣服磨破了，肩膀上和手上的肉磨得又红又肿，好多大机械设备都是我们扛上去的，或者硬拉硬推上去的，一个不小心就会掉到金沙江里，掉到江里小命就完蛋了。"

随后父亲在电话那边重重地叹了口气，用湖南家乡话说道："冒洒起，当年的弄弄坪大会战和修建成昆铁路死人的事是经常发生的。"

后来，梁小强又参加了宝钢三期工程，接触到了施工机具、机械拼装、工厂设备、生产流程、质量监控等高科技。从上海回来他赶上了炳清线施工。炳清线从炳草岗市中心到清香坪，是连接东区与西区的一条城市二级主干道，要穿越弄弄坪的心脏地带大花地。

几年前，赵晓峰就从二公司调到了建材公司，他已经是建材公司分管施工的副总经理。当下，他的眼睛就盯着大花地大桥。担任项目经理的梁小强没想到在这里遇到了施工难题，大花地大桥是一座50米跨攀钢安全水池的拱桥，这里集中了水气电路，是攀钢的工业心脏区。此类桥型在十九冶是第一次施工，该桥所处位置交通条件受限，将自由端悬臂达50米的导梁，纵向从一个桥台滑移到对面桥台上，吊装的长度和难度相当大。原有设计是"缆索无支架吊装工艺"，赵晓峰一天往这里跑几趟，梁小强连续几天守在现场，着魔似的盯着图纸看，一会儿又长时间呆呆地望着现场，大家都吃完饭了，他还纹丝不动。

"唉，哥们，饭菜都凉了，你都快站成水泥柱了。"一位技术员朝梁小强喊。

梁小强这才回过神，放下图纸，端起饭就吃，边吃边朝大伙眉开眼笑，大家就知道他准是想到好办法了。果然，梁小强决定大胆改变原有设计，采用刚性双导梁无支架吊装工艺完成自由端悬臂50米纵向滑移，但是否可行还需要反复考虑。

梁小强的父亲时不时来工地看看。为了工作联系方便，梁小强腰上别着摩托罗拉中文传呼机，手上拿着摩托罗拉砖头一般大的"大哥大"，这些都是当时的香饽饽，同时拥有它们是令众人羡慕的对象。

但此时在父亲眼里，梁小强却是让人心疼的，他的双眼熬得通红，肯定又是一夜没有睡，说话声音也沙哑。父亲看了看他，沉默了好一会儿，梁小强催父亲回去不要影响他的工作。

他父亲顿了顿，还是那句老话鼓励儿子，冒洒起，十九冶人就是专啃硬骨头的施工建设队伍。

父亲知道，这个时候的梁小强正对未来充满了无限憧憬，浑身都是激情和热血。正如当年的他们。

父亲还知道，梁小强喜欢杨牧的诗《我是青年》，他在学校的联欢会上朗诵过。

人们还叫我青年……

哈……我是青年！

我年轻啊，我的上帝！

感谢你给了我一个不出钢的熔炉，

把我的青春密封、冶炼……

……

我哭，我笑，但不抱怨。

我是鹰——云中有志！

现在，云中有志的梁小强热血沸腾，像钉子一样"钉"在施工现场，带领着大家奋战在大花地大桥。对他来说，一个又一个工程，等于是一次次踏上新的征程，让他觉得自己的前途、命运和企业如此紧密相连。十九冶承接的几乎都是急难险重的工程，大花地大桥工程也是如此。他暗暗告诉自己，这也正是锻炼自己的时候，追逐梦想更能大显身手。

最终，赵晓峰带着梁小强他们克服了一难又一难，闯过了一关又一关。刚性双导梁无支架吊装工艺使大花地大桥工期缩短30天，直接节约资金70万元。大花地大桥还获得了"攀枝花杯"优质工程奖。

而梁小强的同学钱晓林则奋战在攀枝花机场建设。钱晓林对梁小强说，作为攀枝花第二代人，父辈们的艰辛暂告一段落，他很自豪参与机场建设助力攀枝花腾飞。

攀枝花机场建设，是城市发展的趋势、联系外界的需要，也是攀枝花的生命线、救命线工程，更是攀枝花人的梦想。参与建设的人更是豪情满怀，踌躇满志。钱晓林跟梁小强一样，也像钉子钉在施工现场，山顶建机场最难的是土石方工程，五个标段，十家施工单位上千人，营地星罗棋布，近千台各类机械设备、车辆同时在山上施工，几公里范围，每天车轮滚滚、机械轰鸣。白天黄土飞扬，晚上星星点点，通宵达旦施工。有年大年三十，各单位上千人在食堂吃年夜饭，看春晚。为了机场建设，攀枝花从云南大学招来了学气象的，从广汉飞行学院招来了学空中管制的，从空军工程学院招来了学通信导航的，还在本市招了各类技术人员，全部送到成都双流机场培训学习，确保通航时人员上岗。

攀枝花的建设是一个奇迹，攀枝花机场同样是一个奇迹。机场位于海拔1980米的山坡上，最大回填深度达123米，土石方挖填达5800万立方米，居中国机场第一。

2003年，攀枝花保安营机场建成通航。第一次来攀枝花的山东航空公司飞行员崔大队长，站在机场感叹，从来没有飞过这种机场，怎么在山上建起来的？在半空中就降落了，这是最接地气的山顶机场，陆地航母。你们攀枝花人真牛啊！

30

十九冶所承担的施工任务从来都是十几个二级单位交叉会战，目前周遥远他们的施工任务集中在冷轧主轧线、镀锌线施工现场。

冷轧山上，有许多花草树木，不问季节地开花，五颜六色的花一簇簇，开得不热烈也不张扬。

天近黄昏，冷轧山顶大片大片的晚霞在空中如雁阵排开，把整个工地映得一片红，连着远远的山峰，仿佛世界都染成了温馨的颜色，美到让人落泪。

就在冷轧施工按计划进行的时候，发生了一起惨烈的车祸。事发当晚，二公司一位驾驶员，就是那个当年提着录音机、领着一群青年在二公司灯光球场狂跳迪斯科的金志才，在炳草岗和几个朋友吃火锅，眼看就要到接班时间了，他开着翻斗车一路向冷轧狂奔，从宁华路公路施家坪段左拐上一条弯曲的土路，一路上坡才能开到施工现场。满身酒气的金志才开着咣咣当当的空翻斗车，先是到搅拌站装混凝土，然后开到打灰现场。搅拌站的人闻到了他身上的酒味，叫他不要开车，准备打电话叫车队重新派车，被金志才一把拦住，他央求说不要告状，他就拉这趟，老司机了没问题。

随后，金志才不顾劝阻开着车就跑了。在拐到第二个路口时，从上面下来一辆电装公司的通勤车，满载着职工下班回家。黑暗中，翻斗车发疯似的冲向通勤车，通勤车被撞转了几圈，"轰"的一声巨响停在挡墙边，车上哭声叫声一片，现场极其惨烈，血淋淋的场面，受伤者无力地呻吟，撕心裂肺绝望地哭喊惨叫。

当场死了二十多人，都是些才从十九冶中专、技校毕业的年轻人。

周遥远不知道的是，郑丽丽的二姐和二姐夫也死于这次事故。当天他们没有坐结构厂的通勤车回去，而是坐上了电装公司的通勤车，想要顺路回工安公司父母家。二姐怀孕两个多月了，她想回家跟老人报喜。

当晚的冷轧，笼罩在一片悲哀和恐怖之中，弥漫着死亡的气息。

市里、攀钢、十九冶、公安、医院、职工家属都来人了，现场乌云一片，绝望的哭喊惨叫声响成一片……周启明脸上的泪水抹掉了，一会儿又流出来了，他干脆不抹了，任由泪水野马似的奔腾。这种场面比小余和高班长走时还要让他悲痛千倍万倍，仿佛活蹦乱跳的心正被人一刀刀宰割……人们都在忙碌着，现场一片混乱，不时有一辆辆救护车凄厉地号叫着冲出冷轧，疯狂地朝山下的公路狂奔。周启明已经疲乏得手脚发麻，精神恍惚，一句话也说不出来，只觉得眼前一黑，便栽倒在地。

周启明醒来的时候，已经躺在了十九冶医院急诊科的病床上，周围仍然是人群愤怒的哭喊声，骂声，非常刺耳。冉秀英不知何时来的，她坐在墙角，整个人半靠着墙，脸上挂着泪痕，似睡非睡。周启明无力地盯着冉秀英，生怕惊醒了她。他想，外面声音这么大她可能没有睡着，只是累了。

突然，冉秀英睁开红红的双眼，声音沙哑，哭泣着浑身颤抖地说："启明啊，启明啊，惨啊，亲家的二女二女婿都没了，二女还怀了娃娃啊……那么多人都没有了啊……"

周启明双手使劲扯着床单，双眼紧闭，泪水纵横。

冉秀英咬牙切齿地骂道："那个狗日的，龟儿子金志才，挨千刀万剐的金志才！他狗日的罪该万死！"

冷轧施工现场表面上看是热火朝天的，骨子里却是极其残酷冰冷的。

就在惨烈车祸之后，十九冶电装公司三位新分配来的大学生，在调试机器时出了故障被活活轧死；十九冶四公司一位木工从架子上掉下来当场摔死；十九冶三公司一位年轻女司机从几十米高的吊车踩滑，不幸摔成残疾；机装公司保卫科两名干事，连续在冷轧现场值班几天，下山拐弯时避让一辆水泥车，把挎斗摩托车里一位新婚不久的干事摔成重伤……

这段时间的冷轧，没有一丝笑声，人们的心情极为压抑。

一天晚上，周遥遥正傻呆呆地站在空旷的工地上，一股阴冷的寒风迎面扑来，像刀锋一样地割在身上。就在这时，远处一辆挎斗三轮摩托车"呼呼呼"地朝她行驶过来，从车上迅速跳下一个熟悉的身影，大步流星走到她面前。她看清楚了面前的人是丈夫，"哇"的一声哭起来，脸上满是泪水。她难以承受那些原本活蹦乱跳的人，穿梭在施工现场的一个又一个角落，现在他们的生命瞬间就无声无息了。她的泪更加汹涌。

方书诚二话不说，一把抱住了周遥遥，周遥遥还在哭，他从车斗里拿件军大衣披在她身上，再用围巾包住她的头，三两下就把她整个人裹好，塞进了摩托车里，开着车就下山了。当晚躺在家里宽大柔软的席梦思床上，周遥远浑身不停地颤抖，一副呆滞而恐惧的神情，仿佛经历了一场地狱之行。这让方书诚感到十分心疼，他抱住了她，她如同稻草人一样，轻轻飘落入他的怀中。他在她耳边低语，亲爱的，从今往后，我们好好过日子。

31

经过攀钢一期二期的建设，荷花池、钢花村、大花地、东风、螺丝嘴发生了翻天覆地的变化，厂房、住宅和商业大厦林立。这个时候的攀枝花市，呈现出了一座现代化工业城市该有的面貌。

攀钢二期工程建设，让十九冶再次进入发展的高峰。十九冶人不负众望，用行动证明了他们的能力和实力，完成了攀钢四号高炉、1450热轧板厂、1350连铸工程、提钒炼钢、冷轧厂等工程建设任务。二期工程的铁、焦、烧、热轧板厂、连铸机均被评为部级样板工程，并参与申报国家金奖。攀钢四号高炉由重庆设计院设计，设备均为国内制造。设计中较多地采用了国内外的先进技术，无料钟炉顶设备就是其中之一。四号高炉施工任务由十九冶承担，十九冶因此获得了我国建筑质量最高奖鲁班奖，并创下国内建设新速度，培育了企业"不畏艰难、永不言败"的拼搏理念和"艰苦奋斗、追求卓越"的企业精神。

无论在弄弄坪还是冷轧，十九冶人都交出了满意的答卷，都创造了属于十九冶的辉煌，为整个城市的建设立下了汗马功劳。

章忠玉再一次感慨万分，十九冶不愧是一支能打大仗、硬仗、恶仗，技术精、作风好的建设队伍。

九年后，攀钢严格履行协议还清商贷，美誉传遍全球。全面建成投产的二期工程，填补了西部没有现代化板带连轧能力的空白，实现了产能上规模、品种上台阶，攀钢变为名副其实的"钢材公司"，成为我国名列前茅的大型钢铁基地之一。

二期工程完成后，攀钢成为四川省的税收大户，成了"金娃娃"，于是又有人愤愤不平地说，攀钢抱了金娃娃，那是坐享其成，真正挖出金娃娃的是十九冶!

也是，难道不是吗?

十九冶不仅没有抱着金娃娃，反而陷入更加糟糕的局面。攀枝花市场的局限性再次显现出来，这也是一个非常艰难的境地。20世纪90年代中后期，国家工业结构大规模调整，基建投资锐减，十九冶施工市场急剧萎缩，企业陷入低谷，生存和发展面临严峻挑战。公司面临全员下岗的状况，职工和离退休人员工资、生活费无着落，多数二级单位拖欠三至六个月工资，个别老职工到大街上捡破烂为生，有病去不了医院直至病死家中。此时《经济日报》内参写了一篇《昔日功臣，今日乞丐》文章，惊动了中央，吴邦国、邹家华等国家领导人都做了批示，要求十九冶一是要走出去，二是要改革，减员增效。

就在这个关口，周启明遇到了一件糟心事。十九冶要撤销十九冶技校编制，改为培训中心，并向市里提出了注销技校资质。周启明心里十分犯愁，一直找各种借口拖着，就是不去市里注销。十九冶机关里已经有人这样说了，老周这个火箭干部啊，这点事都办不好，拖拖拉拉、婆婆妈妈的，成天往市里跑，找他的靠山去了。

周启明当然知道眼下十九冶的情况，但他实在搞不明白为什么要拿技校开刀，他认为十九冶这个决定是错误的。十九冶技校是1966年随三线建设大军从湖北黄石迁来的，为十九冶建设攀钢一期、二期等重大工程输送了大量高水平技能人才，十九冶有多少干部工人都是从技校毕业的，他们成为十九冶的主力军，技校为十九冶立下了汗马功劳。如果关了，教师队伍人才就流失了，以后十九冶子弟就业怎么办？企业的后备人才储备又怎么办？人家攀钢、攀煤、攀矿的技校不也在艰难维持吗？为什么我们就要关呢？

回到家里，周启明就唉声叹气，心情十分烦躁，嘴里叨念着为什么不想想办法保住技校。冉秀英也跟着他烦恼，她说老百姓再穷再难都要送孩子上学，眼下十九冶是困难，就算是吃不起饭也不该让学校关门，十九冶技校就是十九冶身上的一块肉，将来国家的建设需要大量的技术工人，挺过眼下这道难关就好了。

听了冉秀英的话，周启明心里稍微舒服了一点，叹了口气，苦笑着暗想：我们有些个领导的眼光啊，就是连一个家属娘儿们都不如。纯粹就是瞎指挥，病急乱投医。

对，不能割掉这块肉！周启明一边软磨硬泡，一边到市里想办法，刘志明已经退休了，周启明来到市委大院刘志明家中说明了情况，刘志明满脸严肃，一个电话打到市里相关部门，口气很强硬地说："我是刘志明，十九冶技校注销资质的事暂时不要办，扔一边晾着！"

有了"尚方宝剑"，周启明更不着急，即使有人在他面前说三道四，他也充耳不闻，继续找借口磨蹭。没想到，磨蹭到后来学校总算保住了。

在攀钢二期工程完工以后，周启明和冉秀英都已经退休了。周遥远调到了十九冶技校，周沿河和郑丽丽还在十九冶工安公司。

郑丽丽的父母1966年从长春来支援三线建设，他们生了四个花朵般的女儿，没想到，却有两个女儿先后离去，让他们备受打击。特别是在冷轧那场惨烈的车祸发生后，无论单位如何善后处理，如何安抚伤亡子女家庭，郑丽丽的父母再也不愿意留在攀枝花了。

他们老泪纵横，伤心地说，那么好的岁月都留在这个荒山坡夹皮沟里，吃了那么多的苦，受了那么多的罪，还把两个女儿也葬送在这个鬼地方了，倍感愧疚啊，恨都恨死这个地方了，打死也不回来了。他们毅然决然地回长春去了。

当初，他们满腔热血来到这里，没曾想到离别的这一天，却是满怀痛苦。

等周启明和冉秀英闻讯赶到火车站时，火车已经吐着白色的烟雾，"轰轰轰"怒吼着，缓缓驶出了站台。郑丽丽双眼通红，和周沿河呆望着火车。周启明和冉秀英只是叹气，没有说话。当晚周启明和冉秀英谈论起亲家回长春的事，周启明不住摇头，唉声叹气。冉秀英抹了抹眼泪说，老两口真可怜，好好的四朵花，就这样没了两朵……走了也好，免得伤心……周启明摆摆手说，走了不一定是好事，回去了照样伤心。

有一天，郑丽丽和周沿河在家里吵起来了。

"你说，咱们几个月没发工资了，再拖下去快饿死了。我有一万个伤心的理由，我有一万个离开攀枝花的理由。"郑丽丽说，想离开攀枝花去深圳。

其实周沿河心里明白，她说得没错。但他以为她只是在家里悲伤地控诉，发发牢骚。现在已经到了严峻的时刻，整个十九冶人心惶惶，处处能看见电影中撤退前的场景。每个人都是焦灼的精神状态，心不在焉地徘徊，谁都不知道企业的明天在哪里，自己的明天在哪里。有的人已经离开十九冶另谋生路了，尤其是技术人才流失大，甚至还滋生了流言：十九冶要垮了，当官的要把十九冶卖给私人老板。

"你去深圳？你的意思是说，这个家就要四分五裂了？"周沿河瞪着眼不耐烦地问。

"我没这个意思，我希望我们一起去。是你自己不愿意，我有什么办法？"郑丽丽反驳道。

"我再申明一点，不是我不愿意，是我爸反对，为了去深圳的事，我们已经吵了几次。"

"那你就跟他说，再不同意儿子媳妇就要离婚了！难道他就不心疼他孙子！"

周沿河皱着眉，一脸焦虑。随后，他拉住郑丽丽的手说："我答应过你父母，今生今世都要好好疼爱你，照顾你，保护你，你看现在……"

"哼！你少来这套，这事情说了几个月了，你还拿不定主意。我不用你照顾不用你保护，你是孝子，你回家守着你父母过吧。"郑丽丽冷冷地说。

周沿河又笨拙地解释说："我爸只是不希望我们离开攀枝花……"

郑丽丽重重地叹了口气，不客气地说："你爸呀，他就是个老顽固，死脑筋。那么多人都离开攀枝花了，难道他们就不爱攀枝花吗？就拿我爸妈来说吧，虽然他们是被气走了，嘴上说恨死这个地方了，再也不回来了，但是心里呢，恐怕做梦都在想攀枝花的一草一木！"

周沿河眼圈一红，赶忙又低下头去，沉默不语。

郑丽丽提出去深圳，周沿河也认真考虑过。他试探着说出想法，却被周启明一顿臭骂。

　　"人啊，不能没有良心！不能不讲良心！越是这个时候越要讲良心！越不能忘本！谁说十九冶要垮了，纯粹是胡说八道动摇军心，这种人就应该抓起来！再说了，这么大的国有企业怎么会垮？国家怎么会不管十九冶呢？"周启明咬牙切齿，苦口婆心地说。

　　"不是谁在胡说，而是事实就摆在眼前。"周沿河耐心地强调。

　　周沿河没有胡说八道。十九冶几个月没发工资了，双职工家庭更难，两口子怎么生活，还要养娃娃。"我们没有忘本，再讲良心也要填饱肚子吧，难道还要饿死人？"冉秀英站在儿子身边急切地帮腔。

　　"一个五七连队的家属娘儿们，你知道什么？社会主义国家，国有企业还能让人饿死，说这种话也应该抓起来。"周启明瞪着眼又冒火了。

　　"哼，你朝谁发号施令，还当自己是副总经理啊。好呀，你去让邓德贵把我抓起来呀，抓起来有人管吃管住，那你就在家喝西北风吧。"冉秀英毫不示弱。

　　退休后周启明变得爱唠叨了，特别是一家人聚集时他总喜欢说，没有三线建设就没有攀枝花这座城，没有这座城我们还在农村当农民。唉，这点不能忘了，我们要感谢攀枝花。没有十九冶人在弄弄坪的艰苦奋战，就没有攀钢的今天，攀钢要感谢十九冶，攀枝花要感谢十九冶。

　　冉秀英重重地哼了一声，白了他一眼，悻悻地说："几个孩子几个月没发工资了，光是感谢有个屁用啊。再说了，农村怎么了，你出去看看现在的农村，建设美丽乡村，农民都住洋房住别墅了，你的眼光还不如一个五七连队的家属娘儿们。"

终究，郑丽丽还是和周沿河离了婚，她带着孩子去了深圳。这样的离婚，在当时的十九冶是股热潮，有的要走另谋出路，有的抱着希望要留下，还有的迷茫不知所措。郑丽丽走后，周沿河对周遥远说："姐啊，现在我的心空荡荡的，就像《红楼梦》里说的，好一似食尽鸟投林，落了片白茫茫大地真干净。"

闲时与你立黄昏，灶前笑问粥可温。

周遥远知道，弟弟想要这种温馨恬淡的生活。这也是绝大多数普通人想要的生活。可是目前十九冶所面临的状态，让这种生活方式成为一种奢望。

生存，这道难关考验着十九冶，也考验着人心，同样考验着夫妻感情。

有人做过初步统计，自从攀钢二期工程结束以后，在近十年的时间里，十九冶人动荡不安，外出务工的、下岗的，导致十九冶人离婚率居高不下。梁小菊和丈夫同在十九冶，她丈夫下海经商不久，他们就离婚了。梁小菊说反正又没孩子，说离就离了。

许多十九冶子女都以为自己会和父母一样，绝无二心地守着十九冶，守着攀枝花过一辈子。是生存的现实，让他们不得不做出选择。

32

　　李建军大学毕业后就在十九冶技校当老师。他的父母从吉林来支援三线建设，原本打算退休后回吉林养老，又舍不得离开李建军一家三口。后来老两口先后病死在十九冶医院，亲戚们第一次从吉林赶来攀枝花奔丧。

　　李建军的大姨不停地抹眼泪，又是心酸又是抱怨地说："建军啊建军，可怜你父母这辈子把命都搭在这了，这穷山恶水的，这旮旯，埋了吧汰的，真砢碜，望眼一瞅，哪都不敞亮不带劲……"

　　大姨夫果断而坚定地说："建军，你可别走他们的老路了。你瞅瞅，这地方都啥条件啊？也太埋汰了，我有几个同学在单位说话都好使。反正你现在离婚了单身一人，干脆，我想办法，把你办回吉林工作。"

　　李建军没有答话。

　　大姨夫急了，又说："咱们东北人最怕不吱声，有啥话痛快儿说，敞亮点。"

　　大姨拦住丈夫说："建军心里也犯愁，你让孩子再琢磨琢磨。"

李建军心里确实犯愁。实际上，虽然学校是暂时保住了，但已经停止招生了，教师队伍人才流失，人心不稳定。李建军坚信，从长远来看国家需要培养大批技能人才，学校迟早肯定会恢复招生的，职教大有前途。于是大家私底下悄悄议论，说李建军这个人平时总是装神弄鬼、阴阳怪气的，眼看着学校要关门了他却做出一副爱岗敬业的模样，这人还真的是有点发神经。

李建军根本不理会这些，他心里暗骂，他娘的，早晚有一天让你们这些瘪犊子看看，我李建军到底是什么样的人。

大学时代李建军谈了女朋友，女朋友送给他一本书，是路遥的《平凡的世界》。女朋友借田晓霞鼓励孙少平的话，鼓励李建军："你跟别人不一样，你是一个有另外世界的人。"李建军在学校寻找自己另外的世界，但他一直没有找到，可他又不甘心。特别是在与校领导关系闹得有点僵时，大学同学几次三番动员他另寻出路。他曾经也动过辞职的念头，但又想想，比起四处征战找活干的十九冶施工队伍，自己吃住在学校，不愁工资，算是幸福的了，眼下自己只不过是心情不愉快而已。这样一想，他心情平静了许多。

离婚后，李建军把房子留给了妻子和女儿，自己搬到学校单身宿舍住。他天天晚上到螺丝嘴唱卡拉OK，握着话筒唱《潮湿的心》："是什么淋湿了我的眼睛，看不清你远去的背影，是什么冰冷了我的心情，握不住你从前的温馨……"几番受挫，加上情感婚姻不顺，李建军变得十分消沉，整天混时度日。

现在，听到大姨夫说要把他办回吉林，李建军心里自然是七上八下的。

见到周遥遥调到十九冶技校，李建军很兴奋，免不了说起小时候住席棚的趣事，说到父母去世，又说到他大姨夫让他回吉林的事，最后又说到离婚的事。

李建军咬牙切齿地说:"我他妈的早就受够了,那婆娘事贼多,心眼贼多,早离早超生。没想到大姨夫虎了吧唧的一个人,说话好使,想想我在这旮旯经历贼多,伤心的事老鼻子了。"

周遥远小声试探地问:"学校还能好起来吗?要是能回吉林也不错呀。"

李建军学着领导的口吻说:"抱最大的希望,尽最大的努力,做最坏的打算,但我相信技校恢复招生是迟早的事。"

2003年,十九冶迎来了一位新任总经理陶野,他是十九冶子弟。他老家在吉林,4岁那年,父母带着他来支援三线建设,见证了十九冶一步步成长,对十九冶在工程建设、项目管理的实力充满信心。他受命于危难之际,接过了十九冶这艘即将沉没的战船。

陶野立下誓言:为了企业的发展,恪尽职守、鞠躬尽瘁。

这番豪迈慷慨,来自陶野的重大责任感和使命感,因为他面对的是不容乐观的现实。当时,曾经威风凛凛、声名远播、功勋卓著的十九冶已陷入极度困顿的境地,员工对企业丧失了信心,人心涣散,迷茫和悲观的情绪四处弥漫。外界对企业失去了信任,企业已濒临崩溃。

器大者声必闳,志高者意必远。

陶野属虎,有着与生俱来的虎虎生气,他带着满腔热血、巨大决心和勇气,背负领导和职工的期望,以新的改革发展理念,带领大家开始了脱困的艰难旅程,十九冶人开启了从计划经济向市场经济过渡,"出山入海,二次创业"的旅程,通过近8年的努力,将十九冶打造成从矿山开采到具备型板材全流程施工能力的大型综合施工企业,组建了一支响当当的"西部铁军"。

"霉"到一定时候,好运就快来了,否极泰来,否极泰来!

李建军咧嘴一笑对周遥远说,这是在《易经》上看到的,他这话不是空穴来风，国家人力资源和社会保障部出台了关于推进技工院校改革创新的若干意见要求，加快培养高素质技能人才，充分发挥技工学校培养高技能人才的基础作用。

有了国家的好政策，学校一切陆续走上了正常，又恢复招生了。

周遥远觉得，自己运气真不错，进学校不久就赶上了好时候，相比十九冶二级单位的女职工，这简直是命运的垂青。

长风破浪会有时，直挂云帆济沧海。从某种意义上说，没有十九冶就没有攀钢。然而，如果仅靠攀枝花这方有限的天地，根本无法解决十九冶几万人的吃饭问题。于是，陶野率领"西部铁军"在外四处征战找出路。几年前，十九冶就进驻宁波，参与宝新不锈钢一期建设，这是世界最大的单一不锈钢冷轧生产企业，年产不锈钢60万吨。由于十九冶在宝新不锈钢的出色表现，二期、三期、四期工程又交给了十九冶。十九冶在宁波组建了十九冶宁波有限公司。还有，十九冶在江苏注册成立了十九冶南京分公司，在重庆、深圳、海南、广州等地注册成立了分公司。

不穿军装的野战军十九冶人，为了生存，飘零到天涯海角，四处扎根。

十九冶技校也在市场经济大潮的裹挟中，找到了突破口，学校更名为中国十九冶高级技工学校，负责向"西部铁军"输送优秀技能人才。中国十九冶高级技工学校校长是罗志雄。罗志雄是个敢说敢干的性情中人，他永远充满了理想主义。罗志雄和陶野都是临危受命，注定了要勇挑重担，肩负振兴十九冶的使命，这也是他们在十九冶最好的归宿。

在教职工大会上，罗志雄激情四溢地说，大家知道世界技能大赛吧，这被誉为技能奥林匹克运动会，是各国展示技能水平的最高舞台。我们要把学、练、赛融为一体，尤其要把技能大赛作为带动学校发展的突破口，建立一套参加各级各类技能大赛的参赛机制，实现学校跨越发展。

33

李建军向周遥远抱怨道，罗志雄简直就是个疯子，他纯粹就是个疯子，全校都跟着他一起发疯！

周遥远故意皱着眉惊讶地说："你以前总是说校领导没能力，故意打压你，你是怀才不遇，没有机会施展抱负。现在新领导重用你，让你挑重担你还有意见，真是活见鬼了。你是怕了不敢挑吧？"

李建军眼睛一亮，兴奋地说："开玩笑，开玩笑，我挑，我挑。我不知道我的生命将向哪里，但活着的日子，绝不无聊。我就是这样的人，给点星火就能燎原。"

周遥远知道，李建军就是担心过度陷入人际关系，这样会与自我日渐产生隔膜，他想要在独处的时间里，找到最真实的自我。于是他耐住寂寞，在一个人的光阴里，想清楚自己要成为怎样的人，他要努力变成自己喜欢的样子。他渴望扬帆起航。

自从定了参加世界技能大赛这个目标以来，学校完全进入了一种全新的状态，开始快速奔跑起来。在一次教职工会议上，罗志雄不屑一顾地说："有人说我是疯子，我也觉得自己是，可不疯能行吗？我告诉自己，既然坐在了这个位置上，那就得拿出一股疯劲来。对不起，要辛苦大家跟我一起发疯了。不过，我还有一句话，学校大门是敞开的，来去自由。"

说完，罗志雄马上沉了脸，目光冰冷而有穿透力，郑重而冷峻地扫向大家，大家面面相觑，全场鸦雀无声。随后，他一言不发转身走了。

罗志雄对待师生的态度倒是和气。但绝大多数师生认为，他的眼神让人读不懂，也摸不透。

罗志雄是个有故事的人。他的眼睛不算大，但目光深邃、凝重。他从东北大学毕业后分配到十九冶，他的同学们分配到了攀钢、攀矿。在攀钢1450热轧施工现场，罗志雄在如火如荼的施工现场，看见一名女测量员奔波的身影。她一身工作服，戴着安全帽，微黑的皮肤因为忙碌和太阳晒，脸上泛着淡淡的红晕显得妩媚俏丽；她穿梭在工地跟男同志一样爬脚手架、上钢梁、下基坑找点、定位、放样；她娴熟利落，一会儿架三脚架测量标高，一会儿又架起水准仪对中，在仪器前不停地前视、后视。罗志雄被她的身影吸引了，目光牢牢地盯在她身上。

罗志雄知道，这个时候土建公司测量员工作量相当大。一位技术员告诉他，那是四公司的测量员夏玫，她老公去上海施工，跟一个女同事好上了，和她离了婚。离婚后，夏玫和女儿住在大花地。

夏玫，夏玫，夏玫。罗志雄在心里默念着这个名字，他无法用语言来描述她的长相，漂亮与否没有标准，关键是看一个人的五官搭配，她的五官搭配就相当成功，反正是他喜欢的。夜里他失眠了，身体不停出汗，想着她穿着厚厚的工作服，把自己包裹得严严实实，丰满的曲线"欲盖弥彰"，更让他心跳加速。

接下来，他自然而然开始关注她，这是很容易的事，反正他每天都要从炳草岗坐机关的通勤车到1450热轧施工现场。通过直接和间接地了解，他发现夏玫在生活上至简从容，对工作至真执着，每次测量作业后，她会认真核对、记录数据。这样的人正是他所欣赏的，他毫不犹豫地开始追求夏玫。很快，从机关到施工现场，许多人都知道了罗志雄看上夏玫的消息，看见他们中午在工地上吃饭的亲密模样。

十九冶有个不成文的规定，只要有新分配来的大中专学生，工会、妇联、团委都会动员起来，帮他们介绍对象，一来可以留住人才稳定队伍让他们安心工作，二来肥水不流外人田，有利于双方在一个单位工作。十九冶工会的顾姐早就看好了罗志雄，已经在机关和二级单位新分配来的女生中，罗列出了几个候选人，没想到这个时候罗志雄爆出了冷门。

罗志雄单身一人在攀枝花，他的恋爱和婚事自然没有阻力。起初，对于罗志雄的追求，夏玫并没有放在心上。丈夫的出轨、欺骗与背叛，成了夏玫解不开的心结，成了令她自怜乃至于伤痛愤怒的一根毒刺，在她心里越扎越深。如果不是罗志雄的出现，这根刺会在她心里发芽，然后枝繁叶茂。

是的，罗志雄的出现，就像春天的风，就像风中的鲜花，一下子明媚了夏玫的心。她眼里的笑意让人想起春天的花朵，饱满而快乐地绽放着。

有一天在施工现场，罗志雄来到工地找到夏玫，从她身上闻到一股茉莉花香，趁她低头对着图纸核对标高数据时，他看见她安全帽下面脖子上露出一串茉莉花，尽管它们藏在了厚厚的工作服之中，但还是顽强地发出了阵阵花香。他顿时心花怒放，知道这是她为他而做的。他深情地看着她，她一抬头便迎着他的目光，一片红晕涌上她的脸颊。这更让罗志雄的心乱了方寸。

一个周末，罗志雄约夏玫去攀钢文体楼跳舞，他搂住她苗条而不失丰满的身体，在她耳旁轻声鼓励说："别再顾虑，享受爱情。只要我们足够坚持和努力，时间一定会给我们想要的一切。"

罗志雄让夏玫感觉自己的世界又有亮光了，她的心一点点为他敞开，她听到自己心跳的声音，甚至听到屋外一朵朵春花在瞬间绽放的声音，让她心生欢喜。她突然觉得这一切是那么生机勃勃，更让她没有想到的是，他从来没有谈过恋爱，他的枕头下面放着一本书《做爱的技巧》，他诚恳而幽默地说，这是认识她以后买的，这还真是门学问，一切都要从零开始学，好在有她做导师。

不久，十九冶派罗志雄等人到武汉去学习爆破。临走前一天晚上，他们去大渡口电影院看《魂断蓝桥》。

看到玛拉对罗伊说，每一次和你分别，都像是永别。夏玫热泪盈眶。

看到罗伊随部队提前开拔，玛拉不顾一切冲向滑铁卢车站，夏玫又是一阵滚烫的热泪，罗志雄紧紧搂住她。

在两个月里，夏玫几乎每天收到罗志雄从武汉的来信，一封封信，一颗滚烫的心，让夏玫体会到了爱情的甜蜜。罗志雄学习回来，面对夏玫，他一如从前，笑得那么真诚，笑得那么好看，笑得那么温暖。

在大家复杂的眼神和惊叹中，他们结婚了。婚后，夏玫和罗志雄生了一个儿子，他们家的阳台上种了几盆茉莉花，都是罗志雄从炳草岗花鸟市场买回来的。

夏玫拥有了爱情，再次拥有了婚姻家庭，她感觉，自己快乐得就像世界的主人。

34

有思想，也有忧伤和理想，这才是生活。这是一位俄国作家说的。罗志雄常常自言自语这句话。

罗志雄说到做到，他在学校展开一系列计划，组织学生参加十九冶、攀枝花市、四川省、全国的各项职业技能比赛。他说重在参与，比赛才是最好的实践，直接锻炼了队伍，了解了技能大赛规律，让全校师生开拓了眼界，带动学校快速成长起来。接下来，学校开始模拟组织世界技能大赛，层层选拔、淘汰、集训、再淘汰、再强化训练，忙得团团转。为了使他们掌握最先进最前沿的技术，更好地把握世界技能大赛的要领，罗志雄多次选派师生前往澳大利亚、新西兰、英国、德国、巴西等地交流学习。邀请世界技能大赛首席专家约翰、保罗，德国专家海尔等来校指导。

李建军告诉周遥远，和他搭班子抓培训的人是冯树春。

李建军重重地强调了一句，就是那个咱们十九冶大名鼎鼎的轮换工，本事大，人淳朴。

在攀钢二期工程施工时，周遥远就久闻冯树春的大名。在攀钢热轧板厂、提钒炼钢厂方坯连铸、六号烧结机安装、万能轧机、冷轧镀锌等大大小小的工程中，冯树春精湛的焊接技术声名远扬。

16岁的冯树春初一还没有念完，就顶父亲的班进了城，成为十九冶机械厂一名轮换工。当时大家有点瞧不起轮换工，他也挺郁闷。厂里安排他跟吴师傅学电焊，一天干下来，他笨手笨脚，跑前跑后，累得满头大汗，惹得吴师傅一会儿哈哈大笑，一会儿抬脚在他的屁股上连踢好几下。冯树春抹抹脸上的汗水，结结巴巴地对师傅说："师傅，我笨，学不好。"吴师傅瞪了他一眼说："你老汉可是厂里的先进，你可不能给你老汉丢脸。笨不怕，只要你不怕吃苦，肯学就行。"冯树春点点头，每天勤学苦练，手上烫起好多个疤，吃饭拿筷子手都在颤抖。吴师傅见了，一点也不心疼，反而哈哈大笑说："好样的！就照这样干下去，将来你肯定比我有出息，比你老汉有出息。"冯树春咬咬牙，憨厚一笑。有同进厂的青工背地里说，呸呸呸，吴麻子，真他妈的心狠，就知道欺负轮换工，干活往死里整。冯树春听了还是傻傻地笑，第二天照样跟着师傅跑前跑后地学技术。

转眼几年过去了，在吴师傅的带领下，经过近百项工程的锤炼和上万条焊缝的磨砺，冯树春从一名普普通通的轮换工人，成长为四川省十大杰出青年岗位能手、全国技术能手、全国五一劳动奖章获得者。他掌握了十多种国际国内前沿焊接技术，并在国内外施工中广泛应用，专门解决工程中急、难、险、重的焊接任务。他是十九冶年轻技术工人的偶像，被称为"工人中的院士"。2012年冯树春技能大师工作室在十九冶焊工培训中心挂牌。这是攀枝花市首家获得人力资源和社会保障部、财政部认可的国家级大师工作室。冯树春带领其团队成员积极承担起焊接新技术、新材料、新设备、新工艺的推广应用、技术攻关和培养焊接高技能人才的工作，并依托大师工作室，选拔优秀学员成立了"西部铁军——冯树春焊接工程队"，专门承担企业急、难、险、重的焊接任务，成功参与了成都东二环改造、孟加拉工程、越南河静项目等公司重点工程建设。

后来，冯树春调到十九冶技校当老师，这里也是十九冶焊工培训中心，门口有块巨大的牌子：中国焊工焊接世界。

冯树春教学生有句口头禅："一点都不能差，差一点都不行，这是焊接准则。"

在十九冶焊工培训中心，冯树春推心置腹地对学生说："昨天我就是一名轮换工，今天成为你们的老师。学技术没有捷径可走，我就是一只勤奋的笨鸟，跟着师傅好好学技术，需要的是勤学苦练，需要的是意志像青松一样顽强。目前国家高度重视并大力发展职业教育，读中职大有前途。"

有人打趣冯树春，教会徒弟，饿死师傅，恐怕还得留点绝招啊。

冯树春憨厚一笑说："没有企业哪有我冯树春？能把我掌握的知识和技艺传授给更多的青工，是我对企业最好的回报。"

提起冯树春，在中国焊接领域真是大名鼎鼎，有企业慕名找到他，私底下给他开出了高薪，并且承诺给房给车，目的就是想把他从十九冶挖走。这些事在十九冶和学校传得沸沸扬扬，但冯树春都拒绝了，他铁了心要留在学校。在他看来，是十九冶养活了他们一家人，他接了父亲的班成为工人，企业在兴盛的时候给了他就业机会，帮助他学到了技术。企业还给了他成长的平台，让他成为学校老师，给了他较为丰厚的工资。现在企业和学校都走向了低谷，他就应该与之同甘苦共命运。

从学校到企业组织层层选拔队员，最终队员集中到十九冶高级技工学校内的十九冶焊工培训中心，由他们负责培训率队参赛。罗志雄、李建军、冯树春等人忙得昏天暗地。罗志雄说，比赛的主要目的还是鼓励年轻人学技能，看到差距，促进职业教学水平和人才培养的提高，让优秀的技能人才走上国际舞台。培养优秀人才，提高劳动者素质，在社会形成尊重劳动、尊重人才，争做技能人才的风气，这也是十九冶几代人树立的企业形象。

队员集训课上一片寂静，李建军冷峻的目光来回扫视着他们，声音却显得异常平静，他说："我的父亲是第一代十九冶人，我是第二代，你们是第三代，不能给十九冶人丢脸，要记住你们就是西部铁军的未来。知道你们为什么被挑选来这里集训吗？知道十九冶和学校为了培训你们花了多大工夫吗？此时此刻，你们有幸站在这里，要明确一个目标，世界冠军将要在你们这群人中间诞生，你们要实现世界技能大赛中国金牌零的突破。"

学生们听了心头一震，热血上涌。

事实上，世界技能大赛竞赛焊接项目竞赛为组合件、压力容器、铝合金结构和不锈钢结构四个模块；焊接方法包括焊条电弧焊、实心焊丝CO_2气体保护焊、药芯焊丝CO_2气体保护焊、钨极氩弧焊、熔化极氩弧焊。参赛国家多，竞争激烈，要取得金牌，不仅需要选手具备全面精湛的技能，还要有临危不乱、冷静沉着的应变能力。知己知彼方能百战不殆，学校与专家通过分析历届金牌得主的得分情况，明确提出各个模块允许丢分的极限目标。为了实现这个目标，按照"从难、从严、从实战出发"的训练原则，李建军和冯树春带领选手每日从早上八点到晚上十点进行高强度操作训练。每一次评判都不容一丝迁就，不放过一个欠缺，在不同环境下通过各种方式锤炼选手。他们认真教导选手，针对每个选手的特点，扬长补短，制定行之有效的训练方案，选手在短时间内技能水平得到大幅提高。

男儿何不带吴钩，收取关山五十州。在一次集训人员的学校食堂会餐上，罗志雄举着杯子大喊一声，十九冶的男儿们，中国的男儿们，加油！当天，罗志雄喝得大醉，被几个人扶着回了家，他抱着夏玫断断续续念叨："我不是疯子，我就是疯子，我是有理想的疯子，我就是想让我的学生站在世界的舞台上，大笑，笑傲江湖。"

2013年7月，罗志雄、李建军和冯树春率队代表国家队，参加在德国举行的第42届世界技能大赛，王晨宇、庄学宇两名"90后"学生获得优胜奖，被国家人力资源和社会保障部授予"全国技术能手"，直接晋升为技师。这在攀枝花，乃至于全国建筑行业，都是奇迹。

回攀枝花后，李建军悄悄告诉周遥远："气死人了，真他妈的可恶，美国裁判吹了黑哨，否则我们就是第一名了。罗志雄气得差点吐血，那晚他喝醉了，伤伤心心号啕大哭。我越来越理解他了，我愿意跟着他一起发疯。"

李建军还神经兮兮地说："我在发疯中寻找到了我另外的世界，带着学生站在世界冠军的领奖台上，原来这就是我一直在寻找的世界。"

转眼即将迎来又一次世界技能大赛。经过精心挑选和魔鬼式训练之后，罗志雄、李建军和冯树春把目光集中在了学生诸正超身上。

诸正超出生在攀枝花米易县撒莲镇，这是一个偏远山区的小镇，初中毕业考上十九冶高级技工学校学习电焊。他和老师冯树春一样，也是个能吃苦勤学苦练的人，手臂上全是大大小小焊花飞溅留下的烫疤。

冯树春从诸正超身上看到了当年自己的影子，无疑发现了一块宝贝。他很爱惜这个学生，恨不能将所有本领传授给他。他们之间的关系有点类似于父子。

果然不出所料，诸正超进入第43届世界技能大赛焊接项目四川省选拔赛一等奖，进入四川省代表队，并且夺得全国选拔赛焊接项目第一名，晋级国家集训队。冯树春陪着爱徒一步步，一个个台阶往上走。

2015年8月，第43届世界技能大赛在巴西圣保罗举行。那场大赛世界技能组织63个成员国家、上千名选手在50个项目中展开角逐。在焊接比赛中，经过压力测试、射线探伤评判后，19岁的诸正超以总分第一名夺得焊接项目金牌，实现了中国参加该项赛事以来金牌零的突破。

凯旋的罗志雄心情大好，特意举办了庆祝活动，把市级、十九冶领导都请到学校，其中也邀请了周启明。罗志雄拉着周启明的手说："前辈您对学校有功啊！"周启明心里美上了天，感叹十九冶人了不起啊，培养出了世界冠军，万幸当年没有注销学校。

不久学校正式晋升为攀枝花技师学院，成为攀西地区以培养高级焊工、铆工、钳工等专业技能人才为主的首座技师学院。

35

有些事情虽然前面已经说过了，但还是有必要再说一说。攀枝花是移民城市，建设者们来自全国四面八方，他们的子女也别无选择跟着父母来到这里成为"攀二代"，很多职工是带着两三个孩子来的。还有许多攀二代是在这里出生的。他们中绝大多数人理所当然地沿袭着父辈们的足迹，在这里工作生活。

坦率地说，也有不少的攀二代是不情愿，极其不甘心的，他们满怀激情要到外面的世界去闯一闯，即使头破血流也愿意，至少他们曾经为改变自己的命运奋斗过，这就值了。谁的青春不叛逆，谁的青春不躁动，青春就是一个躁动的过程，什么事情都想挑战一下。

周晓渡考上了攀枝花学院。周启明乐开了花，成天笑呵呵的。

冉秀英说："祖坟上冒青烟了，这下你总该满意了。"

周启明扬扬眉毛说："我的女儿肯定考得上大学，关键是她考上的不是其他大学，而是攀枝花的大学呀。"

周启明已经不去想周沿河的事了，儿子一家三口已经让他心烦意乱了，他安慰自己说想管也管不了，只能很知趣地装聋作哑。

周沿河有段时间没有回家看父母了，他知道如果回家父子肯定又会吵架，谁也说服不了谁。实际上，他的心早就不在这了，他就是一个普通的工人，对他来说，老婆孩子在哪，哪就是家。用同事中东北人的话说，就是老婆孩子热炕头。而父亲却还固执地让他留在这里，跟他大谈什么建设攀枝花，扎根攀枝花，他哪里还有心思建设攀枝花啊。再说了，十九冶人吃苦受累建设攀枝花，可现在呢，攀枝花还用得着十九冶人来建设吗？只有些个零星小打小闹的工程交给十九冶，他越想心里越不是滋味，打定主意要走，去过老婆孩子热炕头的生活，必须走出去闯一闯。搞建筑的就是这个命，十九冶相当于游牧民族。

周沿河不敢把心里话告诉父亲，他对母亲说："你们老了当然不想走，也走不动了，可是我们不一样啊，我们要生存要活着，就要出去闯一闯，总不能在这里等死吧？"

冉秀英红着眼圈说："树挪死，人挪活，走吧，我支持你，好多十九冶人都在深圳，你就去深圳，跟老婆孩子在一起，也许能闯出一条路。"

到了毕业前夕，周晓渡宣布要离开攀枝花。周启明一听就火了，他心急火燎地问为什么。

周晓渡说："那些市领导在台上说得好，让大家热爱攀枝花，建设攀枝花，扎根攀枝花。可他们自己呢，干不了几年就跑了，凭什么让我们扎根呀？"

周启明心里一惊，觉得自己仿佛第一次认识小女儿。他顿了顿，耐心地说："人家市领导可不是跑了，那是正常的工作调动。再说了，我哪管得了市领导。我是你爹，只能管管你。谁告诉你市领导都跑了，你看看人家王邦国，还有你刘志明刘叔叔，不都是一直待在攀枝花吗，将来他们去世了就埋在攀枝花。"

周晓渡说："你们那代人对攀枝花是有真感情。可是你们已经做出贡献了，一代人有一代人的理想，凭什么还要让我也留在这里啊？"

周启明难受极了，拧着眉毛说："你是攀枝花大学毕业的，毕业了不建设攀枝花你建设什么？这所大学培养学生就是为了建设攀枝花。"

周晓渡哼了一声，轻蔑地说："学生来自全国各地五湖四海，毕业也到了全国各地五湖四海，而且都是大城市。"

周启明耐住性子说："不要年少轻狂，不要心比天高，当心出去碰得头破血流。"

周晓渡高扬着眉毛反驳："谁的青春不年少，谁又年少不轻狂。青春就像一场马拉松，热血沸腾，不知疲倦，头破血流我也心甘情愿。人生总是要搏一搏吧，这样的青春才称得上无怨无悔。"

周启明虎着脸，继续耐心开导说："攀枝花得天独厚，资源丰富，前途光明远大，年轻人要安心留下来接班。"

周晓渡也不示弱，她语出惊人："当年你们那代人就是被骗来的，还有人来了又逃跑了。"

周启明看了看女儿，咬咬牙，瞪着眼反驳："纯粹就是胡说八道，谁告诉你我们是被骗来的，怎么能说是被骗来的呢？我们是招工招来支援三线建设的。好人好马上三线，这是我们的光荣任务和重要使命。逃跑的少数人是可耻的，绝大多数人都留在了这里。"

周晓渡毫不留情，说："我可没有胡说八道，小时候住席棚就听你们喝酒说过，都是招工从农村被谎言骗来的。"

周启明摆摆手，潇洒地说："不存在什么骗不骗的，有的理想就是从豪情万丈的谎言开始的，我们这代人就是把谎言当成了理想，一路艰辛我们无畏无憾，毅然前行。攀枝花已经建设成了百万人口的大城市了，历史选择了攀枝花，攀枝花创造了历史。我这辈子都不后悔来这里。"

此时，屋子里的空气十分沉闷。

周晓渡试探地想着说服父亲，她说："就算真的不后悔，你们当年也吃了不少苦吧？"

周启明霸气地扬扬头，不屑地说："苦，我们吃尽了；累，我们也受够了。不过我们真的不后悔，没有怨言，我们觉得那些都是我们应该做的，想想这座城市是我们亲手建设的，心里是真的高兴。你们应该留在这里接班，将来把攀枝花建设成为大城市。"

周晓渡涨红了脸，激动地说："凭什么还要把我留在这里接班？这裂谷荒山沟里有什么班可接的？我不稀罕！还在梦想攀枝花建设成为大城市，这怎么可能啊，这多可笑啊，这个想法简直太幼稚了，这根本就是不可能实现的梦想。"

"啪"！周启明顿时火冒三丈，这下戳到他的痛处了，他气得手直发抖，他没想到小女儿会说出这番话。他拍着桌子吼道："放肆，你就在攀枝花出生的。没有攀枝花，我们一家人还在农村刨地。"

父女二人激烈的唇枪舌剑，冉秀英早就看不下去了，她赶紧接过话，不说了，不说了，有啥子好吵的嘛，一家人有话好好说。洗手吃饭。

正在气头上的周启明满腔怒火，指着冉秀英的鼻子，一声断喝："滚开，没有你说话的份儿，一个五七连队的家属娘儿们，知道什么，成天就知道吃，一顿不吃能饿死你啊！"

"强词夺理。家属娘儿们怎么了？你敢否认五七连队？难道我这个家属娘儿们就没有为攀枝花建设做贡献吗？"冉秀英也火了，朝着周启明翻白眼指责道，"儿子回来你跟儿子吵，女儿回来你又跟女儿吵，你们再这么吵，我还不如饿死算了。"

这下，呛得周启明说不出话。

其实，以前周启明心里是很满意的，三个孩子都长大了，一家人都在攀枝花，就在这座他亲自参与建设起来的城市，就在这座他亲眼看到从无到有的城市，他一再感叹当年老师说得对，特区政府，不，现在的攀枝花前途光明远大。那么苦的日子都熬过来了，几十年过去了，攀枝花也建设成为一座现代化城市了，这里应该就是家了，也是最好的归宿。

现在呢，儿女却不愿意留在这里了，想离开他们了。

周启明只觉得天下事无道理，觉得世界荒唐。

唇枪舌剑的结果是，周晓渡跟同学去了重庆，周沿河去了深圳。周启明只是叹气摇头，什么也不说。冉秀英暗自欢喜，她想：女儿去大城市闯闯也好，肯定能混出个名堂。周沿河去了深圳更好，他和郑丽丽复婚就有希望了。于是，冉秀英进进出出哼着歌：红梅花儿开，朵朵放光彩。昂首怒放花万朵，香飘云天外，唤醒百花齐开放，高歌欢庆迎春来迎春来。

周启明心里一直就不痛快，总是憋着一股无名火，动不动就朝冉秀英发泄，他狠狠白了她一眼，说道："一个五七连队的家属娘儿们，神经兮兮的，儿子女儿都走了高兴什么，莫名其妙。"

冉秀英讥讽着说："没错呀，我就是五七连队的家属娘儿们，怎么了？你总是喜欢炫耀过去，有意思吗？十九冶当年那么牛，现在又怎么样，老是把过去的事翻出来晒有意思吗？要往前看，往前看。"

周启明愣住了，怔怔地望着她，随即摇着头，提高声音说："要是忘记十九冶，忘记弄弄坪，就是背叛。忘记过去就意味着背叛。这是一位伟人说的。"

冉秀英实在听不下去了，她说："离开不等于是背叛。你要是闲得慌，你出去看看外面的世界，你的世界就只有这块巴掌大的地方。"

周启明被她说得有点蔫了，低着头不吱声。

随后，冉秀英语气温和地说："那么多人都离开攀枝花了，你又能怎么办？谁还能拦着不让别人走？成天说我家属娘儿们没文化不进步，可你呢，你的思想还停留在七八九十年代。你就不该阻拦孩子，他们出去闯闯见见世面有什么不好，难道你希望他们在家啃老？再说了，他们走了，我们和遥远不都还在这里坚守吗？你放心，遥远是不会走的。你忘了，那年要调她去成都郫县十九冶分公司，她都不去。三个孩子就属她跟你一样，对攀枝花感情深厚。你呀你，现在的攀枝花可以飞成都、北京、上海、重庆、深圳……他们回来一趟也方便了，我还想坐飞机出去转转呢。"

周启明有些意外，暗暗惊叹冉秀英能说出这些话，进城几十年农村妇女果然有进步有变化。他细想了一下，尴尬地笑了。

自从搬到了炳三区住，周启明还经常坐11路公交车到东区、大花地、高峰去找二公司的老人下象棋，顺便去二公司办公楼旁的理发店理发。他总说，炳三区环境是好，但邻居都是陌生人，出门转半天也碰不到个熟人，还是在弄弄坪亲切。

有次在竹湖园，周启明碰到了党校同学矿务局的老罗。几年前老罗的孩子凑钱在炳草岗买了房，老罗两口子就从矿务局搬到炳草岗。但是，老罗还是愿意回矿务局玩，每天早早就出发去矿务局，坐2路公交车来回很方便。

老罗说:"我们这帮老家伙都是从辽宁、鞍钢来矿务局的,老家伙们在一起缅怀三线建设,缅怀激情燃烧的过去,下棋打牌,吹拉弹唱,挺乐呵的。如果几天没去,那帮老家伙就打电话发微信,胡咧咧瞎扯闹我。"

周启明感叹:"现在人们想的都是生存,赚钱,投资创业,谁还记得什么三线建设,三线精神,也就只有我们这些老家伙还在缅怀过去了。"

老罗瞪着眼,扯起嗓门说:"当然要缅怀了,这是我们壮志凌云的革命年代,毛主席和国家把任务交给我们,我们完成了任务,也创造了历史。我们这代人一辈子的激情和理想,甚至连生命都奉献给了这里,现在就剩下这把老骨头了。"

回到家周启明就感叹,又提起住席棚的事,冉秀英奇怪地看了他一眼打趣说:"你八成是想听林晓梅唱小燕子穿花衣了。"

一天半夜,周启明从梦中惊醒,爬起来坐着老泪纵横,唉声叹气,冉秀英被他吵醒,问他是不是做噩梦了。

"哎,梦见小余了,那个半节子娃娃……还梦见老高了,身上全是血,我把老高抱在怀里,他对我笑了一下,好像还没死,但奄奄一息了……"沉默了一会儿,周启明悲伤地说道。

冉秀英立即拉开灯,喝住他,深更半夜的你疯了哟,梦见老高的人应该是人家李珍珍,你算老几?

关上灯,周启明陷入了更加悲伤的回忆,他从来就没有忘记,当年如火如荼的大会战,有多少人的生命终止于弄弄坪。他低垂着头喃喃自语,小余呀,你这个娃娃,耳朵巴掌大,横竖不听话,干起活来就晓得拼命,那么年轻就走了……老高啊一家人的命都丢在这里了……

36

弄弄坪片区有个著名的地方叫大花地，这里是十九冶的心脏区，驻扎着十九冶的大队人马。大花地最美丽的色彩是红和蓝，红的是凤凰花，它也叫红花楹，蓝的是蓝花楹。它们都是高大挺拔茂盛的树木，夏天会盛开出满树的鲜花，从弄弄坪高低不平的坡地四周窜出来，错落有致地绽放。它们的花朵形态貌似风铃，一朵朵轻盈静谧，无数曼妙在枝丫间盈盈舒展，在阳光下在风中遥相呼应，覆盖了城市的热烈喧哗，为城市钢铁的坚硬和沉重带来了柔软。

弄弄坪的夏天，不，应该是整个攀枝花的夏天，都是红和蓝的浓烈色彩，红花楹和蓝花楹携起手来，为一座城轻轻唱和。

前面说过，为了攀钢二期工程建设，十九冶二公司整体从钢花村搬迁到大花地，家属区四处分散安置。老人退休了联系少了，还有的人去世了，有的回老家了。绝大多数人还是住在弄弄坪片区。

周启明到大花地下象棋听说，钢筋班的蔡德明去世后，他老婆和混凝土班的赵志才好上了，赵志才的老婆得肝癌走得早。不过，双方儿女给他们下了死命令，只准耍朋友同居，就是不能结婚。他们大张旗鼓地支持他们同居，帮忙把赵志才的东西从大花地搬到了高峰，还简单粉刷了房子，添置了些家具。这还不算，为了防止他们偷偷结婚，双方儿女心有灵犀一点通，竟然收走了他们的户口本和身份证。

赵志才气愤地问："儿子耍朋友老子都没反对，现在老子耍朋友儿子凭什么要反对？还有，为什么不能结婚？不结婚就住在一起，那就是非法同居，就是犯罪，你想让老子犯罪。"

他儿子嘿嘿一笑，笨拙地说："犯什么罪哟，男女耍朋友同居很普遍，只要双方自愿就行。再说了，老年人结了婚不会幸福，只会更麻烦，双方子女啦财产啦纠缠不清，反而影响感情。所以啊，许多老年人都不会再婚，而是选择同居，或者走婚，这样多好，省掉许多麻烦。"

赵志才瞪眼问："走婚，啥子是走婚？"

他儿子乐了，嬉皮笑脸地解释："就是晚上住一起，白天分开，各回各的家。"

赵志才气得直瞪眼，"你个龟儿子的，不要脸的东西，老子凭啥子要走婚？老子有什么财产啊，十九冶分的房子，她的那套在高峰，我的一套在大花地，还有就是退休工资，这算多少财产啊，怎么就有麻烦啦，怎么就纠缠不清啦？我们还没死呢，你们就开始算计啦"。

赵志才气愤极了，他跟周启明感叹，不想再看到当年席棚唐三和郑洪才两家老人的悲剧了。

周启明坚定地说："老赵，不要怕，放心找。婚姻自由，社会鼓励单身老人黄昏恋，让他们晚年过得更幸福。"

赵志才摇摇头说："原本指望找个伴抱团取暖，可是孩子不支持，老人婚姻不自由啊。"

周启明迟疑地想了想说："人到老年，最容易孤单寂寞，即使儿女孝顺，也不能时时刻刻陪伴在身边。常言道少年夫妻老来伴，子女阻挠父母再婚，主要原因是赡养及财产问题。"

最精彩的是钢筋班班长王树才，一个儿子在成都，一个女儿在宁波，他在老婆病死后，四处跑婚介所找对象。他说，原来的老婆是父母之命，媒妁之言。他强调，退休了生活才开始，他要重新开始幸福人生，既然老天给了这个机会，那就好好再找一个。一定要找个自己满意的，不能像赵志才那个斑马滴，浑浑噩噩随随便便抓个人凑合，更不能像其他人那样退了休就没有追求，成天就知道混吃等死。他要找个女人谈场恋爱，然后再结婚。

王树才住在高峰，他办了公交卡，坐公交车跑到渡口、炳草岗的婚介所去登记，到了婚介所他不仅翻看资料，磨着婚介人员仔细挑选，而且还喜欢坐在婚介所的门口，他担心婚介所从中搞名堂，他要守株待兔，遇到对眼的就主动出击。他还打电话给熟人，托他们帮忙介绍女朋友，在婚介所跑了快一年没有结果。

总之，王树才对婚介所很不满意，他觉得那些男男女女的"媒婆"明显是在敷衍，而且他还听出了他们的弦外之音，他们尖酸而无奈地说，王师傅，我们已经很努力找了，你都快见过一个排的人了，找对象要量体裁衣，高不成低不就挑挑拣拣的难找啊。

王树才在心里骂道，狗日的，一群骗子，吹牛吹得蛮扎实，莫跟老子丢弹子（蒙人），我还不晓得你们谋务（故意）跟人丢弹子。见过几个中老年妇女，哪次不是老子花钱喝茶吃饭跳舞，结果都说对方没看上老子，那些女人八成是你们的托。个斑马滴，信了你的邪。

赵志才见到熟人就笑哈哈宣扬："王树才个斑马滴，多大岁数了，没钱没财产，他还偏偏要找年轻漂亮的，我看他是疯了，也不端盆水照照自己，还说我随随便便凑合。"

赵志才乐呵呵地说："王树才他个斑马滴，他还说他要找爱情，哈哈哈。"

37

罗志雄在学校搞庆祝活动，周遥远带梁小菊来参加。

从见到梁小菊的那一刻起，李建军就觉得眼熟，当即便愣住了，那个笑起来眼睛弯弯的，像春天一样明媚的女孩，在他心里有如阵阵春风吹过。梦中的那张脸，此刻活生生地出现在了眼前。梁小菊冲他一笑，他继而被这笑容唤醒，脑门涌上一股热浪，像是打开了闸门，乱七八糟的往事都浮了出来，他仿佛看见童年的她，个子瘦小皮肤白净，梳着两条黑黑的辫子，安安静静地从他家门前走过，拐过几排席棚，直到身影消失。

李建军在心里暗叫道，哎呀妈呀，我说心里咋老别扭，闹得慌，原来童年时候起她就已经把我整得五迷三道的了。

李建军的目光落在梁小菊身上，不用介绍他们就熟悉地聊起来，迫不及待要电话加微信。李建军问起小时候自己的跟屁虫梁小强，梁小菊说他现在在"西部铁军"，是赵晓峰赵叔叔的跟屁虫，忙着在外四处征战，已经在施工队伍中挑大梁了。

这个晚上李建军失眠了，离婚后他再也没有碰过女人，面对梁小菊，那颗蛰伏已久的心像洪水猛兽一样，异常亢奋。等待心里的洪水骤然消退后，他像一座宁静的堤岸，发微信约梁小菊周末在东风一家餐厅吃饭。周末晚餐之后李建军趁着酒劲，拉着梁小菊在螺丝嘴一家歌厅干号了几首情意绵绵的情歌，李建军边唱边搂住梁小菊的肩膀，梁小菊并没有躲闪，只是象征性地扭了一下，他们时而含情脉脉地对望，恨不得一口把对方吞了。

想到小时候扯梁小菊辫子，把她气哭回家告状、两家人吵架的事，李建军目不转睛地看着梁小菊，随即忍不住温柔地笑了。梁小菊眨着眼睛问他笑什么，李建军继续笑，认真地说，童年住席棚的恶作剧，恶搞别人或是被人捉弄，这些往事都值得珍藏。梁小菊马上明白他说的是什么了，下意识地摸了摸头发，这下李建军更乐了。

大胆借用李商隐的诗歌：何当共剪西窗烛，却话巴山夜雨时。李建军喝了几口酒，目光直直地望着梁小菊。

李建军相信，只要梁小菊心中有爱，她就懂得这种缠绵。果然，李建军的一席话，听得梁小菊内心早已是情意绵绵。

"来喝，不醉不归。"李建军重重地把一杯酒放在梁小菊面前，挑了她一眼说。

"嗯，不醉不归。"她端起酒杯一口干掉，也挑了他一眼说，醉了就跟你回家话巴山夜雨，说完她嘿嘿笑了。

到了李建军家，一时间两人面对面愣愣地站着，他猛然将她揽进怀里，两人默默相拥在一起，谁也不说话，就这样站了一会儿。然后他抱着她上了床。事后梁小菊娇嗔地抱怨太快了，事情发生得太突然了。李建军想了想笨拙地笑了说，人家老天爷就是这么安排的嘛。爱情嘛饮食男女，就像植物永远朝着太阳的方向生长一样，一切实属正常。

人生的际遇总是那么出其不意，又似乎充满了偶然。没有人清楚命运之手会怎么摆弄，每一个节点，像一个万花筒，轻微一摇就会导致完全不一样的结局。

第二天，梁小菊给周遥远发微信说了她和李建军的事。周遥远情不自禁张嘴问对面的李建军："这是真的吗？"李建军嘿嘿一笑反问："这不正是你希望看到的结果吗，这一切难道不是你有意安排我们见面的吗？"周遥远一脸茫然，表情无辜地盯着他。

"你不是要回吉林吗？你这样不是害了梁小菊吗？"周遥远急切地问。

"还回什么吉林啊，连父母都葬在这了，还回去干吗？以后啊，我也会葬在这里的。"李建军不紧不慢地说，"六百多年前，朱元璋从南京抽调几十万大军征讨云南，以为打完仗就可以回南京了，谁知却有去无回落户云南。攀枝花的建设者也相似，支援三线献了青春献终身，献了终身献子孙。想想父辈们当年在弄弄坪大会战，一个个都累得跟瘟犊子似的。弄弄坪三个字印刻着几代人的生命印记，几代人的心血和青春，创造出了'艰苦创业、无私奉献、团结协作、勇于创新'的'三线精神'。我们的人生轨迹都是随着父辈而改变的，这是值得骄傲一辈子的事情，我们要记住自己的历史，我们是跟着父母来支援三线建设的。说实话，既然命运把我们带到了这里，这可能就是命中注定的。如果非要离开，可能心灵会有种疼痛感，这就是我现在重新认识父母辈和自己的感受。"

这一番话，让李建军和周遥远都陷入了沉思，不由自主想起，父母那代人把最好的岁月都投入在那样一个艰苦的环境中，特别是母亲们担心孩子饿了，上下班几乎都是一路小跑着。小时候父母并没有好好照顾他们，但无形中却让第二代十九冶人形成了一种群体的品格，就是独立、自立、坚强、坚忍，到了今天，他们铭记并理解了父辈当年的辛苦辛劳。

有种植物一生向着太阳歌唱，那是向日葵。弄弄坪的建设者们就是向着太阳歌唱的向日葵。

自从和梁小菊好上了，李建军很少去螺丝嘴飙歌发疯了。下了班他就带着梁小菊去高峰村、枣子坪、弄弄沟的山上转悠，凡是弄弄坪周边的山都去。他解释说，山上的风景好看。

梁小菊私下问周遥远，你们学校的人都说他有些神经，我看也是啊。不过，这样神经的人居然带出了世界冠军哈。

周遥远笑而不语。

梁小菊又问，山上有什么好看的啊，他说小时候就喜欢跟着鲁叔叔到山上玩。

周遥远又笑而不语。

周遥远发现，只要一提起李建军，梁小菊就脸色绯红，仿佛绽出一朵芍药花。

有一点，周遥远特别欣赏梁小菊。她们曾经一起去大渡口电影院、攀钢俱乐部、十九冶大工棚电影院连续看了几场《乱世佳人》，特别喜欢女主角郝思嘉那句坚强的话：明天，又是新的一天。这句话非常激励梁小菊，也让她拾起信心，做一名生活和爱情的战士。周遥远想，这可能就是梁小菊身上吸引人的地方，也是李建军喜欢梁小菊的原因吧。

自从当了校长，罗志雄的应酬明显多了，尤其是在学生得了世界冠军后，他更忙碌，要么经常晚回家，要么就喝得醉醺醺被人扶回家。夏玫有些生气，有了中央"八项规定"之后，罗志雄的应酬少了，夏玫也高兴了。

罗志雄说："我们都要感谢'八项规定'，让我们的工作和生活都步入了正轨，照这样下去，我们的学校，我们的家庭，将来还会更好。"

38

王树才没有找到女朋友。瞎折腾了这么久，还被赵志才时常拿来取笑，王树才挺郁闷的，他常常不开心，脸上阴云密布。赵志才在电话里云山雾罩地对周启明说："我看王树才常常一言不发，像个梦游的人，问他找女朋友的事，他张口就说心都破碎成玻璃碴碴了，老周啊，你说他是不是神经病嘛，你说他会不会疯了啊。"周启明乐呵呵地说："王树才他个斑马滴的武汉人，他才不会疯呢，他精明得很。"

王树才在炳草岗商业街宠物市场买了条狗，他给狗取名叫勇士，牵着它在高峰社区广场转悠。社区广场就是原来的灯光球场，早在2004年攀枝花大打创卫保卫战时，建设成了宽大平整、花草树木覆盖、有健身器材的休闲广场。只要在广场看见王树才，赵志才就热情打招呼，王树才却不想理睬，先是死死盯着赵志才的脸，然后气呼呼地转身走开。

王树才有点瞧不起赵志才："呸呸呸，赵志才你个老不要脸的，黄土都快埋到脖子了，还玩非法同居。"

一天，王树才牵着勇士在社区广场玩，突然勇士烦躁不安，一阵兴奋狂叫使劲挣绳子，围着王树才转圈。王树才骂了句，个斑马狗日的，转得老子头晕眼花。他干脆丢掉绳子让它跑，他看见勇士撒开蹄子欢快地几下就蹦到另一只狗面前，它们亲热地低声叫唤围着转了几圈，相互碰碰鼻子闻闻屁股，似乎在彼此确认，依依不舍地围着对方亲热。一个女人目睹了这一切，可把她气坏了，她用力驱赶两只狗。

王树才几步跑过来，涨红了脸叫："搞么事，搞么事，勇士，快过来。"

那女人脸涨得通红，牵起另一只狗叫："紫衣，紫衣，跟我回家了。"

一时间，王树才愣在那里，不知所措。

后来这幕情景又发生过，那女人羞红了脸，瞪了王树才一眼，气呼呼地拉着紫衣转身走了。王树才怔得半天说不出话来。

一来二去，王树才像是得到了某种暗示，他不再跑婚介所了，每天早晚穿戴整齐，牵着狗就到广场，他决定就在这里守株待兔。很快他就打听到了，女人叫宋红梅，也住在高峰，原来是十九冶机关幼儿园的老师，丈夫去世多年，儿女在外地工作，她现在是单身一人，喜欢穿紫色的衣服，这才给狗取名紫衣。

"搞么事，我对宋红梅有感觉，但又不确定。"一天，王树才终于把心里话告诉了赵志才。

"哎呀，你不是要找年轻漂亮的吗，宋红梅可不年轻漂亮。你会对她有感觉？"赵志才故作惊讶地打断他。

"搞么事吵，你个斑马滴，真差火，一巴掌呼过克滴！我跟你说的是实话，你不要搞不清白就蛮扎得，你知道什么是感觉不？有感觉就离爱情不远了。"王树才终于沉不住气了，他哼了一声，大声武气地说。

赵志才笑得更厉害了，摇头晃脑地说："我搞得清白，真的呀，那就好，你们双方条件差不多，我看能行，不差火。"

　　王树才很快就要到了宋红梅的手机号码，他给她发去短信，简单介绍了自己的情况，表达了对她的好感。最后他这样写：仅以此短信征婚，若你有意，今晚广场攀枝花树下见。

　　社区广场正兴起跳交谊舞，跳得最欢的就是一群中老年人。在武汉时王树才就会跳交谊舞，这次他觉得交谊舞可以派上用场了。这也是开始恋爱的一个绝佳方式。总之，他要认认真真地谈场恋爱，然后结婚，自己的幸福自己做主。

　　接到短信，宋红梅心花怒放，那次在广场王树才提醒她，慢点跑，当心三角梅枝丫挂坏裙子。她就觉得这是个细心会照顾人的男人。接到短信，几十个字她看了又看，这种表达方式她认为挺有意思的。

　　那晚王树才神情紧张站在树下等待，脑门不时冒汗。直到看到宋红梅站在面前，王树才心里颇为感动，原来，她是在意我的啊，所以才这样精心穿戴。他按捺住内心的喜悦，故作轻松随意地笑笑，当晚他们跳了三步跳四步，两只狗在四周玩得欢，好多人都看出了眉目，就算没有看出来，也已经被赵志才叽叽喳喳讲明白了。

　　日照征途风送爽，心思像水波浪放。

　　这回王树才可开心了，从电视剧《血战到底》里学的这句唱词，见到赵志才张口就唱。王树才说："我们是认真的，不像你们随便凑合，而且还非法同居，我们是要恋爱，要奔着结婚方向去的。"

　　哼，赵志才摇摇头，非常惊讶地问道："我不信，你们儿女不跳起来反对？"

王树才马上沉了脸，重重哼了一声："老子正大光明自由恋爱结婚看谁敢管！"

说完，王树才不屑地看了看赵志才，大摇大摆、神气活现地走了。没过多久王树才就让赵志才打电话通知大家，他和宋红梅结婚了，国庆节在东风酒楼摆婚宴。

赵志才吃惊地说："国庆节，你们才认识几个月呀，就要结婚了。噢哟，你们也赶时髦学闪婚。"

王树才斜了他一眼，得意地说："速战速决，夜长梦多，免得像你们一样被儿女闹腾，非法同居。我呸，我呸，你个老不要脸的非法同居，婚姻是神圣庄重的。"

赵志才打电话把住在机动、大花地、高峰、建材、电装、三公司、四公司一群二公司的人都请来了，主要是当年住席棚的邻居。婚宴上，王树才宋红梅喜滋滋地给大家展示了结婚证。大家表扬王树才不差火，敢于追求晚年幸福，取笑赵志才。

赵志才涨红了脸，一个劲解释说："我们可不是随随便便凑合的，毕竟还有当年住席棚的情分。"席间，大家你一言我一语聊起来，田保军回到了朝思暮想的大上海；唐三他们在成都买了房子；郑师傅他们回了老家；李珍珍说什么也不愿意留在这里，执意要回温江，邓德贵便跟着她回去了；云南人肖大柱得了癌症退休前就走了；赵神仙两口子前些年去世了；张清泉和林晓梅有的说在成都买了房，有的说回老家了。

有人说，回老家也好，树高千丈，落叶归根。

有人提起当年周启明劝大家不要逃跑时的情景，王树才猛然一听，哈哈大笑，满脸红光，端着酒杯，喷着酒气说："个斑马滴，搞么事吵，你们居然还想逃跑！当时老周手里是莫得枪，如果有，他立马掏出来，崩了你们这些逃兵！我们武汉人就莫得当逃兵的！"

大家都忍不住哄笑。

赵志才想起当年的事，说周启明心心念念大上海，二公司要调他去上海，他又不愿意了，退了休也不回老家落叶归根，这是啥意思？

听到赵志才的话，周启明沉默了一会儿说："我还是那句话，大上海再好也不是我的。我们也回过崇州三江镇，找不到家的感觉了，感觉自己就是过路的客人。在攀枝花就不一样了，心里踏实舒服，原来这里才是家，我们老两口这两片落叶就留在这里归根了。"

在场的人，都会心一笑说，无论走到哪，感觉都不踏实，只有在攀枝花心里才踏实，这里才是自己的窝，住着安心舒服。

大家纷纷说，以前攀钢、十九冶的人跟风似的去成都买房子，结果退休了住在成都又不习惯，国庆节刚过就跑回攀枝花晒太阳，晒到第二年四五月份又回成都。有的聪明人留了后路没有把房子卖了，那些把房子卖了的回来就住宾馆，一住就是大半年。

周启明显得更加兴奋，大声地说："你们看看，攀枝花的阳光就是一大笔宝贵的财富。还是攀枝花好啊，现在生活和交通都方便了，以前啊巴不得出门就坐公交车了，现在呢你们看看公交车四通八达像是一张网把城市连接起来了，老年人坐公交车不要钱，我和冉秀英就经常坐公交车在城市郊区旅游观光……"

周启明的话还没有说完，冉秀英几步赶了过来，撇了撇嘴说："净是胡说八道，夸大其词，一点都不实事求是，人家大城市才方便，有高速公路，有地铁动车高铁，这才真正是四通八达。攀枝花有吗？"

众人听了连忙点点头，都瞪着周启明笑了。

周启明用手指点点冉秀英，不服气地大声说道："你这个人怎么这个样子哟，难道你忘了当年来住席棚的时候，不要过了几天好日子就忘本了。尺有所短寸有所长，冬天晒太阳更有利于健康。就说那年我们回老家过春节，你冷得牙齿发抖，成天捧着热水袋，巴不得一脚就回攀枝花晒太阳了，还催我赶快买票，你难道忘记了？"

席间，也有人提起乔裁缝和张秀才，大家都摇头感叹，不知这笔风流债结局如何。有人感叹当年周启明给乔裁缝那两个孩子送票，还招惹了不少闲话，又表扬冉秀英肚量大不计较这些闲言碎语。冉秀英笑了笑，白了周启明一眼说："何止是乔裁缝，席棚好多人家他都藏着掖着不知道送了多少票，也惹来了好多闲话。"周启明急忙申辩道："我光明正大的，怕别人说什么，你们双职工家庭哪里知道单职工家庭的不容易，尤其是那些家里孩子多的，孤儿寡母的更艰辛，剩下的票不用也作废了，还不如送给他们吃到肚子里就不浪费了，而且公家也没有吃亏。"

一席话，听得众人大笑。

攀枝花虽然四季不分明，但一年从头到尾都很有韵味，花开得杂且多，颜色都是好几层的渲染，给城市带来一种别样的情调。攀枝花、三角梅、凤凰花、刺桐花、蓝花楹等攀枝花本土有代表性的特色花卉次第绽放，吐露着无与伦比的芳华，沿路都是看不尽的风景。

尤其是炳三区人行道沿线栽种了许多树，夏天就开了满树的花。周启明说，这蓝花楹真美啊。

冉秀英撇了撇嘴说道，阴阳怪气的，什么蓝花楹啊，明明就是凤凰树凤凰花嘛，当年在弄弄坪住席棚就有啊，后来搬到大花地也多的是啊，有啥稀罕的。

周启明反驳，不是凤凰树凤凰花，这是蓝花楹，蓝花楹！

在周启明眼里，弄弄坪是最美的，冬天有红艳艳的攀枝花，夏天有红花楹、蓝花楹，既浓烈，又宁静，尤其是夜晚，月光下和灯光下花儿斑驳的身影，投影在地上，充满了万千柔情。这些花树都很高大，它们喜欢哪里就长在哪里，突然就蹿出很高一截来，房前屋后公路边到处都是，又不需要谁去栽种养护。

弄弄坪就是它们的家，它们在这里自由生长、自由开花。

听说图书馆市民讲坛邀请攀枝花文史专家讲攀枝花三线精神，周启明拉上冉秀英兴冲冲去听讲。十九冶在炳三区钢城大厦施工，钢城大厦被称为"攀枝花第一高楼"。市政务中心对面的万达广场也由十九冶施工建设。周启明感叹，十九冶人的二代、三代不能忘记弄弄坪，更不能忘记三线精神，西部铁军四处征战是对的，但是攀枝花这个根据地不能丢。

几乎是一夜之间，周启明出门就看到，街上突然多了许多大幅宣传画，"英雄攀枝花　阳光康养地"的大字格外醒目。他独自从攀枝花学院外那条小路，拐进了攀枝花公园，直奔攀枝花英雄纪念碑而去。一屁股坐在纪念碑的台阶上喘着粗气，沉思良久，从头回忆自己被招工到"特区"，想起住席棚的邻居刘远富"老黄牛"式地干工作；想起小余；想起浑身是血的高班长就那样走了；想起廖建设说他父亲临终安排后事：不回天津，攀枝花就是家了，以后你们就站在渡口大桥上，把我的骨灰撒到金沙江；还有亓伟弥留之际的遗愿，江碧琴和她的丈夫……

晚上看电影《西楚霸王》，周启明长吁短叹摇着头，忍不住感叹："生当作人杰，死亦为鬼雄，霸王是悲怆的英雄。"

冉秀英不以为然，撇了撇嘴说："霸王死了，那个刘邦才是英雄。"

周启明立即抻着脖子，纠正说："你这个家属娘儿们呀，我必须要批评教育你几句，你懂什么，倒下去的也是英雄！"

39

时代一路狂奔。转眼就到了攀枝花建市55周年的日子，市里举行了一系列的庆祝活动。

一天，学校迎来了一批特殊的客人，是几位年过七旬的陌生老人，说着一口东北味儿的普通话。罗志雄、李建军和冯树春等人满面春风，恭恭敬敬地陪伴着老人们。

周遥远静静地注视着，这群老人看上去和普通老人没有什么不同。看着看着，她忽然感觉有些眼熟，仿佛在哪里见过他们。

只听罗志雄非常兴奋自豪地说，这几位老人是东北大学的前辈，他们是冶金部攀枝花钒钛磁铁矿高炉冶炼试验组成员。高炉冶炼试验是攀枝花开发建设的一条隐秘战线，试验的成功奠定了攀枝花开发建设的基石。

原来，老人们是市里邀请来攀参加庆祝活动的客人，在攀枝花新闻联播里出现过，市委、市政府授予他们攀枝花开发建设55周年"特别成就奖"，老人们身披绶带，穿过"英雄门"，走上红地毯，接受了来自这座城市的致敬。这也是在时隔半个多世纪后，他们第一次出现在公众视野之中，在此之前，他们鲜为人知。

隐秘战线、高炉冶炼试验顿时盘旋在周遥远的脑海，嗡嗡作响。

不知何时，罗志雄来到周遥远身边问道："震惊了吧，颠覆了你对攀枝花的认知吧？"

周遥远怀着崇敬的心情，远远地望着老人们的身影，不无遗憾地说，她在攀枝花生活了40多年，之前从来没有听说过。在中国、在攀枝花知道此事的人肯定稀少。

罗志雄重重地点点头说："这个世界上从来不乏这样的人，为国家为民族，干惊天动地事，做隐姓埋名人。我是东北大学毕业的，可不是炼铁专业的，也不知道学校参加高炉冶炼试验的事，原来学校还有这段光辉历史啊。你看，那个身穿灰色风衣的老人，他叫鲁语豪，是试验组年龄最小的一位成员，他答应了晚几天回沈阳，给我们好好讲讲高炉冶炼试验的事，你负责记录整理。"

于是，这个春天的上午，在学校会议室。鲁语豪老人给周遥远看了一张老照片——1965年9月10日，"冶金部承钢工作组"天安门合影。照片上，天安门城楼搭着脚手架，显然正在修缮，上百位穿戴整齐、意气风发的中青年人，有的站着，有的席地而坐。

周遥远默默地看着，在心里细数着照片上的人员。

老人和蔼地笑着说："不用数了，正好108人。你们攀枝花新闻联播里称我们是'攀枝花英雄108将'。还有，这是1979年国家给我们颁发的一等奖证书，我们每个人都有自己独立的编号。"

老人把目光转向了窗外，看着几株高大挺拔的攀枝花树。老人眼里有光有泪，喃喃自语，还是20世纪七八十年代记忆中的模样，攀枝花盛开，红艳艳的花朵。

沉静了一会儿，老人儒雅地喝着茶水，微笑着说："这段往事的年龄比你还大。这样吧，我就按照我所知道的情况来讲，基本上可以还原攀枝花钒钛磁铁矿高炉冶炼试验的整个过程。"

（尊敬的读者，一段尘封半个多世纪的隐秘往事，把零星的片段回忆拼凑起来，创作难度很大。以下是周遥远根据老人的讲述，捕捉到的极其珍贵而有限的情节）

　　早在1955年，国家就成立了攀枝花矿区综合普查组，历时两年多，经过多项勘测，探明攀枝花铁矿系一斜长带状辉长岩矿体，北起朱家包包西南而下，经兰家尖山、尖包包、硫黄沟抵马坎，顺金沙江蜿蜒西转，以迄纳拉河口，延长19公里，宽2公里，储量约10亿吨。同时根据区内基性岩体广泛出露等特点，经过勘探还发现了太和、白马、红格等新的矿区、矿点达100多处，远景储量达50亿吨以上。

　　1957年7月，地质部矿物原料研究所完成攀枝花铁矿6个矿样矿物分析和选矿试验。测定6矿所含物质基本一致，主要物质为磁铁矿、钛铁矿、钛铁晶石等，并证实该矿物质通过磁选可以富集和分离，能够满足冶炼需要。

　　在此之后，有10多家试验单位经过5次攀枝花铁矿高炉冶炼试验，始终没有攻克高炉冶炼这道技术难关。

　　1958年1月，北京，《中苏技术合作协定》签订，"攀枝花铁矿工业利用研究"作为重要内容列入其中，约请苏联予以技术帮助。

1958年3月，中共中央工作会议在成都召开。会议着重讨论国民经济安排问题，冶金部呈送《钢铁工业的发展速度能否设想更快一些》的报告，提出"二五"后期建设酒泉、攀枝花、韶关等钢铁厂的设想，毛泽东主席明确提出把攀枝花开发建设列入国家建设议程。

1958年9月，冶金部、地质部、中科院相关人员与苏联专家维什涅夫斯基、潘切列夫抵攀规划采样方案，运苏试验矿样开始采掘。

1959年4月，300多箱、近20吨攀枝花矿样，经马林万夫斯基和维什涅夫斯基鉴定后起运苏联，进行综合科学试验。但试验报告结论却令人十分沮丧：攀枝花铁矿是呆矿，普通高炉不能冶炼。

从19世纪上半叶开始，瑞典、美国、英国、挪威、日本和苏联等国研究了100多年，始终没能解决普通高炉冶炼钒钛磁铁矿矿渣黏稠、渣铁不分的技术难题。

美国人宣称，在世界范围内炉渣中可能的最高二氧化钛含量大概是15%。苏联人宣称，正常冶炼只能在炉渣中二氧化钛含量为12%～16%的情况下才有保证。当时国际公认的高炉冶炼炉渣二氧化钛含量最高为16%，可实际操作中，标准为12%～13%。而攀枝花矿高炉冶炼时渣中二氧化钛含量计算值高达30%～35%。

外国专家不但说不行，而且还傲慢扬言，上帝不公平，为什么把这些宝藏送给中国人。送了也是白送，中国人是炼不出铁来的，宝藏只能永远沉睡。

1964年5月，中共中央召开工作会议讨论国家"三五"计划和国防布局问题。会议期间，毛泽东主席鉴于当时的国际形势，告诫全党要准备打仗，提出全国作一二三线设防，要求调整一线，充实二线，加强三线，建立巩固的国防后方，防范战争于未然。攀枝花以山势险要、资源丰富而被列为三线建设重点，再次提上国家建设议程。紧接着，国家计委、冶金部、地质部、铁道部、交通部、电力部等部门行动起来。

1964年8月，中共中央召开工作会议研究三线布局问题，毛泽东主席说，攀枝花是战略问题，不是钢铁厂问题。

紧接着，冶金部"攀枝花铁矿冶炼及综合利用科学研究技术领导小组"成立，该领导小组由施之洋等18人组成，施之洋任组长。

施之洋，河北人，毕业于天津北洋大学，曾到英、美、德国留学，抗战前夕抱着钢铁救国的信念回国，1955年被选聘为中国科学院院士，是我国近代钢铁冶金工程的奠基人和开拓者之一。

有一年，施之洋到中南海参加全国政协招待宴会，毛主席笑着问他："你这个钢铁专家是英美派，还是德国派？"

施之洋站了起来，清晰而坚定地回答道："中国派。"

此前，施之洋跟随李富春、薄一波来到攀枝花，代表冶金部为攀枝花铁矿冶炼试验做了大量的前期准备工作。

在一次攀枝花铁矿冶炼领导小组会议上，施之洋提出要从北京钢铁研究院、东北工学院（现东北大学）、重庆大学抽调人员充实到技术组。

施之洋的建议是有依据的，当时在国内，钢铁专业水平高的要数北京钢铁研究院、东北工学院、重庆大学。而且，东北工学院1963年就开展了"钒钛磁铁矿高炉冶炼"国家重点课题研究，并在马鞍山钢铁公司进行了承德钒钛磁铁矿冶炼工业试验。1963年教育部就下发了文件，在重庆大学成立重庆大学钒钛磁铁矿综合利用研究所。

古希腊物理学家阿基米德有句名言："给我一个支点，我就能撬起整个地球。"

那么，要想撬开攀枝花宝藏的大门，必须彻底打破呆矿结论，必须攻克高炉冶炼钒钛磁铁矿这道难题。否则，何谈建设攀枝花钢铁基地？

为了满足建设攀枝花钢铁基地的科研需要，冶金部决定将鞍山钢铁研究院搬迁到四川西昌，改名为"西南钢铁研究院"，主攻攀枝花钒钛磁铁矿科学研究。

随后，施之洋又在北京组织了中科院冶金组会议，召集了有关技术人员和炼铁专家讨论攀枝花矿冶炼工艺问题，讨论攀枝花钒钛磁铁矿冶炼试验的工作安排，但是具体试验地点还没有最终确定。

很明显，要在短时间内新建试验厂是不现实的。试验要分几步进行、首站试验又在哪里开展，眼下，这还是大问题。

恰好，承德钢铁厂中心实验室的郑晨风参加了会议。会后，郑晨风火速回厂向厂长付友绍汇报情况。承钢始建于1954年，1958年1号高炉破土动工，来自全国各地的建设者克服了许多难以想象的困难，尽力加快施工速度。同年12月1号高炉建成投产，成功生产出第一炉铁水，结束了承德地区出铁矿却不产铁的历史。1961年，国家对国民经济实行"调整、巩固、充实、提高"八字方针。遵照冶金部的决定，1962年承钢冶炼系统下马，工人也从1万多人骤减到3000余人。

这时的承钢，厂地都长出了蒿草。

听了郑晨风的汇报，付友绍当即就坐不住了。他敏锐地认识到，这是国家的一项重大试验，如果能在这个关键时刻拿到试验任务，也是承钢恢复冶炼生产的绝佳机遇，一旦试验成功就可以救活承钢。

当时，除了承钢，还有马鞍山、北钢也在努力积极争取拿到这个试验任务。

拿到试验任务，救活承钢，为国争光！

付友绍马上召开领导会议，商量研究方案，组织了一支强有力的队伍，由他亲自带着郑晨风等人先后8次进京向冶金部请战。同时派人到北京把首钢一座废弃小高炉的整套设备拆下来，浩浩荡荡运回承钢，组织技术人员对炉体进行设计、整修和安装，解决了试验所需的高炉主要设备，做好了充分的物资准备、技术准备、人员准备。

付友绍对大家说："万事俱备，只欠东风。"

这个东风就是攀枝花钒钛磁铁矿高炉冶炼试验。

1964年9月，北京，冶金部。在施之洋的组织下，制定了攀枝花铁矿冶炼试验方案，决定试验分三步进行。

第一，在攀枝花钒钛磁铁矿因交通不便还不能开采之前，为了抢时间开展试验，大胆决定采用承德铁精矿和钛精矿为原料，在承德钢铁厂高炉进行模拟试验。

第二，在模拟试验的基础上，到西昌钢铁厂用当地太和钒钛磁铁矿和攀枝花钒钛磁铁矿进行验证试验。这次试验将包括选矿车间、烧结机和高炉三部分试验。

第三，在北京首钢大高炉进行工业试验。由于大高炉需要精矿量大，无法由攀西地区供应，还是只能利用承德铁精矿和钛精矿进行配矿试验。

为了预防承德高炉试验的不测，冶金部、中科院还组织了由北京钢铁研究总院炼铁研究室主任蔡博（蔡和森、向警予的儿子，新中国炼铁专家）担任组长，在吉林铁合金厂进行的电炉冶炼试验。重庆大学也参与电炉冶炼试验任务。

会议上，31岁的重庆大学钒钛磁铁矿综合利用研究所所长杨海涛接到了这项任务，并负责带回学校。

当杨海涛将这项艰巨的国家保密任务，连同党中央、毛泽东有关三线建设攀枝花钢铁基地的所有重要指示和精神带回学校时，重庆大学校领导一听非常震惊，当时就愣住了。过了好一会儿，校领导才回过神来，紧急召开领导班子保密会议，紧急行动起来，挑选人员组建科研攻关试验。

但迫在眉睫的是，学校没有电炉，试验又要求高度保密，这可怎么办？

学校马上形成一个共识：没有条件，创造条件也要上！

随即决定，将试验室设在校园内一个六七十平方米，相对隐蔽的旧平房内，杨海涛、谷博文、徐文彬几名老师带着周仕培等几名学生，以最快的速度自己设计、自己动手修建了一个小电炉。小电炉高不到一米，麻雀虽小，五脏俱全。整个重庆大学的师生和家属们，只是看到他们神神秘秘一路小跑着进出平房，看到从平房内不时冒烟，但不知道他们在里面干什么。

由于试验的保密性质太强，参加试验的老师们很少回家。尽管他们的家就在校园内，走路只要几分钟就到了，但他们大多时候就守在平房里吃饭睡觉。即使回家总要嘱咐妻子："不要让同事或者朋友、亲戚到家里来，如果有人问你丈夫每天在平房里干什么，你就说不知道。住单身宿舍的学生回到宿舍，不能和人谈论交流试验，什么也不能透露。"

41

1964年11月30日，冶金部发出《关于下达承德钢铁厂高炉模拟试验初步计划的通知》。

由谁来担任试验组组长，负责组织高炉冶炼试验呢？施之洋心中的理想人选是陆传承。陆传承，江苏人，毕业于西北工学院。当时他是鞍钢炼铁厂副厂长，事业正大放光彩。

接到冶金部的命令，鞍钢领导找陆传承谈话。领导神情凝重地说："国家需要你去完成一项极其重要的保密工作，马上要把你从鞍钢调走。你立即放下手里的工作，火速赶到北京，去冶金部报到。"

国家保密工作！

听到这里，陆传承怔了一下，紧张得心里直打鼓，感觉心脏就要从胸口跳出来了。

但领导坚定的语气不容置疑，根本就不打算给陆传承考虑的机会。

十几秒后，陆传承坚定地回答，服从组织安排，国家需要去哪里，他就去哪里。

听了陆传承坚定的表态，领导的语气稍微缓和了一下，拍了拍陆传承的肩膀，说，厂里哪里舍得放你走啊。但是这项任务十分紧迫，担子很重。去吧，这是冶金部的紧急命令，国家需要你。

第二天，陆传承就乘车去北京。他一走出车站，冶金部办公厅的人就把他接到了冶金部。

冶金部副部长李建国已经在等陆传承了。简单地寒暄了几句，李建国对陆传承说，一旦打起仗来，沿海是靠不住的，武汉、包头、太原的钢铁厂也在敌人的轰炸圈内，现有的钢铁厂大都不能生产了，没有钢铁打什么仗？苏联第一个五年计划就在乌拉尔建了几个大钢铁厂。卫国战争中，苏联就是依靠乌拉尔的这些钢铁厂打败了希特勒。所以，中央已经决定在攀枝花建设后方战略基地。

说到这，李建国真切地注视着陆传承，加重语气说："国家决定建设西南三线基地，攀枝花钒钛铁矿冶炼这是一个世界性的技术难题，如果钛铁分离技术难关攻不破，大钢铁厂就不能建设，机械军工业也搞不起来，打起仗来怎么办？毛主席因此睡不好觉，国家决心组织试验，这是党中央和毛主席交给我们的光荣任务，这是我们的重要使命。冶金部决定抽调你去，组织人员攻克攀枝花钒钛磁铁矿高炉冶炼试验难关，这关系到国家存亡，所以只能成功，不准失败。"

说完，李建国催促陆传承，赶紧去找施之洋吧，他是攀枝花铁矿研究技术领导小组组长，具体负责这件事。

出了部长室，陆传承三步并作两步走，去见了施之洋。

"来了，快坐。怎么到现在你头脑还是昏昏然的？是我点了你的将。"

施之洋边说边倒了一杯水递给陆传承。不等陆传承发问，施之洋又说，"情况你都知道了吧，你现在要干的是国家大事，你赶快招兵买马，赶快把试验队伍组织起来，然后拉到承德去。有什么事即刻打电话，部里尽全力解决，一路开绿灯。"

听到这些话，神经一直高度紧绷的陆传承，感觉心里有千言万语，却又不知道如何开口，只好端着水杯一言不发。

施之洋站了起来，果断地说："我建议你赶紧去冶金部，找许志。"

陆传承愣了一下，抬起头，迟疑地问："就是冶金部科技司的许志？"

施之洋说："就是他，他已经被任命为攀枝花工业基地建设指挥部总指挥，很快就走马上任。你带人秘密做试验，他带人大刀阔斧轰轰烈烈搞基建。两条战线，不同方向，直奔一个奋斗目标，把呆矿炼出铁，你和他身上的担子都重啊。"

当陆传承迈着沉重的步伐，来到许志办公室时，许志正埋头看着桌上的一堆文件，几大张施工图。见陆传承来了，许志便起身，几个大步上前，一把拉住了陆传承的手，愉快的大声说道："沙场点兵，你可是施之洋亲自点的将。"

陆传承紧张地笑了笑，还是有些不知所措。

许志快人快语，语重心长地说："我跟你一样，都是突然接到的紧急任务。已经箭在弦上了，千军万马进驻攀枝花，人力、物力、财力都已作了安排，为钢铁基地修建的成昆铁路全线动工，几万铁道兵已经在开洞、架桥了。如果高炉冶炼试验失败，攀枝花铁矿炼不出铁，后果不堪设想，我们都将成为千古罪人啊。"

此时此刻，仿佛有一个惊天响雷在头顶炸开，陆传承神经处于高度紧张状态，心里犹如一团乱麻：要打仗了，毛主席睡不好觉，高炉冶炼试验关系到国家存亡，这么重大艰巨的任务，落在我这个没有接触过攀枝花钒钛磁铁矿的人身上，太沉重了。而且外国专家都说了攀枝花铁矿是呆矿炼不出铁，我们自己能行吗？还有啊，千军万马已经开到攀枝花了……不想了，为了国家，拼了命也得干！

眼下，陆传承最棘手的事情是挑选得力助手，他第一个就想到了郑俨峻。郑俨峻之前也在鞍钢工作，经验丰富，知识渊博，治学严谨，办事认真负责，有总结能力，不怕苦，不怕累，是个难得的好助手。可郑俨峻已经被北京钢铁研究院借去了，迟迟不肯放。

陆传承找到施之洋，三言两语说明了情况。

施之洋不假思索，满意地点点头说："嗯，郑俨峻，这个人我是知道的，他是唐山工学院矿冶系毕业的，不错，你有眼光，很会挑人。"

随即，施之洋拿起了电话，打到北京钢铁研究院要人。

很快，郑俨峻来找陆传承报到。在冶金部一间临时办公室，他们立即展开分析讨论，确定试验组下设资料、高炉、选矿、烧结、新技术和化验六个小组，首先是资料组组长的人选，这个组主管试验计划和方案的编制，试验资料的整理和分析，相当于是试验组的参谋部。

陆传承端起杯子喝了口水，脸上露出了微笑，说："资料组组长就你了。"

郑俨峻苦笑了一下："说，你把我找来，要干这么重大的事情，我就知道我跑不掉了。"

马不停蹄，赶紧物色人员。在短时间内，他们从最熟悉的地方，最熟悉的人，扩大搜索范围。

陆传承建议，由长沙矿冶研究所的梁仕才担任选矿组组长。梁仕才毕业于长春工业专科学校，在东北工学院采矿系进修，现在是国内选矿界的知名人士，之前就带人在大庙铁矿搞选矿试验。

郑俨峻沉思了一下说，让梁仕才从长沙矿冶研究所、长沙矿山设计院、四川冶金研究所、北京矿冶研究院、北京有色金属研究院等单位挑选人员，充实到选矿组。

烧结组？

突然，陆传承脑海中浮现出一个人，他兴奋地对正在沉默的郑俨峻说："你记得不，那年我们在鞍钢搞自熔性烧结矿高炉冶炼试验，跟烧结厂技术科长任年杰配合得很好，他也是你们唐山工学院矿冶系毕业的，是鞍钢资深烧结专家。"

郑俨峻点点头，对了，就是他，烧结组组长就他了。

在考虑高炉组组长人选时，陆传承和郑俨峻同时想到了包钢炼铁厂厂长蒋少林，他是苏州东吴大学化学专业毕业的。接到通知的蒋少林立即向厂里点名要了殷沛诚、魏德志、徐飞鸿、谭家源四大高炉工长，还从邯郸钢铁厂把业务水平高技术好的马玉华、宣化钢铁厂炉前技师沈学文调来了。

至于新技术组的组长人选，陆传承胸有成竹，他想到了东北工学院炼铁教研室的台柱之一陈泰然，他是有名的炼铁学教授。陆传承认为新技术组组长非他莫属。

化验组暂时由鞍山钢铁公司中心实验室的一群人组成，负责人是韩森林。这是一个大组，承担的任务非常繁重，负责高炉冶炼过程中各种原料包括烧结矿、焦炭、石灰石、白云石、炉渣、生铁，以及高炉的炉身、炉腰不同部位等物料的物理化学分析。

但陆传承搭建试验组领导班子还面临一个问题，试验组上百人来自五湖四海，多数人在这以前都互不相识，如何加强试验组的政治思想工作，把大家团结起来形成战斗协调一致的集体？必须要选择一个有能力做知识分子思想工作的人担任试验组党支部副书记。可一时间又到哪里去找这么合适的人呢？谁又能担此重任？

陆传承在不断思索。

郑俨峻说："这样吧，等到时候来的人多了，再从中挑选看看吧。"

陆传承说："好，就听你这个参谋长的。"

42

东北工学院校长张栋梁毕业于北洋大学，也是在抗战前夕和施之洋等人一起回国的。他倡导理论与实践相结合、厂校结合，领导东北工学院建立了教学、科研、生产三结合机制，主编了一本符合中国实际情况的《现代炼铁学》。早在1963年，在张栋梁的领导下，东北工学院炼铁教研室开展了"钒钛磁铁矿高炉冶炼"国家重点课题研究，并在马鞍山钢铁公司进行了承德钒钛磁铁矿冶炼工业试验。

张栋梁语重心长地嘱咐师生们，国家建设的急需，就是科研的方向，钒钛磁铁矿冶炼研究是国家急需项目，炼铁工作者责无旁贷，你们年轻人能够参加这个项目，真是三生有幸。

在接到冶金部的任务之后，学校迅速行动起来，组建了一支40多人的师生队伍。

这年，鲁语豪21岁，是东北工学院炼铁专业的学生，还没有毕业就和十几名同学一起被挑选进了这支队伍。学校对他们进行了保密教育，要求严格遵守保密纪律，不准对外泄露任何相关情况。老师们带着一群学生到图书馆、书店查找有关钒钛磁铁矿试验研究的资料，找到了几十篇俄、英、日、法语等多种语言的论文，在确保秘密的前提下，师生们不分昼夜迅速行动完成了翻译，并装订成四册译文集。

出发前夕，学校把队伍分成两批，一批由陈泰然和杜纯洋老师带着去承钢工作组，鲁语豪和胡进忠、黄玮等同学也在其中。另一批留在学校炼铁教研室继续开展研究工作。

1964年12月5日，冶金部"攀枝花钒钛磁铁矿高炉冶炼试验组"在北京成立，为了保密，对外称"冶金部承钢工作组"。

1964年12月10日，当陈泰然、杜纯洋老师带着队伍和四册译文集来到承钢工作组时，陆传承激动了，半天才说一句：这太宝贵了，这可是及时雨啊，这就是试验组的启蒙教科书。

陆传承为什么这么说呢？试验组除了仅有的几个人之外，都没有接触过钒钛磁铁矿，也没有看到过有关的资料，可以说一点高炉冶炼知识都没有，许多人甚至连大高炉都没有见过，四册译文集就是最好的启蒙教科书。书里上百篇文章所记述的每次试验虽然都没有突破技术难关，许多观点和措施甚至有错误，各国试验中出现的这些特异现象基本上是相同的，这让大家对钒钛磁铁矿冶炼的难点和问题有了比较明确的了解。

到了工作组，大家这才知道，这是冶金部"攀枝花钒钛磁铁矿高炉冶炼试验组"，人员都是从全国各大院校和科研院所紧急抽调来的，有西南钢铁研究院（现攀枝花钢铁研究院）、长沙矿冶研究所、东北工学院、重庆大学、鞍钢、包钢、邯钢等单位的专家、教授、技术员、助教、工人。试验组由冶金部领导，组长陆传承42岁，是组里年龄最大的人，其他组员年龄为二三十岁。

鲁语豪觉得，能被抽调来是很兴奋很骄傲的事。然而，他和绝大多数人并不知道，即将从事的是一项事关国家命运的保密试验，也是我国冶金工业史上规模最大的一次科技大会战——攀枝花钒钛磁铁矿高炉冶炼试验攻关。

但是，在以后的人生中，他们始终都遵守着一个原则，那就是"不该问的不要问，知道的也不要说"。他们还专门进行了"一问三不知"的严格保密制度教育培训——问你干什么的，不知道；问你在哪里工作，不知道；问你的通信地址是什么，不知道。上不传老，下不传少，等家里人知道都是几十年以后的事了。

学校参加承德试验人员名单中本来没有杜纯洋，他是东北工学院炼铁教研室党支部书记，还兼任讲师。带着队伍来承德试验组报到之后，他就要返回学校。

谁也没想到，通过短暂的接触，本来还在左思右想由谁来担任试验组党支部副书记的陆传承，一眼就相中了杜纯洋。陆传承拉着杜纯洋的手兴奋地说："太好了，我正犯愁呢，恰好你这个人就出现了，试验组党支部副书记就是你了。"

还有凑巧进试验组的广东人田玉常，他毕业于北京钢铁学院钢铁冶金专业，在北京黑色冶金设计院炼铁科工作。冶金部为了开展攀枝花钒钛磁铁矿高炉冶炼试验，给他们下达了一个工程任务，就是恢复承德钢铁厂一号高炉生产线。于是，单位派田玉常和另外两人到承德钢铁厂设计、修改一号高炉生产线。完成任务之后，田玉常留下继续为施工服务。陆传承带着试验组来了以后，就让田玉常进试验组，把他分配到了新技术组。

这个时候，试验组人员还不到100人。陆传承紧急召开了试验组领导班子成员会议，向组长们强调了试验的保密纪律和重要性，让组长们赶紧行动起来，在各自领域挑选精兵强将，招兵买马充实队伍。于是，又是一阵紧急的拼拼凑凑，这才凑足了108人。

军令如山，凡是接到任务的人，必须立即赶到冶金部承钢工作组报到。

鲁语豪的学长蔡绍铭毕业于东北工学院钢铁冶金系炼铁专业，分配到鞍钢工作。接到秘密任务后，他想，这一分别不知道要去哪里，更不知何时相见，和女朋友一商量，干脆当天晚上就结婚。同学们一听都高兴，忙着为他们准备婚礼。由于时间太仓促了，晚上就在宿舍举行婚礼，双方的父母都来不及请，只有双方的同学前来庆贺，挤满了宿舍。在热闹了大半夜之后，同住一个宿舍的几个人也挤到别的宿舍去住了。

当晚，这一间宿舍成了蔡绍铭的婚房。

婚后三天，他与妻子告别。

妻子问："去干什么？"

蔡绍铭回答："这是国家保密任务，不能告诉任何人，什么也不能说。"

妻子又问："你把地址信箱告诉我，我给你写信。"

蔡绍铭回答："不能通信。"

妻子再问："什么时候回来？"

蔡绍铭再答："不知道。"

等蔡绍铭到了试验组才知道，试验组还有几位突击结婚的成员。

湖南人赵大富毕业于中南矿冶学院有色稀有金属选矿专业，分配到冶金部北京矿冶研究院第二选矿室，第二选矿室有一项光荣的任务就是开展攀枝花钒钛磁铁矿选矿和冶炼研究。他们还多次去攀枝花兰家火山、尖包包和朱家包包矿山取矿样回来进行选矿、冶炼试验。

接到任务后，赵大富平静地对妻子说："我要去参加一项非常重要的试验任务，涉及国家机密，我们暂时不能联系，我不知道什么时候才能回来。你不要去单位打听，更不能去问其他人。家里和两个孩子就辛苦你了。"

赵大富的妻子是中学教师，以前赵大富也隔三岔五出差，基本上不超过十天半月就回来了。但这次她猜到了情况可能不同，有点不知所措。唉，他们单位那么多人，为什么偏偏选中他？难道领导没有考虑到我们家庭的实际情况吗，还是根本就是他自己想去。他这个人呀，就是一根筋，眼里只有工作，工作！怎么说呢，他还是一个好丈夫、好父亲，多么希望他不走，他这一走留下我和孩子该有多难啊！

这天夜晚，她慢吞吞、眼圈红红地给赵大富收拾行李，她拿起一件衣服，看了看，想想又放下，然后又重新拿起来，这才放进箱子里。

赵大富站在后面，默默地看着她，眼里也涌起了泪水。他走到她背后伸出双手，温柔地抱住了她，他在她耳边说："亲爱的，这次出差的时间可能会很长，很长……"

她的眼里噙满了泪水，回身抱住了他，把头埋在他怀里，半晌才慢悠悠地说："我明白，国家需要，这是你的光荣任务，你放心去吧……"

不等她说完，赵大富雨点般的吻堵住了她的唇。他们长久地吻着，深情地吻着，仿佛要倾尽一生，融化在彼此的怀抱里。

陶玉茹毕业于重庆有色金属工业专科学校选矿专业，是四川省冶金研究所选矿室化验员。几年前，她和同事曾经坐了几天几夜汽车去朱家包包、兰家火山、尖包包矿点采矿样进行选矿试验，探明了3个矿区储量达6.3亿吨，多年后的矿山建设规划设计就是以此为依据的。

这次情况紧急，陶玉茹临时接到通知。领导神情严肃地说："你要去做的这件事，需要严格保守秘密。这是国家战备需要，是天字一号工程，也许到死都不会有人知道，也不会留下资料。"

一时间陶玉茹惊呆了，不知所措，说不出话来。

领导看陶玉茹沉默不语，便进一步说："上面的要求是必须选派精兵强将，我们是经过慎重研究考虑才决定派你去的。时间紧任务重，票都已经给你买好了，明天就出发。至于什么时候才能回来，我们也不知道，你家里的事……"

"什么，车票都买好了？明天就出发？这么急迫？"

陶玉茹更加慌神了。略一思考，激动地把头一扬，坚定地说："祖国需要我去哪里，我就奔赴哪里！不问缘由，不问归期！"

然而，回到了家里，陶玉茹却面露难色，女儿还没断奶呢，怎么办？她吞吞吐吐，抱着女儿边喂奶，边来来回回，对丈夫看了又看，欲言又止。丈夫发现了她异样的神情，温和地问怎么了。这一下，更令陶玉茹心慌意乱，她眼里涌上了泪水，轻轻地说："组织上要我去外地出差，执行秘密任务。"

陶玉茹的丈夫在四川省地质局中心实验室选矿组工作，隐隐约约也知道上面在选派选矿人员执行一项重大秘密任务，就是跟他和陶玉茹的研究有关，况且陶玉茹多次去过矿山采样。他心里已经在猜测了，他们夫妻可能会有一个人被选中。

现在听了妻子的话，他就什么都明白了。于是，他反倒安慰她，轻描淡写地说："这是工作需要，服从组织安排，你放心去吧，好好工作，争取早日完成任务，家里有我照顾。"

陶玉茹这才如释重负，轻松地笑了，当天就给女儿断了奶，第二天就出发了。

43

承德，我国北方最大的钒钛资源基地，屹立着承钢。

进入 12 月份，承德地区气温达到0℃以下。

1964年12月，正值塞外苦寒之际，试验组进驻承钢。迎接他们的是漫天雪花，巍峨的大高炉傲然耸立，散发出卓尔不群的非凡气质和钢铁脊梁的雄伟气魄，还有热情似火的承钢人。

第一次见到大高炉，那个场面惊心动魄，鲁语豪、胡进忠、黄玮他们被震撼了，有一种青年人初临战场的感觉，全身的血液似乎都涌了上来，心里燃烧的熊熊烈火足以抵挡天气的寒冷。

陆传承已经安排人把四册译文集印刷装订成几十份，分发到了六个小组，让大家突击学习。除了睡觉，大家连吃饭都在如饥似渴地学习，边学习边展开激烈讨论。这个场面很有意思，上百人，六个组，绝大多数是看上去斯斯文文，说起话来彬彬有礼的知识分子，为了一个观点、一个方案，唇枪舌剑，争辩得面红耳赤。承钢大食堂的人来催促了几次，眼看大家还是争执不下，根本不打算去食堂吃饭，于是便抬着筐把吃的送到大会议室。

陆传承和郑俨峻相互看了一眼，脸上苦笑着，心里却乐开了花，试验组这潭水活起来了，这就好办了。无论有多少观点、多少方案，总能从中摸索出一条路子。

1965年1月24日，高炉冶炼模拟试验在承德钢铁厂高炉点火开炉。采用普通高炉冶炼钒钛磁铁矿，并且要做到高炉顺行、渣铁分离、流动良好、生铁质量合格。

这是一场大无畏的科技征途。

在试验组第一次全体人员会议上，组长陆传承说："这是党中央和毛主席交给我们的光荣任务，我们自力更生，必须完成任务，决不能退缩！"

紧接着，陆传承说了一句石破天惊的话："一个人在几十年的工作生涯中做不了几件重要的事，但是如果我们能够顺利完成攀枝花钒钛磁铁矿高炉冶炼试验任务，就可以死而无憾了！"

话音一落，全场响起一阵雷鸣般的掌声。

令人惊讶的是，试验组里有几位或着工装服，或风衣装，或格子衫，或白大褂的女性，洋溢着一股朝气蓬勃遮掩不住的青春气息，还有那份妙出天然的清秀气韵。其中一位叫宋瑶的上海姑娘，毕业于安徽大学化学系化学专业，穿着一件格子衫，扎着两条漆黑油亮的辫子，一张白净中略带一丝红晕的脸庞，再带上一个浅笑，水汪汪的眼睛清澈明亮，如同一泓清泉。

坐在宋瑶旁边的是叶子娟，她从兰州大学化学系物化专业毕业，在鞍山钢铁研究院中心化验室实习。她身材苗条，性格有些腼腆害羞，一张鹅蛋脸上生了一双乌黑俏丽的丹凤眼，整张脸仿佛蒙上了一层忧愁的面纱，跟人说话容易紧张脸红。

叶子娟的旁边是高青华，高青华也是兰州大学化学系物化专业毕业的，在鞍山钢铁研究院工作。她比叶子娟早一年毕业。

王雪清和姜忆霜坐在一起，王雪清中等身材，面容清秀，戴眼镜，有一双深邃的眼眸。姜忆霜戴着眼镜，齐耳短发，干净素雅。他们是山西冶金专科学校分析化学专业的同学，毕业后同时分配到鞍钢中心试验室工作，双双挑选进了试验组，王雪清在钢铁组，姜忆霜在化学组。只有极少数人知道他们是夫妻，他们分开住男女宿舍。这也是试验组唯一一对夫妻。

试验开始了，全体人员各就各位，谁也不敢有丝毫的马虎与懈怠。然而，这注定是一场硬仗，也是一场恶仗。

按照传统科研习俗，进行一项科研试验，必须兵马未动、粮草先行，准备充足的原材料，设计、建造一定的试验装备，然后才能试验。可在承德钢铁厂的试验，可以说是在无正规试验厂、无矿、无熟悉钒钛矿高炉冶炼人员的"三无"情况下，在承钢借鸡下蛋开展的。为什么这样说呢？第一，承德钢铁厂一号高炉是"大跃进"年代的产物，也就是田玉常他们之前利用老厂原有设备稍作设计维修、改造成的一个"试验厂"，正是因为还不完善，所以田玉常才留下继续为施工服务，这显然不是正规的试验厂。第二，攀枝花交通不便，矿山也没有正式开采，无法用攀枝花当地的矿石进行试验，为了抢时间只好大胆用承德铁精矿和钛精矿做原料。第三，试验组只有极少数人接触过钒钛磁铁矿高炉冶炼，绝大多数人甚至连大高炉都没有见过，仅有那短时间内学习到的四册译文集启蒙知识。

模拟攀枝花矿冶炼试验，这是冶金史上绝无仅有的。

果然，从一开始，困难便接踵而至。

除了试验组人员，承钢也汇集了600多人配合试验。烧结组遭遇了最恶劣的工作环境，这座高炉没有建烧结机，用的是吹风式"土烧结"。任年杰带着烧结组的人，与承钢的同志一起，架设小风机、风管，铺铁丝网、铺底料、铺稻草，一锹一锹，一层一层，铁精矿、钛精矿、焦粉、石灰石，点火……全靠人工操作将烧成的烧结矿送到高炉，剩下的返矿要重新烧结。一阵阵黑烟、黄烟，铺天盖地滚滚而来。不一会儿，现场的人都忍不住一起咳嗽。

黄玮捅了捅鲁语豪，说他大概算了一下，高炉每天需要几百吨烧结矿。

鲁语豪说，烧结组只有苦战，才能确保烧结矿的供应。

烧结组的承钢职工中，有兄弟俩，哥哥叫郑超英，弟弟叫郑赶美，他们的父母都是承钢老工人，兄弟俩原来不是这个名字，国家号召"钢铁翻番、超英赶美"后，父母就把他们的名字改了。兄弟俩干起活来像机器一样停不下来。

到了休息时间，任年杰提着兄弟俩的水壶，大声喊，超英，赶美，停下来，歇一会吧，来喝水。

听到喊声，兄弟俩这才放下铁锹，走过来朝任年杰嘿嘿一笑，接过水壶拧开盖子，仰起脖子咕咚咕咚猛喝水。

任年杰连忙喊，俺那个娘哎，慢点，慢点，别呛着！

高炉组的岗位相当辛苦，要负责当班的全盘生产、安全、质量、技术方面的管理、监督和检查，还要及时掌握高炉的生产及炉况的变化，根据炉况及原燃料的变化及时调整，保持炉况稳定、顺行、生产节奏均衡……要做到眼观六路、耳听八方。鲁语豪的同学胡进忠、黄玮等人就分在高炉组，还有研究生何学东，他们第一次面对大高炉，有些摸不着头脑。蒋少林安慰他们说，大家都一样从头学，不怕，只要肯钻研就行。

高炉组在蒋少林的带领下，像冲锋的战士一样穿梭于炉台，衣服湿了又干，干了又湿。

陆传承也经常表扬他们说，高炉组就是试验组的一面红旗。

试验组预先对试验困难做了想象，当然是往困难越少越小的好处想象。但是到了真正试验才知道，真实的困难远远超出了他们的想象能力。

高炉好像一个日常生活用的大暖壶，外层是钢板，里层是砖墙，两者之间安装有带水管的冷却壁（或冷却板），正常生产时，炉料（矿石、焦炭等）自顶部装入。铁水自高炉最底部出铁口流出。稍上，有放渣的出渣口，再上面有进空气的风口。要求24小时连续运转，不许随便停风，炉料组成中不允许有难熔的物质。高炉炼铁最担心渣铁在炉内凝积后，无法从高炉的渣口、铁口流出，这样会导致风口进不了燃烧用的空气，久而久之，"大暖壶"会成为一根"大冰棍"。渣、铁不分堆积在炉内是"大结"，而与之截然相反的现象是"大泄"。

按照试验组领导班子制定的方案，开始用普通矿冶炼，后来加入钒钛烧结矿，逐步提高二氧化钛的含量。四位高炉工长都是响当当的好汉，30岁左右，身强力壮，在值班室看仪表，看记录数据的班报，还要到炉前看每班3—4次的出渣出铁情况。他们为了想多了解一点高炉炉内情况，必须用镶嵌深蓝玻璃的小镜，忍受灼热烘烤，弯腰躬身，贴近约0.5厘米的风口小眼，观察炉内情况。承钢高炉有6个风口，一个一个看下来让人满头大汗、腰酸背痛，每班都要看好几次。

真是越怕什么就越来什么。

随着模拟试验的进行，钒钛磁铁矿普通高炉冶炼的特殊现象逐步显露出来，最令人担心的事情终于发生了。

有时连续几炉渣铁量减少，或者只出铁不出渣。有一次忽而铁渣奔涌而出，就跟河流闹洪水决堤似的，渣铁会漫过炉台，流到下边的铁道线上，到处都是。大家从来没有见过这阵势，所有人员都被这突如其来的事故惊呆了，吓得脸色发白，吓得心里直扑腾，张皇失措。

这个时刻，要立即堵渣口，但偏偏渣口机又烧坏了，炉前师傅们堵了几次都没堵住，大家心都提到嗓子眼了。只见郑超英、郑赶美箭一般冲上前，拽来一张薄铁板盖到渣面上，可铁板很快就被烧红了，慢慢往下沉。他们没有片刻犹豫，一人举起一个插好泥团的"搂扒"，一脚踏上铁板就冲了上去，鞋子顿时就冒烟了，也不顾热渣喷射到身上，一下子就把渣口堵上了。怕堵不牢实，他们还站在那里抵住一会儿才退下来，大家立即帮他们扑打身上的火星，脱下烤烂了的鞋子。兄弟俩呼哧呼哧地喘着粗气，眼睛亮闪闪的，"嘿嘿"直笑。

44

一个个困难就像猛虎下山一样扑来，大结、大泄现象频繁发生。

有一天清晨，陆传承来到高炉上，发现郑俨峻早就来观察了。他机警地守在炉台上察看，当感觉到会出现大泄现象的时候，便跟陆传承说，这就是高炉要大泄了。

陆传承心急火燎，殷沛诚、魏德志、徐飞鸿、谭家源等人领着陆传承跑上跑下，看炉口看风口。来回折腾了一会儿，大家脸上的汗水如同雨水，不停滴落在厚厚的工作服上。他们告诉陆传承，事出反常必有妖。陆传承响亮而坚定地回答："那就赶紧商量商量，怎么捉妖！"

夜班高炉工长之一的谭家源拉他去看风口。

陆传承大声问："你发现了什么？"

谭家源贴在陆传承耳朵上，大声说："你去看看就知道了。"

从风口看到焦炭滚动、矿石下降，有时就看不清楚，能看到的就像一朵白云或一团棉絮的物体在风口飘摇。不一会儿，他们就满脸通红，汗如雨下。

谭家源突然指着风口，大喊一句，这就是大泄的征兆。

果然，又一次大泄发生了，整个炉台全是炉渣。陆传承急坏了，跑到炉台上使劲大喊："陈泰然！陈泰然！快把东工的人带走！赶快带走！"但是在陈泰然和杜纯洋等老师的带领下，东工的师生们没有一个离开，守在现场，一起参与抢险。

解决大结、大泄问题，必须严格把炉温控制在较低水平，向高炉内试吹精矿粉、石灰石粉和氧气，使碳化钛和氮化钛得到氧化，从而保证渣铁畅流。但是如何把精矿粉、石灰石粉喷吹进炉内？满脸书生气的田玉常想到在一号高炉恢复设计时，做过一个喷吹长石粉设计的试验，但实际操作效果并不理想。通过观察和思考，他设计了气力输送系统，通过气力输送顺利向炉内喷吹精矿粉、石灰石粉。设计好后上报试验组领导，获得一致通过，并立即应用在实践中。田玉常负责培训大家，教大家操作气力输送系统。

田玉常把新技术组分成三班倒，没有精矿粉的干燥系统，他们就在铁板下烧煤气将精矿粉烤干，一次烤几十公斤，在出铁前，将精矿粉从高炉渣口喷进去。经过反复试验，这个办法可行。

但是，喷吹很难操作。胡进忠、黄玮、何学东和炉前工人一起三班倒，他们穿着厚厚的劳保服，手持喷枪，打开渣口喷出火龙，把喷枪插入高炉渣口，迅速喷吹完毕再拔枪。喷吹不仅要忍受高温炙烤，还有喷溅危险，他们的手上总是伤痕累累。

黄玮还是渣口喷吹组副组长，从压缩空气机、喷吹罐、管道，一直到渣口喷吹管，步步设岗，维护正常操作。最初的喷枪就是他设计的，他经常和工人们一起处理现场，有时他掌钎，工人抡锤；有时工人掌钎，他抡起8磅大锤砸渣铁。

成功迟迟不见踪影，失败却接踵而至。

在事故频繁的试验阶段，试验组大会套小会的会议特别多。高炉组的小组会议尤其多，讨论事故、分析原因、找解决问题办法，大家都担忧，到底能不能突破渣铁分离的难题。

蒋少林斩钉截铁地说："我们一定要自己干，我们一定要成功！"

每个岗位都是战场，每个人都是战士。

梁仕才也是个工作劲头十足的人，在他的带领下选矿组的选矿方案、矿石检测报告各项工作都很顺利。

选矿组同样要做分析化验工作，赵大富他们每天要完成几十个样品，每一个都必须按标准化的分析流程来做。样品送来，先要称重，然后溶解、分析，最后计算出结果。特别是钛在分析过程中容易氧化，整个化验过程必须聚精会神，否则数据就会出现偏差。

梁仕才下达了试验组的要求，分析数据直接指导选矿方法，分析化验结果必须准确、及时。

赵大富在食堂吃饭时，嘴里念念有词，还在叨念着数据，他说："我恨不得再长八只眼，八双手。"

大家一听都乐了，有人说："马王爷才只有三只眼呢，你比马王爷还厉害！"

赵大富也笑着说："我们就是要给高炉来点厉害的，否则高炉就不知道马王爷有三只眼。"

试验有了点进步，兴奋感跃然于大家心间。但更大的挑战，还在后面。

试验组交给东北工学院的第一项任务就是测试和取样。在正常的高炉生产中，高炉装料点火，特定的时间段之后，每层炉料的变化及不同点的温度都需要测试准确的数据。但炉内取样是违规的，这是高炉操作禁区，纯粹就是虎口拔牙。

几位老师带着鲁语豪他们一群学生，在高炉的炉喉、炉身、炉腰、炉腹、炉缸部位打孔洞，把高炉钻出了无数个窟窿眼，取出每层炉料，对不同部位的变化、不同点的温度进行分析和判断。高炉装料燃烧到了一定程度，炉前师傅沈学文、马玉华等人，把石棉围裙披在肩上，背对着炉子当屏障，几位老师则手把手带着一群学生，举着几米长的取样管勺勇往直前。他们将勺子的勺心朝下，推进孔洞，再猛然翻动勺心朝上，使劲取出炉料样品。每当打开一个孔洞时，孔洞便发出野兽般嗷嗷的嚎叫，高于1000℃的灼热气流夹杂着矿石颗粒往外狂扑，从孔洞飞出来，像恶狼似的疯狂扑在人身上，人顿时就成了火靶子，厚厚的工作服被烧了许多洞。

有一次，正在取样时，上面的卷扬机突然脱落了，从人头顶上飞过。

陈泰然老师负责高炉煤气分析，刚开始都是他自己操作，先到高炉现场采煤气样，随即又到化验室进行分析操作。当时的条件下，劳保用品就是一个口罩，没有更完善的保护措施，一天要采好几个样。有一次，他爬上高炉取样，当打开风口时，风向突然变了，一股浓浓的煤气喷出炉外，直接喷向了他，他应声倒地。旁边的人赶紧扶他下来送去就医，幸好中毒还不算太深。还有一次，在用煤气样品做分析时，仪器瓶爆炸了，玻璃碴划破了他的手臂，也就在这时他发现煤气情况不正常。他忍着疼痛，顾不上包扎，立即通知试验组采取措施消除隐患。

如果不是目睹，鲁语豪他们一群学生简直不敢相信，老师们会走出舒适的教室，来到烟熏火燎的高炉旁这样工作。在老师们的带领下，他们不仅要进行炉内取渣铁样、测试炉内温度、压力等数据，还要开展炼铁界从未有过的高炉风口、渣口进行喷吹精矿粉、压缩空气、烧结矿等的新技术。

陈泰然老师有句话常挂在嘴边："科研工作就是解决困难，没有困难就不叫科研。科研工作的根本精神就是创新，没有路可走，就得想出一条路。"

一个下午，难得的休息机会，一群人跑到承钢厂区附近的野外找乐子。大家聚在一起，张口闭口谈论的都是试验，烧结、选矿组。几个年轻人都在赞叹：

"炉内取样啊！你们东工这群人真敢干啊！纯粹就是拿命在换数据啊！"

"看不出来呀，鲁语豪，你小子胆真大呀。"

鲁语豪笑着回答："什么啊，第一次取样都快吓死了！孔洞打开就听见那怪兽嗷嗷叫，脚直打战。我们东工的老师们个个都是只要数据不要命的拼命三郎，跟着老师们多取几次胆子也慢慢吓大了。有什么样的老师，就有什么样的学生，没有一个人后退，没有一个是孬种。"

蔡绍铭扬扬头说："那是必须的，为了试验就要敢于拼命。"

苏文暄坐在一块石头上，手上拿着一堆化验单，沉吟良久，看了看大家，点点头说，从高炉的炉身、炉腰、风口进行了多次炉料、气体取样和温度等数据检测，获得了大量宝贵数据，咱们东工的人拼命也值了。

陆组长说了，高炉组是一面"大红旗"，我们也要争取成为"小红旗"。

鲁语豪看了看身边的宋瑶。听了大家的话，宋瑶非常激动，脸庞绯红，崇敬地说："侬讲得好！侬老来赛个！"

百炼成钢，淬火成金。

"来吧，那就让暴风雨来得更猛烈些吧！"

一群朝气蓬勃的年轻人，欢快地喊叫着。

45

这个时候的宋瑶、叶子娟她们脸上很难有笑容。

化验员这个岗位很重要。高炉冶炼过程为非均相、非线性、非稳态连续的物理和化学变化过程。高炉内各种物理化学现象及其影响因素相互作用，表现出很强的分布性和耗散系统特征。另外，高炉冶炼过程是在密闭状态下进行，内部情况大多无法直接观测，炉内高温、多相、含尘和机械冲刷等特点给过程变量的检测带来极大困难。没有化验数据检验分析报告，如何对高炉运行状况进行判断与预测，如何及时发现并调整不稳定的炉况，如何指导高炉进行下一步操作？

炉子一点火，每天摆在宋瑶、叶子娟面前的是堆积的样品和数据。问题难就难在，高钛炉渣化验在国内没有现成的标准和化验方法，只能在综合承钢、鞍钢以及苏联、日本等国外资料的相关内容的基础上建立一套新的分析标准。因为铁水的温度一直在变化，必须在最短的时间给出化验数据检验分析报告，炉前分析要求及时和准确，需在1-2分钟完成制样、分析，并报告结果。这对化验员的专业技术提出了很高的要求。

而且，化验组全程与高炉冶炼同步，他们要连轴转，随时来样品随时做数据检验分析报告。

只要一开炉，不一会儿，高炉工长就催命似的要化验数据检验分析报告。高炉工长眼巴巴，盼星星盼月亮，心急火燎地盼着韩森林。

韩森林低下头，顾不上擦脸上的汗，期期艾艾地说，大姑娘上花轿，总有个头一回嘛！

高炉工长们一下子更是火冒三丈，恨不得把他丢到炉子里去。

韩森林转身火急火燎、一路小跑着从高炉返回化验室。他喘着气，脸色凝重，跳着脚几步赶到化验室，大声问："叶子娟，叶子娟，怎么回事，你的化验数据分析比对，还是有问题？"

叶子娟托着腮凝想着，桌上摆满了一组组的化验数据。她涨红了脸低声解释："几十个样品没有统一的标准，我想仔细分析比对一下，还需要时间……"

韩森林一听就火了，气得浑身哆嗦，几乎是歇斯底里地吼起来："照你这么磨磨蹭蹭，猴年马月才能出结果啊？我干脆自己跳进炉子化了得了！急死我了！"

等韩森林怒气冲冲地走了以后，叶子娟满心伤感，她的头垂得愈来愈低了，继续埋头于一组组繁杂的数据，进行分析对比。到了吃饭的时间，她闷闷地坐在那里，一声不吭。见此情景，苏文暄走过来拿起桌上一堆化验单，一边检查一边轻声说道："韩森林也是被工长催得急才发火，你别介意，试验不顺大家心情都不好。以后我那边忙完了就赶快过来帮忙。我预估到短时间内要让你找到化验方法是有难度，但是我没有想到会这么困难啊。"

听到苏文暄这种体贴的话，叶子娟的心先是一热后是一酸，眼泪不由自主地流了出来。苏文暄连忙掏出手绢递给她，她接过手绢抹了抹眼泪，他看定她温和地说："你再仔细分析比对一下这种方法是否可行，我去食堂帮你打饭带回来。"

高炉工长们多次向陆传承反映问题，这令韩森林无法忍受，他变得越来越忧郁，生着闷气。陆传承一次次找韩森林谈话，要他狠抓化验分析。每次陆传承跟韩森林谈话之后，韩森林都是一副垂头丧气的样子。几次之后，韩森林彻底急了，成天组织组员开会学习，分析组忙成了一锅粥，但问题还是多。

一天晚上，当韩森林心急火燎地拿着化验分析数据，一路小跑来时，殷沛诚、魏德志、徐飞鸿、谭家源在炉台上堵住韩森林，把他拉进了休息室，关上门。

韩森林扬了扬手里的单子，面带愧疚地说："你们看啊，我们反复对比了一下，才发现数据还是有问题……"

不等他说完，魏德志厉声打断说："你们一屋子人成天在化验室绣花吗？"

韩森林不得不解释："你们也知道，我们也没办法啊，没有现成的化学分析标准和方法啊，我们也在琢磨呢……"

徐飞鸿反驳："等你们琢磨出来了，炉子也凉了！"

韩森林不得不再次解释，那么多繁杂的数据，要及时精确地分析对比，还需要花时间。

魏德志又说："你们需要花时间，可炉子不给我们时间啊，老韩啊！"

韩森林如坐针毡，抹了抹脸上如雨的汗水继续说："我们已经快找到方法了，正在……"

徐飞鸿疾言厉色，再次打断他的话："那你去跟领导班子说，让炉子停下来，等你们把数据分析做好！"

没过几天，陆传承召开试验组领导班子会议，他愁眉不展，开门见山地说："大家可能也知道了，资料组计算的炉渣中全铁含量与化验组的分析结果总是不同，而炉况又常常不好，我们急需渣中钒钛的物相分析结果。我就不多说了，已经火烧眉毛了，当务之急是充实化验组人员，推荐一个化验组组长人选，大家都想想哪个人适合。"

话音一落，大家都沉默了。

过了一会，陈泰然和杜纯洋同时看了看对方，交换了一个意味深长的眼神，然后彼此微微点点头。陈泰然说："我推荐东北工学院炼铁教研室的化验员肖新权，他参与了钒钛磁铁矿冶炼科研课题，个人业务能力不错。"

陆传承看了一眼郑俨峻。郑俨峻默默想了一下，微微点点头。

学校接到陆传承电话，立即通知肖新权去承钢报到。肖新权就是另一批留在学校炼铁教研室的人之一。肖新权回家就跟妻子告别，正怀有身孕的妻子自然是依依不舍，内心十分不情愿，但她嘴上却也不敢多说多问。

肖新权一边收拾东西，一边叮嘱妻子，这是保密任务，什么也不能跟她说。不知道啥时候回来，不能写信，不能打电话。她就稳稳妥妥、踏踏实实窝在家里。领导说了，如果家里遇到困难去找学校。

第二天，肖新权一个人背着行李就从沈阳出发了。来到承钢厂区内，看见陈泰然领着一帮学生在高炉上，现场到处是热火朝天的忙碌景象，肖新权突然联想到电影中打仗的画面。是啊，接到任务他就明白了，他这是要上战场去打仗了。陈泰然让一名学生领着肖新权去招待所四楼，向试验组组长陆传承报到。

当肖新权来到陆传承办公室时，还没等他开口，陆传承就指着他，很和蔼地说："我知道，你叫肖新权。"然后，陆传承对身边的人说："田秘书，你领他去吧，通知承钢组织部，肖新权是化验组组长，兼承钢化验室副主任。"

肖新权一听就愣住了，简直吓坏了，跟个木桩子似的，傻傻地站着，一动不动。

陆传承仿佛洞察了他的心思，温和地说："肖组长，快跟田秘书去吧，快去办好手续，快去看看你的兵，抓紧时间领着他们干吧。"

肖新权个头不高，偏瘦，他有一个非常显著的特征，那就是一双异常明亮深邃的大眼睛，闪烁着智慧光芒。

肖新权是东北工学院夜大毕业的中专生，他知道试验组挑选人员相当慎重，他一个化验员能进试验组已经是很光荣了。学校只是通知他来参加试验，没想到陆传承竟然让他当化验组组长，还兼承钢化验室副主任，他哪里当过这么大的官，何况还是如此艰巨重要的国家任务。

陆传承的安排让肖新权顾虑重重。

中午在食堂吃饭，见到陈泰然和杜纯洋，肖新权把事情说了一遍，惊讶地问他们："陆传承安排我到这么重要的岗位，哎呀妈呀，吓我一哆嗦，我该怎么办，我能干好吗？"

听肖新权这么一说，陈泰然和杜纯洋松了口气，相互看了对方一眼，都笑了。

肖新权很是诧异，瞪着一双大眼睛。

陈泰然认真地说："这是我们推荐的，也是试验组领导班子经过慎重考虑确定的，目前的化验分析数据问题多，你去了可得盯紧了，要起到四两拨千斤的作用，不能让人小看了咱们东工的人。一个化验室几个单位的人员，弄得挺复杂的。提防着点韩森林，这人不太好打交道，嗓门大，干工作基本靠吼，跟人说话像干仗，经常把那些女同志训得掉眼泪。另外，高炉工长们对他意见也很大。"

杜纯洋安慰肖新权："没事的，放心干。韩森林性子急脾气大爱训人，但他对待工作积极认真，责任心很强。你初来乍到，要跟他好好沟通交流，多探讨多商量，其他的事别跟他瞎掰扯，注意分寸就行。另外，化验组的苏文暄是咱们东工的，你们也是老相识了，他是个好帮手。"

四两拨千斤，这不是赶鸭子上架吗？

肖新权脑袋一直嗡嗡响，他在试验组的第一顿饭就没有吃好。心中暗想，既然来了那就硬着头皮干吧，总不能说自己不行，让试验组把自己退回学校，我可丢不起这个人。

郑晨风是早年从东北工学院毕业的，和妻子王淑琴在承钢厂化验室工作，这次他们都参与了试验。王淑琴在化验组给试验组几个女大中专学生当师傅。做化验没有专业仪器全靠手工操作，王淑琴教她们用大瓶子装上半瓶水，连续摇上几个小时，直到手都抬不起来。有时还把纸放进去，最后摇成纸浆。手上的功夫就是这样炼成的，随即在试验中派上了用场，把溶液迅速摇均匀而不抛洒出去。

随着试验的推进，化验组工作量成倍增加，每天如同打仗，大家协调作战，不分你我。到了吃饭时间，派人去食堂把大伙儿的饭都打回来，放在工作台旁，有空了就吃上两口，一顿饭要吃上一个多小时，饭早就凉透了。

化验组的高青华是兰州大学化学系物化专业毕业的，分配到鞍山钢铁研究院，主攻的科研项目就是攀枝花钒钛磁铁矿研究。她现在的工作是化验所需各种标准溶液的配备和标定，按标准添加配备溶液，用万分之一天平称好，配好标定后，再把配备好的十多斤溶液，分别装进各个大肚子玻璃瓶子里，然后，化验组来人领溶液去做分析。这个岗位就她一个人，不能有误差，如果有误差会直接导致化验结果不准确，而化验结果要指导高炉配料。

　　一次，在食堂吃饭，高青华捧着一本《化学分析操作规程》边吃边看。她说，这本书包括了鞍钢高炉冶炼所有的化学分析操作规程，对她的工作起到了极大的帮助作用。

　　说完，高青华如获至宝把书捧在胸前，加了句："这本书就是我的老师啦。"

　　跟高青华相反，上海姑娘宋瑶成为大家眼里的娇气女性。宋瑶的岗位只有她一个人，接到任务她就吓蒙了。她暗暗想着：要做炉喉、炉身、炉腰、炉腹、炉缸不同部位的钢铁分析，分析数据要准确及时报送高炉组，真让人身心疲惫。再加上承钢没有大米饭，吃的是酸菜、粉条、玉米高粱面大饼子、窝窝头，宋瑶吃了就吐，三天两头生病，又不能请假休息，人明显就消瘦了。

　　于是，就有人说，上海姑娘就是娇气，别人吃了都没事，就数她事多，动不动就哭鼻子。

　　有一次晚饭，宋瑶迟迟没有出现在食堂，鲁语豪不停地朝着食堂门口张望，胡进忠和黄玮眨着眼睛笑了笑说："鲁语豪你小子今天这是怎么了，是不是酸菜吃多了，还是没有看见某个佳人，心里发酸了，我们可要走了，你慢慢等吧，等到月亮升上了天空。"

鲁语豪涨红了脸，慢吞吞地吃着，磨磨蹭蹭不想走出食堂，心里想着再等等，也许一会儿她就来食堂吃饭了。

果然，等到食堂里吃饭的人都快走完了，宋瑶才拖着沉重的脚步，低着头匆匆忙忙进了食堂。鲁语豪赶忙帮她拿了吃的放在桌上，问道："怎么这么晚呀？你还好吧？"宋瑶看了他一眼，皱起眉头，一脸忧愁地说："侬哪里好啦，辬抢里我老忙个！"

难道娇气真是上海女性的标配。陆传承知道这个情况以后，专门派田秘书了解一下情况，这才得知宋瑶得过肺结核、肠炎，本来就有些弱不禁风，猛然一下来到承德有些不习惯，特别是吃了酸菜肠胃受刺激。于是试验组领导特意叮嘱大家照顾她。一时间，宋瑶成了试验组的特殊照顾对象。

哪知，宋瑶涨红了脸，眉头紧皱，使劲摇摇头，嘴里嘟囔着："侬伐挫气额，谁是特殊照顾对象呀，侬不需要特殊照顾的呀。"

按下葫芦浮起瓢。事故此起彼落，不是这里有问题就是那里有问题，哪里有问题就冲向哪里，试验组人人像是手忙脚乱的救火队员，团结一致，临危不惧。

为了掀起试验高潮，更好地调动大家的工作积极性，试验组开展了多项技术学习活动，发动技术好的同志带动帮助年轻人。每个组、每个岗位都开展了科研、设计和生产三结合、"一帮一、一对红"活动。早到一天也是师傅，就得带后来的人，比、学、赶、帮，工作中师徒一起动脑筋思考问题、钻研技术，推动试验一步步攻克一个个难题。

"一帮一、一对红"活动在化验组开展得最为火热。化验组又分成了几个小组，每个小组的当务之急不仅仅是化验，而且还要制定规程。一般的钢铁问题分析方法在这里并不适用，肖新权和韩森林一起商量办法，展开了低价钛、碳氮钛和三种铁的物相分析方法研究，他们几乎从早到晚待在化验室深入研究，并拟定了相对稳定的分析操作规程，陆续完成了钒对滴定法测定铝、钙、镁不同程度干扰的消除方法试验，提交了大量的化验报告，及时为高炉操作提供依据。

杜纯洋兴奋地告诉陈泰然，肖新权来了之后，开始韩森林心里多多少少有些不舒服，经过一段时间的磨合，他们齐心协力渐渐理顺了化验分析，还通过研究得到了很多新化验方法，现在化验组工作有了起色。

陈泰然还是有些担忧地说："还是要提醒肖新权，提防着点韩森林。"

杜纯洋不以为然地说："我了解了，韩森林虽然有些毛病，但还是懂得以试验大局为重。"

陈泰然加重语气说："试验组里咱们东工人多势众，工作上可不能有丝毫马虎。你找肖新权谈谈，盯紧了。"

其实肖新权也打算找机会跟韩森林好好聊聊。难得一个休息日，得知韩森林要去郑晨风家。韩森林和郑晨风是老乡，他们挺投缘对脾气的，他们还都是京剧爱好者，郑晨风教韩森林唱戏，偶尔听韩森林哼几句："我主爷起义在芒砀，拔剑斩蛇天下扬。怀王也曾把旨降，两路分兵进咸阳。"

肖新权主动提出跟韩森林一块去郑晨风家，韩森林听了心情大好。

郑晨风的家就在承钢家属区，从家里步行到高炉试验房仅需半个小时。这天，郑晨风家里可热闹了，拉京胡唱京剧，郑晨风继续教韩森林："将军千不念万不念，不念你我一见如故，是三生有幸，天降下擎天柱保定乾坤……"

三人喝了点酒，又是三句话不离本行，聊起了工作上的事。果然，韩森林大倒苦水，他说，试验用的铁精矿、钛精矿、烧结矿、高炉渣和含钛、钒的生铁都要化验许多项目，尤其是高炉使用含钛炉料后，化验组工作量成倍增加，不仅化验分析了钛与钛化物在高炉中的状态，而且还要边做数据分析边从中找出化验方法，起草部颁标准和国颁标准。大家心里都没个数，只能边干边琢磨，再加上炉子总是不顺，化验遇到很多棘手的事情，影响到自己的心情与工作节奏。

说到这，韩森林拍拍桌子说："那殷沛诚、魏德志、徐飞鸿、谭家源他们一个个眼睛冒火，急赤白脸，跟个小鬼催命似的，盯着我要化验检测数据分析报告，一旦送晚了，或者有问题，他们恨不得把我扔进炉子里！还有，你们东工那帮人，总想找碴儿，一开会就向陆传承数落我的不是。我成天悬着心，心情挺郁闷，这急脾气一上来，能不发火训人吗？亏得陆传承英明把你肖新权找来了。你说你肖新权啊，你咋不早点来呢？"

肖新权突然想到，韩森林并不知道，是陈泰然和杜纯洋推荐他来取代韩森林的。转念一想，可能韩森林已经猜到了，虽然他偶尔会说些难听的话，或者发几句牢骚，但他并没有跟自己作对使绊子，而是一心一意为试验着想，这是一个热心肠的实诚人，喜怒哀乐全都表现在脸上。

韩森林的声调又简单又诚恳，让人不能够生气或者拒绝。于是，肖新权诚恳地说："老韩啊，我今天总算理解你的苦了，啥也别说了，以后咱们相互帮衬着一起干。"

韩森林情绪激动，涨红了脸，大声答道："必须的！我当不当组长咋地，只要咱们能圆满完成国家任务，不拖试验后腿就行！"

为了缓解试验组的压力，承钢俱乐部周末会放电影，《洪湖赤卫队》《上甘岭》《刘三姐》《江姐》《五朵金花》里面的电影插曲很好听，偶尔就会听到试验组的女同志哼唱这些电影插曲。

46

大结、大泄，给高炉炉前操作带来了极大的困难，几位炉前技师和承钢的炉前师傅们，烧开渣口，从渣口内掏黏渣，清理渣沟和铁沟内的大块凝结物。每天每个班忙个不停，渣内带铁渣口三天两头就坏了，为了修补铜渣口，还专门从包钢请来了几位铜焊师傅。

大结、大泄现象，如同家常便饭。郑俨峻除了吃饭睡觉就是忙于处理事故，试验组每隔几天或一周，就要向冶金部汇报试验进展情况。这些汇报材料主要由郑俨峻执笔。

郑俨峻人如其名，大家都比较怵他。资料组有一大半人都是东北工学院毕业的，其中就有蔡绍铭。蔡绍铭和苏文暄是东北工学院钢铁冶金系炼铁专业同学，毕业后蔡绍铭分配到鞍钢，苏文暄在东北工学院炼铁教研室。

蔡绍铭在资料组的工作任务琐碎繁杂，他相当于试验组的管家。蔡绍铭的日常工作就是记录生铁、炉渣成分，研究渣铁成分的变化规律。他们组有一个专门的渣铁记录本，每一炉每一天都有记录，还要从化验组收集、整理、汇总各种数据，分阶段总结。

蔡绍铭还有项特别的任务是配料计算，也就是在每次高炉变料时作配料计算，保证每次变料后炉渣中的二氧化钛含量要符合试验计划的要求。由于渣中二氧化钛含量变动多次，变料计算的难度增加了很多。此外烧结过程主要原料有铁精矿和钛精矿，还要加入很多焦炭、熔剂，它们对配料计算的影响比烧结配料的影响大得多。好在任年杰是烧结专业的资深专家，蔡绍铭从他那里学习到了烧结的配料计算方法，逐渐掌握了模拟攀枝花矿冶炼过程中的配料计算和物料平衡，积累了评价和选择各种矿冶炼流程的经验。

在鞍钢时，郑俨峻就是蔡绍铭的老领导。

一个周日晚上，得知承钢俱乐部放映苏联电影《攻克柏林》，蔡绍铭所在的资料组的人全都乐了，但却犹豫不决，担心郑俨峻有事找不到他们。

"这阵子累够呛了，看场电影问题不大吧？"

"对呀，周日晚上应该不会找你们吧？再说了，就几步路，电影散了赶紧回。"

"哼，你们也是知道的，郑俨峻这个人，他才不管什么周日不周日的，晚上不晚上的，除了吃饭睡觉，他随时都在工作，他的眼里就只有工作。"

"那怎么办？快想想办法呀……"

于是，他们商量派一个代表去跟郑俨峻请假。可大家一听，都吓得往后躲，你推我我推你的，谁也不愿意当这个代表。有人提议跟副组长杨科老师请假，杨科也是东北工学院的老师。

随后，蔡绍铭他们几个小心翼翼来到杨科老师面前，说明缘由。

杨科老师一听，温和地微笑着说："《攻克柏林》么，这可是一部好看的电影。大家都辛苦了，今天周末看看电影放松一下，你们年轻人高高兴兴的，去吧去吧。"

大家这才如释重负，欢快地去看电影。

哪知，等蔡绍铭他们看完电影回来时，郑俨峻却面带怒容，目光冷峻，站在门口盯着大家。

"柏林攻克了，试验攻克了吗？试验问题这么多，你们还有心思去看电影，今晚都别休息了，统统加班整理资料。"

郑俨峻冷峻地看着大家，严厉地说。

吓得一群人谁也不敢吱声，脚步慌乱地朝办公室走去。

事后，有一天在食堂吃饭，大家聚在一起谈起此事，还模仿郑俨峻的语气，敲了敲碗筷说，柏林攻克了，试验攻克了吗？

大家都笑着说，等试验成功了也拍部电影，名字就叫《攻克呆矿》。

随后，蔡绍铭提议大家站起来，有的端碗，有的端水杯，碰在一起叮当响，豪迈雄壮地说，自力更生，完成任务，决不退缩，攻克高炉冶炼！

哪知没过几天，蔡绍铭又撞到郑俨峻的枪口上了。

事情是这样的，那天蔡绍铭打电话问化验室要渣和铁化验分析结果。郑俨峻走进来听到了，他指着蔡绍铭说："你在干什么，把电话放下，为什么不亲自到化验室去抄结果？"

蔡绍铭赶紧放下电话，小心翼翼，不解地问："节约时间呀，为什么不可以打电话问？"

郑俨峻顿了顿，厉声说道："为什么，你说为什么？打电话问你倒是省事了，少跑路了。可是你想过没有，在电话里对方有可能会报错数据，你也可能会听错。必须去化验室当面拿到化验单，当面认真仔细抄写清楚，你还要让化验室对检验数据、检验报告认真审核。双方核对清楚，确认无误，你才可以离开化验室，这样才不容易出错。"

说完，郑俨峻飞速扫了大家一眼，提高声音说："大家都听清楚了吧，每天到化验室取化验单，不能通过电话来报告化验结果，以免误听。"

一下子，蔡绍铭羞愧地涨红了脸，并且满脸窘迫地愣在那里。大家瞪大眼睛看了看蔡绍铭，都不敢吱声，空气也显得有些沉闷。

郑俨峻望了望大家，目光稍微温和了些，语重心长地告诫说："同志们，不用我多说了，我们都明白试验意味着什么，也知道自己肩膀上的重担，绝不能有一丝一毫的马虎，略有失误都会增加党和国家的负担。"

不仅如此，为了试验数据的精准可靠，在当时承德高炉加湿鼓风数据不准的情况下，郑俨峻还让蔡绍铭去承德市气象局，收集了近几年的大气数据，通过手摇计算机算出平均大气温度、湿度的数据，进而得出高炉加湿鼓风对照表，贴在高炉仪表盘上，供试验使用。

有一天在食堂吃饭，苏文暄笑着说："老同学，听说你最近都快成气象员了。"

蔡绍铭乐呵呵地说："可不是吗，就当是出了承钢，到承德去旅游喽。可惜呀，你们享受不到这样的待遇。"

有人说："看把你乐的，我们担心你被郑俨峻给训傻了。"

蔡绍铭又笑了笑，说："只要是为了试验，干啥都愿意，挨训也无所谓。"

郑俨峻也是东北工学院毕业的，他对东北工学院这群年轻人特别严厉，不光是资料组的年轻人，其他组的年轻人也怵他，甚至有的年轻人远远看见他，赶紧绕道走。他对女同志态度要温和一些。

郑俨峻每个月工资202元，这在试验组算是高级别。大家便给他起了个外号"202"，私下提到他都用202代替。

有一次，几位年轻人正在办公室拿着资料对比渣和铁化验分析结果，谈论202看没看，202有什么不同意见。郑俨峻大步跨进来，大家赶紧闭嘴。显然郑俨峻也听到了，他像个没事人似的，径直走到自己办公桌旁，端起杯子喝了水，然后若无其事出去了。大家这才松了口气。

有人大胆猜测，郑俨峻是不知道202的，他的眼里只有工作。

宋瑶慢条斯理地说："侬晓得哦，202也有温和的一面，我有几次看见他从食堂提着几个搪瓷饭盒。"

蔡绍铭嘴角露出浅浅的笑意，点点头说："有时候我们没时间去食堂，都是202帮我们打饭，饭凉了还要放在炉子上热了，才拿给我们吃。遇到我们加班，202还让食堂给我们加餐。"

苏文暄脱口而出："无情未必真英雄，多情未必不丈夫。"

为了抢救高炉事故，试验常常临时"刹车"。虽然试验组是细分了几个组的，但许多时候都是打破了工种组别界限的，只要有事无论干部还是职工都上，不讲任何条件的。打铁口、掏渣口、抠风口，冒着高温用钢钎抠，氧气烧，有的脸烤坏了，腿烫伤了，也全然不顾。最苦的是炉前工，用直径20毫米的圆钢去捅铁口，用铁锤打开铁口，每炉铁都烧坏好几根圆钢，工作服经常被烤得冒烟。这样的情况下，大家通常要连续奋战十多个小时。当大家拖着疲惫的身体回到招待所时，天已经亮了。

一切似乎都乱了套，大家恨不得不吃不喝不睡守着炉子。

可是好景不长，高炉好像是故意跟人作对，一个又一个难题，一系列问题逐渐涌现出来，等于是向试验组挑战。试验组穷于应付，更加忙乱，一天工作十三四个小时是常有的事，精神与身体双重疲惫。有天半夜大家正在睡梦中，突然有人哭喊起来："我不是国家罪人！我不是国家罪人！我不是国家罪人！"

接着就是一吸一顿地低声哭泣。

一时间，大家都默不作声，谁也没有上前去安慰，这样的情景在承德试验期间出现过几次。但谁也不会议论，因为感同身受。

说实话，谁心里没有过困惑：既然是试验那就允许失败，可是，又为什么要说只许成功，不许失败。一旦试验失败，就是国家罪人，那命运又将如何？

试验组里的年轻人是初生牛犊不怕虎，但心里难免会战战兢兢。那些年龄比较大的教授、老师，他们上有老下有小，思想包袱能不重吗，心里能不恐惧吗？

重庆大学的电炉冶炼试验人员中有徐文彬。徐文彬是东北工学院钢铁冶金专业研究生，毕业分配到重庆大学当老师，在重庆结婚了，还有一儿一女。他是江苏人，长相斯文皮肤白净身材瘦高，说话做事慢条斯理。

不久，徐文彬被抽调补充来到承德试验组。重庆大学校园的小电炉，与承德高炉相比，那可真是小巫见大巫。本来在校园就感觉压力大的徐文彬，也是第一次参与现场实战，这下更加紧张了，甚至感到担忧和害怕。

来到试验组没几天，徐文彬就失眠了，躺在床上翻来覆去睡不着。他干脆坐起来，到这个身边转转，又到那个身边转转，也不管对方是否睡着了，他就问，咱们探讨一下，今天的试验为什么没有成功？问题到底出在哪里？该如何解决？明天的试验又该用哪种方法？有哪些经验值得保留借鉴？试验如何才能取得成功？

如此一来，身边的人都被徐文彬折腾得烦躁不安。本来嘛，大家心理负担是很沉重的，晚上睡不好，白天还要强打精神全身心投入试验。渐渐地，大家晚上都假装睡着了，不理睬他。可能他也意识到了这个问题，变得沉默了。

有人担心徐文彬精神状态出问题，担心他影响大家的情绪，于是便向试验组领导反映了这个情况。陆传承一听就急了，他开始打算让杜纯洋去找徐文彬谈谈，可转念一想，决定亲自找徐文彬谈。他们关起门来谈了很久，至于他们谈话的内容，不用问大家也能猜到几分，还挺管用的，徐文彬逐渐安静下来，晚上不再像唐僧念经了。

陆传承还送了些茶叶给徐文彬，并且亲自出面，调整了徐文彬的工作。

于是，徐文彬带着重庆大学的几个学生组成一个班，他们的任务是研究铁水、炉渣和测量炉渣的温度。等铁水流出来，要分三次测量：铁水刚出来时测一次，流到中途测一次，快流完了再测一次。测温的时候，他们站在与铁水沟不到两米的距离，一次测5分钟，一炉铁水流完大概要半个小时。然后再从渣沟里取样，等渣凝结后再切割成一小块块的，他们一人一根扁担挑着渣块去称重，然后再取样、测量分析渣的温度、渣的成分。

有意思的是，每天这样干活，徐文彬竟然不失眠了，几乎是头一挨枕头就睡着了，还均匀地打着呼噜。

有学生说："徐老师，你睡觉是不是压着胸口了，要不怎么总打呼噜？"

徐文彬涨红了脸，期期艾艾反驳："老师怎么可能打呼噜呢？"

徐文彬是位诗词爱好者。晚上躺在床上，就听他吟诵毛泽东的《忆秦娥·娄山关》

西风烈，
长空雁叫霜晨月。
霜晨月，
马蹄声碎，

喇叭声咽。

雄关漫道真如铁，

而今迈步从头越。

从头越，

苍山如海，

残阳如血。

刚开始听，大家觉得徐文彬激情饱满，是在抒发感情。久而久之，感觉他有点过头了，仿佛是在舞台表演太夸张。怎么说呢，就是有点神经质吧。

有人半夜醒来，发现徐文彬坐在床上一动不动，犹如一座石头雕像。还听人说，半夜外出小解，看到徐文彬孤寂挺拔的背影，宛若黑夜中的鹰，他面朝重庆方向，呆坐着吹冷风。

47

承德首站试验，面前是难以驯服的耸立的大高炉，它骄傲地俯视着试验组成员。

试验组成员都明白，他们干的是别人干过但没有成功的试验，他们用的方法是别人没有用过也不敢用的方法，他们并没有比别人更为高明。只能这样说：他们必须要想尽一切办法，攻克难关。庆幸的是，他们不断地在各方面取得了进展，而这一切都会激励他们不断前进，为此无论付出多大的代价，他们都值得一试。

入冬以后，承德下起了大雪，当时的条件极其简陋，办公室没有暖气，天寒地冻，试验组有部分南方人很难适应。但是比天气寒冷更让人忧心的是试验遇到的困难和频繁出现的事故。

身为组长，陆传承更是心急如焚，他不时传达来自中央领导的指示和勉励，还要强压住内心的焦虑，千方百计想办法找突破口。他组织大家集中学习毛泽东的《实践论》《矛盾论》，展开集体讨论，或者分组讨论，找出问题所在，抓住主要矛盾先解决掉，次要矛盾就好解决了。

晚上的"诸葛亮会"，上百人商量来商量去，争论起来头头是道，公说公有理，婆说婆有理，谁也说服不了谁，吵起架来一个比一个嗓门大。陆传承突然叫大家安静，他颇具大将风度地说："我们这个诸葛亮会提倡充分发扬民主，不摆资格，不讲资历，无论你是谁，只要能拿出解决问题的办法就行。"

随后，陆传承和蔼地微笑着说："年轻人是试验的主力军，专家、老师们已经说了很多了，来听听你们的意见。"

郑俨峻目光深沉，严肃地注视着大家，他说，试验组毛孩子多，初生牛犊不怕虎，撞得头破血流也没关系，就是要在试验中成长起来，百炼成钢。

一时间，会场上安静下来，大家你望望我，我望望你，都不说话了。

陆传承看了看大家，继续鼓励说，马走日，象走田，小卒过河横冲直撞。什么是"河"？河就是思想，思想解放了就是过了河界。你们不但要竭尽全力完成岗位任务，而且还要敢于发言，大胆提出不同见解和设想。

一群年轻人顿时就有种被信任的感觉。

他们原来以为，到了试验组跟着教授专家老师们干就行了，不敢班门弄斧。陆传承的鼓励，充分调动了他们的积极性，令他们更加热血沸腾，纷纷提了自己的想法和意见。

眼看就到春节了，正是试验最困难的时候，试验组不放假，没有一个人请假回家过年。哪还有心思过年啊！在这期间，试验组两次派黄玮回学校取资料，当时，他母亲瘫痪在床，热恋中的女朋友也在沈阳。但两次他都没有回家，取了资料就赶紧回了承德。

这段时间，宋瑶穿着那件格子衣服，为了工作方便省事，她的两条辫子早就剪成了齐耳短发，手上戴了一块上海钻石牌机械女士手表，既增添气质又让她显得时尚摩登。这是出发之前她在上海南京路上的永安百货购买的手表，来到承德工作紧张繁忙，她没有心情戴手表，用手巾小心翼翼地包起来放在箱子里，偶尔翻出来看一看。现在工作逐渐顺利了，心情也愉快了，又赶上快过年了，她便把手表戴上美一美，果然引来了大家的羡慕。

手表可是奢侈品，太金贵了，整个试验组的人稀少拥有手表。一些女同志外出玩耍，拍照都要借来戴一戴，戴了赶紧用手帕包好，生怕一不小心弄坏了。但也有人看不惯说，这纯粹就是追求资产阶级享乐主义思想，宋瑶的生活作风和国家艰巨的试验任务极不搭调。

鲁语豪一听可担心了，生怕又引起什么误会，造成不好的影响，便赶紧找机会，告诉宋瑶还是把手表放在箱子里吧。

宋瑶正在低头看《化学分析操作规程》，这是高青华送给叶子娟的，叶子娟和宋瑶经常一起学习，躺在床上还相互探讨操作规程。这本书对她们的工作起到了极大的帮助作用。

听了鲁语豪的话，宋瑶合上书，略一沉思，慢慢抬起头，把手撑在膝盖上，她仰头轻蔑地笑了，撇了撇嘴不屑地说："什么资产阶级无产阶级的呀，能进试验组的人都是要经过政审的呀，都是无产阶级的呀。你们就等着吧，侬会用行动证明。"

大年三十上午，苏文暄领着化验组、资料组的女同志开始包饺子，和好面、剁馅、调馅、擀饺子皮，大家说说笑笑地忙碌起来。

温文尔雅的苏文暄既耐心又熟练地指点四川姑娘学包饺子。

她们做了个鬼脸，相视一笑说，没想到北方爷们会包饺子。

　　苏文暄朝大家笑了笑，突然看见叶子娟的脸上和头发上不知何时沾上了面粉。苏文暄的眼神更加温和了，他深深地看了看叶子娟，微笑着提醒旁边的人帮她擦掉。

　　这一下，叶子娟扑闪着俏丽的丹凤眼，脸"唰"的一下就红了，抿着嘴垂下头笑了。

　　中午在食堂吃饺子时，大家聚在一起，从饺子味道谈到家乡的过年风俗，三言两语话题便转到了炉子上。有人感叹，自从来到承德试验组，就像断了线的风筝，家里的情况都不知道了，家人也没有我们的消息。

　　"我们四川人过年不吃饺子，都是吃汤圆。"

　　"丫丫的，这都不是事儿。"

　　"管他的，好吃赖吃，能吃就行，统统进肚，片甲不留。"

　　"别扯犊子了，只要那什么炉子，不出么蛾子，不祸害咱们就行。"

　　"是啊，炉子隔三岔五就跳出来作一下妖，把人折腾够呛。"

　　"介都嘛呀，咱得想法子迈过这道坎！"

　　除夕之夜，面朝家乡方向，跪下磕三个响头，算是给父母拜年了。试验组邀请了极个别家属来探亲，这些都经过了事先的周密安排，由试验组领导班子提交骨干人员名单，从中筛选确定来探亲的家属。几位家属的行程自然也保密，他们被告知到一个地方统一集合，然后再由某部门某单位的专车接他们来到目的地。

　　当然，试验组领导班子成员的家属没有一个被邀请在列。

　　在联欢晚会上，大家没有看到陆传承和郑俨峻，也不见秘书田俊的身影。蔡绍铭说："他们基本上是连轴转，恐怕连饺子都没有吃一个，我得去让食堂给他们留点饺子。"

高炉工长之一的谭家源没有心思看联欢会，他独自站在旷野，两眼含泪。原来谭家源非常担心家里，他妻子是一位设计师，他们的两个孩子还小。他来参加试验以后，他妻子每天早上怀里抱着一个，手上牵着一个，将小的孩子送到托儿所，再将大点的孩子送到幼儿园，然后到单位工作。本来这次试验组也邀请了他的妻子，可就在前不久他妻子因为赶时间接孩子，一路小跑着，被一辆自行车撞倒，受了伤，好在他岳母赶来帮忙照顾家里。现在他妻子还在住院，一个孩子暂时由托儿所照顾。另一个孩子被幼儿园园长分配给了几位老师，由他们击鼓传花式的轮流带回家。

抽完烟后，谭家源在黑暗中抹了抹眼睛，转身大步朝高炉走去，把联欢会的歌舞声抛在脑后。

除夕夜，叶子娟躺在宿舍的床上，甜蜜地回味着包饺子时苏文暄看自己的眼神。正好可以看到窗外的夜色，夜色是多么迷人啊，她贪婪地享受着。

在被挑选进试验组之前，领导跟她进行了秘密谈话，当听到试验任务的重要性和保密级别时，她大脑一片空白，简直被吓坏了。不，纯粹就是心惊胆战，感觉心脏剧烈跳动着，真怕它会一下子跳出来。她听到内心有个声音在呼喊：为什么会选中我，我还只是个实习生呀？可她哪里敢说出口，她的脸由于困窘和羞愧一下子涨得通红，难过得要哭了。

叶子娟头昏脑涨地走出领导办公室，当她刚一踏进中心化验室的大门，就敏感地发觉气氛不对，有人冲着她神秘地笑了笑，眨了眨眼睛。原来这里好多人都接到保密任务，都被领导叫去秘密谈话了。

高青华悄悄来到叶子娟身边，急匆匆地把一本装订好的《化学分析操作规程》塞给她说，带上吧，到时候肯定用得上，临阵磨枪不快也光。

叶子娟什么也没说,感激地点点头。高青华像阵风似的,转身就走了。

就这样,像是被一股强烈的热浪席卷着,叶子娟来到了试验组。

叶子娟心里悄悄地把高炉比做是一个胃口巨大的庞然怪物,试验组就是为这个怪物准备合口食材的人,既要确保怪物吃得舒服,吃得满意,又要保证怪物消化顺利正常排泄。既然是庞然怪物,那么胃口就极端挑剔,排泄更是难测。每个组、每个人都担负着各自的任务。叶子娟面临焦头烂额的工作,成天被脾气暴躁的韩森林明里暗里讥讽嘲笑怒吼,精神紧张恐惧,连来例假的时间都乱套了,好在苏文暄出现了,他像一道光照亮了黑暗中孤苦无助的自己,在他温暖的指引下,自己一点点探索着往前走,很快就找到了出口,一切困难逐步迎刃而解。

叶子娟在悄悄松了口气的同时,发现自己对苏文暄产生了特殊的感情,愿意像影子一般跟随他,一起工作加班,一起疲劳,一起吃饭。只要看一看他就在旁边工作,看他那张越来越熟悉的脸,她就不会再胡思乱想了,专心致志投入工作,甚至韩森林的暴躁怒吼,都可以充耳不闻。

叶子娟震惊地感觉到自己喜欢上苏文暄了。她越想越震惊,她一遍遍地问自己,这是真的吗,你是不是疯了?

苏文暄离过婚,有个儿子由前妻带着在沈阳。

然而,叶子娟听见来自内心深处的回答:是的,你就是疯了,你就是喜欢上他了。至于他离过婚那又怎样,我们都有追求幸福的权利!

这时,墙角那张床上传来宋瑶细细碎碎的抽泣。宋瑶是想家了,还是受委屈了?就让她痛痛快快地哭吧,把心里的委屈压抑都随着泪水流出来就好了,之后就可以轻装上阵了。

于是,叶子娟像猫咪一样轻轻侧过身,假装熟睡。叶子娟相信,宋瑶会用实力证明自己是有能力的,而绝对不是大家眼中那个娇弱的保护对象。

48

　　陆传承的睡眠少得可怜，一天通常只能睡三四个小时。人们看到他的精神状态非常好，那是他把紧张焦虑担忧的情绪都紧紧地压在心底。

　　陆传承觉得，这种情绪是会传染的，所以要格外控制好。

　　作为这支队伍的"领头羊"，陆传承深感责任重大，一切正如领导对他的嘱咐："任务急，担子重。"队伍中绝大多数人都没有接触过钒钛磁铁矿，好在有东北工学院带来的译文集，又请冶金部情报所和鞍钢情报所查找了一些外文资料。他得知马鞍山钢铁厂是国内唯一的在进行冶炼含钛较低的钒钛铁矿的工厂，赶紧派人到马鞍山钢铁厂考察学习。

　　每天一大早，陆传承几乎都是第一个吃了饭就冲出食堂，到每个工作区域走一走，看一看，问一问。大家都在忙碌，都有事情向他汇报，都有问题需要他协调解决。上百人来自不同的单位，各小组各工序的交叉配合过程中，难免会有些这样那样的矛盾，只要他们自己内部能消化不影响试验就行。陆传承是个性格宽容温和大度的人，一直遵循愉快的相处方式。

试验遇到了许多困难，但是大家都在尽力而为。不，确切地说，是在拼命地干。

一天凌晨，当陆传承来到炉台时，发现郑俨峻已经在那里了，他正和殷沛诚、魏德志、徐飞鸿、谭家源等人在观察风口。几位高炉工长提出了一种见解，他们认为炉渣变黏稠，肯定与风口吹风有关。同时，东北工学院炼铁教研室的渣铁化验和岩相分析报告，也一份接一份送到试验组。

到了深夜陆传承还在翻看资料，郑俨峻几步冲了进来说，再去风口看看吧。随后他们又去了高炉观察风口。

郑俨峻皱了皱眉头说："有些计划违反了高炉操作规程，大家意见不统一，争论很激烈……"

陆传承望着远方沉默了一会儿，点点头说道："几个组长都跟我说了，我呢，也听到了不少议论，多听听不同的意见，这是好事嘛。你这个参谋长有什么好的建议呀？"

陆传承微笑着，热切地望着郑俨峻。

郑俨峻也笑了，他不慌不忙地说："光靠我们埋头苦干、开'诸葛亮会'也还不行，我们是应该听听不同的意见，我倒有个建议，你来主持召开一个群英会。"

陆传承听完满意地笑着，朝郑俨峻点点头，风趣地说："不愧是试验组参谋长。"

春节过后不久，陆传承在承德组织召开高炉冶炼技术攻关会议，冶金部紧急召集了全国20多位从事冶炼的教授、专家、科研人员到会，让大家集体想办法拿出方案，解决高炉冶炼渣铁不分离、钛渣黏度、熔化温度、高温变稠与消稠、钛渣脱硫性能等问题。

会议上，重庆大学杨海涛汇报了学校电炉冶炼遇到过这样的情况，重庆大学科研团队的十多位师生，白天晚上三班倒轮流做试验，经过反复的试验，摸索出了一套通过普通电炉冶炼攀枝花钒钛磁铁矿的一些规律。然后又到重庆钢铁公司进行中型试验，试验取得了成功。杨海涛提出，他们发现炉内钛渣变得黏稠不流时，洒入一点铁矿粉，渣子的流动性就很快好转，这说明可以采用氧化的办法使稠渣变稀。至于怎样使高炉炉缸内的稠渣氧化，还没有实践过。试验组领导班子认为这个办法值得一试。

有一天，鲁语豪去招待所找何学东借计算机，打开门便惊呆了，只见三个大男人在一间屋里，光着上身，下身穿条短裤，面前一摞厚厚的原始数据记录。他们正在用手摇计算机做计算，摇一圈跳一个字，数字是几，就摇几圈，每个数字都是一圈圈手摇出来的。

何学东解释说，三个人同时做，必须要有两个人的计算结果相同才可以采用，否则就白做了，要再来一遍。试验要的数据又急又多，就害怕忙中出错，心里特别紧张，一紧张就更热，热得满头大汗，便只好赤膊上阵。

说完，何学东擦擦汗，倒杯水递给鲁语豪，他的手臂直打战。

鲁语豪惊问："你的手怎么了？"

何学东满不在乎地说道："这么庞大的数据统计和分析，这手每天不停地摇上几万次，连锁反应，就像抽筋一样打战。"

为了很好地锻炼研究生何学东，试验组先后安排他到炉前组、新技术组、高炉组几个岗位轮流体验。何学东像着了魔似的，观察炉渣在上中下几层时，哪层变稠最厉害，又是什么原因导致的。通过仔细观察前后分析，他写了论文《黏稠层的形成和机理及其对冶炼过程的影响》《渣中含钛25%阶段对高炉热结和大渣量现象》，领导小组觉得比较详细系统，给他评了二等功，在会上通报表扬。

前面提过，肖新权接到任务出发时，妻子怀有身孕。他妻子多次找到校领导打听丈夫的消息，校领导只有一句话，放心吧，你丈夫一切都好，你有什么困难来找我们解决。

他妻子心想，有啥困难呀，就想见见丈夫，盼望丈夫回家。但嘴上又不好意思说出来，因为整个学院的人都知道，他们是去完成国家秘密任务了。自己咋好意思拖后腿，觉悟低的事可不能干，否则脸上无光，丈夫也会责怪自己的，即使有困难也得咬牙挺住。

转眼几个月过去了。

有次，试验组派人去沈阳买器材，再去学校炼铁教研室取化验数据。恰好路过肖新权家，听说他爱人生了一个儿子。回到承钢，这个人兴冲冲找到肖新权说："肖组长，恭喜你呀，你当爸爸了，你爱人给你生了一个大胖小子。"

肖新权正愁眉不展，手里拿着化验数据对比分析呢。他稍微愣了一下，"哦"了一声，继续低头看着化验数据。直到身边一位女化验员重新递给他一张化验数据单，肖新权发现这回数据对上了，他这才眉开眼笑，兴奋地惊叫："真的吗，我当爸爸了，我有儿子了！"

原来，肖新权也在计算时间，估计着爱人应该生了，这下心里的石头总算落地了。

好不容易等到有机会出差回沈阳，他爱人又是抱怨又是诉苦说，住院生孩子时同产房的人都议论她是未婚，生的是私生子，产前产后都没看见她丈夫来过医院，多亏了学校派人照顾。

肖新权使劲跺跺脚："呸呸呸，什么私生子，这是我儿子，我儿子！"

妻子白了他一眼，说："你好几个月没音讯，家里大事小情都要我考虑，你也不能帮我出个谋划个策，你说这咋整？"

肖新权抱着儿子说："你少扯犊子，家里的事都是小事，国家的事才是大事。"

与竞技赛场截然不同，科学试验的赛场秘而不宣。中国有句古话叫作欲速则不达，冶金部并没有规定试验成功的时间，但试验组知道，冶金部焦急地期待着高炉冶炼试验取得成功。

重庆大学的电炉试验忙碌了半年多，总算取得了一定的成绩。然后，他们又到重庆钢铁厂做400KVA矿热电炉扩大试验，也成功了。北京钢铁研究总院炼铁科的1500KVA矿热电炉试验也在同步进行，试验也取得了成功，但一吨生铁的耗电量是4000度电以上，消耗焦炭400公斤左右，生铁质量基本合格。

后来，重庆大学去了西昌410厂进行电炉冶炼扩大试验，进一步验证了他们在校园和重庆钢铁厂的试验成果。

蔡博带着一帮人，在吉林铁合金厂进行的电炉冶炼试验同样也成功了。但由于攀枝花钢铁基地当时的条件和种种原因，最终，冶金部没有批准采用电炉冶炼试验成果。

消息传到试验组，大家喜忧参半，做梦都盼望着试验成功。

49

果然，宋瑶在用行动证明自己。

大家没有想到的是，这个试验组的特殊照顾对象，外表娇气的宋瑶，骨子里却十分倔强。

试验组的新技术组是个大组，组里有个化学组，化学组里有金属铁、亚铁、全铁"三铁"岗位，接收高炉送的样品进行化验分析，根据化验分析的结果出数据指导高炉实践。眼下，三铁岗位只有宋瑶一个人。正常工作情况下，她一天只能完成40多个样品化验分析，然后再出数据。可是，随着试验的进程，高炉每天需要约100个样品的化验分析数据。

每天完成100个样品化验分析，成了宋瑶的头等大事。她边做边观察边思考，想到了利用样品降温的间隔时间差，抢时间快手快脚多做。还有，早上6点过她就冲进食堂吃早饭，然后装上馒头咸菜，提着饭盒去上班。午饭、晚饭干脆就在化验室里吃，一直忙到深夜十一二点才下班，这才勉强做完100个左右样品化验分析。这样一来，她常常忘记了吃饭，还有一次她把饭盒放在电炉上，结果饭盒烧穿了才闻到煳味，幸好没有出事。

渐渐地，宋瑶发现做金属铁化验分析一个样品要加7克氧化汞，时间长了对身体和环境都有不良影响，她提出加4克氧化汞，加3克氯化铵，从而减少氧化汞的用量，对样品化验分析没有任何影响。她兴冲冲地把这个想法告诉组长陈泰然，陈泰然一听就同意了，夸她做得好。陆传承多次在会上表扬宋瑶，那段时间她脸上笑容多了，眉头也舒展了。

试验组为了检验化验分析水平，还要把他们做的试验数据送到北京、长沙校验。大概等了七八天，北京钢铁研究院的数据返回来了，和他们得出的数据基本一致。

消息传来，鲁语豪一听很高兴，兴奋地找到宋瑶，想看到她愉快的模样。

哪知宋瑶非常冷静，满不在乎，斜着眼睛看着他说，光是北京的数据返回来了还不行的呀，还要等长沙的数据呀。三方的数据要基本一致才行，如果有一方差距大都不行的呀。北京和长沙的数据倒是一前一后返回来了的呀。但是长沙的数据和我们差距太大了，所以还要等长沙重新校验的呀。

又等了几天，长沙的数据再次反馈回来了，他们承认自己的化验方法选错了。

试验组这才松了口气。

晚上在食堂吃饭，大家高兴地聚在一起，举起饭碗和水杯庆祝。陆传承朝这边走了过来，他手里拿着一个搪瓷饭盒，里头是青椒炒鸡蛋。他微笑着说："小宋啊，你们辛苦了，这个得慰劳一下，你们慢慢吃。"说完放下搪瓷饭盒转身走了。

宋瑶的脚轻轻在桌子底下踢了鲁语豪一下，朝他莞尔一笑。他顿时心花怒放，心里真是美上天了，这是他们的暗号。晚饭后，他们一口气跑到不远处一片荒凉的旷野。

冬天夜晚的旷野，天空像被墨水涂抹过似的更加深邃幽蓝，仿佛寒气把光也阻隔了，但格外寂静，风呼啸着，冷冷的寒意冲上心头。他们头上都冒着冷汗，高兴得又跳又蹦，对着天空大喊大叫。

突然，鲁语豪心血来潮，对宋瑶说："快看，星星，星星。"

宋瑶停下来，抬起头，水汪汪的眼睛，眼神迷离，呆呆地望着高邈的夜空，努力地寻找，夜空里看不见一颗星星，她按捺不住心里的失望问："星星，侬在哪里，侬在哪里？"

这时，鲁语豪的双手颤抖，呼吸急促，心怦怦直跳，低下头来，凑近她的脸庞，有点朦胧而奇妙的感觉……

宋瑶马上就明白了他的用意，她脸庞绯红泛着透明般的红晕，明亮的眼里满是妩媚，咯咯娇笑着，说了句："鲁语豪，侬勿要骗我，侬想哪能啦？"

说完，她便立即转身往回跑。

50

试验组在承钢拼命，留在东北工学院炼铁教研室的师生也在拼命。

其中就有苏联钢铁冶金专业的留学生秦汉文，他的穿戴非常清新洁净，仿佛被消过毒似的，在学校显得有些清高孤傲。休闲时他便穿着一套洋气的运动服，潇洒地骑着自行车。他的性格气质与运动服、自行车搭配在一起，成为校园一景，总是会吸引来无数羡慕的目光。

秦汉文还时常吹口哨，他喜欢吹的歌曲有《莫斯科郊外的晚上》，歌中唱到深夜花园里四处静悄悄，树叶也不再沙沙响，夜色多么好，令我心神往，在这迷人的晚上，夜色多么好，令我心神往，在这迷人的晚上……

还有《山楂村》，歌声轻轻荡漾在黄昏水面上，暮色中的工厂在远处闪着光，列车飞快地奔驰，车窗的灯火辉煌，山楂树下两青年在把我盼望。哦，那茂密的山楂树呀白花开满枝头，哦，你可爱的山楂树为何要发愁……

此时的炼铁教研室，几乎夜夜灯火通明，做原料烧结性能研究、现场变料、炉渣的性质、脱硫性、炉化温度，等等，他们都要进行系统的研究和实验，并将一份份数据报告及时送到承钢试验现场，为试验提供了必要的参考依据。

整个学校都知道，炼铁教研室在执行国家秘密任务，那帮师生特别拼命卖力，为了给他们加油鼓劲，学校食堂特意给他们一份特殊的奖励：凡是炼铁教研室的人，午餐加一份红烧肉。

陆传承常常感叹，东北工学院炼铁教研室是试验组坚强的后方基地，对试验成功起到了关键作用。

经过艰苦卓绝的试验，成功的曙光已经初现。听到消息，李富春副总理在许志等人的陪同下，来到承德试验现场视察，与试验组交流，要求大家发扬精神，再接再厉，争取试验早日成功。

然而，试验毕竟是试验，并不是说这次成功了就意味着以后都能成功，相反，失败反复出现，因为试验比一切书本上的理论问题更加复杂，更加变化莫测。困难严厉无情地检验着每一个人，考验着每一个人的意志。

1965年4月17日，危机再度出现。大家把炉渣中二氧化钛由25%提高到30%，立即出现了操作困难，大泄次数增多，炉渣变得更黏稠了。到了4月20日凌晨，第一炉连渣铁都流不出来，情况变得更加严峻了，上边矿石不断熔化，下边渣口、铁口都打不开，过去那种风口前棉絮状的飘摇物不见了，大家都焦急地围着炉子转。

蒋少林焦急万分，朝陆传承等人喊道："看，渣铁堆积物死死地把风口封住了，一个一个风口陆续堵死了！"

沈学文对着大家几乎是在吼了："只剩一个半风口能吹进一点风了，如果这一个半风口再堵死，高炉就变成一个大渣铁砣了！"

气氛突然空前紧张起来，真叫人心惊胆战，甚至绝望，炉子已处于奄奄一息的地步，眼看就要熄灭了。

陆传承、郑俨峻当机立断，高喊道："救活炉子！"

这时，有人提出用氧气烧风口化渣铁，可是承钢又没有瓶装氧气。剩下的氧气只能再烧几小时，断了氧就等于宣布了炉子的死刑。

危急关头，施之洋的电话从北京直接打到了炉前，询问有什么需要部里帮助解决的困难。陆传承对着电话大声急促地喊道："炉子快闷死了！急需氧气救炉子！越快越好！越快越好！"

于是，冶金部紧急命令首钢派专人专车送氧气。汽车一车接一车地将氧气送到高炉现场，到达就立即卸车，大家全体扑来参与抢救，人人争先恐后，一个个跟猛虎似的扛起氧气瓶就往炉台跑，心里只有一个念头：救活炉子。

试验组的女同志也不甘示弱，抢着去扛氧气瓶，却被急眼的陆传承、郑俨峻挥手制止。

马玉华、沈学文和承钢的炉前师傅们卸下渣口、风口和冷却水套，从渣口插进氧气管，用氧气烧化炉内炉料，慢慢使渣口、风口前炉料熔化。最后还打开铁口，也用氧气烧，使炉内腾出更大空间，更好地进风燃烧。氧气管一根又一根，氧气瓶一瓶又一瓶，烧了上千瓶氧气……

奋战了30多个小时，才把炉内的渣铁掏净。大家累得精疲力竭，恨不得立刻躺在地上就睡。但谁也没有回去休息，赶也赶不走，都守在炉子旁边，观察结果。有的人就地靠着墙角睡着了。

这是试验组在承钢集体难忘的"4·20高炉休风事故"。

但是，如果没有新的措施上去，新熔化的渣铁还会继续堆积起来。

陆传承紧闭着嘴，在房间里走来走去，正是在这种情况下，他心里已在酝酿下一步的试验计划。他决定召开紧急会议，讨论对策，又组织大家学习毛泽东的《实践论》《矛盾论》，从实际出发辩证地看问题，从内部去挖掘、去研究、去探索，找出解决问题的方法。

原料配比和操作方法都闯了普通矿高炉冶炼"禁区"。陆传承和郑俨峻彼此看了看对方，然后他们一起把目光集中在几个组长身上，盯着他们看了看，又看了看大家。试验组内照例又出现了激烈的争论。一种意见是：目前生铁含硅量已经是超低限的操作，再低是严重违反高炉操作规程的。另一种意见是：钒钛矿高炉冶炼得到的生铁中，除了含有硅外，还有钒、钛元素，不能单凭生铁的含硅量判断炉温，从生铁中还含有钒、钛的角度思考，应该可以再降低一些生铁含硅量冶炼，但是再降低多少呢？

陆传承他们领导班子又商量了好一阵，随后，陆传承站了起来，朝众人挥挥手，示意大家安静下来。陆传承果断地说："治重病要下猛药，我们领导班子提出三项治理技术，之前我们就反复讨论过了，现在再次提出来，大家都说说吧。"

陆传承话音一落，大家都怔住了，相互望着，一时无语。稍微沉默了一下，再次激烈地辩论起来。不少人对这三项治理技术持怀疑态度，提出了反对意见。

陆传承端起杯子，喝了口水，再次站了起来，大声说："这种操作方法在普通矿冶炼高炉上是不允许的，大家的担心也是正常的。但是，我们别无他法，在这种退无可退的悬崖边，我们只有相信自己的判断，拼搏向前，置之死地而后生。"

郑俨峻紧随其后，点点头，"嗯"了几声，目光平静地扫了扫众人，说："孤注一掷，我们干的都是别人没有干过，也不敢干的事。"

陈泰然和杜纯洋相互看了看，又看了看肖新权。他们用眼神交流了一下，彼此点点头。陈泰然站了起来，看了看众人坚定地说："我们早就憋着一股不服输的劲儿。没啥好说的，那就干吧。"

任年杰犹豫了一下，瞪着眼说："我们已经遇见过一次次事故，要是再有一次事故，也无非是再处理一次罢了。"

梁仕才站起来，提高了声音说："对，遇到事故就处理，我们是越来越有战斗经验了。"

蒋少林进一步补充道："这就是我们试验组最可贵的地方，没有一点害怕、退缩的情绪。"

又折腾了一段时间，这才药到病除。新装入炉的烧结矿下到炉缸时，风口前边未出现往日排渣或涌渣的现象，都是通明透亮的。沈学文亲自捅开出铁口，铁水平静地流出来。过去铁水流完，渣子就出不来了，这次渣子也跟着像水一样流出来了，炉台上顿时响起一片欢呼声，高炉被驯服了！

这天，承钢食堂加了好多菜，一盘盘热气腾腾的菜摆在桌上，陆传承面带微笑，目光和蔼，他站起来，举着水杯说："同志吧，来吧，干杯！庆祝！"

这真是最激动人心的时刻，历经千难万险，经过日夜鏖战，试验在承钢经历了首站点火开炉、练兵、上阵、闯关，一步步走来惊心动魄，经过反复摸索和试验取得了关键性胜利，基本上消除大结、大泄现象，获得了渣铁畅流、生铁合格的良好结果，最终制定了一套冶炼方案，解决了钒钛磁铁矿高炉冶炼的难题。

告别的时候，试验组和承钢的同志难舍难分。

陆传承、郑俨峻、陈泰然、杜纯洋、任年杰、蒋少林、梁仕才、肖新权等试验组领导班子成员，与付友绍一群人，一双双手握住好半天不肯松开，感谢的车轱辘话来回说。

郑晨风和韩森林拉着手唱：将军千不念万不念，不念你我一见如故，是三生有幸，天降下擎天柱保定乾坤……

宋瑶她们一群人围着王淑琴依依不舍，弄得王淑琴眼圈都红了。

郑超英、郑赶美提着水果，憨憨笑着，往任年杰他们手里塞，任年杰用力拍拍他们的肩膀，一个劲点头，一句话也说不出来。

自古多情伤离别，几个月艰苦卓绝并肩战斗，大家结下了深厚的情谊。这一分别不知何时才能再见，分别的场面让人难以忘怀。

51

承德试验成功是一项具有里程碑意义的重大突破，但还存在高炉炉况不稳定、生铁质量不好等一些问题。

国家建委在首钢召开了有国家计委、冶金部、中科院等单位参加的听证会。会议基本确定采用冶金部提出的攀枝花钒钛磁铁矿高炉冶炼工艺。

喜讯传到冶金部，传到党中央、国务院。冶金部给试验组放假，专门安排了两辆大客车，拉着他们到北京游玩，许多人都是第一次到北京，再加上试验成功的骄傲和喜悦，大家兴奋极了，尽情地欢笑游玩，去了著名景区景点，去了王府井百货大楼，苏文暄还买了条鲜艳的女士围巾，神神秘秘装地进了挎包。

1965年9月10日，试验组全体成员在天安门广场拍合影。

这天，宋瑶穿上了那件格子衣服。鲁语豪就站在离她不远的地方，一眼又一眼偷偷地看着她。她也在朝周围张望着，直到她的目光定定地落在了他身上。她脸庞绯红露出了笑容，他的心扑通扑通跳荡，这时刻实在是太幸福了，但又有些落寞，他们共同经历了这场硬仗、恶仗，而如今即将告别，深深的忧伤、莫名的惆怅，蓦然袭上心头。

承德试验结束后，大多数人都回了原单位或者学校等待通知。还有蔡绍铭、陶玉茹等部分人员被分配到西南钢铁研究院。

回到学校，只要一想到宋瑶，或者是跟宋瑶有任何关联的东西，鲁语豪的心就乱了方寸。是的，他无可救药地爱上了她。爱情在他心里闪闪发光，虽然他对爱情不了解，也不屑给爱情下定义，但他知道他爱她。即使是试验最艰难的时候，他仍然感谢这一切。爱情如同洪水猛兽一般，直奔他年轻的心房，势不可当。

回到学校后，肖新权的生活发生了很大变化，心情特别愉快。他个人自我总结了三点荣幸：一是校长张栋梁说了，这是国家重大的保密任务，能参加这个任务是光荣的。二是试验组都是高学历的专家、教授、教师，还有研究生、大中专毕业生，自己是一个夜大生，能和他们一起参加试验是很荣幸的，而且自己还是组长，是试验组领导班子成员。三是以前在学校没有房子，是跟学校借的一间房子。承德试验结束回来，学校给他特批了一套"妈妈房"，这是苏联专家住过的小洋楼，有卫生间，有厨房，学校一般人是不可能住进"妈妈房"的，这是多大的光荣和福利啊。

肖新权在心里暗想：如果下次试验人员名单中有我，我一定再接再厉，绝对不能掉链子！

不久，学校就通知相关人员参加会议，再三强调了保密纪律，做好准备随时出发，先到成都会合后再去西昌。果然，学校对到西昌试验的人员进行了部分调整。在公布西昌试验人员名单时，当听到秦汉文的名字时，苏文暄的脸色一下子就变了。肖新权皱皱眉，侧头看了一眼秦汉文。秦汉文端坐在那里，一脸春光。

夜晚，躺在学校宿舍床上，鲁语豪沉默不语，心事重重。胡进忠、黄玮等人吹着口哨，整理行李，看着鲁语豪的这副模样，黄玮便打趣说："鲁语豪你小子八成又在想人家宋瑶了，我劝你呀，别瞎想了，接下来的试验还不知道要经历多少磨难，宋瑶那么娇弱，任务又那么艰巨，她能受得了吗？她不能参加西昌试验了。"

鲁语豪一听，生气地坐起来，大声反驳："你们不要小看了宋瑶，她已经成为技术骨干了。陆组长还多次表扬过她呢，凭什么她不能参加西昌试验？"

胡进忠嘿嘿一笑说："傻小子，试验组的年轻人哪个没被陆组长表扬过、夸奖过？这是陆组长在鼓励年轻人。我敢打赌试验组领导不会同意宋瑶参加，而且宋瑶已经在承钢吃够了苦头，她会主动申请参加试验吗？"

黄玮连忙点点头："那可不咋地，听说她经常躲在化验室，眼泪泡着酸菜窝窝头啃。"

鲁语豪急得涨红了脸，瞪着他们，抓过一本书，盖到了脸上。

52

　　到了成都会合，只见人群中的上海姑娘宋瑶，戴着手表，穿着风衣，时尚而优雅，轻盈而俏丽。

　　在见到鲁语豪的瞬间，宋瑶的表情先是惊讶，很快就是一脸的欣喜，她脸庞绯红，露出了羞涩的笑容，一双眼睛亮晶晶地凝视着他，她轻轻地说了一声："鲁语豪，侬好呀。"

　　鲁语豪望着宋瑶，心怦怦地跳动，说不出一句话。

　　宋瑶是主动向试验组领导班子提出申请的。原来鉴于宋瑶的身体特殊情况，试验组领导班子也在考虑是否让宋瑶参加西昌试验。宋瑶从上海赶到北京，找到陆传承，坚定地说："陆组长，谢谢你多次在会上表扬我。我愿意克服一切困难继续战斗，完成任务，为国争光，请批准我参加试验。"

　　陆传承一听非常高兴，他和蔼地说："小宋啊，你在'三铁'岗位表现突出，为试验立了大功，也给我们留下了深刻的印象，彻底改变了同志们对你的看法。你的请求我们将慎重考虑。"

于是试验组领导班子重新综合考虑了一下实际情况之后，同意了宋瑶的请求。

试验组要从成都坐三天汽车前往西昌。从成都到西昌有500多公里，汽车除了爬山就是下山，下山路段极其险要，简直就是场历险。崎岖的山路盘绕在山的腰部，一边是悬崖，另一边是汹涌的大渡河，车上有人吓得站起来，大家惊呼快坐下，简直太危险了。化验组的一群女同志在车上说说笑笑，时而像小鸟一样叽叽喳喳，时而吓得闭上眼惊叫。

众人来到位于西昌的西南钢铁研究院，它在西昌可是大名鼎鼎，因为这是一个"地专级"单位。可是，出现在众人眼前的研究院是破烂楼房，有的房间没有窗户，有的地板缝隙上下透光。大部分男同志住在一个仓库里，像一个大工棚，他们管这个仓库叫"幸福院"。棚顶上有多盏200多瓦的白炽灯，大家都是三班倒，晚上或者凌晨还要应对突发情况，因此白炽灯从晚上一直亮到天亮，躺在强烈的灯光下，劳累疲乏的他们依然睡得香甜。

到了西昌，重庆大学的人员也有调整变化。除了徐文彬老师，重庆大学还挑选了三位毕业于东北工学院钢铁冶金专业的老师，又挑选了八名学生。这支队伍由谷博文老师带队，谷博文是山东威海人，大高个，性格开朗，说话声音洪亮，兴奋之余不禁手舞足蹈。谷博文他们负责高炉风口，这是试验最危险的地方。西昌410厂的高炉有6个风口，每天的喷吹是一个极其艰苦的工作。

回到"幸福院"，谷博文绘声绘色地讲述着喷吹的动人故事。他说："我们三人一组，穿着石棉劳保服，同持一杆长枪，走在最前面的整个头都蒙住，这叫'不要脸'，第二个蒙脸只露眼睛负责捅枪，这叫'不要眼睛'，最后那个人观察并指挥，左一点，靠右，快拧，快拧。风口一打开，一条火龙就蹿了出来，上千摄氏度的高温，三个人必须协同作战，用最快的速度完成喷吹。"

讲完，谷博文爽朗一笑，挥挥手大声说："小师弟们，睡觉喽，明天继续战斗。"不一会儿，就能听到他很均匀的呼吸声。

除了重庆大学，还有中国科学院长沙矿冶研究所、四川省冶金研究所等单位零星增补的人员也陆续赶来了。

西昌410厂提前就给陆传承安排了条件较好的住处，但陆传承坚决不同意，他提出就住厂里二楼办公室，这样就很方便他随时上高炉。郑俨峻等几位试验组领导班子成员也跟着住厂办公室。承德试验结束后，田俊回了河北，陆传承对蔡绍铭说："干脆你这个管家给我当秘书，我知道郑俨峻也离不开你，只好辛苦你两边跑了。"蔡绍铭高兴地点点头说："我年轻身体好，累了睡一觉就恢复了。"

不打无准备之仗。

此前，试验组就安排部分人员先期到达西昌，对410试验厂的小高炉进行技术改造、检查设备，为试验的开展做了一系列准备工作。

按照冶金部制定的第二步试验方案，试验组到西昌410钢铁厂用当地太和钒钛磁铁矿和攀枝花钒钛磁铁矿在高炉进行验证试验。验证承德冶炼模拟试验的高炉冶炼技术成果是否正确可行。此外，攀钢拟建高炉要用的是兰家火山钒钛磁铁矿。因此试验还包括选矿车间、烧结机。这也是从选矿、烧结到高炉的全流程联动的生产试验。参加这次选矿试验的单位有长沙矿冶研究所、四川冶金研究所、长沙矿山设计院、北京矿冶研究院、北京有色金属研究院、渡口二指挥部。选矿组一方面验证选矿实验室和半工业试验的结果，制定合理的工艺流程，另一方面要为高炉提供铁精矿，满足高炉冶炼试验要求。

在试验组领导班子会议上，陆传承对梁仕才说："你现在可是兵强马壮了，赶紧制定出整个西昌试验选矿方案。"

这次，梁仕才又从长沙矿冶研究所挑选了孙海林等几名精兵强将，加上西昌410厂的部分职工，选矿组一下子就有200多人。梁仕才把选矿组分成甲、乙、丙三个班，白班、中班、夜班轮流上，而他自己则三班连轴转。每天高炉组给选矿组下达选矿任务，梁仕才领着人就在选矿场开展工作，今天选什么矿，二氧化钛控制在多少，铁精矿的品位控制在多少，配合高炉需要做不同的选矿，整个流程一个环节都不能出错，否则就卡住了。虽然是分了三个班，但遇到事情大家一起上。

许多年轻人睡眠好，上夜班特别犯困，但又不能睡，就到试验组医务室找陆医生要清凉油抹在太阳穴、人中处轻轻揉压，就不犯困了。

除了选矿组，其他组的人也同样需要清凉油。陆医生便申请多给医务室配备清凉油。

赵大富也参加了西昌试验。他还是在选矿组，在乙班当副班长，主管选矿技术。休息时，他总爱拿着一张照片看，照片上是他和妻子带着两个孩子。这还是去承德试验前，他们去照相馆拍的。

孙海林也住在"幸福院"。他毕业于吉林科技大学化学专业，在分析实验室的任务是针对矿石常规检测进行全面的岩相分析、物相分析，并出具检测报告。听说他的父母都是知识分子，工作之余孙海林自学英语。他把苏联学者格林卡的《普通化学》英文版当成老师，并把它通读了一遍，又看翻译版对照学习。这对试验起到了一定的帮助作用，陆传承在会上表扬他爱学习。

西昌410厂新建的选矿车间有磁选、重选、电选、浮选等较全的选矿试验手段。选矿场占地五六百平方米，选矿组的任务是要把三五百斤的大矿石磨成0.2—0.4毫米的矿粉，根据冶炼需要，生产不同品位的铁精矿。在大量的试验基础上，梁仕才大胆推荐一段磨矿到0.6—0.4毫米，再经两次磁选和一次扫选，不必进行二段磨矿就可以达到高炉对铁精矿的要求。

选矿组经过详细研究，制定了整个西昌试验选矿方案，决定采取磁选。

在试验组领导班子会议上，陆传承认真听了梁仕才的汇报，略为沉默。

梁仕才进一步解释说，磁选回收率高，能达到冶炼要求，操作简单。我们准备先把攀枝花的矿石破碎细了、磁选、烧结，再进高炉冶炼。

有一天，陆传承来到烧结组，他兴冲冲地拍了拍任年杰的肩膀，大声说："承德'土烧结'让你们吃够了苦头。这下可好了……"

任年杰抬头，指了指西昌410厂新建的烧结机，笑了笑说："是呀，再也不用'土烧结'了，原料也不必模拟，使用的是太和精矿、兰家火山精矿。"

任年杰的烧结组在对钒钛磁铁矿的烧结特性进行了充分研究后，发现钒钛磁铁矿的垂直烧结速度慢，为了保证烧结矿质量和低硫的要求，操作中采用了低水、低碳、薄料层的操作。这种操作会导致烧结机利用系数降低。烧结组还对烧结矿的冶金性能进行了测定，提出钒钛磁铁精矿的烧结矿具有氧化度高、氧化亚铁低、强度好、还原性好、粒度均匀、抗风化性能好、耐储存，但小粒度、粉末多等特点。由于这次试验是在烧结机上进行的，发现钒钛磁铁精矿烧结过程脱硫率较高，对高炉提高生铁质量操作有利。

于是，任年杰向试验组提出，建议设计攀钢烧结机台数时，要考虑烧结机利用系数低的问题。

试验组在西昌遇到了一个意外的难题。西昌的水含镁高，这对试验组的许多北方人来说相当于泻药，许多人都拉肚子。消息传到了冶金部，立即引起重视，冶金部专门派了医生来给大家看病治疗，讲解一些医疗常识，比如让大家生吃大蒜。这个办法还是比较有效的，但也闹出了不少笑话。大蒜吃多了跟人说话就尴尬了，尤其是面对女同志说话，而且还容易放屁。这样一来，从早到晚"幸福院"肚子叫声、放屁声此起彼伏，臭味不断，欢笑不断。

听说宋瑶和叶子娟坚决不肯生吃大蒜，鲁语豪有些着急，担心宋瑶身体吃不消。他抽空急匆匆来到化验室，被告知宋瑶和叶子娟去选矿场了。

在回去的路上，遇到了拿着样品和化验单返回的宋瑶和叶子娟，鲁语豪几个大步走上前，瞪着她俩，没好气地问："你们为什么不吃大蒜，不吃大蒜怎么对付拉肚子？"

叶子娟提着样品，愣了一下，笑了笑，侧过脸，没吱声。

宋瑶却瞪着眼，"嗯"了几声，皱了皱眉头，往后躲了躲，一只手捂着鼻子，另一只手举着化验单挥挥，示意他离远点说话。

宋瑶说："在承德天天吃酸菜粉条窝窝头，肠胃可遭罪了。西昌这里有香喷喷的大米饭吃，我们没有拉肚子。"

53

前面说过，承德试验结束后陶玉茹被分配到西南钢铁研究院。

去西昌途经成都，试验组特意给陶玉茹放了两天假。在家门口，陶玉茹张开双臂迫不及待想要拥抱女儿，女儿却一个劲往后躲，用看陌生人的眼光看着她，不让她接近，不肯让她进家门。

陶玉茹心酸得直掉眼泪，急切地一遍遍呼唤着女儿的小名："阳阳，阳阳，我是妈妈呀……"

女儿还是警惕地看着她。

丈夫又是好笑，又是心疼，又是着急，连忙拿来结婚照让女儿看，并且启发女儿说："快看看，这是爸爸和妈妈，她真的是妈妈，和照片上的长得一模一样。你总是对着照片喊妈妈，现在妈妈回来了，怎么不让妈妈进门了？"

女儿看看照片，又看看陶玉茹，来回看了几遍，在对比确认了是妈妈之后，才笑着扑到妈妈怀里。第二天他们一家三口去了照相馆照合影，陶玉茹对丈夫说："还是不能写信，如果有人来成都出差就托他们把照片带给我。"

还有毕业于鞍山第一钢铁工业学校的沈朝阳，一个人从北京矿业研究院赶到成都，再从成都坐三天汽车到西昌，他所在的烧结组的任务就是为高炉提供铁精矿，满足高炉冶炼试验要求。他们和410厂选矿车间的工人一起三班倒，每天都在生产。把几百斤的大矿石磨成矿粉，根据冶炼需要，生产不同品位的铁精矿。有一次，沈朝阳上白班的时候，彭德怀来视察，亲切地跟大家打招呼握手。当天晚上躺在"幸福院"床上，沈朝阳还跟大家反复念叨，彭老总亲切和蔼主动握着他的手连声说："同志你好，辛苦了，辛苦了。"

在西昌，那个性格倔强的高青华更不简单，她自编教材，在试验组领导帮助下筹办培训班，利用业余时间对410厂中青年技术员和工人进行操作培训。一时间，410厂的人都管她叫老师。

不久，高青华的爱人从重庆调到了西南钢铁研究院，他们一家三口这才团圆了。试验组还给他们解决了住房，他们住在410厂家属区平房。下了班高青华就在门口砖砌的灶台上生火做饭，自己劈柴、做煤坯。

西昌401厂的邻居们惊叹地问："高老师，真没想到，你还会干这些活呀？"

高青华答："没什么奇怪的呀，回到家里我是妻子、是母亲，再说了，这些家务活一学就会。"

冶金部把几位试验组的家属调到了西昌，其中就包括东北工学院那几对突击结婚的夫妻。但住房实在是太紧张了，因此并不是所有夫妻都能住进一间平房。

到了西昌，王雪清和姜忆霜还是分开住男女宿舍，他们的工作还是三班倒，夫妻俩碰面的机会极少。最多的是在食堂吃饭，或者休息时，王雪清和姜忆霜就凑在一块，四目相对说悄悄话，还会有些拉手、依偎等亲密行为。当然，他们还有一个秘密约会地点，那就是不远处的一片树林。

在厂区附近，那里有一大片茂密的树林，是散步、休闲、观景的好去处。

试验组有位成员的爱人是位医生，她姓陆，从重庆调来西昌，在试验组医务室。陆医生觉得自己发现了新大陆，她说："你们这群人成天就是忙着试验，你们发现没有，那个小王肯定是喜欢上了那个小姜，小王这是在追求小姜呢，干脆我这个当大姐的给他们做个媒，成全这对有情人。"

大家一听就笑了，赶紧说："陆医生你可别逗了，他们早就结婚了，他们是夫妻。"

陆医生恍然大悟："嘿，难怪啊，他们吃个饭不停往对方碗里夹菜哟。那个小王晚上送小姜回女宿舍，站在门外半天不想离开。在你们试验组啊，什么都是保密的，连夫妻都是保密的。"

其实承德试验结束后，试验组领导班子就把参加西昌试验的人员名单确定下来了。陆传承和郑俨峻还商量了一下，王雪清和姜忆霜是试验组里唯一一对夫妻，他们还有个年幼的儿子，因此王雪清参加西昌试验，让姜忆霜留下来照顾孩子。但姜忆霜一听就急了，咬咬牙，把心一横，火速把儿子送到姥姥家，然后找到试验组申请参加西昌试验。

陆传承问："你怎么舍得丢下孩子？"

姜忆霜答："舍不得也得舍。舍得舍得，有舍才有得。试验组就是一个战壕，我们是战壕里的亲密战友，一起为国争光是我们夫妻的荣耀和幸福。"

陆传承和几位领导听了非常感动，当即同意了。

姜忆霜确实不简单，化验时她要用嘴含着有刻度的大肚吸管，从试剂瓶中取溶液到试管中，控制不好溶液就会滴到手上，时间久了酸性腐蚀对手的皮肤有伤害。回到宿舍姜忆霜时常揉搓双手，直到双手发热。即使夫妻碰面，姜忆霜也尽量把手笼在袖子或是兜里，王雪清既明白又心疼，但他假装不看不问她的手。

　　西昌试验厂区偏僻简陋，为了照顾女同志，她们的寝室离厂房稍微近些，十几个女同志住一间大宿舍。

　　蔡绍铭真不愧是试验组的"管家"。他说："到了西昌，试验组的女同志都把长辫子给剪了，咱们这些女同志啊，为了试验个个都不简单，跟男同志一样拼命，真是女中豪杰，堪比花木兰穆桂英。"

　　苏文暄笑了笑，叹了口气，说："那么长的大辫子，不知道留了多少年，剪了真是可惜。弄得一个个风风火火、成天灰头土脸，跟个假小子似的。花木兰也好穆桂英也好，这世上有哪个女人不爱美的呢？"

　　蔡绍铭盯着苏文暄看了一会儿，说："什么美不美的，你小子，可别成天盯着女同志看，当心看出问题，影响了试验。"

　　苏文暄意味深长地笑了，说："老同学，你干吗总是盯着我不放，我能出什么问题呀。"

　　西昌风大，风一刮就是小半年，吹得皮肤干燥，而且还经常停水。出发前宋瑶就在上海购买了好多上海友谊牌雪花膏，晚上睡觉前对着一面圆圆的上海灯塔牌折叠梳妆镜，小心地在脸上、手上涂抹雪花膏，一股玉兰花清淡的香味儿便在女生宿舍弥漫开来。当然，宋瑶的雪花膏在女生宿舍是公用品。宋瑶还悄悄把一面上海奉城红梅小圆镜送给了叶子娟，在承德宋瑶无意间听叶子娟说过，她喜欢梅花。

有一次在食堂吃完饭散步回宿舍，路上有人忍不住说，宋瑶能来西昌真是太意外了。

宋瑶瞪着一双水汪汪的大眼睛，甩了甩一头秀丽精干的短发，从鼻子里哼出一声，语气坚定地说："哼，别以为我不知道，你们都觉得我娇气，你们在背后打赌说我不会来。那我更要咬牙坚持，克服困难，证明自己能行，决不能让你们小瞧了我。侬晓得哦？"

大家一听都不自觉地哄然笑了起来，有人立马指着鲁语豪大喊道："鲁语豪，你这个叛徒甫志高。"

殷沛诚、魏德志、徐飞鸿、谭家源四位高炉工长也来了，西昌试验他们表现更加出色，勤看风口，细观仪表，查看渣流渣色、铁花状况，头脑中不时地在分析判断着炉况，运用调剂手段，及时、准确、适量地调控炉内冶炼行程，确保了炉况稳定顺行，渣铁畅流，生铁合格，成了闻名遐迩的"四大工长"。

四大工长个个身材高大，休息时间喜欢穿皮夹克，戴墨镜，派头潇洒，时尚洋气，骑着401厂的一辆三轮摩托车外出。每次外出他们必到西昌街上吃刀削面，那派头总能引来当地老乡观看，以为他们是哪里来的电影明星。大姑娘小媳妇那么多眼光火辣辣地盯着他们看，他们心里可美了。吃完面，骑着摩托，吹着口哨，一溜烟跑了。

徐文彬带着重庆大学的几个人担任测温任务，这次他变化更大了，情绪稳定多了，不失眠了，睡觉呼噜声小了。相对在承钢而言，试验组的业余生活丰富多了，大家聚在灯光球场打乒乓球、打篮球、打扑克牌。有一次徐文彬心血来潮，组织重庆大学和东北工学院打比赛，一连几天断断续续，从乒乓球打到篮球，再到打扑克牌，还吸引了陆传承来观看，给他们加油助威。

54

据说，秦汉文是主动申请参战的。试验组领导自然会对留学生秦汉文另眼相看。冶金部领导来检查时，虽然秦汉文并不是试验组领导班子成员，但陆传承通知他列席会议，每次他都积极踊跃发言提建议。

到了西昌，一进试验组秦汉文就当上了副组长，经常把东北工学院的人召集起来开会学习讨论，大包大揽向试验组领导汇报情况。在学校秦汉文是清高孤傲的，这时的他气宇轩昂，精力充沛，走路都是风风火火的。虽然大家表面上不以为意，但还是对秦汉文有些看法了，认为这个人急于立功，处处争表现。秦汉文走路直杠杠的，很骄傲的样子，这一点尤其让大家看不惯。

肖新权不假思索地说："当初上承德他怎么不积极申请呀，看承德试验有成果了，他就抢着赶来了，小瘪犊子什么玩意儿！"

有人便讥讽说："肖新权，多半是你那个'妈妈房'招来的，他看着眼红了吧？"

苏文暄沉着脸说："你看把他能的，看他能整出什么幺蛾子。"

肖新权苦笑着说："人物，是个人物啊。"

大家一听都笑了。

更糟糕的是，只要谁稍微有点思想或者情绪上的风吹草动，秦汉文马上就积极主动汇报给试验组领导；而且他还特别关心试验以外的一些事，这让大家从内心反感。

陈泰然老师自然是愤愤不平，很是郁闷，冷眼看着。

杜纯洋老师安慰大家说："咱们东北工学院的人不仅是试验主力军，还应该是一面旗帜，团结努力，一切以试验为重，其他的不要计较。"

在四川省冶金研究所的增补人员中，有位女同志刘晓蕾。从成都出发翻越泥巴山时，她迎来了人生中最惊心动魄的经历。道路险峻狭窄，客车缓缓通行，感觉车轮有时都已经悬空，向外看，山高谷深，云遮雾绕，半坡上还有滚落的车辆残骸，恐惧让她感觉全身发软，紧紧闭着眼睛。四川省冶金研究所的谭文生是跟刘晓蕾同来的，他主动担当起了护花使者，每天早早到女生宿舍门口等刘晓蕾出来，一起去上班，下了班又一起回。即使是在食堂吃饭，他也总是守在离她不远的地方。遇到刘晓蕾加班，他就打饭送到化验室。刘晓蕾上夜班，他就来接送。大家以为他们是在谈恋爱，可刘晓蕾对谭文生的态度让人感觉又不是。于是，大家断定谭文生是单相思，建议东北工学院一位男生去追刘晓蕾。消息传到谭文生耳朵里，性格闷憨憨的谭文生差点跟这位男生动手打架。刘晓蕾上前去拉，不料心慌脚下一滑摔跤了，这可把大家吓坏了，谭文生背起刘晓蕾就朝医务室跑，幸好没事。

事后，刘晓蕾郑重其事地对大家说，试验期间不可能谈恋爱，努力工作，圆满完成试验任务，光荣回成都。

四川省冶金研究所的一对夫妻也增补来了。他们是同学，毕业于重庆大学冶金系，他们只参加了西昌实验。男的叫吴大磊，是个性格温和的河南人，他在烧结组，会吹竹笛，难得听到一段悠扬恬淡的笛声，将西昌蒙蒙烟雨中的暮色渲染得诗意迷茫。女的叫唐玉梅，在资料组，她是重庆人，性格热情火暴，耿直豪爽。大家挺纳闷，这对性格迥异的夫妻却能和睦相处。

热情活泼的刘晓蕾领着大家自发组织了文艺宣传队，她带领大家编排了唱歌和舞蹈节目。听说秦汉文会唱苏联歌曲，刘晓蕾便缠着秦汉文教大家唱。

没想到，秦汉文神情严肃地表示，试验任务这么繁重忙碌，哪里还有心思唱歌跳舞。

刘晓蕾把头一扬，说："这可是试验组领导班子交给我们的光荣任务，春节联欢会上要表演呢。"

秦汉文一听，这才笑着点头答应了，他解释说："噢，你看看你看看，我成天忙得晕头转向，把春节都忘了，联欢会好呀，劳逸结合。"

文艺宣传队很看重这次表演。表演没有服装，她们就用彩旗、旧窗帘手工缝制裙子，手工扎鲜花戴在头上，还把麻绳当长辫子盘在头上，有的用彩色布条编长辫子盘在头上。有个歌伴舞的节目少了一位女同志，刘晓蕾灵机一动，让唐玉梅去把长相斯文皮肤白的徐文彬找来装扮成女同志。谁知徐文彬一听就急了，坚决不同意。唐玉梅硬生生将徐文彬拖来训练，徐文彬苦笑着说自己只会吟诵诗词，不会唱歌。

唐玉梅小手一挥说，不用唱，你就站在那里充个数，张张嘴假唱就行了。

转眼春节临近。西昌的冬天狂风怒号，但410厂的食堂里却暖意融融，试验组的北方人男男女女几乎都聚在食堂包饺子，大家都吃得特别香。

晚上的联欢会上，文艺宣传队表演了电影《刘三姐》《五朵金花》插曲，舞蹈《洗衣歌》《小拜年》。秦汉文领唱，女声小合唱《小路》《喀秋莎》。

大概节目演到一半的时候，唐玉梅出来报幕了。她高声强调，下一个节目，相当精彩，请大家欣赏歌伴舞《红梅赞》。随着伴奏的音乐响起，只见后面一排女同志化了彩妆，头上盘着假长辫子，穿着长彩裙，当背景墙伴唱，前面四男四女翩翩起舞，蔡绍铭、赵大富、王雪清、胡进忠在伴舞。

开始大家还没注意，定睛一看，就乐了。

陆传承还说："那位唱歌的女同志是谁？我怎么没见过呢？试验组什么时候多了位女同志呀？哦，原来是小徐呀。"

徐文彬身边站的是叶子娟。以前只是认为叶子娟身材苗条，穿着宽大的衣服，感觉人在衣服里面东摇西晃。第一次看见她穿上了长彩裙，腰间束着一条带子，展露出了凹凸有致的身体曲线。

蔡绍铭突然发现，承德试验结束时苏文暄在王府井百货大楼买的围巾，现在戴在了叶子娟脖子上。叶子娟在台上深情地唱歌，苏文暄的目光深情款款地看着台上的叶子娟，而叶子娟那一双俏丽的丹凤眼则含情脉脉地望着苏文暄。

苏文暄和叶子娟，两两相望，眼里仿佛只有彼此。

这让蔡绍铭心里一惊。

55

有人的地方就有故事，有男人女人的地方，就有男人女人的故事。即使身负重任，也不例外。

苏文暄和叶子娟的故事发生在承德试验期间。他们同时坐上了一辆车来到承钢招待所报到，又都分在了化验组。

在试验千头万绪最烦乱的时候，那段时间韩森林是很容易暴躁的，苏文暄作为业务技术骨干，默默地承担了许多任务。叶子娟的精神压力过大，作息不规律，内分泌失调经期紊乱，可这些毕竟都是女性的难言之隐，她也只能默默承受。那时的她话不多，总是死死咬住嘴唇埋头工作。每次下班总是一个人默默离开，她年轻的脸庞，明亮的凤眼略带伤感，那伤感的眼神总是让苏文暄心中一软。

于是有一天，苏文暄对叶子娟说："纸上得来终觉浅，绝知此事要躬行。其实目前大家都一样，边干边学习摸索经验，你不要紧张焦虑，这样更容易忙中出错，我会想办法尽最大努力帮助你。"

叶子娟又惊喜又感激，她羞涩地点点头。更令她没有想到的是，苏文暄还是个细心体贴的人，有次她又遇到了经期紊乱，肚子隐隐疼痛，脸色难看，人变得虚弱。苏文暄悄悄递给她一杯红糖水，并用眼睛示意她打开抽屉。她惊讶地望着一杯冒着热气、浓浓的红糖水，拉开抽屉看见一块精致的绣花手绢，一块放在纸上的红糖，心中顿时小鹿乱撞，眼泪一下子从眼眶里涌了出来。她真想不顾形象放声号啕大哭，但她努力控制住自己的情绪，不由自主深深地吸了一口气，一抬头发现苏文暄若无其事地摆弄着眼前一堆大大小小的瓶瓶罐罐。中午吃饭时，他们才用眼神彼此交流安慰，这种眼神也只有他们自己才懂得。

试验组没人知道叶子娟内心的痛苦，在中学时母亲因病去世，多才多艺的父亲伤感抑郁，家庭生活陷入困境，她和两个弟弟过早地承受了人间的苦难。好在有叔叔的支撑，他们三姐弟都考上了大学。到了试验组她的内心承受了过多的压力，潜意识里极度渴望一丝温情。正是在苏文暄的指导和帮助下，她的工作才慢慢有点起色。

而苏文暄呢，他在离婚之后没有交往女性，到了试验组只想埋头工作，充分发挥自身专业特长。叶子娟的出现，让他心里有阵阵春风吹过。特别是看到叶子娟的进步，苏文暄的心情也阳光灿烂起来。

在那样的环境中，那些暗自生长的情愫，往往格外令人心动。也许这种情愫里还夹杂着一些他们自己也不知的感情，从白天到黑夜他们成天待在化验室，你看着我我看着你，日久能不生情？反正他们的眼里已经有了爱意。这种爱是从什么时候开始的？应该是不知不觉滋生的。

那天，叶子娟的数据分析比对又出了状况，韩森林照例发火训人，她双目低垂，紧咬着牙一声不吭，埋头重新检查核对整理，心情十分糟糕，中午饭没有吃，留到晚上放在化验室炉子上热了热，在苏文暄眼神的示意下，才勉强吃了几口。

到了凌晨，叶子娟在苏文暄的帮助下，清理完所有数据分析比对，整理好报告结果，准备离开化验室。苏文暄走到门口静静地等着她，此时，叶子娟却站在那里，一动不动。苏文暄愣了愣，走过去温柔地说，走吧，快回去抓紧时间好好休息一下。

叶子娟依然站着没动。

苏文暄走上前，看了看她，然后拉住她的手。

突然，叶子娟一下子扑到苏文暄怀里，受惊的兔子一般瑟瑟发抖，十分委屈地哭起来，抽泣着说："我绝对不能成为国家罪人，我一定要完成任务！"

苏文暄心里一惊，很是心疼，短暂地迟疑了一会儿，情不自禁，紧紧地抱住了她，轻言细语地安慰她："别怕嘛，没事的，有我在……"

叶子娟像猫咪一样赖在苏文暄怀里，听到他有力的心跳，闻着他身上的味道。他用手绢为她抹干眼泪，她踮起脚尖在他下巴上亲了一口。他低下头，在她的额头吻了一下，她的发丝上的清新香气涌入他的鼻子，他把她越搂越紧……

之后，苏文暄像喝醉了似的，摇摇晃晃回到宿舍，倒头就睡。醒来之后，他被自己吓了一跳，他责怪自己怎么可以这样，明明是在工作上指导她，却又跟她发生了这种关系，是不是罪孽深重，接下来该怎么办啊？他感觉这个凌晨无比漫长，以至于让他沉醉其中，迷失了自己。

但这天凌晨，苏文暄感觉自己坚硬的心好像被温柔触动，他幸福而激动地回味着这一切，心底猛然滋生出一个神圣的词——爱情。噢，是的，这正是他渴望的爱情，如同久旱逢甘露，滋润心田。他得到了真正的爱情，他的眼睛亮了，顿时感觉世界是那么美好。

对叶子娟来说，苏文暄就是一团明亮的火焰，她一步步靠近他，并没有觉得自己是在飞蛾扑火。相反，她觉得火焰温暖着她。

现在，苏文暄和叶子娟双双来到了西昌。

自从听四大工长说了西昌街上刀削面好吃，宋瑶、姜忆霜、陶玉茹早就馋了。难得休息一天，一群人相约去吃刀削面，去爬泸山，去邛海划船。

泸山林中小道逶迤蜿蜒，排立路旁的苍松翠柏把游人引向山中，直达山顶。登上望海楼，邛海景观尽收眼底，明代诗人杨升庵登泸山留下那"老夫今夜宿泸山，惊破天门夜未关。谁把太空敲粉碎，满天星头落人间。"的诗篇，给我们以丰富的遐想。

邛海是西昌一颗璀璨的明珠，与泸山风景区连成一片，山光云影一碧千顷，邛海如一面银光闪闪的大镜子，各种船在湖面上慢慢地驶过，宋瑶她们几个早就笑成了一朵朵蔷薇。叶子娟心情愉快但话极少，她似乎很小心，生怕说错了什么，露出什么端倪。苏文暄更是陶醉了，他的眼睛几乎一刻也没有离开过叶子娟。

蔡绍铭把这一幕幕看在眼里，不动声色。

男女感情这种东西势不可当，好像洪水猛兽。一个离婚，一个单身，苏文暄和叶子娟到底走到了哪一步呢？照如今他们的情形看来，恐怕已经突破了正常男女关系那道防线。

蔡绍铭被自己的想法结结实实吓了一大跳。仔细考虑了一番，他决定和苏文暄谈一谈。

56

　　来到西昌之后，郑俨峻还是那样，工作严谨认真，对组员要求很严格，如果谁在工作中犯错了，他就会表情严肃地批评谁。只是他在办公室的时间越来越少了，他上高炉，一个风口一个风口地观察，每天来来回回跑几趟，根据收集到的各种情况为高炉提供参谋。晚上，他们领导班子还要开会、研究、讨论工作，经常忙到深夜。

　　蔡绍铭感叹地说，看到202这样，资料组的人感到既轻松又担忧。只要是202坐在办公室里，大家说话做事都谨言慎行，202不在办公室大家感觉都轻松了。但是202这样劳累忙碌又让大家担心，毕竟他的身体不是铁打的，经不起这样的奔波劳累、殚精竭虑。

　　蔡绍铭又说，陆传承和202可真是好搭档，他们连工作方式都一样，几乎就跟长在高炉上似的。

肖新权注意到了，春节联欢会后就没有听到秦汉文唱苏联歌曲了。他有点遗憾地说，那些歌曲还挺好听的，他怎么就不唱了。

原来春节联欢会后，410厂有位女工程师悄悄提醒秦汉文，以后不要唱苏联歌曲了。女工程师的父亲也是苏联留学回国的，已经被打倒了。秦汉文一听吓坏了，这才意识到了问题的严重性。

肖新权总是会远距离地观察秦汉文。但肖新权并不觉得秦汉文比自己强多少，而且也不会对秦汉文心生妒忌、嫌恶。他只是把秦汉文当成镜子，在心里不断地对自己进行修正。其实他也发现了秦汉文的一些缺点，他庆幸自己没有。

试验进行一段时间后，梁仕才向试验组领导班子提出了建议，修改攀矿公司的初步设计，将二段磨矿改为一段磨矿，这样不仅可以节省基建费用，还可节约水电消耗。随后试验组将方案报给了渡口建设指挥部，这个建议很快被渡口建设指挥部批准。试验后期，他们还进行了选钛的试验，为攀钢建设选钛厂提供了技术参考。

西昌试验在各工序不影响高炉试验的前提下，还开展了烧结单体试验。410厂新建了烧结机，任年杰他们烧结组再也不用承德的土烧结了。原料也不必模拟，使用了西昌太和矿、兰家火山精矿，要对钒钛磁铁矿的烧结特性进行研究，解决兰家火山高硫精矿的脱硫问题。

任年杰亲自带人去取烧结使用的铁精矿、钛精矿等原料，然后送化验，一丝不苟地写各种报告。

攀枝花钢铁基地近在眼前，试验组每天都在争分夺秒。

在从西昌到渡口的公路上，从成都来的一队队车辆拉着建设物资，直奔渡口市。公路旁的山坡上到处都是营房，铁道兵正忙着架桥挖洞，抢修成昆铁路。

陆传承、郑俨峻、梁仕才、任年杰、陈泰然、杜纯洋等人经常去渡口市，在横跨金沙江的吊桥上，汽车、行人来往不绝。在攀钢主厂区弄弄坪，许多推土机日夜平土，载重40吨的黄色大汽车往来奔驰，出铁大会战热火朝天。在兰家火山的顶峰，长沙矿山设计院在半山腰设计了层层台阶，大冶铁矿的职工们把几吨重的风机一步一步拉上台阶。

资料组、技术组、选矿组和烧结组等少数成员会频繁往返于西昌和渡口市之间，从西昌到弄弄坪坐火车就跟坐公交车似的。但是鉴于两边都有严格的保密纪律，大家心照不宣，在攀枝花钢铁基地不谈论试验组的事，在试验组也不谈论攀枝花钢铁基地建设的事。

秦汉文也去了攀枝花钢铁基地，一回来就组织东工的人开会学习讨论。秦汉文用领导的语气说："我们并不是孤军奋战，两边的人都在拼命。"

弄弄坪、攀枝花钢铁基地、渡口市、兰家火山……就是它们让毛主席睡不着觉，难怪陆传承说完成任务就可以死而无憾了。

由于有了承德高钛渣冶炼试验成功的经验，加上高炉小、炉缸容易被风吹透、炉缸活跃、渣口连续喷吹压缩空气、烧结机生产的烧结矿等原因，西昌试验不仅证明承德提出的"低硅钛、喷吹、高碱度"冶炼方针是成功的，而且解决了承德试验的生铁质量差、铁损高等遗留问题。西昌试验进行了喷吹生石灰、高炉高湿分鼓风、高冶炼强度、高硫焦等不同条件的冶炼试验，不断地提高攀枝花矿高炉工艺的冶炼技术。

可以这么说，西昌试验从选矿、烧结到高炉冶炼的联合试验，基本上是攀钢的生产微缩。其试验结果对攀枝花钢铁基地的选矿厂、烧结厂、炼铁厂提供了宝贵的设计工艺参数和生产操作经验。至此，基本奠定了攀钢建设的技术基础。

有一天，渡口市总指挥许志专程来西昌，跟试验组领导班子研究钢铁厂的设计进度，提出要赶进度争时间，要求试验组尽快提交攀钢一号高炉的设计方案。

针对攀钢一号高炉的设计方案，冶金部在北京召开专家会议讨论。重庆钢铁设计院的设想是700m³的高炉，出乎意料的是，专家们否定了这个容积，认为还是大了，建议攀钢一号高炉设计为350m³小高炉。

党中央和毛主席下了很大的决心，国家花了很大的代价，攀钢却只能建小高炉。

这下，惊动了冶金部。

冶金部要求试验组认真讨论各方面意见，拿出合理建议，并且几次来电话询问情况。

到底是设计为小高炉还是大高炉，这是一个从试验开始就争论的核心问题。早在承德，试验组领导班子内心就已经有谱了。陆传承在大食堂召开试验组全体人员会议，传达了冶金部的要求，以及北京专家会议的各种论述，并作了建大高炉的可行性报告。随后就是热火朝天的场面，比承钢"诸葛亮会"还要火爆，会场上乱哄哄地吵得不可开交。

经过几番激烈的讨论，试验组拿出了攀钢建设大高炉的设计方案。会后，陆传承指挥，郑俨峻执笔，领导小组班子成员逐字逐句、夜以继日审查，一致通过后再拿着方案到渡口市向指挥部汇报。

从渡口市返回西昌，陆传承说，许志他们总指挥部开了好几次会，经过反复研究，考虑到攀钢地处深山，运输困难，大高炉运量太大。最后决定，按照试验组的设计方案建设攀钢一号高炉。

事后多年，试验组成员才得知，当时有专家提出的决策是攀钢一号高炉只能建为350m³以下。有专家说，试验组提出建大高炉，是年轻气盛、胆子大。有专家干脆说，几个老师带着一群毛孩子，仅凭试验那点经验就敢提出建大高炉，毕竟试验和实战还是有差别的，如果大高炉建起来了，技术过不了关，出不了铁，看他们这帮人怎么收场。

57

一天晚上，小组学习讨论会，蔡绍铭有意坐在苏文暄身边，会后他们一同走了出来。蔡绍铭拐弯抹角话里有话，问苏文暄盯上了哪个女同志，他可听到了一些不利于苏文暄的反映。

苏文暄给吓得一激灵，像是被施了魔法，惊得眼珠都快要掉下来了，大脑一片空白。过了一会儿，他试探着问："你这个管家秘书都听到什么了，还是谁说了什么吗，无非都是捕风捉影。"

蔡绍铭盯着苏文暄看了一眼，想了想，认真地说："老同学啊，你希望我听到些什么？你可千万不要鬼迷心窍，我在书上看到有位作家的一句话，沙上有印，风中有音，光中有影。"

蔡绍铭的话，让苏文暄吃了一惊。过了一会儿，苏文暄涨红了脸，说："你是不是怀疑我和叶子娟？我告诉你，我们什么事也没有，只是工作中接触得多一些嘛。"

蔡绍铭微微蹙了一下眉头，叹了口气，也淡淡地说："大家都在埋头搞试验，我成天围着陆传承和郑俨峻轮番转，忙得脚不沾地。你看着办吧，绝对不能在男女关系上犯错误。"

但苏文暄还是拒不承认，声称和叶子娟只是工作关系。

说完，苏文暄转身就走了，但很明显他的脚步有些慌乱。

望着苏文暄的背影，蔡绍铭略微放松的心再度提了上来，他对苏文暄的话还是将信将疑。

似乎每个人都能感觉到，总是有些事情不会出现自己希望的结果，而越不希望的那个结果，它越会发生。如果你担心某种情况发生，那么它就更有可能发生。

眼下，蔡绍铭担心苏文暄和叶子娟会发生什么事情。苏文暄则担心叶子娟会发生什么事情，而且这种事情对自己来说肯定是灾难性的。越是担心，事情越是毫不客气地找上门来。

先是秦汉文喜欢上了叶子娟。他觉得凭自己的条件，以及在试验组的地位，谁不高看他一眼，他的追求应该让她感到自豪，毕竟人是有虚荣心的，谁也不例外。他认为自己追求叶子娟应该是十拿九稳的事，万万没想到叶子娟却拒绝了他的追求。她的拒绝使他遭受了可怕的折磨，这已经够了。他很快就弄清楚了，她之所以拒绝自己，完全是因为苏文暄。

一个留学生大小伙子，她不喜欢，竟然喜欢上了一个离过婚的男人，而且这个男人不是别人，正是苏文暄。这让秦汉文心里很不是滋味，这一切使他更加嫌恶苏文暄。很快秦汉文就公开表示以试验为重，不考虑个人感情问题，更不屑介入这种三个人的情感纠葛。

消息在试验组传开，大家觉得秦汉文太小人了。

肖新权说，哼，就凭他这么一闹腾，等于是把苏文暄和叶子娟架在炉火上烤啊。

苏文暄不由眉头一紧，脸色变得更加黑沉。

更令人没有想到的是，410厂一个男青工在春节联欢会上就喜欢上了叶子娟。然而，令人匪夷所思的是，叶子娟不知出于什么想法答应和男青工谈恋爱。大家对叶子娟的举动摇头不止，既惊讶又担心会出什么乱子。蔡绍铭更是皱起眉头，哑口无言，只是沉重地叹着气，摇摇头，久久才说，真是昏头了，完全乱了阵脚嘛，这纯粹就是一个下下策、馊主意。

有人这样猜测的：苏文暄曾经告诉过叶子娟要远离秦汉文，说之前他们在学校有点过节。可能叶子娟是因为拒绝了秦汉文，故意或者假意跟男青工谈恋爱，转移秦汉文的视线，以免秦汉文暗中做出对苏文暄不利的事情。

有一天晚上，她们说笑着在宿舍抹雪花膏。男青工来到宿舍找叶子娟，使劲抽了抽鼻子，闻了闻屋子里的香气，不时用眼睛四处瞟，被唐玉梅和宋瑶毫不客气地赶了出来。

宋瑶翻了一个白眼，低下头，嘴里嘟囔着："侬脑子瓦特啦。"

唐玉梅瞪着眼，气得直跺脚，厉声教训道："哎，哎，这是女同志的宿舍，你怎么能随便乱窜呢？懂不懂规矩？有没有礼貌？快出去！"

男青工讪讪一笑，灰溜溜地走了。

终究，纸是包不住火的。

然而，令谁也没有想到的是，那把火竟然是从树林里烧起来的。

对，正是那片树林，竟然掀起了一阵不小的风波。

据说，当地几个晚上回家的农民路过树林时，听到里面有动静，他们打着手电筒往里照了照，还捡起石头朝里面砸去，随后便看见一对男女慌慌张张出来，摸黑朝着410厂方向一路小跑而去。

还有村民说，听见树林里面有异样的声音，以为是闹鬼，吓得惊慌失措，回家就病倒了。

还有村民反映，他家的狗一到半夜，总是对着树林狂叫。

更为糟糕的是，那位男青工不知从哪里听说了苏文暄和叶子娟的事。这位五大三粗的男青工觉得自己受到了莫大的羞辱，他的一张脸因为愤怒而扭曲，脖子青筋暴起，跳起脚来质问苏文暄。

"好啊！原来钻树林的就是你们啊！臭不要脸！"

而苏文暄高傲的嘴唇紧紧抿着，对男青工冷冷一瞥，一声不响，转身就要走。

男青工大吼道："臭不要脸！你们臭不要脸！竟敢骗我，一个破鞋……"

破鞋，这两个字，让苏文暄听起来犹如万箭穿心，他的双眼仿佛向外喷着火一样，双手手掌紧紧握成拳头，一个箭步疯狂地扑上前，恶狠狠地将雨点般的拳头朝男青工砸了上去。男青工立刻满脸是血，跟跟跄跄差点摔倒，大家急忙把他们拉开。

当天晚上，男青工找来一帮人，个个手里打着手电筒，拿着棍棒和绳索，凶神恶煞，叫嚣着要找苏文暄算账。试验组有一大半的人还在高炉上，剩下的一小半人有的在宿舍按住苏文暄，用桌子抵挡住宿舍的门，有的也拿起棍棒堵在大门口。那晚叶子娟她们还在化验室，听到动静担心有人冲进化验室，连忙打电话叫来保卫科的人。眼看事情就要闹大了，试验组领导和410厂领导闻讯赶来把事情压住了。

终于，这些事联系在了一起，让树林里面的秘密暴露得惊天动地，在

410厂附近的村子里，传得沸沸扬扬。不难想象，在那个年代，男女的那点事就像洪水猛兽，引发震动。

于是，410厂保卫科便来向陆传承反映。恰巧陆传承去了高炉，郑俨峻和蔡绍铭在办公室。

410厂的人便汇报了这些情况。他们的原话是："这些都是村民们反映的，说外面来的男老师和女老师半夜钻进树林……"

郑俨峻猛然一听，怔了一下，脸都气成紫色了。他铁青着脸，把手边的一个茶叶盒拿过来捏着，直到把茶叶盒捏扁了，半晌没有说话，直直地望着对方。一时间，大家都陷入了难堪的沉默。过了好一会儿，郑俨峻镇定下来，简单而严肃地表示要调查一下情况，这才打发走了来人。

一旁，蔡绍铭不动声色，心里急得就像热锅上的蚂蚁。

突然，郑俨峻盯着蔡绍铭看了看，表情冷冰冰的。蔡绍铭有些不知所措。随即，郑俨峻简单而严肃地说："你先去分别找找几个组长，私下摸摸底，不要闹出动静，更不要影响了工作。"

蔡绍铭这才放下手里的事，几步跳了出来。他脑海里飞快地盘算着，高青华和爱人有住房，王雪清和姜忆霜、唐玉梅和吴大磊他们没有住房，如果是他们那么倒也还情有可原。也不排除试验组的男女青年谈恋爱，又或者试验组男青年和当地姑娘谈恋爱，还有可能就是410厂的人钻树林谈恋爱呀。

蔡绍铭想的是，只要不是苏文暄和叶子娟钻树林就好。蔡绍铭迫切地想知道答案，心里又慌又乱，急匆匆跑来找到苏文暄，二话不说，就把他拉到一边。

听了蔡绍铭的转述，苏文暄脸庞泛红，皱起了眉头，心里一惊一颤，冒出了一身的冷汗，顿时有点紧张和羞涩，吞吞吐吐，说不出话来。

这下蔡绍铭更急了，心里那股火气，就像火球一样一下子蹿上来，他赶紧又拉着苏文暄走了几步，两人小声嘀咕了好一会儿。蔡绍铭转身走了，苏文暄还待在原地，一动不动，呆呆地看着蔡绍铭的背影。

说来说去，也没有人亲眼见到是谁钻进树林。但村民们和410厂的人一口咬定，就是试验组的人。

王雪清和姜忆霜沉默不语，当然也没有人问他们。

唐玉梅的脸都气青了，她跺着脚，说，哼："为什么要偷偷摸摸，如果是我们，我们就白天，正大光明钻进树林。再说了，捉贼拿赃，捉奸拿双，谁拿到我们试验组的人了？没有拿到，那就是胡说八道，捕风捉影，栽赃陷害！"

吴大磊连忙紧紧拉住了唐玉梅，急得嘴里跑出来一串话："侬说啥勒，侬说啥勒，谁豁哩，谁豁哩，俺家的姑奶奶哦，俺孩他娘哦，侬要上哪捉那兔孙？嗲个兔孙是谁，是谁？"

一时间，让大家听了又好气又好笑。

大家心里暗暗猜测，女同志就那么十来个人，到底是谁和谁，或者是谁和谁最有可能去钻树林。连在食堂吃饭，彼此见面还打趣："走，今晚去钻树林，咱们成群结队去树林转转。"

这么一来，倒让村民们始料不及，惊讶不已："啧啧啧，啊呀，丁丁猫儿，这些老师们，到底是来西昌工作的，还是来钻树林的？"

这段时间，蔡绍铭总是拉着苏文暄，他们神神秘秘，鬼鬼祟祟，不知道在说些什么。

终于，一天下夜班后。苏文暄神色一片冰冷，不含任何感情色彩，冷冷地对叶子娟说："我们还是结束吧。"

"什么，你说什么？"叶子娟听了这番话，犹如当头一棒，震惊无比地看着他。

苏文暄说话的语气有着金属般的冷静，他又说："我们，结束吧。"

叶子娟目光如冷箭，千万支齐齐朝他射过来。

苏文暄一动也不动，看着她。叶子娟感觉到了，她确定了，这里面肯定有问题，她的脸色忽然变得阴沉下来，眼神也黯淡了，就像晴朗的天空猛然遮上了一片乌云。她的嘴唇在颤抖，哦，不，她浑身都在颤抖，眼泪也在眼眶中颤抖，只是咬着嘴唇竭力忍住不让它们跑出来。

苏文暄忍不住要上前拥抱她，想了想，又狠狠心，强忍住心酸，转身大步走了。

这个夜晚，苏文暄拉上了蚊帐，躺在床上，久久不能入睡。他痛苦极了，他眼前全是在跟叶子娟说了那些话之后，叶子娟惊慌困惑绝望愤怒的脸。仿佛有一把刀无情地割过他的皮肤，撕扯着心脏，他心里打了个寒战。他强迫自己不去想这些，但是却根本无济于事，满脑海都在反复回味，回味他们之间的相识相爱，生气自己漏掉了什么甜蜜的细节，愈想愈感到潮水般的忧愁。

叶子娟稀里糊涂地深一脚浅一脚回到宿舍，感到晕眩。黑夜宜忧伤，但不治疗忧伤。一连几天，叶子娟双目低垂，双唇紧闭，柔美的脸庞苍白如纸。苏文暄默默地看着憔悴不堪的她，心里满是凄惶，深感愧疚又不知道该说什么。矛盾和痛苦巨大而强烈，让他和她猝不及防，像被困在了渔网中，找不到突破口冲出去。

一天晚上，宋瑶慌慌张张，悄悄地把叶子娟从化验室叫出来，走到没人的地方，宋瑶焦虑地说："侬伐挫气额，听说不能留你在试验组了，可能要把你退回去。"

叶子娟的脸一下子就白了，脑子一片混乱，整个人都在颤抖，她打着哆嗦问："你听谁说的？真的吗，这是试验组决定的吗？"

宋瑶赶紧扶住了颤抖的叶子娟。宋瑶不知道如何安慰她，便犹犹豫豫试探着说："侬去找找陆组长，伊样子老好额……"

叶子娟只是点头，不再言语。随即，略一思索，她眼角露出淡淡的忧愁，嘴唇张了张似乎想要说什么，但又紧咬嘴唇，轻轻地摇了摇头，无可奈何地吐出一句："算了。"

宋瑶不无拘谨地瞥了一眼叶子娟，怀着同情探问："侬回哪里呀？"

叶子娟顿了顿，云淡风轻地一笑，从鼻子里哼出一声，淡淡地回答："回鞍钢。"

58

西昌试验还没有结束，叶子娟便要离开了。陆传承直接把电话打到鞍山钢铁研究院，他说："叶子娟在工作组表现好，业务水平有了很大的进步和提高。因工作需要我们对人员进行正常调整，批准她回到单位，请你们妥善安排。"

傍晚时分，风呼呼地刮，夜悄悄地拉起了帷幕，将宁静美丽的夜晚淹没。风吹着窗外的桉树，发出簌簌的声响。窗外早已黑了下来，宿舍里只有叶子娟一个人，安静极了，她从发呆中清醒过来，忽然想起了什么，掀开床铺，翻出牛皮纸。这些都是装水泥的袋子，叶子娟觉得还有用处便捡了拆下牛皮纸清理干净，送给大家用来包书。蔡绍铭就用来包了《渣铁记录本》，他还用针线把牛皮纸缝在那四册快被翻烂了的译文集封面上。

叶子娟从桌上抽屉里拿出那本高青华送的《化学分析操作规程》，慢慢地拆下上面旧了的牛皮纸，重新包上新的，然后用力翻来覆去地抻了抻。随后又从箱子里拿出那条苏文暄送的围巾，她抚摸着围巾，呆呆地坐在床上，眼前浮现出第一次全体人员会议上陆传承讲话的情景，浮现出她们和苏文暄一起在化验室工作的情景。

想到这些，叶子娟突然悲伤起来，不禁潸然泪下。其实在承德叶子娟就想好了，无论试验任务多么艰辛，无论将来会到哪里去试验，她都要克服一切困难，努力完成试验任务。她甚至还想，这一生都追随苏文暄，永远和他在一起。如今看来这一切都是梦，如果能一直沉醉在梦中，又何尝不是人生一件幸事啊。但转念一想，梦总会有醒来的时候，人不可能永远生活在梦中。

这个夜晚，叶子娟在锥心的痛苦中陷入了昏睡。

离开前，宋瑶送了一瓶友谊牌雪花膏给叶子娟。叶子娟将新包好的《化学分析操作规程》双手递到宋瑶手中，又托宋瑶把围巾还给苏文暄。宋瑶难过极了，却一句话也说不出口。当苏文暄双手颤抖着从宋瑶手中接过围巾时，宋瑶眼神复杂地望了望失魂落魄的苏文暄，什么也没说，便转身走了。

叶子娟走后，宋瑶的心情很落寞。宋瑶是同情叶子娟的，她常在私下里替叶子娟抱不平。她对苏文暄并不反感，甚至认为，一个离婚了，一个单身未婚，他们谈恋爱你情我愿很正常的呀，他们两个人很清爽的呀，挺般配的呀。

宋瑶还愤愤不平地说："这件事没有处理好，纯粹就是简单粗暴。这很可能不是陆传承的本意，我猜也不是202的主意，肯定是410厂，还有那个混账男青工，一副凶神恶煞的样子，侬个港都，纯粹就是脑子瓦特啦……"

实际上，在钻树林和打架风波中，陆传承没有过多地发言和插话，而是以一种近乎沉默的态度，静观事态的发展。作为试验组的组长，无论是面对谁的揭发和怀疑，陆传承都没有在试验组指责、批评任何一个人，更没有说一个人的怪话。这样一种无声的态度是不言而喻的。

一次会议上，试验组的人和410厂的人吵了起来，大家七嘴八舌说个没完，陆传承就坐在那里反复地讲一句话："大家不要相互指责发牢骚嘛，有话好好说嘛。"

应当说，陆传承当时所采取这样一种态度，其心理是复杂的。一方面，从思想和感情上来说，陆传承与试验组的每个人是从承德艰苦战场并肩战斗过来的，有感情。另一方面，人非草木，孰能无情。男女之间产生感情是人之常情，他是理解和尊重这种感情的，又怎么忍心再去批评指责谁呢？况且眼下还有什么比试验更重要的呢？至于感情上的事还是由他们自己去处理吧。

从陆传承内心来讲，试验最重要。面对410厂的发难，权衡之下，他却也不得不弃卒保帅，让叶子娟离开。

在叶子娟走后的一次试验组全体人员会议上，陆传承谈到了试验工作，详细询问了每个小组的工作情况。他特意点了化验组的名，还自然而然地提到了苏文暄。陆传承目光温和地看了看苏文暄，轻言细语只谈苏文暄的工作。

令谁也没有想到的是，秦汉文突然站了起来，他建议在试验组开展批评与自我批评，整风肃纪，清除资产阶级腐朽生活作风。

一时间，会场上鸦雀无声，安静得有些可怕。众人一道道火辣辣的目光，倏然集中到了苏文暄身上。只有鲁语豪紧张而慌乱地看着宋瑶，宋瑶脸上的神色惊恐，身子微微颤抖。

郑俨峻一脸严肃冷静，端坐在那里一动不动，像一座雕像般地沉默着。

陆传承猝不及防，怔了一下，目光温和地示意秦汉文坐下。陆传承嘴角露出浅浅的笑意，注视着大家，慢条斯理，意味深长地说："秦汉文同志的建议很好，希望大家在内心开展批评与自我批评。我再重复强调那句老话，一切以试验任务为重。"

事后，宋瑶在鲁语豪面前感叹："你晓得的呀，谦谦君子，温润如玉，就是用来形容陆组长这样的人。"

一天晚上，一群人躺在"幸福院"床铺上，久久没有睡觉，气氛显得异常肃静，空气也如凝滞了一般，人们的心情变得更加沉闷和焦躁，好像有一股郁气憋在胸口怎么都吐不出来。黑暗中突然有人低吟：关关雎鸠，在河之洲。窈窕淑女，君子好逑。随后又听见有人低低的叹息，并且还有人冒出一句，孔子早在2000年前就已经说过，饮食男女，人之大欲存焉。

这一下，就像是在平地扔下一颗惊雷，瞬间炸响了"幸福院"，人们开始议论起来，激动地争论起来。试验组有个良好的风气，那就是在研究学术、试验方法时，会激烈地争吵、面红耳赤地讨论。但这次竟然牵涉到男女关系这个敏感的话题，大家非常遗憾地表示这明明是件浪漫美好的事，却被村民们说得如此不堪……

一群大男人似乎也太忘情了，以至于没有发现郑俨峻什么时候出现在"幸福院"，而且已经站在了他们面前，大家惊慌失措收住了话题，准备接受他严厉的批评和不留情面的指责。而更令人惊讶的是，郑俨峻竟然没有发火，他声音低沉平静地说："我们中国人对男女感情的处理还有一个很高明的指引，那就是发乎情止乎礼。"

一时间，谁也不敢吱声。停顿了一会儿，郑俨峻平静而温和地说："累了一天，折腾够呛了，大家都早点休息吧，明天继续战斗。"说完他转身走了。

这应该是郑俨峻第一次也是唯一一次来到"幸福院"。

叶子娟走后，苏文暄的状态很不好，他的脸上几乎没有笑容，成天埋头工作，就连难得的休息日也照样泡在化验室。即使回到宿舍，他都恍恍惚惚的，跟他说话他也懒得搭理。尤其是夜晚，他总是长时间望着"幸福院"棚顶出神，大家担心他的眼睛受不了那盏200多瓦的白炽灯。

一天晚上，听说苏文暄呆坐在化验室没有吃晚饭，蔡绍铭来到化验室，拉着苏文暄去街上吃刀削面。苏文暄握着杯子呆呆地坐在那儿，店主问他要不要加点蒜泥，他扭头有些茫然地看着，蔡绍铭朝店主挥挥手。刀削面上桌了，苏文暄两眼发直地看着，半天不动碗筷，随后居然冲着店主大喊："拿酒来，我要喝酒。"

店主犹豫了，望着失魂落魄的苏文暄，蔡绍铭赶紧朝店主摇了摇头，摆了摆手。哪知一碗面才吃了几口，想起和叶子娟一起吃刀削面的情景，叶子娟的身影就浮现在眼前，苏文暄却什么也抓不到。他再也无法控制情绪了，忍不住趴在桌上号啕大哭。

59

人们才发现，原来陆传承喜欢下棋，只要有空闲时间，就会见缝插针四处找人下几盘象棋，那神情开心快乐得像个孩子。据说，在承德他就带了象棋，但是承德试验那种状态，哪有心思，哪有时间杀几盘啊。

有一次，试验组一群年轻人在灯光球场打球，陆传承不知何时又来观战，怀里抱着象棋。

看了有一会儿，陆传承朝他们招手，嘴里喊道："快来，你们这些个半节子娃娃，咱们杀几盘。"

试验组四川人并不多，陆传承能听懂四川话。但他似乎只会说这一句，心情好的时候，偶尔来一句。

大家便围坐在球场边的台阶上，陆传承微笑着看看这个，看看那个说："真好，你们这群卒子成长起来了，小卒子是象棋中最小的战将，羡慕车可以长途奔袭、横冲直撞，羡慕炮可以隔山打牛、弹飞烟灭，也羡慕马左突右击进退自如。人生如棋，我愿为卒，永不后退。"

然而，好景不长。"文革"席卷全国，西昌地区的"造反派"掀起了武斗狂潮。从最开始的大字报、大辩论、肢体冲突、扔石头、棍棒、钢钎、藤帽，最后发展到真刀真枪的大规模武装冲突。最残酷的武斗发生在四川林学院教学楼，名为白楼，白楼被炸毁，二十多人死亡。

西昌的天空像是泼开的墨，一天比一天更为黑暗和漫长。

试验组也在历史的风雨中飘摇。陆传承等冶金部的领导都被"拔白旗"，被关押批斗。批斗时陆传承的脖子上被强行吊着几十斤重的铁块，衣服上沾满了血渍，腰被铁块压得弯曲。自从陆传承被关押揪斗之后，202的脸上再也挤不出笑容了。大家心情很难受，在心里反问，为什么像陆传承这样的知识分子会受到不公正的待遇，还要遭受如此无人性的摧残和暴虐？但是没人能回答这个问题。

蔡绍铭说，202常常坐在陆传承那间办公室，一坐就是半天，谁也不敢去打扰他。

最惊心动魄的一次是，试验组得到消息，红卫兵要把陆传承他们押到外地去批斗游街，试验组的女同志们表现得非常勇敢，尤其是脾气火暴性格豪爽的唐玉梅，她组织刘晓蕾、宋瑶、姜忆霜、陶玉茹商量，策划去关押陆传承的地方，直接冲进去把陆传承抢出来。她们又担心打不过对方，于是来找男同志帮忙，大家早就义愤填膺了，队伍很快就集结在一起，410厂的职工听到消息也加入到队伍中，一大群人拿着棍棒铁锹锄头浩浩荡荡冲去抢人。但是不知为何却走漏了风声，红卫兵提前把陆传承转移走了。

空手而归，众人情绪低落到了极点。一群女同志伤心得直抹眼泪，懊悔行动时间晚了。

唐玉梅更是义愤填膺，气得直跺脚，厉声质问："是谁给红卫兵通风报信的？"并且扬言要揪出叛徒，严厉批判。

吴大磊也来劲了，往前一冲说："对，孩他娘，俺们一起捉那兔孙叛徒！嗲个兔孙是谁，是谁？"

东北工学院一位女老师是试验组的骨干成员，让人心酸的是，那么优秀的一位女性，被迫害导致精神受了刺激，后来下落不明……

有一天，北京黑色冶金设计院把电话打到西昌，说是田玉常家里出事了，他的一个弟弟去世了，让他回家料理后事。试验组领导班子一听，立即出面购买了火车票，让田玉常第二天就回北京。谁知，第二天田玉常竟然去车站把票退了。看见田玉常一大早上出去，现在又回来了，大家知道他心里难受，却不知该怎么安慰他。

满脸书生气的田玉常明白大家的心思，他强作镇定地说："我现在回去，也于事无补，就让家里人处理吧。这个时候我怎么能回北京呢，试验需要我留下来。"

田玉常说得没错，这个时候的处境更为艰难。一方面是陆传承等人的离开。另一方面，试验组也受到了红卫兵的冲击，来了一批身穿军装，臂佩红袖标的红卫兵。他们气势汹汹，蛮不讲理，把手里的鞭子甩得叭叭响，在厂区和高炉现场四处乱窜，气势汹汹地让试验组成员汇报试验情况，煽动试验组成立造反派，揪斗"走资派""反动学术权威"和"牛鬼蛇神"，否则就勒令立即停止试验。

看情况越来越严峻了，郑俨峻带着试验组的人找准机会，巧妙地避开了身边的红卫兵，赶紧打电话到冶金部。冶金部立即向中央汇报，几天后四川省军区调集部队来到试验组，这才将红卫兵连哄带骗地弄走了。但红卫兵拒不交出陆传承等人。

试验组也分成了好几派，批来斗去的。但有一点还是很可贵的，无论是哪一派的，无论怎么批斗，都不能影响了试验。试验任务是集体的大事，它像一团火焰，紧紧地把大家凝聚在一起。即使是在最艰难的时候，试验组成员仍然团结一心，牢记使命。

不幸中的万幸，毕竟有了承德钢铁厂置之死地而后生历尽千辛万苦的拼搏成果，在冶金部的领导下，郑俨峻和几位组长带领大家在惊心动魄中一步步前行。西昌试验验证了承钢的技术指标是正确的，进一步完善操作制度后，各项指标很好，铁的品位和回收率达到了设计要求，解决了生铁质量差、损铁高等遗留技术问题，还开创性地从喷吹压缩空气到生石灰，试验了十余种介质，冶炼技术又前进了一步。

按计划，西昌试验结束，试验组要即刻上北京到首钢。但由于"文革"的影响，一直到1967年春，试验组才前往首钢。

60

　　来到首钢，大家得知，陆传承等冶金部的领导还关在"牛棚"，无法参加首钢试验。众人一听既焦虑又担忧。蔡绍铭说，在西昌的时候陆传承、郑俨峻等人在厂办二楼办公室，经过夜以继日的工作已经制定并完善了首钢试验方案。

　　之前，在承钢试验期间，试验组就派新技术组和资料组的人员到过首钢，和首钢设计院的同志一起，共同设计完成了首钢二号高炉带喷吹的渣口堵渣机、炉缸喷吹口，以及喷吹系统，同样是边设计边施工边改造。此外，还请首钢腾出矿场准备堆放铁精矿和钛精矿，提前做好首钢试验所需的一切准备工作。

　　现在，要在首钢大高炉进行工业试验。由于大高炉需要精矿量大，无法由攀西地区供应，只能还是利用承德铁精矿和钛精矿进行配矿试验。

　　按照原定计划，首钢试验主要有三个目的：继续探索完善喷吹制度

（喷吹物质、喷吹量、喷吹时间及喷吹位置等）、喷吹设备的设计及改造、高炉操作制度的选定（冶炼强度及鼓风动能的确定等）。试验内容除了烧结、高炉出铁外，炼钢方面要进行铁水提钒、提钒后铁水（半钢）炼钢试验，以及转炉钒渣返回高炉冶炼试验。

郑俨峻成了首钢试验的主要负责人。

重庆大学冶金系炼铁专业来了周仕培等几位青年教师，他们分在高炉喷吹组。高炉喷吹是一个既考验技术又耗费体力的活儿，三班倒下来，青年教师们每天筋疲力尽。

这次重庆大学队伍中没有徐文彬。重庆大学仍然担负起了测温任务，这次测温组的小组长是22岁的周仕培。周仕培领导的测温组虽然是第一次参加高炉实战，但他们胆子大，技术能力强，脑子灵活，表现勇敢。他们的测温方法跟在承钢、西昌一样，守在现场等铁水流出来分三次测量，人还是站在离铁水2米远的地方，一直等到一炉铁出完。

这很容易让鲁语豪想起徐文彬。有次在食堂吃饭，鲁语豪坐到周仕培旁边，跟他谈起徐文彬。

周仕培压低声音说，一来为了让更多老师和学生接触到高炉实战，二来徐文彬老师精神有点抑郁……

鲁语豪一听就愣住了，联想到之前在承钢的情景，担心徐文彬精神状态出问题。

周仕培进一步解释说，可能是心理压力大，失眠，再加上他爱人身体不太好，照顾不了一对儿女。别担心，徐老师问题不大，他还专门让测温组学习了译文集，并且详细讲解了如何完成测温任务。

首钢试验人员有所减少，鲁语豪的任务有所调整，一个人分身两三处，像陀螺似的转着。但他却异常开心，因为他要送样品到化验室，然后再来拿结果，这样每天就可以见到宋瑶了。这让他感觉走起路来脚下生风，不知道是在走，还是在跑，一次差点就和郑俨峻撞了个满怀。郑俨峻朝化验室方向看看，又看看他，然后难得地露出了一丝笑容，摇摇头走了。

中午在食堂吃饭，听说宋瑶她们几个还在忙，鲁语豪便自告奋勇从食堂给她们打饭菜送去。化验室几个女同志都乐了，接过饭边吃边看化验分析单。

在另一边的宋瑶朝鲁语豪看了一眼，嘟囔着说："你先把饭放在炉子上，我还有一会儿呢。掰抢里老忙个！"

在首钢试验组也要分成几派批来斗去的，但基本上就是走走过场，批斗不叫批斗，纯粹就是围绕高炉冶炼理论与实践的突破与反思，以此来进行大讨论大争辩。

有一天，郑俨峻风尘仆仆从西南钢铁研究院出差返回首钢，给蔡绍铭带回来一个好消息：已经把他的妻子，从鞍钢调到了西南钢铁研究院工作，等完成试验任务他们夫妻就在西昌团聚。

实际上，在承钢试验时，陆传承就开始在试验组中挑选西南钢铁研究院人员名单，这其中就有蔡绍铭、王雪清和姜忆霜等人。

蔡绍铭向陆传承表示，服从安排，并提出希望能把妻子调来。

现在，蔡绍铭一听到这个好消息，立刻就笑了，随即眼睛湿润。陆传承总是提前就替别人考虑好事情，并且善于尽力为他人解困，可眼下他却无法解决自己的问题。

蔡绍铭皱起眉头，用谨慎的目光，望了望郑俨峻，小心翼翼地问道："陆组长现在……"

郑俨峻流露出困惑和痛苦的神情，沉重地叹着气，皱皱眉，摇了摇头，一句话也没有说。

这天夜晚，蔡绍铭又把用叶子娟送的牛皮纸包着的《渣铁记录本》拿在手里，久久凝视，上面有陆传承用钢笔、圆珠笔的修改和批注，这对蔡绍铭的工作帮助很大。

陆组长，你在哪里？

蔡绍铭感觉世界忽冷忽热，甚至有些糟糕，他心里有一股说不出来的难受、憋屈、无奈。

一天晚上，冷飕飕的风呼呼地刮着，雪来得突然，鹅毛一般从天空飘落。恰好厂里的暖气设备坏了，无法供暖，这可真是刺骨的寒冷啊。

南方人说，冷风如刀，刺骨的寒冷，世界成了冰箱，冷得颤抖！

北方人浪漫地说，雪是大自然对北方的美丽馈赠，没有雪的北方是没有灵魂的。

化验室的一些女同志在外面，不时蹦蹦跳跳。听到笑闹声，苏文暄隔着玻璃窗，默默地看着，眼前浮现出叶子娟的身影。

除了叶子娟，化验室的其他女同志都在。无论是承钢、西昌还是首钢，在苏文暄看来化验室几乎都一样，他常常长时间呆坐在化验室里，仿佛看到叶子娟坐在那里，他依然可以想象出她风姿绰约的样子。她穿着白大褂坐在化验室里，从白大褂的领口里面露出高领的黑色或者枣红色毛衣。当然，她多半是站着的，灵巧的双手摆弄着桌上的瓶瓶罐罐，睁大眼睛全神贯注地观察着。阳光透过窗户洒落在她身上，她会仰起脸庞正对着阳光，眯缝着眼睛，贪婪地呼吸。偶尔她侧过头微笑着，抬手轻拂一下利落的短发，发现他在看着她，脸立刻就绯红了。

看着看着，想着想着，苏文暄心里便空荡荡的，眼角就会有些潮湿，一想到她会以那样的方式离开试验组，他就觉得锥心地痛……叶子娟刚刚离开的那几天，他几乎天天彻夜不眠，痛苦像铜号一次次吹响，他清晰地听见了自己那颗因为她而变得千疮百孔的心，阵阵哀鸣。

苏文暄做过一个可怕的梦，只见叶子娟坐在悬崖边哭泣，一双俏丽的丹凤眼肿得像核桃，他惊慌了，挣扎着伸手去抓她，却什么也没抓到。一会又见她披头散发朝他扑了过来，伸出双手就开始撕扯他，又打又踢。醒来后他一身冷汗，垂着头捂着狂跳的心想，为什么以前就没看出来她这么泼辣？她给人的那样子，看着一点也不像是泼辣的人啊。随即他又冷笑，她为什么不能泼辣呢，也许她还应该更泼辣点。他继而又嘲笑自己，并没有如她想象的那么了解她，这让他感到非常难过。

一连几天都在下雪，宋瑶把一瓶雪花膏塞到鲁语豪手上，鲁语豪使劲摇摇头说："我一个大男人擦这玩意干啥，你还是留着吧，你们化验室女的多。"

高炉休风放假，一行人出了大门上了公交车，像出笼的鸟儿似的，深深地呼吸着外面的新鲜空气。尤其是鲁语豪显得特别兴奋甜蜜，宋瑶就在身旁，他似乎都能闻到她淡淡的香气，他的心旌为她摇荡。

到了公园，宋瑶飞快地跑着，鲁语豪紧紧跟着，他们很快就把大家甩在身后，来到一个高处隐秘的凉亭。亭子中间低凹处有几个梅花桩，宋瑶几步跳上去，舒展双臂，咯咯笑着来回穿梭。她的脸庞绯红，非常妩媚动人，鲁语豪走上前牵住了她的手，她跳下了梅花桩顺势掉进他怀里，他紧紧地抓住她的双手，心怦怦直跳，她羞涩地把头垂得愈来愈低了，他刚要把嘴唇凑近她……

突然，听到蔡绍铭在大喊，宋瑶、鲁语豪，宋瑶、鲁语豪。

宋瑶像受到了惊吓的兔子，立刻挣脱鲁语豪的怀抱，满脸通红转身便朝山下跑了。

首钢试验进行了一段时间，试验组便有人私下议论，说苏文暄和叶子娟的事是秦汉文使的坏。大家是这样认为的，叶子娟因苏文暄而拒绝了秦汉文，再加上他们之前在东北工学院的一些过节，以及试验组几位小组长对苏文暄的倚重，也许还有点别的什么，总之这一切使秦汉文心里产生了一种有可能是妒忌或者别的卑劣感情。

听到大家这么一说，苏文暄的脸色变得更加阴郁了，厌恶地皱着眉头，仿佛有一只癞蛤蟆爬到了他的脚面上。可苏文暄还是拿不准大家议论的是否属实，他只是在心里暗暗猜测。

猜测归猜测，但有一点是事实，无论在什么场合，苏文暄碰见秦汉文总会避而远之。而秦汉文却毫不在意，他似乎浑然不觉大家对他的看法，一门心思拼事业，事事冲锋在前，无论是在技术水平还是人际关系处理上，他都显露出了不同寻常的才华。

61

　　为什么冶金部计划第三步在首钢大高炉进行工业试验？这是接受了包头钢铁公司建设初期没有进行工业试验的教训。包头矿的矿石中含氟，在小高炉试验时十分顺利，但投产后，较长时间内生产不正常。为此，冶金部决定，攀枝花矿一定要进行工业试验才能放心。

　　在首钢，试验组又遇到了新的问题，问题就出在运输上。

　　首钢大高炉是用铁罐车运输，铁水黏罐现象严重。简单说，高炉铁水运输连接了高炉生产和炼钢生成的过程，是保障钢铁企业生产顺利进行重要环节。现在，装在一个铁罐里的铁水不能完全倒出来，剩余的铁水就黏在罐子里了。这样一来，首钢试验铁损比西昌试验铁损高。正常情况下一个铁罐可以用几十次，但铁水黏罐后用六七次就不行了。还有，以前用小高炉试验时，炉渣是在炉前流入渣坑。大生产时，炉渣流进渣罐时出现起泡沫渣现象，这样一来就很容易冒出渣罐，渣罐装这种泡沫渣只能装到普通渣的1/2，因此渣罐的需求量大增。另外还有大高炉炉缸直径大，炉缸不如小高炉活跃，喷吹煤粉困难等问题。

郑俨峻刚从炉台上下来，便来到渣铁罐铁路线上，看着一个个冒烟的大铁罐琢磨。自从陆传承在西昌离开试验组之后，郑俨峻的心情非常糟糕，话少，笑容更少。已经快到晚上9点了，郑俨峻没有去食堂吃饭，也不想回办公室，直到蔡绍铭提着一个搪瓷饭盒来到郑俨峻面前，郑俨峻无言地接过饭盒，坐在铁路边一个木箱子上埋头吃起来。

刚吃了几口，郑俨峻就指着蔡绍铭说："你快去，通知大家到办公室开会。"

蔡绍铭接过话说，秦汉文已经组织东北工学院那帮人在开会了。

郑俨峻愣了一下，苦笑着说，噢，陈泰然和杜纯洋又去西昌了。哼，这小子，八成又心急了，但愿他能想出比重庆大学更好的方法。

这天晚上在食堂，秦汉文风风火火地把大家召集在一起，迫不及待地说："重庆大学那帮人给领导班子提了一个方法，经过讨论这个方法技术还不成熟，没有通过。我们东工要冲在前面解决铁水黏罐问题，当务之急赶紧拿出解决方案，大家都琢磨琢磨。"

这时，秦汉文又点到了化验组。他朝化验组的人看了看，眼睛却一直盯着苏文暄。他顿了顿，说："老肖你们化验组也想想，关键时候，我们都不能掉链子。"

肖新权瞥了一眼秦汉文，涨红了脸一句话也没有说。肖新权下意识地看了看苏文暄，苏文暄面无表情看着手里的一堆化验单。

秦汉文又朝大家看了看，重重地点点头，语重心长地说："同志们，我认为这段时间我们东工的人要更加团结一心，集中火力讨论研究采取什么措施解决铁水黏罐问题。我是副组长，大家有什么方法和建议都先汇总到我这里来，由我统一向试验组领导汇报。"

接下来的日子，秦汉文真是拼了，把那四册译文集都快翻烂了，睡得晚起得早，还借厂部电话打长途，跟重庆大学的人争论、探讨。他就像着了魔似的长时间站在一个个大铁罐面前，满脸的汗珠，一站就是好一会儿，时而自言自语，时而比比画画，一会儿催促大家快点想方法提建议，一会儿组织大家开会学习。

那些天，郑俨峻走到哪里，秦汉文就跟到哪里，嘴里不停地跟郑俨峻分析汇报方案，试探性地征求他的意见。郑俨峻停住脚步，沉思了一会儿，皱起眉头，半晌才道："之前重庆大学的那个方案也失败了，我们讨论过了，你这个方案还是不太成熟。据我所知这个方案你们东工那边意见还不一致，建议你们再考虑一下，拿出成形的具体实施方案再来汇报。"

秦汉文脸红红的，憋了半天才挤出一句话："我……我们一定努力。"

几天下来，秦汉文头发乱了，胡茬也长了，双眼熬得通红。以前他是一个非常注重仪表的人，现在看上去是一个邋里邋遢的人，这让大伙对他另眼相看。也有人指指点点地说，冶金部领导来视察时，秦汉文拍着胸脯立下了军令状。

这些情景肖新权都看在眼里，忍不住在大家面前念叨："看把他能耐的！拿着我们的方案处处显摆他自己，成天堵着202，看他能说出个什么子丑寅卯！你们看看，他走起路来，总是背着手、低着头，那神情好像在思索全人类的前途和命运。"

大家一听就乐了，说，全人类的事就不用他思索了，眼下还是赶紧思索铁水黏罐的事吧。

几天后在食堂吃晚饭，秦汉文又让大家边吃边讨论，经过一番又一番激烈争论，有人不经意提出，是否可以考虑从运输时间上想想办法。当晚就有人看见，秦汉文独自一个人在炉台到铁路运输线上，反反复复、来来回回，边走边计算时间，嘴里不停地念叨着。随后秦汉文又叫上几个人来，还指挥空铁罐车来来回回跑了几趟。在秦汉文的指挥下，有的对着手表，有的提着闹钟，有的抱着挂钟，分头计算运输时间，折腾了一晚上。

第二天，双眼通红的秦汉文表示要转换思路，从铁水成分、温降等角度进行分析。他认为，高炉铁水渣铁分离不好是导致铁水黏罐的原因之一，而温度降低幅度过大是造成铁水粘罐的主要原因，缩短铁水运转时间可以有效减少铁水粘罐。他提出，不断优化铁水罐在线运行时间，禁止出现铁水罐在炉台下或线上停留等待，同时采用吹氧化罐的方法，让罐内残铁不同程度地熔化，使已经黏结的铁水复活。

秦汉文将方案上报试验组领导班子，经过反复研究分析、试验，试验组采用了氧气化罐技术解决了铁水粘罐问题，取得了一定效果。郑俨峻在会议上表扬了东北工学院这群人，当然重点提到了秦汉文。郑俨峻的话音刚一落，秦汉文就庄重地站了起来，他朝大家鞠了一躬，拿出了事先准备好的稿子，洋洋洒洒地念了起来。

在秦汉文念完之后，郑俨峻带头鼓掌，会场随即响起一片掌声。

首钢试验高炉炉渣虽曾出现过轻度黏结，流动性稍有下降，但几个月的试验没有发生过大结和大泄等重大事故，再次证明了用普通高炉冶炼钒钛磁铁矿是可行的，"低硅钛、喷吹、高碱度"冶炼方法是正确的。试验突出的成绩是在单喷压缩空气的情况下，做到了渣铁流畅、生铁合格率高。

终于，在党中央和毛主席的关心下，在全国同行的大力支持下，试验组克服种种困难，历时两年多，辗转承德、西昌、首钢，进行了上千次的试验，打破了"呆矿"的断言，为攀枝花钢铁基地的建设提供了技术路线和设计依据。用铁的事实向世界宣布，中国人可以依靠自己的力量，攻克普通高炉冶炼高钛型钒钛磁铁矿这道世界冶金史难题。

62

按冶金部原有计划，绝大部分试验组成员要调到攀钢工作，西南钢铁研究院将从西昌整体搬迁到攀枝花钢铁基地。在承德试验期间，陆传承已经被冶金部任命为攀枝花钢铁公司总工程师兼西南钢铁研究院副院长。

可是如今情况不一样了，陆传承还不知道被秘密关押在哪个地方的牛棚呢。试验组解散，一下子把大家冲得七零八落。分别的情景怎么形容呢，就有点像是电影里大撤退的长镜头，高炉现场、办公室和宿舍里到处都是乱哄哄的，每个人都忙着收拾东西整理行李，忙着相互告别。只有徐飞鸿和蔡绍铭、王雪清和姜忆霜、韩森林等一部分人留在西南钢铁研究院，他们要回西昌等待命令搬迁到攀枝花。殷沛诚、魏德志、谭家源三大高炉工长，还有郑俨峻、梁仕才、任年杰、蒋少林、赵大富、陶玉茹、田玉常等人回到原单位。重庆大学的人员基本上都回了学校，宋瑶她们回北京冶金部等待重新分配。

蔡绍铭来宿舍告别，随后他走到苏文暄身边。苏文暄正埋头收拾东西，抬头看一眼蔡绍铭，两人半天没有说话，而是点了烟抽起来，随后蔡绍铭拍了拍苏文暄的肩膀说了声"老同学，保重"。苏文暄则吹起了口哨，轻松地点点头。

得知宋瑶第二天要走，晚上鲁语豪磨磨蹭蹭来到她宿舍的楼下，站在灯光球场徘徊，清晰地听见她和同伴们在宿舍的笑闹声。他犹犹豫豫，内心有个声音在催促，快去，见见她，把心里话都告诉她。但另一个声音又在阻止他，见了面该怎么说？她应该知道你的心思，只是……

第二天，一群人站在灯光球场送行。鲁语豪失魂落魄，他的目光越过了众人，一刻也没有离开宋瑶，她走到哪里他的目光就停留在哪里。终于她走到了他的面前，他紧张得呼吸困难，心怦怦狂跳，手心满是汗水。她一双水汪汪的眼睛安安静静地落在他脸上，四目相望，久久凝视，眼神热烈而甜蜜，充满了淡淡的忧伤。她的脸上泛起了红晕，咬了咬嘴唇，低垂着头温柔地说："侬记得哦，写信，再会。"

陈泰然、杜纯洋等老师带着一群学生，背着四册译文集回到学校。校领导说，凡是参加试验的人都是攀钢预备队，做好准备随时去攀钢。大家一听可兴奋了，收拾好行李了，就等通知出发。可由于种种原因，又通知暂时不去了，全体留校。情急之下，有些师生还写了申请书，表示要去攀钢工作，为国炼铁。

此时"文革"正进入高潮，"夺权风暴"席卷而来，从上海蔓延至全国。沈阳的街上和校园内刷满了"中央文革小组来电""一月革命万岁""亿万人民，挥起铁拳，砸烂××的狗头""全国人民，踩上亿万只脚，让××永世不得翻身""火烧、炮打、揪出××"……的标语横幅和大字报到处可见，让人心惊胆战。

学校这块天，同样是墨色浓重，在风雨中飘摇。

果然，鉴于秦汉文在试验中的突出表现，秦汉文副教授成了正教授，不久就被任命为校领导班子成员。就在宣布人事任命的当天，苏文暄向学校提出申请，坚决要求调走。

在学校附近一家小餐馆，大家试着劝说苏文暄。有人说："你哪里得罪了他？再说了，学校还有其他领导，还有军代表，他能一手遮天？"

苏文暄望着众人，站起来摇摇晃晃，挨个拍了拍大家的肩膀，喷着酒气，沉下脸来说："为什么不走，难道要等着他再来收拾我？从今往后，东工有他没我，有我没他。我走人！我滚蛋！他娘的，个小瘪犊子什么玩意儿！"

肖新权愤愤不平地说："你怕他干哈呀？他能把你怎么样？"

苏文暄嘴里嘟囔了一句："你不懂，你不懂……"

肖新权猛然端起杯，大喝了一口酒，两眼直冒怒火，瞋目切齿，说："也是啊，那个小瘪犊子，以前我们一块在炼铁教研室，他就看不起我这个夜大生，后来到了试验组我当了化验组组长，他也没拿正眼瞧过我。他还跑到陆组长面前说我没资格，水平低，不配当组长，个小瘪犊子！"

大家你看看我，我看看你，都不吱声了。

有人四处望望，压低声音，郁闷地说："原本以为学校是我们的避风港，没想到学校也乱成了一锅粥……"

有人带着哭腔说："前几天钢冶系一个教授从批斗现场被学生抬着回家，浑身是伤……这世道，真是能逼死人，逼疯人。"

这到底是怎么回事啊？这种日子什么时候是个头啊？

地方"造反派"和学校"造反派"要搞武斗，双方都弄到了武器，有一帮人在图书馆楼顶堆沙袋，说是要架机关枪……

大家给吓得一激灵。

很快苏文暄就调到了包头钢铁厂。谁也没有料到，秦汉文不久也调走了，他风风光光地调到了沈阳市政府。起初的秦汉文留学回国自命清高专心致志做学问，当然，他想让自己的人生更加浓墨重彩一点，就表现得更加激进。那么，仅有参与试验并取得成功显然是远远不够的，他后来便渐渐热衷于政治，并且跟沈阳市政府一位赫赫有名的"造反派""一把手"成为朋友。到了沈阳市政府后，"一把手"要秦汉文好好表现，他们迅速将斗争的矛头指向了东北工业院的教师群体。他们指使"造反派"去学校贴大字报，许多老师遭到了大字报批判，还被抄家、被批斗、被打伤。

走在学校的秦汉文很是威风，一群"造反派"前呼后拥。大家恨秦汉文，恨得咬牙切齿，都在私下咒骂他，大老远看见他便急忙绕道而行，边走边骂："呸呸呸，你个小瘪犊子！"

到底是那个疯狂的时代改变了他，还是他改变了自己？

一天晚上，肖新权领着鲁语豪、胡进忠、黄玮等人，小心翼翼，准备摸黑去一个教授家探望，因为连续几天校园内都出现了要"挥起铁拳，砸烂×××教授狗头"的大字报。一行人还没有上楼，就听见楼上传来乒乒乓乓的砸东西声，还有"老实交代"的高声断喝。不一会儿，一群人气势汹汹手持棒棍，挥舞着皮带，拖着教授出了校园。

大家远远看着，不敢靠近。在这个漫长的时刻，只能小心翼翼地活着，小心翼翼地保护自己。

没过多久，校园传出消息，秦汉文也出事了。那个"一把手"不知怎么跟"二把手"闹翻了，有人通风报信告诉"一把手"，"二把手"已经发动了夺权风暴，要清理血洗"一把手"，"一把手"吓得连夜就从沈阳逃跑了，秦汉文差点就被人从市政府撵出来。校园还出现了"秦汉文是××大叛徒大内奸的忠实走狗，彻底砸烂秦汉文的狗头"的大字报，忽然有段时间秦汉文就失踪了，再后来听说一直躲在家里不敢出门。

事情进一步恶化，学校的钟教授不堪受辱自杀身亡，另一位老师被批斗，遭受强烈刺激精神失常。有一天晚上，天空中电闪雷鸣，仿佛是天空正在发怒，下起了滂沱大雨。秦汉文发疯似的冲进雨中，在校园操场上一圈一圈狂跑，脸上已经分不清是雨水还是泪水，一身运动服上全是雨水和稀泥，跑不动了他跪倒在地上，朝着雨中的天空失声痛哭、喊叫。学校许多人都表情复杂地看着这幕情景，有人哽咽着说，秦汉文是钟教授心爱的学生，当年秦汉文要去苏联留学，钟教授特意买了套运动服送给秦汉文，就是他身上穿的这套。

63

有必要说说这张老照片——1965年9月10日，"冶金部承钢工作组"天安门合影。

这是试验组唯一的"全家福"。西昌和首钢试验人员有所调整，而且西昌和首钢试验结束都没有照集体相。

当然，绝大多数人还是幸运自豪的，全程参加了试验。

千淘万漉虽辛苦，吹尽狂沙始到金。1970年7月1日，攀钢一号高炉产出第一炉铁水，它辉映的是中华民族的骄傲。

遗憾的是，试验组成员只有极少数人目睹了这一惊心动魄的盛况，仅有蔡绍铭、徐飞鸿、王雪清、谷博文等人在出铁现场。

多年后，王雪清回忆说，他当时负责一号高炉吹风口设计，一直在高炉上，哪里敢高兴啊，心情特别紧张，神经绷得紧紧的，就害怕出一丁点事，这可不是试验失败了重新来。如果出了事，那可不得了！那真是要命啊，搞不好是要坐牢的！直到第一炉铁水顺利奔腾出来，他就想瘫倒在地上睡一觉。

蔡绍铭感叹道："那天的情景真是惊心动魄、惊心动魄啊！我紧张极了，连大气都不敢出，简直不敢想下一秒到底是噩梦还是美梦……"

攀钢一号高炉按期出铁，标志着攀钢一期工程的正式投产。但是攀钢建设与生产面临重大问题，各主要厂矿设备开开停停，事故不断发生，生产极不正常。烧结厂形势是"天天叫产量，天天出事故"，焦化厂大型堆取煤机的悬臂旋转幅度太小又抬不起头来，工人叫它"瘟鸡不抬头"。炼铁厂被形容为"铁厂铁厂，三天打鱼两天晒网"，主要原因一是设备缺陷，二是工艺流程的某些环节不够通顺，三是冶炼技术上仍存在着一些问题。

难道攀钢只能成为国家的试验厂，而不能成为一个正常的生产厂？

1972年，冶金部组织工作组到攀钢联合攻关，试验组大部分成员也在其中，他们第一次来到了攀枝花钢铁基地。

呈现在他们眼前的是渡口市艰苦的生活环境和工作条件，然而，所到之处都是热火朝天的建设场面，既有钢铁的生冷坚硬，又有建设者的热血豪迈，如同张弛有度激情四溢的交响曲。

这次重逢，大家才知道，蔡绍铭、王雪清和姜忆霜等人当年留在西昌西南钢铁研究院，随后研究院搬迁到攀枝花，改名为攀枝花钢铁研究院。研究院就在枣子坪荒山上，办公室和家属区都是席棚，房顶铺着油毛毡，用石头压着，防止吹风漏雨。有一天晚上，刮大风下大雨，哗啦一下，一阵大风吹走了石头，把房顶的油毛毡掀翻吹跑了，雨水哗哗哗漏下来，蔡绍铭一家人挤在一起躲雨水。等风住雨停了，才去找王雪清来帮忙将房顶重新盖好。却没想到王雪清和姜忆霜家的席棚也漏雨了，糟糕的是王雪清脚下一滑,眼镜滑落掉在地上,他伸手去摸眼镜时,脚撞到石头流血了。这个晚上他们来回折腾盖房顶,又把王雪清背到医务室处理伤口。

第二天,姜忆霜感冒了半靠在床上,一直打喷嚏。王雪清在屋里一瘸一拐地烧水。蔡绍铭弄来一大块生姜,几根大葱,几片白萝卜,让王雪清熬水给姜忆霜喝。看到他们两口子这副模样,蔡绍铭哑然失笑,王雪清索性也半靠在床上说:"管家,干脆你来熬水吧。"蔡绍铭只好笑着说:"好好好,只要你们两口子不嫌我妨碍你们,我来熬姜汤。"

王雪清一双深邃的眼睛看着姜忆霜,问:"我真是没有想到,来了会住在席棚里,你一路跟着我来委屈不?"

感冒让姜忆霜的脸色通红,她的眼睛透过镜片,亮晶晶、深情地注视着丈夫,轻轻摇了摇头说:"在试验组我们一直分开住宿舍,那时我就盼望着我们夫妻住在一起多好啊,现在我们终于住在一起了,你说我后悔吗?"

蔡绍铭转身看了他们一眼说:"等过几年有条件了,你们再把儿子和他姥姥接来,一起在这安家吧。"

王雪清抱住姜忆霜凑在她耳旁,甜蜜地说:"就听管家的,亲爱的忆霜,你快点好起来,咱们投入战斗,给儿子生几个弟弟妹妹做伴。"

蔡绍铭跳起脚来,惊叫道:"哎哎哎,你们当我是空气啊,这么肉麻,我可走了!"

不久,田俊也从河北钢铁研究所申请调到攀枝花钢铁研究院,他和妻子带着孩子一起来了。

还有何学东,试验结束回到鞍山钢铁公司钢铁研究所,主动要求调到攀钢工作,一家四口住在荷花池炼铁厂席棚。

他们几家人周日不上班时就相互串门,你到我家,我到你家,串来串去都是席棚,平添了许多生活乐趣。何学东此前住的荷花池攀钢炼铁厂家属区席棚着过火，他住席棚有经验了，叮嘱大家一定要在家里挖个深坑埋藏贵重物品，以免失火损失严重。

冶金部工作组和攀钢一起组成了烧结、炼铁、炼钢、设备、自动化五个专题攻关组，紧紧盯住关键项目，集中力量狠抓薄弱环节开展攻关。在设备攻关中改造更换了高炉鼓风机、转炉风机和大部分制氧设备，对烧结抽烟机和环冷机、焦化堆取煤机和拦焦车、轧钢系统等进行了相应的改造，从而基本上完成了主体生产线上关键设备的攻关。在工艺技术攻关中，重点抓住大高炉冶炼钒钛磁铁这个主要矛盾，在炉温控制、强化炉缸氧化性气氛、炉渣碱度、采用大风量操作提高冶炼强度。以半钢冶炼为中心的转炉操作技术攻关，根据铁水提钒后含碳量低、硅锰钛含量少和热量不足等特点，确定了采用低熔点的酸性材料和小渣量操作的半钢炼钢造渣……

观光时间，他们去参观了攀矿，第一次看到那么大的露天采矿场，极为震撼、惊叹。当时的攀枝花选矿厂是全国最大的选矿厂，攀枝花选钛厂是国内最大的选钛厂。综合利用项目有选钛厂和钛白粉厂的建设和扩建，采矿、选矿技术在全国冶金矿山行业保持先进水平。朱矿、兰尖矿、兰家火山，是中国西部新兴的钢铁原料基地，也是亚洲最大的钒钛原料基地，为攀钢提供了丰富的原料。

这种大规模的技术攻关，在冶金部的牵头组织下陆续持续了几年，基本解决了主体设备的主要缺陷和冶炼工艺的部分关键问题，从而打通了整个工艺流程，使攀钢生产开始日益正常。这些事实回答了一个重要问题：攀钢不是国家的试验工厂，而是一个能够实现正常生产的钢铁企业。

这年春天，他们将在渡口市过春节。整天的工作忙碌让大家几乎忽略了季节的变换，等意识到的时候这才发现，春天来了。渡口市的春天，阳光无边无际抛洒在城市的每个角落，高大的攀枝花树开满了红艳艳的花朵。

阳光照耀在人身上暖洋洋的，让人心情愉悦。生平第一次他们不想回沈阳过春节了，攀钢在向阳村招待所给大家集体过春节，在大食堂吃年夜饭。

不久，陆传承从"牛棚"放出来，担任攀枝花资源综合利用试验研究领导小组组长。见到陆传承的一刹那间，大家都惊讶得不说话了，脸上的笑容凝固了，眼眶湿润。陆传承还是那么的温和儒雅谦逊，他露出了大家熟悉的久违的笑容，紧紧拉住了蔡绍铭、田俊的手说："嗬，真没想到呀，管家、秘书原来在这里等我呀，大家都还好吧，抱歉是我迟到了。"

这次，陆传承带领一群人到攀钢攻关的主要任务是，炼钢炼铁能否联合生产。这关键是看有没有混铁炉作为中间储仓予以调节。没有混铁炉，靠铁水罐来回跑，就会出现炼钢等铁水，炼铁等出钢的间断时间。

眼下，攀钢的一座1300吨混铁炉一直未敢装铁水，致使炼铁、炼钢生产处于不连续状态。他们为什么不敢装呢？难道是担心铁水凝固在混铁炉里造成重大事故？

当务之急，陆传承带着大家研究混铁炉试装铁水，拿出了几个方案和攀钢的技术员讨论，但攀钢的一位领导却突然面露难色。

大家的判断和担心没错。

果然，这位领导把陆传承悄悄拉到了一边。他对陆传承说："就连渡口市和攀钢的大领导都不敢说装炉，如果失败了，上千吨铁水凝固在里面，你去抠出来？你刚放出来，小心点，可别又进去了，我是真担心你再进'牛棚'遭受那个罪啊。"

陆传承听后，僵在原地，像个木头人，眼里明显晃过一丝惶惑和迷茫。

沉默了一会儿，他皱皱眉头，犹豫了半天，没有说话。事实也是如此，这个时候陆传承的背后还有眼睛在盯着他，稍有不慎陆传承就会再进"牛棚"。

一连几天，陆传承的眼里蒙上了一层忧郁，心情也很郁闷。有天晚上，愁眉不展的陆传承在跟大家下了几盘棋之后，沉声念叨着："人生如棋，我愿为卒，永不后退。"

大家知道，陆传承心意已决。

经过详细的分析和反复的推敲，在陆传承的坚持和带领下，攀钢采取了混铁炉加温的适当措施，解决了炼铁、炼钢联合生产的难题。

几年后，陆传承担任冶金工业部副部长，主持攀钢二期工程，到攀钢现场办公。凡是冶金部组织去攀钢技术攻关，都由陆传承带队，东北工学院一群试验组成员几乎每次都跟着去。

只要一到攀钢，陆传承就让蔡绍铭赶紧把大家都召集起来。陆传承说的大家就是指试验组的人，凡是在的，有一个算一个，都叫来。陆传承喜欢这些人围在身边，也只有跟试验组成员在一起时，他那双眼睛里才会跳出孩子般天真快乐的火花。

最难忘的是攀钢四号高炉复建开工，一群试验组的人围着陆传承，席地而坐在四号高炉前一片杂草地上，一个个笑得满脸灿烂。

还有更激动人心的消息。1979年从收音机里传出喜讯，冶金部"攀枝花钒钛磁铁矿高炉冶炼试验"荣获国家科技发明一等奖（集体）。当晚，东北工学院校领导组织试验组成员在校食堂聚餐，大家情绪很激动，许多人哭泣着说："我们可以死而无憾了！"

64

叶子娟也拿到了一等奖证书。

获奖人员名单是陆传承、郑俨峻等领导班子成员确定上报的，只有经历过的人才不会忘记，在那个战壕里他们曾经是怎样并肩战斗的，这份荣誉属于战壕里的每个战士。

那年，叶子娟从西昌回到鞍山钢铁研究院后，非常平静，一双俏丽的丹凤眼总是低垂着。从西昌回来的一段时间，叶子娟总会梦见一群村民举着火把，拿着绳子和棍子，从树林里面把她和苏文暄赶出来，苏文暄拉着她的手拼命跑，村民们在后面使劲追。她从梦中惊醒，浑身战栗、满脸通红，感到是那样的痛苦，不知道创伤何时才能平复。

后来经同事撮合，叶子娟平静地跟一位技术员结了婚，婚后一直没有孩子，几年后他们平静地离婚了。

当叶子娟从鞍山钢铁研究院领导手中接过一等奖证书时，她先是很惊讶，在看清楚证书上面自己的姓名和编号后，她心里早已翻江倒海，眼里泪光闪闪，紧紧抿着嘴唇，脸庞绯红绯红的，呆呆地望着证书不言不语。

这下，原本在单位沉默寡言的叶子娟引起了大家的注意，同时也吸引了一位大龄未婚政工干部的目光。政工干部是个中专毕业生，工作中特别渴望上进。他身材高大，气宇轩昂，很挑剔，谈了几个女朋友都不中意。

国家科技发明一等奖得主、大学生、高级工程师，在政工干部眼里，这就是一道又一道光彩夺目的光环，娶个这样的女人回家是会为自己增光添彩的。至于叶子娟离过婚，唉，二婚就二婚吧，何况她又没有生过孩子，自己不也谈过几个女朋友吗，她们哪一个能像叶子娟一样有助于自己的上进？经过激烈的思想斗争，政工干部的心理逐渐平衡了。在政工干部的猛烈追求下，他们结婚了。

政工干部喜欢打听试验的事，叶子娟以国家任务要求严守保密纪律为由，避而不谈。

试验对于叶子娟来说，内心是骄傲的，也是充满甜蜜和忧愁的，这些都早已填满了她的心。叶子娟时常会想起苏文暄，这让她陷入了情感世界的迷思。在她心里，谁都不能和苏文暄相比，谁也无法替代苏文暄。谁又能替代谁呢？每个人都是独一无二的。她希望自己在苏文暄心目中也是无人可替代的。因此长时间以来，她宁愿独自带着柔情和甜蜜，在沉默中去回忆与试验相关的点点滴滴。

不久，就有消息在研究院里传出，院里准备要提拔重用叶子娟。政工干部在单位里更是春风满面，在心里喜滋滋地盼望着，暗自感叹，这个二婚女人娶得值，自己并没有吃亏。

没想到叶子娟反而更加沉默寡言、更加低调了，就连跟人说话都是小心翼翼的。院里领导倒是找她谈过话，让她有个思想准备，要勇于挑更重的担子。但她态度沉静冷漠，丝毫不在意提拔重用的事。一来二去，院里提拔了另一位工程师。得知消息后的政工干部怒不可遏，他在单位里不动声色，回到家里却立马对叶子娟要么冷言讥讽，要么大发雷霆。

有人悄悄告诉叶子娟，政工干部跟市里一位离异女领导打得火热。叶子娟委屈羞愤地涨红了脸，紧咬着牙沉默不语。有一天晚上，政工干部回到家里，脸色铁青，此时叶子娟已躺在了床上。

政工干部瞟了她一眼，语气怪怪地问："你是在装睡，还是在想哪个男人？"

猛然听到这句话，叶子娟心里一惊，冷冷地扫了他一眼，没有说话。

叶子娟的冷漠和轻蔑更激怒了政工干部，他彻底愤怒了，觉得必须要还击，是时候还击了，他要狠狠地还击。

于是，他大步上前，直接抓住了她的手腕，一把将她生生从床上拽下来，她坐在地上半天缓不过来。

政工干部质问叶子娟为什么要欺骗他。原来，政工干部不知从哪里听说了她在试验组的事，耿耿于怀。

政工干部打量了一眼叶子娟，说："我还真是把你琢磨不透啊。"

叶子娟心想，你说对了，这世上谁能把谁琢磨透啊？

政工干部声色俱厉地说："肩负着重要的国家任务，竟然还有心思搞多角恋，你是什么东西啊？"

说罢，政工干部厌恶地看着叶子娟，一把揪住她的头发，使劲往后扯拽不止。

叶子娟痛苦兼愤怒地吼道："你到底要干什么？"

政工干部瞪起了眼睛，眉毛一竖，脸上暴起了一道道青筋，愤怒地盯着她，恶狠狠地说："干什么，我一个堂堂的政工干部居然被你欺骗！我恨不得杀了你！"

叶子娟突然变了脸色，倔强地仰着脸，怒睁着美丽的凤眼，一声不吭。

政工干部狠狠地盯着她，继而声色俱厉地吼："难怪呀，长了一双勾魂的狐狸眼，你这个坏女人！"

随后，政工干部抬手恶狠狠地甩了她几个巴掌，一脚踢开门，扬长而去。

叶子娟紧咬着嘴唇，没有掉一滴泪，她铁了心不会让眼泪跑出来。

第二天，叶子娟搬到了宿舍住，并且坚决提出离婚。不久，叶子娟因为要照顾抑郁的父亲调回了南京，成为一家有色金属进出口公司的高级工程师。

春风几度人憔悴，满腹惆怅何时休？活到这时叶子娟已经明白，人与人之间的感情也罢，婚姻也罢，到底还是会被许多东西所阻隔，如果指望把自己的幸福寄托在别人身上，那可真是千错万错啊。她觉得，无论如何最应该珍惜疼爱的人还是自己。

65

谷博文手舞足蹈地说，研究钒钛磁铁矿冶炼这玩意儿上瘾，一旦沾上就脱不了身。为国炼铁，为攀钢服务，无怨无悔，这是使命在召唤。

还真被他说中了，在此后的几十年里，试验组大部分成员一生都在从事钒钛磁铁矿科研工作，并且与攀钢保持密切联系，无数次往返攀枝花市，最多的时候一年去十多趟，有时一去就是一两个月，甚至大半年。攀钢接待他们住的地方也越来越高级，荷花池席棚、平砖房单位宿舍、向阳村招待所、大渡口接待处，再后来就是南山宾馆、攀枝花宾馆。

他们对攀枝花的弄弄坪、枣子坪、瓜子坪、清香坪、格里坪的名字，以及荷花池、钢花村、向阳村、大花地、烂泥田、高峰、狗熊窝、小攀枝花、大宝鼎等地名感到新鲜好奇，蔡绍铭、何学东、王雪清和姜忆霜就带着他们去这些地方转了转。

谷博文又说了，荷花池没有一朵荷花，狗熊窝也没有一只狗熊，地名与真实的地理环境名不副实，但很有诗意，蕴藏着建设者们深刻的激情和浪漫主义。

一到晚上，灯光球场就是那个年代人们的娱乐圣地。

攀钢向阳村灯光球场建在攀钢机关所在地，周围都是攀钢家属区和几大厂区的职工单身宿舍，还有招待所和大学生公寓。灯光球场有坝坝电影，有工会组织的舞会，爱美的姑娘烫着卷发，化了妆，穿着连衣裙、高跟鞋，小伙子戴着蛤蟆镜，穿着可以扫地的喇叭裤，喇叭裤还要配尖皮鞋，尖皮鞋底下要钉满铁钉子，走路要"咔嗒咔嗒"响才过瘾。还有篮球比赛，运动员们个个都想成为穆铁柱。职工运动会、中小学生运动会也会在灯光球场举办，还有经贸会开幕式、商品展销会。

蔡绍铭说，全市几乎每个单位都有灯光球场，在灯光球场举办的集体舞大赛，足以让大家沸腾，引发万人空巷。

有人问，这里有电影院吗？

王雪清笑了笑说，早就有了，十九冶大工棚电影院、攀钢俱乐部、大渡口电影院、炳草岗电影院、仁和电影院……

大家就乐了，说："还真是如数家珍，你们两口子一定看了不少电影吧？"

姜忆霜大方地说，那可不，要把在试验组过的牛郎织女生活都找补上。

听说，这里生长着2亿多年前的原始裸子植物和世界性珍稀濒危残遗物种，有几十余万株年年开花的苏铁。

胡进忠瞪大了眼睛，很是惊诧，几十余万株铁树，还年年开花？

蔡绍铭轻描淡写地回答，是呀，这有什么好稀奇的。攀枝花苏铁与自贡恐龙、平武大熊猫被人们誉为"巴蜀三宝"。

第二天，一群人迫不及待要去一睹铁树的风采。车子从弄弄坪出发开往西区，并不宽敞的公路一路尘土飞扬。进入西区辖区，公路更加窄了，煤灰飞扬着，沿途是崎岖盘旋的山路，车子似乎有怨气，一直喘息着不停地往上爬，终于来到了山上。一行人下了车，抬头就看见一块巨大的牌子，霸气地悬在半空中，上面写着斗大的几个字——巴关河攀枝花苏铁自然保护区。

沿着便道拾级而上，满眼都是傲然屹立在荒山岩石间的苏铁。

一位中年管理员边走边介绍说，攀枝花苏铁是20世纪中国美丽的发现。岁岁含苞，年年开花，雌雄异株，为世间一奇。每年3—6月，正值攀枝花苏铁开花的季节，在这片神奇的土地上，成千上万朵黄色的苏铁花争奇斗艳。单株如佛手捧珠，那壮硕挺拔的雄花和温婉含蓄的雌花，漫山遍野，似彩毯铺地，蔚为壮观。万绿丛中黄花点点，形成一种奇异景观。目前保护区形成了一套相对完整的保护、科研、科普教育体系，培养了一支技术强、业务精、作风实的技术干部队伍，以确保攀枝花苏铁的"霸主"地位和生长需要。

来到海拔1500米左右的猴子沟保护站，管理员提醒大家说，凡是来这里的专家、学者，都要跟它合影留念。

又听说攀枝花公园建成开放了，肖新权、鲁语豪、胡进忠、黄玮就纳闷：这个地方的公园会修在哪里，又会是什么样子？王雪清有个老乡叫谭厚国，据谭厚国说，他们是1966年从四川省林业厅抽调来支援三线建设的，一路有20多名专业技术人员，分配在农林局筹备飞播造林，绿化荒山。但几轮飞播造林下来成活率极低，后来飞播造林基本上停了，转为人工造林。他们成立了炳草岗营林队，负责在这片荒山上造林、育苗、种木豆生产紫胶。荒山上无树、无路、无水、无电、无住房，全靠人工推地、推路、除草整地……

要建设一座大城市，就不能没有公园。

谭厚国他们找到了市委、市政府，说出了建公园的想法。很快，市委市政府明确指示：公园必须建，就建在那片荒山上。就这样，他们在荒山上建公园，去广东、云南、福建、成都等省市，引进凤凰木、小叶榕、扁桃、杧果、大红紫荆、聚果榕等上百个品种栽种。经过几代园林人的精心打造，公园设有动物园、游乐园、溜冰场、仙鹤池、望景台、相思亭、宾馆等景观场所。公园具有城市典型特色，沿着山路盘旋而上，其间曲折通幽、静谧宜人，景石山山顶是俯瞰攀枝花全景的最佳地点。

攀枝花英雄纪念碑矗立在公园内，碑文上刻着：谨以此碑献给20世纪60年代以来，从祖国各地来到金沙江畔建设这座崭新城市的人们，纪念为开发建设攀枝花工业基地而献出青春智慧乃至生命的英雄们……

从公园下山返回的路上，肖新权走在了众人身后，嘴里叨念着，也许会有那么一天，人们能知道我们也是建设攀枝花的英雄。

1993年，经过学校、广大校友的不懈争取，在张学良将军、冶金部、辽宁省的大力支持下，国家教育委员会正式同意东北工学院更名暨恢复东北大学校名。这年4月22日，东北大学复名庆典在辽宁体育馆举行。到会的国家、省市领导人，东北大学校友代表，兄弟院校代表，著名大企业代表等做了热情洋溢的讲话，庆祝东北大学复名。

东北大学以此为契机，进入一个新的发展阶段，对攀钢的支持力度也加大了。

胡进忠是个只知道忙工作的人，他去攀钢攻关的时间最长，次数最多，还在攀枝花过了两个春节。每次出发去攀枝花，胡进忠心情都特别愉快，边收拾行李边哼小曲。妻子开玩笑说："这么高兴啊，要去见心上人了。"

胡进忠乐呵呵地回答:"是呀,攀钢大高炉可不就算是我的心上人吗,那是我一生的恋人。"

胡进忠有三个儿子,一个女儿,他的一个儿子在东北大学毕业后,就去攀钢工作了,并在那里安了家。胡进忠心满意足地说:"总得要奉献一个儿子给攀钢,这样才能对得起我的心上人。"

黄玮的儿子出国留学,后来定居加拿大。

那年何学东一家人住荷花池的席棚,席棚着火他带着孩子跑到公路画了个圈,让孩子站在圈里不要出来。事隔几十年后,孩子们还笑谈当年父亲像孙悟空给唐僧画圈那样,给他们的童年也画了个圈。他一个儿子在攀钢,一个儿子在美国。

苏文暄的儿子后来到德国读博士,在那里娶妻生子,回沈阳带着洋媳妇和两个漂亮的洋娃娃。苏文暄稀罕得不得了,教他们说中文,带着洋娃娃在校园四处转悠,存心显摆。

肖新权就说,想当年那群小子在承钢看《攻克柏林》还挨了训,没承想,柏林倒让他这小瘪犊子给攻克了。

66

时间过得真快啊，陈泰然在学校工作到退休，高寿去世。杜纯洋早年从学校调去宝钢。

杨科老师身体还行，但记忆糟糕，常常一个人在校园散步，要么找不到回家的路，要么就不知道回家吃饭。跟他打招呼，他张口就问："你是谁啊？你是哪个年级的？"但只要跟他提高炉冶炼，他马上精神振奋，愉快地说："记得，攀枝花钒钛磁铁矿高炉冶炼试验，三次试验我都参加了，我们荣获了国家科技发明一等奖。"

胡进忠晚年脑梗几乎不能出门，生活全靠家人照顾。

黄玮因脑萎缩等其他疾病，坐上了轮椅。有段时间儿子从加拿大回来，他仿佛都不认识了，一天说不出一句完整的话，可是一旦跟他提起攀枝花，他就用力说出一句："攀枝花，是我一生中永远难忘的地方。"

这还是当年那个手持喷枪、抡起8磅大锤砸渣铁的人吗？想到当年胡进忠、黄玮在高炉组叱咤风云，那惊险豪迈的情景，再看看眼前年华垂暮的他们，让人内心百般不是滋味。

退休后的秦汉文回到了学校的家，就在家属楼的南边，他成天躲在家里不肯出门，再往后听说他生病了，后来出门坐上了轮椅，由一个保姆推着在学校四处转悠。保姆是位穿戴讲究的中年妇女，据说是秦汉文专门到沈阳一家精品时装店，给保姆定制了一年四季的几套衣服。

肖新权尖酸刻薄地说："这娘儿们看起来不像是个保姆，她跟那个老瘪犊子一样，浑身仿佛是被实验室指定的消毒液消过毒似的。你们看看那个老瘪犊子，明明是坐在轮椅上嘛，他那样倒像是坐在宝座上，瞎嘚瑟。"

坐在轮椅上的秦汉文看上去精神状态比较好，的确爱摆一副领导的架子，见到熟人就挥手示意。遇到有人上前说说话，无论对方是谁，秦汉文一律微笑点头，礼貌且很有分寸地与对方握握手。如果遇到年轻漂亮的女性，秦汉文则握住对方的手半天不肯撒手，非要等到保姆用力掰开他的手。

也有人远远看见了秦汉文转身就走，呸呸呸，这个老瘪犊子也有今天，还有脸出来嘚瑟！

还是有人尽管心中不快，但是选择了原谅，看见秦汉文就走上前嘘寒问暖，这让秦汉文既羞愧又感动。

苏文暄在包头钢铁厂退休后也回到学校老房子居住。有意思的是，保姆推着秦汉文坐轮椅，苏文暄潇洒地骑着自行车，吹着口哨。两人都穿戴整齐，一副温文儒雅的模样。按理说，既然有仇怨，偌大的校园，那就各走各的嘛，但他们还就偏偏喜欢故意撞到一块儿，就喜欢在那栋楼周围转悠。只是他们彼此形同陌路，把对方视为空气。

苏文暄使劲按自行车的铃铛，铃声清脆，口哨吹出深情的旋律：

我和我的祖国

一刻也不能分割

无论我走到哪里

都流出一首赞歌

我歌唱每一座高山

我歌唱每一条河

袅袅炊烟小小村落……

肖新权说："老苏你骑着自行车的样子，比那些个坐宝马的男人还潇洒，那个宝马吧，总感觉有点像乌龟壳，坐在里面肯定心里压抑，憋屈，呼吸困难，就是没有骑自行车潇洒。"

苏文暄说："我再怎么潇洒，也比不上你成天跟一群老太太跳广场舞潇洒。"

说完两人都乐了，哈哈大笑。

偌大的校园，让秦汉文和苏文暄常常撞到一块儿的地方，正是东北大学炼铁教研室。几十年来这栋楼虽然几经翻修，但模样几乎没变，每到毕业季，老师们雷打不动地带着学生在这儿拍摄合影照。

人们开始用微信的时候，试验组成员已经是七老八十的人了，好些人已经去世了。"管家"蔡绍铭变身为群主，他和田俊从全国各个角落找到了几十号人，然后建了"高炉冶炼试验组"群，呼啦啦地把众人拉进了群。

蔡绍铭和苏文暄在群里热闹欢腾，一个在攀枝花，一个在沈阳，两个老头子非常矫情，今天你给我献玫瑰，明天我给你送飞吻，天天发拥抱、比心。蔡绍铭、田俊经常在群里发攀枝花的图片，尤其是冬天阳光灿烂的图片。

但有人连手机都不用，比如秦汉文就是不用手机的人，他家里还是用座机电话。他对手机不屑一顾，说太轻薄了，拿在手上完全没有仪式感。他坚持认为，拿起电话接听的感觉才有魄力，跟对方说话的语气中透露着高贵优雅的气质，这种感觉就是不能丢。据说听到电话聆响，即使是在身边他也不会接，而是要等保姆先接电话说句"请稍等，我去请秦教授接电话"。

有人根本联系不上。

也有人用手机，但不玩微信。

还有人有手机也玩微信，但就是不入群。在当年那种大环境下，试验组也不是铁板一块，明里暗里有抢功劳、抢科研成果的，还有不知怎么的就是互相看不顺眼。实事求是地说，陆传承和大部分教授、老师还是非常体谅爱护年轻人的。尤其是陆传承，他既是领导，又是师长和兄长。他的讲话发言不会去指责谁批评谁，而是把重点放在如何找到方法解决问题上，他不是对付人的武器，更像是保护人的盾牌。

在阳光普照大地的时候，总有一角冰山未曾融化。所以终究还是有人心存芥蒂，不愿意理睬对方，不愿意入群也能理解，有些伤害就是永远无法释怀。

宋瑶也在群里。她欢天喜地发了一句，长远勿见，老想念侬个！

那个年代感情是那么简单炽热美好。宋瑶后来分配到了中科院广州一家石化研究所，有段时间鲁语豪和宋瑶开始了书信联系，鲁语豪在信中摘抄了不少爱情诗句大胆表白。有一年，宋瑶从广州到沈阳来，胡进忠、黄玮悄悄问鲁语豪，是不是在和宋瑶谈恋爱。鲁语豪不承认也不否认，只是一个劲傻笑。渐渐地，宋瑶的信越来越少了，这场书信恋无疾而终。鲁语豪时常想，我们被阻隔在了哪里？又是什么阻隔了我们？又或许这只是一场柏拉图式的恋爱。

几年后，鲁语豪结婚了，他也努力想做个好丈夫。但是失败了，夜晚即使妻子就躺在他身边，他眼前却浮现出宋瑶可爱的面容，耳边长久地响着她温柔的声音。鲁语豪在心里一遍遍地问自己：她还好吗，她过得怎么样？这样一来，显然他的婚姻是不会有好结果的，那就只能离婚了。

鲁语豪想念宋瑶，是那种刻骨铭心的想念。

现在，人到了这个时候，需要的不是物质的富有，而是心灵的慰藉。

一时间，群里热闹非凡，一片喧哗，一片唏嘘感叹。大家纷纷在群里晒那张天安门的合影，晒自己的一等奖证书。也有人黯然神伤，为去世的人献上了白玫瑰、白百合、康乃馨。

有一天，宋瑶在群里发了一段视频。后面站了一排人伴唱，宋瑶站在前面领唱，身穿一条枣红色丝绒质地长裙，两边有美丽的花饰斜边，她戴了一条珍珠项链，这跟她知识女性气质十分搭配，岁月赋予宋瑶的是超越年龄的温润儒雅，浅浅的笑容一直挂在嘴边，让人觉得如沐春风。她们唱的是：

世上有朵美丽的花

那是青春吐芳华

铮铮硬骨绽花开

沥沥鲜血染红它

啊……啊……绒花绒花……

一路芬芳满山崖……

看到视频，大家老泪纵横，联想到试验的情景。一切仿佛就在眼前，清晰而闪亮的日子，那是属于他们的芳华。

当然，叶子娟也在群里。

叶子娟静静地看着群里的苏文暄，这个让她爱恨交织的人，老去之后的模样，让她突然柔肠百转。退休后的叶子娟喜欢上了听戏，有一次她听《牡丹亭》：你如花美眷似水流年，情不知所起，一往而深。联想到自己如花年龄，对苏文暄的一往情深。她曾无数次设想：假如没有树林事件和打架风波，他们就会一直坚持到试验成功，那么，他们的爱情鸟会驻留在生命的枝头吗？

当年叶子娟赌气托宋瑶把围巾还给了苏文暄，苏文暄便一直珍藏着，时不时拿出来看看，仿佛能从中嗅到她的芳香。只要一想起叶子娟，苏文暄便感觉痛苦绽放在眼前，思念也会摇曳多姿。即使是在群里看到叶子娟，他的内心还是跟当年一样，会起波澜。

如今，老年的苏文暄和叶子娟都是独身一人。

没过多久，也不知道是怎么的，居然有人在群里张罗着，让苏文暄与叶子娟再续情缘，共度余生。蔡绍铭迫不及待地献上了一大束红玫瑰。

但出乎所有人意料的是，叶子娟拒绝了，她上传一句话：无论男女，婚姻只是一种选择，而非人生成就。

哦……啊，这是怎么了？大家都有点懵。

不仅如此，而且叶子娟还果断退出了群。苏文暄看见叶子娟退群了，心里又不禁一阵阵绞痛。他虽然没有退群，但任由大家在群里千呼万唤，只做一个沉默不语的人。

说到底，一切都敌不过现实，现实的精彩让人无处遁藏。随着时间的流逝，许多往事已经淡化了，人们对待生活的眼光和态度也就改变了。

王雪清和姜忆霜在群里晒出了他们的金婚照，他们一家五口的合影，以及上海双日历、宝石花、石英女士手表、上海牌雪花膏盒子。当年在承德，几位女同志外出游玩照相，借过宋瑶的手表来戴，姜忆霜也戴过，她们都格外小心，生怕就把手表弄脏了、磨损了，或者弄丢了。王雪清和姜忆霜在承德照相馆的一张合影中，姜忆霜的手上就戴着宋瑶的手表。后来王雪清和姜忆霜一起调到西南钢铁研究院，并随西南钢铁研究院整体搬迁到渡口市。几年后王雪清当上了西南钢铁研究院副院长，经常去上海出差，他便买了手表和雪花膏，作为生日或者结婚纪念日礼物送给姜忆霜。姜忆霜的手在试验化验中受溶液伤害，导致皮肤干燥皲裂粗糙，经常搽雪花膏可以保护皮肤。

宋瑶第一个为他们夫妻献上了一大束娇艳的红玫瑰，大家也纷纷点赞送祝福。王雪清是山西人，姜忆霜是辽宁人，从大学同学到恋人、夫妻，到同一战壕的战友，再到执子之手与子偕老的伴侣。这对试验组唯一一对参加了三地试验的夫妻，令众人羡慕不已。

67

1995年，攀枝花隆重庆祝建市30周年纪念活动，邀请了陆传承等领导来攀。接到邀请后，陆传承在北京打电话给蔡绍铭和田俊说，这次想在攀枝花多待几天，让他们赶紧通知一下，最好是能多来几个，大家聚一聚。

能让陆传承嘴里一直碎碎念叨的就是试验组这些人。

蔡绍铭和田俊赶紧打电话，打传呼机，忙碌了一通，来攀的有唐玉梅和吴大磊、陶玉茹、刘晓蕾、杨海涛、谷博文等人，他们纷纷从成都和重庆赶来，加上东北大学的几个，再加上留在攀枝花的，有近40人。

一听有这么多人，陆传承乐得连嘴都合不上了，连连点头，不时摘下眼镜，抹抹眼睛。

蔡绍铭重重地叹了口气，遗憾地说，还是交通不方便，远的同志想来却来不了，等攀枝花飞机场修好了，通航了就方便了。

果然，大家的传呼机不时响起，嘀嘀嘀……嘀嘀嘀……都是一些来不了的人，有的在用中文传呼机留言，有的打数字传呼机回电话，陆传承的摩托罗拉"大哥大"手机都打得发烫。

这是自试验结束以后，聚会人数最多的一次了。活动就在攀枝花钢铁研究院举行，大家都抢着跟陆传承拥抱、握手，陆传承微笑着，看看这个，看看那个，泪水在眼眶里一个劲盘旋。刘晓蕾、唐玉梅、陶玉茹久久拉着陆传承的手不放，陆传承风趣幽默地说："听说你们在西昌没有抢到我，还哭鼻子了，今天总算抢到了。咱们试验组的女同志啊，个个都是勇士啊。"

看到王雪清和姜忆霜，陆传承满脸含笑道："当年硬生生把你们分开，让你们住男女宿舍，真是委屈你们了，我是不是太不近人情了啊？"

大家一听都笑了。

众人围在一起，刘晓蕾打着拍子，齐声高唱《友谊地久天长》，唱着唱着就泪眼模糊。

在回去的路上，一群人坐在火车上，直到火车开出了米易，陆传承方才恋恋不舍地收回目光。他自嘲地说，人老了，感情就脆弱了，见到试验组的人就激动，一听别人提起攀枝花就激动。

大家便有意说笑起来，突然有人说当年在承德看电影《攻克柏林》，结果被郑俨峻堵在门口狠狠教训了一顿，还提起曾经梦想等试验成功了也拍部电影就叫《攻克呆矿》的事。

果然，陆传承一听也乐了，他微微一笑，扶了扶眼镜，对大家说道："你们这群毛孩子呀，你们这些个半节子娃娃呀，你们只知道郑俨峻当面教训你们，就不知道背后他是怎样的护犊子，尤其是护着你们东工的这帮犊子。"

啊……噢……原来202……大家一听，顿时都笑翻了。

接着，陆传承又开心地说："噢，拍电影，原来你们当年就有这个想法呀。我也曾经以为科技报国是光芒四射的壮举，但是高炉冶炼试验告诉我，科技报国就是甘当无名英雄，默默无闻地奋斗，永不言弃地攀登，这条路人烟稀少，或许根本没有人走过，而我们会坚持到最后。试验为什么能成功？我们有强大的祖国做坚强后盾，有全国人民的支持，面对世界冶金史这道百年难题，我们就是要有强烈的民族自尊心、自信心和自主创新的责任感，来取得试验的成功。科技报国之路，没有终点，这就是我们矢志不渝的追求。"

由于年龄和身体的原因，试验组成员到攀枝花来的次数少了。但是，东北大学、重庆大学和攀钢一直保持着良好的合作基础，进一步深化了校企合作，围绕重点科研项目开展合作研发、建立健全校企合作科研体制机制。东北大学对攀钢从热轧产品及工艺、炼钢及连铸、冷轧产品及工艺、选矿及炼铁等方面进行了专业的指导。重庆大学围绕钢轨材料微观尺度表征、钢中典型组织深化分析等技术，给予攀钢技术支持。

由攀钢和重庆大学联合攻关的"高钙镁钛精矿大型电炉冶炼高钛渣关键技术及应用"项目，依托重庆大学自主开发的超高温熔体综合物性测试装置，首次对钛精矿、高钛渣的高温物化性质进行了测试。攀钢结合生产实践，系统开发出一套拥有自主知识产权，集原料预处理、连续加料、关键工艺参数控制、挂渣层稳定控制、终点判断、产品应用等关键技术为一体的先进钛渣生产工艺技术。该项目成果已实现产业化，打破了国内需依赖进口矿冶炼钛渣的技术限制，有效推动了国内钛渣冶炼技术进步，对攀西钛资源高效利用具有重要意义。这个项目获得了教育部科学技术进步奖一等奖。

蔡绍铭在群里上传了百米钢轨照片，配了文字：为什么攀钢的钢轨这么受欢迎呢？因为攀枝花这个地方出产的炼钢原材料矿产，是含有稀有金属钒钛成分的磁铁矿，而含钒矿石，能让锻造出来的钢轨更柔韧，平直度更好。有梦想的地方，就有中国铁路；有铁路的地方，就有攀钢钢轨。"攀钢制造"不仅代表的是世界领先的钢轨产品，更是中国民族品牌的象征，是中国钢轨当之无愧的领头雁。

谷博文兴奋留言：攀枝花是靠科技起家的，这颗科技的种子，是试验组当年种下的，"呆矿"化作了为国家富强、人民幸福造福的利器，演绎出一曲曲壮丽凯歌。

众人纷纷点赞，留言：高炉冶炼试验、弄弄坪大会战，两支队伍都在快马加鞭，两支队伍都在艰苦创业、无私奉献、团结协作、勇于创新，我们中国人从来都是不怕困难的，我们从来都不是孤军作战。攀枝花开发建设，一部气势磅礴的工业传奇；高炉冶炼试验，一部动人心魄的科技史诗。高炉冶炼试验的成功，奠定了这座城的基石；弄弄坪出铁大会战，吹响了这座城前进的号角。50多年来攀钢不负国家使命，写下了攀西资源宝藏综合利用的壮丽诗篇。攀枝花已经成为我国重要的汽车用钢、家电用钢、军工用钢生产基地，国内第一、世界顶级的百米钢轨生产基地，被全域纳入国家战略资源创新开发试验区，成功创建国家级钒钛高新区。

68

一行人送鲁语豪老人上了飞机，从攀枝花直飞沈阳。

老人感叹不已道，当年来一趟攀枝花，那家伙老费劲了，火车、汽车转来转去，实在是太不方便了。那时候就想攀枝花通飞机了该有多好啊。如今梦想照进现实了，攀枝花真的通飞机了，飞机让攀枝花飞出峡谷了。

周遥远突然感觉有点眩晕。每次去机场，她都会有这种感觉。她只好放弃坐学校的小汽车，坐上了从机场返回的大巴车。

攀枝花飞机场在海拔1980米的山顶上，是削峰填谷建设而成的高原机场，跑道四周也全是山谷。难怪媒体说飞行员吐槽这是中国起降难度最大的"航空母舰"机场，每次飞这里感觉都是在刀尖上行走，每次飞完不是手酸就是腿抖。

此时，坐在大巴车上，周遥远努力控制情绪，不断做心里暗示，据说这样可以抵挡眩晕。一些刚下飞机的人群陆陆续续坐上大巴车，旁边有一对男女，屁股一落座，男的张口就来了句："哎呀妈呀，真邪乎，这机场贼厉害了，咋就修在山尖尖上呢！"

女的惊叫："那可不咋地，整我一脸懵圈。太危险了！四周都是悬崖！这机场称得上尖端版，真悬乎！咋整的！"

男的说："沈阳到攀枝花，只飞了4个小时，还行吧。"

这股浓浓的东北口音，周遥远从小就听习惯了。她望着窗外，发现不时有人骑着自行车，往机场方向去。

机场大巴沿着蜿蜒的山路，一路盘旋着下山。那对男女还在兴奋，一惊一乍地不停拍照发朋友圈。女的还发了语音："各位亲们，神奇吧，这就是大西南的攀枝花，我们刚从高山上的袖珍机场下来，咱们那还下雪呢，这儿可是阳光灿烂，鲜花盛开！贼拉美了，哎呀妈呀，到处是花，看啊，这是三角梅，这是刺桐花，咋这么多呢，像花的海洋！真不愧是阳光花城啊！看这四周都是山，真高，真邪性！"

回到父母家，周遥远说起机场路有人骑着自行车的事，周启明便想起了一件趣事，20世纪60年代，攀枝花钢铁基地总指挥许志就成天骑着自行车在弄弄坪荒山四处跑，当时整个渡口区域内没有一辆小汽车。有一次周恩来总理问，许志干得怎么样了？有人回答，他工作热情高涨，每天一会儿骑自行车，一会儿推自行车，一会儿扛自行车，来来回回在弄弄坪荒山四处跑。周恩来总理一听，愣了一下，随即温和地笑着说道，那怎么行呢，送他们一辆小汽车吧，这样工作起来就方便了。

于是，攀枝花钢铁基地这才有了一辆小汽车。

这简直太稀罕了，许志视如珍宝，哪里舍得开，并且还规定，除了去省里开会办事，其他时候一律不准开。就连他自己在渡口市内四处跑现场，都不例外。可许志万万没想到，政治部主任居然敢不服从命令，有次竟然开着小汽车去了施工现场，甚是风光。消息传到了许志的耳朵里，他在大会上点名批评说："开着小汽车下施工现场，你倒是威风了，你让整个弄弄坪的人民群众怎么看你？大家都在艰苦奋斗，忘我地搞建设，一天下来谁不是灰头土脸的？就你坐着锃光瓦亮的小轿车，你那不是严重脱离群众，在搞资产阶级特殊化吗？"

周遥远忍不住笑了。

接着，周启明像小学生背课文一样又说，嗯，在清朝同治时期，攀枝花还只有几户人家。说是在1954年的时候，一位教授在此地发现了储量达数亿吨的钒钛磁铁巨型矿藏，赶紧把这个消息上报给了毛主席。

毛主席听后，就问大家，这个地方叫什么名字？

当时在场的人没有一个知道的，只说这个地方有七八户人家。

毛主席又问，那还有么子特殊的地方？

有人回答，那里有一棵很茂盛的大树，当地人叫它攀枝花树。

毛主席笑了笑，说，那就叫攀枝花吧。

满头白发的周启明斩钉截铁地说："这辈子我最佩服的人就是毛主席他老人家。唉，什么叫高瞻远瞩，什么叫伟大情怀，从攀枝花地名确定、攀钢厂址选定等重大问题，都是毛主席亲自拍板决定的。看看，攀枝花这个地理环境多好，四周都是大山多安全，一夫当关，万夫莫开。如果遇到战争年代敌人是打不进来的，我们可以在这里制造飞机大炮军用物资送上前线。这就是毛主席的伟大英明决策。"

冉秀英一听，翻着白眼说："难道你还盼望战争年代打仗哦。"

周启明咬着牙，用一种愤怒的吼声分辩道："胡说八道，哪个希望打仗？我这是给你摆事实讲道理，你不要上纲上线，更不要歪曲了我的意思。再说了，好人好马上三线，备战备荒为人民，这是当年毛主席提出来的。"

冉秀英又一次笑了起来。

周启明进一步解释说，毛主席说了："只要帝国主义存在，就有战争危险。我们不是帝国主义的参谋长，不晓得它什么时候要打仗。中国人民热爱和平，但绝不惧怕战争，我们要时刻准备打仗。"

周遥远欣赏父亲爱看书的优点，尤其是到了晚年，他几乎书不离手，文不离口。除了看书，周启明还带着冉秀英去攀枝花中国三线建设博物馆，去了两次之后，她坚决不去了。

冉秀英像赌气似的说："有啥子好看的嘛，看了心酸心烦，都是老掉牙的事了，不想再回忆了。"

周启明毫不客气地批评她："那些苦日子是怎么熬过来的？你简直就是忘本了，你纯粹就是忘本了。"

周遥远陪周启明去过几次攀枝花中国三线建设博物馆，这是中国最大的三线建设博物馆，展品浓缩了中国自1964年三线建设开始至1981年长达17年的三线建设史，广泛搜集遗落于民间的三线建设时期的物品、资料，上万件展品均由三线建设企业和个人亲历者捐赠，鲜活地记录这段珍贵的历史，既反映了三线建设历史的全貌，宣传纪念了三线建设的巨大成就，又弘扬了三线建设的伟大精神，更充分展示了攀枝花形象。从这个角度看，博物馆是非常有意义的。

馆内有攀枝花钒钛磁铁矿高炉冶炼试验组事迹展板，还有一尊陆传承铜像，以及部分试验组成员捐赠的一等奖证书、笔记本、书籍、天安门前的"全家福"、相关资料等。

有一天，周启明举着手机，兴高采烈地对冉秀英喊道："老婆子，快来看看，2019年9月《康养蓝皮书：中国康养产业发展报告（2018）》发布，康养产业可持续发展能力最强的是海口、三亚、秦皇岛、珠海、攀枝花。唉，看到没有，攀枝花位居全国第五！全国第五！事实胜于雄辩，真金不怕火炼，谁说攀枝花不好，谁还嫌弃攀枝花？"

冉秀英听了有点懵："哦……啊？啥子蓝皮书？啥子全国第五？"

周启明心情大好，耐心地解释："简单地说，攀枝花就是最适合康养养老的城市！"

有天早上，周启明对冉秀英说，昨天晚上梦见霸王项羽骑着乌骓马，小余就站在项羽身边，牵着马提着刀，他们的衣服上全是血渍，后面有刘邦的追兵……小余怎么和项羽搅在一起了……

说完，周启明便出门了，顺着攀枝花学院山坡那条小路很容易就到了攀枝花公园，沿着塑胶小道七拐八拐喘着气爬上高高的台阶，来到了攀枝花英雄纪念碑，歇口气，仰起头，默念着上面的字。随后便喃喃自语，英雄，谁是英雄，英雄又是谁？一个去世的人，像根羽毛飘落，又像只蚂蚁，除了他们的亲人，谁会记得他们。想到这里心里又是阵阵难过，抹了抹不争气的眼泪，哀叹了几声，回头看看高高耸立的纪念碑，转过身，扶着栏杆，一步步缓慢地从高高的台阶往下走。

公园内的鸟语花香，三三两两轻松快乐休闲的游人，并没有安抚周启明烦乱的心绪，反而让他觉得更加恍惚，往事被阵阵轻风吹送降临到他的眼前，啊，都是当年弄弄坪大会战的情景，他不确定自己是活在现在，还是在梦游，或者自己还是那个沿河村生产队的会计。

在周启明出了门以后，冉秀英独自呆坐了好一阵子。她慢慢站起来，走到墙面宽大的镜子面前，仔细端详着镜中人，厌恶地皱皱眉头，仿佛有一只癞蛤蟆爬到了镜子上，她自言自语道，呸呸呸，怎么老成这个样子了，有啥可照的。

夜晚，周遥远不由自主站在阳台眺望，夜幕下弄弄坪鳞次栉比的厂房灯光点点，浸染在一片安谧的宁静里，这是隐去白昼的坚硬之后的柔软时光。

突然，周遥远有些理解父亲了。她庆幸父亲当年没有去上海，她甚至觉得，留在攀枝花让她感到光荣。

手机响了，接了电话就听见梁小菊急切地喊："李建军疯了，他真的疯了！你知道他策划了一个怎样惊世骇俗的婚礼吗？他要在弄弄坪山上搭席棚，举办一场席棚婚礼！还说要拍摄抖音短视频。喂，喂，喂，你怎么不吭声呀，周遥远，你听见我说话了吗？你说他是不是真的疯了？我就要嫁给一个疯子了，我就要成为一个疯子的新娘了，而且还是一个带出了世界冠军的疯子！哈哈哈！"

周遥远握着手机笑了笑，眼前浮现出童年时李建军带着席棚的一群孩子模仿电影里打仗的情景：他站在一块大石头上，举着棍子神气活现地指挥一群孩子玩打仗，他们在弄弄坪山坡上冲锋奔跑，像一群战士。

后　记

许多时候，我的记忆还经常游走在弄弄坪荒山坡的席棚，我一直想把它们留在文字里，这是我的一个愿望。

小说大多是虚构的，却又是真实的。《弄弄坪》的真实与虚构表现得尤为突出，小说有两大战场，围绕一个奋斗目标——建设攀枝花钢铁基地。

一个战场：1964年全国各路建设大军奔赴荒山弄弄坪，"支援三线建设，到毛主席最关心的地方去"，"备战备荒为人民，好人好马上三线"，依靠普通高炉冶炼钒钛磁铁矿试验提供的技术路线和设计依据，在弄弄坪攀枝花钢铁基地核心区域展开激烈的出铁大会战，确保1970年7月攀钢一号高炉出铁。

另一个战场：用普通高炉冶炼钒钛磁铁矿，从19世纪前半叶开始，瑞典、美国、英国、挪威、日本和俄国等国研究了100多年，但始终没能解决矿渣黏稠、渣铁不分的难题。1958年，根据《中苏技术合作协定》，苏联专家到攀枝花规划矿样采集方案，并将攀枝花矿样运回苏联进行综合科学试验。但试验报告结论却让人十分沮丧：攀枝花铁矿是呆矿，普通高炉不能冶炼。

古希腊物理学家阿基米德有句名言："给我一个支点，我就能撬起整个地球。"

那么，要想撬开攀枝花宝藏的大门，必须彻底打破"呆矿"结论，必须攻克高炉冶炼钒钛磁铁矿这道难题。否则，何谈建设攀枝花钢铁基地？

1964年8月，中共中央召开工作会议研究三线布局问题，毛泽东主席说，攀枝花是战略问题，不是钢铁厂问题。

1964年12月5日，北京。在党中央和毛主席的关心下，在"全国一盘棋"的布局下，冶金部承钢工作组成立，从全国抽调108名科技人员组成试验组，开启了我国冶金工业史上规模最大的一次科技大会战——攀枝花钒钛磁铁矿高炉冶炼试验。

高炉冶炼试验攻关，这是一场中国人自己的、大无畏的科技征程。

当年，这场试验事关重大，是冶金部天字一号保密工程，要求试验组成员严格遵守保密纪律，干惊天动地事，做隐姓埋名人。故而，这段往事尘封了半个多世纪，文字记录稀少，文学作品为零，在中国、在攀枝花鲜为人知。

历史永远不会忘记，那些为国家、为民族做出卓越贡献的人。

2019年6月，我参与的寻访组从攀枝花出发，带着炽热的情怀，带着感恩的心启程，赶赴成都、重庆、沈阳、北京、马鞍山、鞍山、承德、南京、广州等地，历时4个多月寻访了60多位老人。

半个多世纪过去了，谈及往事，老人们内心犹如藏着一团熊熊燃烧的炉火，他们挺直了腰背，眼里有光有泪，有骄傲自豪的神采，陷入回忆……将老人们零星片段的讲述拼凑起来，就是一张较为完整的高炉冶炼试验解说图。

这是一支艰苦奋斗、团结协作、崇尚真理、客观唯实、善攻难关、勇于创新、无私奉献的高素质科技队伍，他们拥有坚定的信念，勇攀高峰的勇气。在那样困难的情况下，他们仍然出色地完成了任务，试验的成功凝聚着他们的心血和智慧。对他们而言，高炉冶炼试验不仅是一份工作，更是崇高的责任和使命。

这支队伍，带给我们的除了震撼还是震撼。

最终，在相关单位和老人们的帮助下，攀枝花市科学技术协会和阳光诗社及时完成了《攀枝花英雄·108将》人物采访录，老人们口述历史的录制拍摄，以及其他资料、图片、实物收集整理等工作。

为什么攀枝花要抢救性挖掘寻访试验组的老人们？难道只是为纪念攀枝花钒钛磁铁矿高炉冶炼试验攻关这一开创性、奠基性和历史性贡献，展现老一辈科技工作者的光辉历程和英雄事迹吗？事实上，寻访的意义和目的绝不仅仅如此，它还应该带给我们更多的启迪和思考，攀枝花未来的重担还在肩上，如何真正做到"不忘初心、牢记使命"？如何从中更好地汲取攻坚克难、奋力前行的勇气和力量？如何在不断推进攀枝花经济发展、攀西资源综合利用水平中体现更大担当、展现更大作为？

时代在一路狂奔，回首往事是为了更好地前行。

打捞往事，心潮起伏，几度落泪……"夜不能寐，侧耳远听，胡笳互动，牧马悲鸣……"我想，用文学作品的存在方式，或许可以弥补过去的遗憾，也最令人欣慰。这也是身为一名非虚构文学写作者，对社会最好的回馈。于是，便有了长篇小说《弄弄坪》，首次将高炉冶炼试验的全过程形象直观地展示在世人面前。

我小心翼翼地写，满怀敬意和感恩地写，创作过程中忧虑重重……在写作手法上，我压根不在乎所谓的技巧和章法，小说中出现了类似于"百度百科"的写法，从表面上看它们生硬呆板，但它们是有内涵有情感有温度的，它们能与小说整体相辅相成自然衔接，始终围绕着两大"战场"和一个奋斗目标来写，基本涵盖了攀枝花这座城所走过的艰辛历程，既体现了党和国家对攀枝花钢铁基地建设的高度重视，又描述了从高炉冶炼试验到弄弄坪出铁大会战建设者们的豪情壮志和坚定信心。

今年春节和南京的司马柳如老人通电话，我说了作品创作的初步设想，老人在电话那边非常激动，她声音哽咽着说，太好了，太好了，有什么需要帮助的打电话。我又去了麦际全老人的家，老人高兴地说有什么不清楚的地方随时来问，试验组这张天安门合影可以翻拍使用。

说实话，我急切地想把作品写出来，我无法预知作品的最终命运，只想把它写出来，迫切地渴望早日出版。好让试验组的老人们在有生之年能看到，好让更多的人知道这段往事，尤其是攀枝花的人，千万不要忘记这座城的来路。

写作的时候，翻阅参考了《攀枝花开发建设史大事记》《攀枝花之最》《攀钢：中国钢铁工业的骄傲》，冶金工业部副部长、试验组组长周传典生前写的《攀枝花钒钛磁铁矿高炉冶炼试验的回顾》，东北大学教授、试验组成员李殷泰生前写的《攀枝花钒钛磁铁矿研究工作的前前后后》，攀枝花钢铁研究院高级工程师、试验组成员李身钊写的《攀枝花钢铁基地诞生记》。在此需要着重加以说明，作品中所描述的人物形象都只是我个人一点浅薄的认知，如个别人物与情节有偏差和不妥之处，请勿对号入座。感谢市科协、阳光诗社对创作的鼓励与支持。

至于人们会如何指摘，如何评价《弄弄坪》，我都不在乎，我就想告诉读者，这个世界上从来不乏这样的人，为国家为民族，干惊天动地事，做隐姓埋名人。因此，我只遵从内心朴拙的情感和欲望去表达，这也源于我对小说创作的挚爱，以及身为一个无名小辈的斗胆之举。

是的，无论小说如何着墨，都难以抵达现实。只有当虚构与真实以独特的文学方式相遇时，才会"转轴拨弦三两声，未成曲调先有情"。

周琼　2021年8月21日　于攀枝花